Les 13 Crânes de Cristal

Anne Chevallier Maho

Les 13 Crânes de Cristal

Cristal

1. La Prophétie des Premiers

ACM

Cet ouvrage a fait l'objet d'une première publication aux Éditions La Bruyère en 2007

© ACM
Office 205
91 Western Road
Brighton
BN1 2NW
Grande-Bretagne

acm.publishing@googlemail.com

Couverture : Jimi Jugio - © ACM

ISBN : 978-0-9558862-1-8
Dépôt légal : mai 2008

www.annechevalliermaho.com

Pour Catherine,
ma sœur adorée et
ma critique la plus sévère

« Toute science suffisamment avancée est indiscernable de la magie »

Arthur C. Clarke

0. La Nuit Où Sept Étoiles Illuminèrent le Ciel

Elle serait là bientôt.

Et avec elle, le Chaos.

Après s'être éclatée en plusieurs morceaux à l'approche de Jupiter, la comète était désormais lancée sur une trajectoire que plus rien ne pouvait arrêter. Progressant à près de cent mille kilomètres heure, sept de ses gigantesques débris seraient là avant même qu'ils ne puissent tenter quoi que ce soit pour se protéger.

Cela aurait été futile de toute façon.

Affairée à ses tâches habituelles, la population stoppa tout à coup ses activités pour regarder autour d'elle. Quelque chose n'était pas comme la veille.

Ni comme le jour avant cela.

Les tigres aux dents de sabre et les mammouths commencèrent à s'agiter. Puis, affolés, ils se mirent à courir dans tous les sens, imités par les autres animaux de la vallée. Les animaux domestiques, eux, cherchèrent refuge dans des trous, sous des tables de pierre, entre les petites jambes des enfants qui ne comprenaient rien à ce qui se passait.

Le regard inquiet des humains balaya le sommet de l'une des

montagnes luxuriantes environnantes, cherchant quelque chose, ou quelqu'un. Ils se rassemblèrent rapidement sur la place publique et encerclèrent le piédestal en granit. Celui-ci, au-dessus duquel une pyramide en cristal inversée lévitait, les rassurait.

Les uns ne voulaient pas s'inquiéter. Les autres commençaient à paniquer. D'autres encore trouvaient cela bien mystérieux. On ne leur avait rien dit pourtant. Et si on ne leur avait rien dit, c'était qu'il n'y avait aucune crainte à avoir, certifia une femme âgée vêtue d'une toge pourpre et d'un chapeau doré conique. Elle calma la population d'un geste apaisant de la main et leur dit que le temps n'était pas venu, qu'on les aurait prévenus.

— Et si Elles ne savaient pas Elles-mêmes ? demanda un jeune homme qui faisait rouler nerveusement les perles de son collier sous ses doigts.

— Elles connaissent tout de l'univers, rassura la femme au chapeau, nous devons Leur faire confiance car Elles nous ont guidés bien des fois de par le passé. Elles savent que nous ne devons pas mourir, notre destinée ne s'est pas encore accomplie. Calmez-vous, mes amis, et retournez vaquer à vos occupations. Nous nous retrouverons ce soir et Les contacterons...

Un éclair transperça le ciel et les fit tous sursauter. Puis un autre, et encore un autre. Ils avaient tous vécu l'orage auparavant, or cette fois-ci, aucun nuage n'était en visible. L'atmosphère s'électrisait à vue d'œil. Leur inquiétude commença à croître. Leur cœur se mit à cogner fort dans leur poitrine... Une autre série d'éclairs se manifesta, cette fois-ci plus virulente et tonitruante. Des nuages se formèrent instantanément à l'horizon.

— Elles sont toujours là ! s'écria une jeune femme aux longs cheveux ambrés, ses mains tremblantes pointant vers la montagne.

Tous se retournèrent, les yeux écarquillés, en attente.

Une de ces créatures était justement apparue sur le rebord d'un petit plateau. Elle était vêtue d'une longue tunique rouge sang qui ne bougeait pas malgré les violentes rafales de vent.

Au-dessus de sa tête allongée, un halo aveuglant ondoyait vigoureusement. Il semblait être en phase avec le rayon d'énergie dirigé vers le ciel provenant du centre de l'édifice derrière elle.

La structure était un monument sphérique fait de hautes pierres concaves arrangées en deux cercles encastrés l'un dans l'autre. Elle s'était illuminée d'une teinte phosphorescente grisâtre au moment où la créature baissait les bras vers les humains dans la vallée. Un objet était apparu entre ses mains, un objet translucide de la taille d'un crâne humain, brillant de mille feux.

« Vous entrez maintenant dans le Quatrième Âge » entendirent les humains dans leur tête. « Ceci est votre héritage ».

Puis le ciel s'assombrit d'un coup.

« Vous devez vous rappeler ».

Soudain, un immense morceau de roche en flamme frappa la surface de l'océan, au-delà de la vallée où ils vivaient. Le son fut assourdissant, une explosion si forte que la terre trembla sous les pieds des humains maintenant complètement terrorisés. Ils savaient ce qui était en train de se passer : l'Histoire se répétait.

Une gigantesque vague de plusieurs centaines de mètres de haut se forma à l'horizon. En quelques minutes, elle fut là et elle engloutit la vallée paradisiaque à jamais. En six autres endroits de la planète, le même scénario se reproduisait, suivi de la réaction en chaîne : tremblements de terre, éruptions volcaniques, tornades, ouragans, raz de marée…

La Terre se convulsait dans son dernier souffle.

En l'espace de quelques heures, la population humaine avait été réduite à quelques milliers de par le monde.

« Nous reviendrons », entendirent-ils une dernière fois.

Le cours de l'Histoire avait été bouleversé, les courants marins avaient changé de direction, le climat s'était modifié et le niveau de la mer avait grimpé en flèche… Toutes les grandes villes côtières des humains étaient maintenant enfouies sous des tonnes d'eau salée et bientôt elles seraient recouvertes de limon, de crustacés et d'algues coriaces. Le sol avait été empoisonné par les débris, déchets et carcasses. Les rares survivants qui avaient réussi à échapper à ce cataclysme planétaire se regroupèrent dans des cavernes. Ils allaient vivre un hiver nucléaire de plus d'un siècle, le temps que Gaïa renaisse. Ils devaient reconstruire leur civilisation. Pour cela, ils avaient besoin du savoir de leurs maîtres, celui contenu dans les cristaux sacrés.

Pour le passer aux générations futures.

Pour être une grande civilisation à nouveau.

Et surtout, pour se rappeler. Et être préparés.

Mais ce savoir avait été dispersé, perdu. Des milliers d'années s'écouleront et la nuit qui changea le visage de la Terre devint : « la Nuit où Sept Étoiles Illuminèrent le Ciel ».

C'était devenu une légende, puis un mythe, car les humains oublièrent.

1. La Sorcière Bleue

La race des hommes n'avait plus gardé de son passé mystérieux que des légendes et des mythes. Mais que ces légendes pouvaient être fascinantes !

C'était ce que pensait Katell Loro en tout cas. Elevée dans ce petit coin perdu de Bretagne qu'était Carnac, elle avait toujours été intriguée par ces grandes pierres debout parsemées sur toute la péninsule. Son arrière-grand-père Iniaki lui racontait souvent des histoires incroyables sur l'Antiquité et les pouvoirs des Anciens. Par exemple, qu'ils auraient bougé ces pierres pesant des tonnes avec le simple pouvoir de la pensée ! Beaucoup rétorquaient : « Balivernes que tout cela ! ». Katell, elle, était persuadée que les légendes étaient une sorte de mémoire déformée par le temps d'un passé perdu mais bien réel.

Au fur et à mesure qu'elle lisait tous ces ouvrages qu'Iniaki avait amassés au cours de sa longue vie, elle s'étonnait sans cesse de ce qu'elle découvrait. Ces livres étaient incroyables. Katell et son arrière-grand-père étaient persuadés que ce que l'on apprenait en histoire, eh bien, c'était du n'importe quoi ! « L'Histoire doit être réécrite ! », s'enflammait Iniaki lors de ces soirées d'hiver au coin du feu, en postillonnant ses châtaignes sur tout ce qui se trouvait en face de lui.

Ceci dit, en ce matin de septembre, ces énigmes n'étaient pas la préoccupation de Katell. Elle entrait en troisième, le premier matin d'une année qu'elle n'imaginait pas différente de la précédente si ce n'était d'entrer dans la classe supérieure. Le train-train de *simple* collégienne allait se réinstaller paisiblement, au rythme des saisons qui ne ressemblaient plus à rien.

Katell n'était pas tout à fait une simple collégienne cependant. Bientôt, ses rêves les plus fous allaient se réaliser… ainsi que ses peurs les plus profondes.

Si seulement elle savait…

Si elle savait, la préoccupation ce matin-là de choisir un sac suffisamment grand pour contenir tous ses livres contenant ses DVD scolaires lui aurait paru bien dérisoire.

Mais elle ne savait pas.

Son existence était bien paisible à treize ans, bientôt quatorze. Un peu trop à son goût d'ailleurs. Elle vivait avec sa mère Morgane dans un petit hameau près d'Erdeven, à une quinzaine de kilomètres au nord-ouest de Carnac. Le village pittoresque était composé de longères, ces longues maisons bretonnes en pierre où habitaient autrefois les paysans. Au-delà des champs de maïs transgéniques se trouvait un minuscule dolmen recouvert de ronces. Personne ne prêtait attention à cette ruine d'un temps révolu. Sauf Katell. Elle était allée le voir ce matin-là, très tôt. Il était toujours égal à lui-même : impénétrable, silencieux, défiant les siècles.

Une fois qu'elle eut fini de préparer ses affaires, elle sortit de sa chambre, descendit l'escalier en chêne et se retrouva dans le salon en pierres apparentes. Elle se dirigea devant elle et entra dans la cuisine, une pièce au top de la technologie familiale avec un frigo à compartiments à température variable, un four reconnaissant l'aliment inséré et adaptant sa température en fonction, des portes de meubles s'ouvrant par simple effleurement du doigt etc., où deux petites fenêtres filtraient la faible lumière du jour.

Katell prit place sur le tabouret de bar, saisit une télécommande qui était là, lui ordonna de mettre les nouvelles en marche et un écran d'un mètre de long s'illumina sur le mur blanc en face des fenêtres.

La porte qui donnait sur le jardin claqua et Morgane déboula dans la cuisine dégoulinante de sueur. Son jogging en tissu absorbant était resté parfaitement sec et elle annonça d'une voix triomphante qu'elle venait de dépasser les trois kilomètres.

— Et sans m'arrêter une seule fois, même dans les côtes ! ajouta-t-elle en se tordant devant la vitre du four où sa silhouette paraissait encore plus élancée, puis en se sifflant un demi-litre d'eau de source en cinq secondes chrono.

— C'est bien, fit Katell en lui jetant un coup d'œil furtif.

C'était tous les matins pareil depuis le divorce. Menue par rapport à la majorité de la population française, avec un microscopique bourrelet sur le ventre, Morgane avait décidé de se faire un complexe d'adolescente. Elle s'était fait faire un lifting quand elle avait appris que Marc l'avait quittée pour une femme de treize ans de moins qu'elle. Elle avait les traits tout aussi fins et sylphides que sa fille, les yeux un peu plus foncés mais d'un bleu tout aussi ensorcelant et des cheveux longs, raides et moins noirs que ceux de Katell.

— Je me donne encore six mois pour retrouver mon 38, dit-elle en se tordant de plus belle devant le four.

— Maman, fit Katell en la regardant comme une enfant, tu devrais y aller mollo, bientôt tu vas pouvoir passer derrière une affiche sans la décoller…

Petite, elle était fière que sa mère s'appelle Morgane. Elle la voyait comme la fée du conte de Merlin et de la forêt de Brocéliande. Quand elle fut plus âgée toutefois, elle se rendit compte que la fée Morgane n'était pas si cool que ça, et que sa mère non plus.

— J'ai lu dans *Femmes du 21ème Siècle*, rétorqua sa mère en détachant ses cheveux, le menton haut, que des chirurgiens en Inde avaient trouvé le moyen de te remodeler le corps entièrement.

— Et le cerveau qui ramollit, t'y as pensé ? Tu t'imagines complètement à la masse avec ton allure d'ado ?

— Les rides, je ne veux pas en voir une ligne, c'est pour les vieux.

— Bah, pourquoi ? Ça prouve que t'as vécu longtemps et donc que tu sais plein d'trucs. Les vieux sont respectés dans les civilisations moins avancées parce qu'ils sont considérés comme des bibliothèques vivantes.

Morgane regardait sa fille en secouant la tête.

— Je n'ai pas envie d'être une bibliothèque vivante, enfiin ! Et je ne fais pas encore partie des vieux, moi, non mais ! Je suis à cinq ans de la quarantaine d'accord, mais j'en fais bien dix de moins, m'a dit encore Élaine l'autre jour.

— Là, je crois qu't'as vu la Vierge, Maman…

— J'ai l'impression d'entendre ton arrière-grand-père ! Vous n'y comprenez rien à la condition féminine.

« Ça y est… c'est reparti », soupira Katell de façon inaudible.

En attendant, pensait-elle, cette soi-disant condition féminine se résumait à des femmes inhumaines qui brandissaient leur maigreur sur les pages de magazines. Les dégâts sur les adolescentes, et les garçons aussi d'ailleurs, avaient atteint des proportions si inquiétantes que des hôpitaux spécialisés avaient été conçus pour faire face à leurs problèmes psychologiques.

Iniaki arriva à ce moment-là. Il prenait le plus souvent son petit-déjeuner avec Morgane et Katell et il ne voulait pas rater ce matin en particulier.

— Bonjour-eu mes demoiselles-eu, dit-il de sa voix grave et son accent basque. Il prit une profonde inspiration. Mmmm, ça sent bon le café, tu me verses une tasse, Morgane, s'il te plaît ? Alors, ma pitchoune, ta rentrée scolaire, t'as les pétoches ?

— Papy, fit Katell en penchant la tête sur le côté, je n'ai plus les pétoches depuis longtemps. Je ne suis plus une gamine.

Iniaki sourit avec un visage attendri. Ce visage était celui d'un homme qui aimait la vie. Plus que centenaire aujourd'hui, il était très ridé autour de ses petits yeux bleus perçants et alertes. Ceux-ci étaient cernés de pattes d'oie épaisses et surplombaient un nez légèrement crochu et des lèvres charnues. Ses cheveux gris, encore touffus malgré son grand âge, étaient coupés très courts et balayés vers l'avant. Iniaki dégageait un charme naturel dévastateur. C'était un homme qui devait son charisme à sa voix surtout. Plus basse qu'un ténor et plus ensorcelante qu'un conteur, elle envoûtait tout le monde.

Basque d'origine – son nom de famille était Urruty (que Morgane n'avait pas repris pour garder le même nom que sa fille, bien que cela lui eut coûté), Iniaki avait décidé de se retirer en Bretagne pour sa beauté sauvage et ses énigmes. Après un siècle passé à barouder sur la Terre entière pour essayer de les résoudre, il avait trouvé le moyen d'en découvrir d'autres ici. Il encourageait aussi son arrière-petite-fille dans ses convictions, et à l'aube de son troisième anniversaire il l'emmena dans un endroit bien banal qui comptait cependant un très étrange édifice.

Crucuno était un petit village quelconque qui se trouvait près de la départementale 781, non loin de Carnac. Il passerait totalement inaperçu si ce n'était cette pancarte d'un marron jauni indiquant un monument historique.

Ce monument était bien plus historique que tout ce que l'on pouvait imaginer, Iniaki confiait secrètement. Ce n'était pas un simple tas de grosses pierres posées les unes sur les autres, oh non, c'était un dolmen. Et un bien curieux dolmen de surcroît ! Non seulement il faisait partie des plus gros de Bretagne, mais dans le temps un long couloir de pierres menait à son entrée. Beaucoup de ces pierres avaient disparu car elles avaient servi à la construction des habitations.

Lorsque Katell entra à l'intérieur de l'édifice et caressa les pierres froides comme du marbre, une sensation très étrange l'envahit. Une sensation qu'elle n'oublierait jamais. Comme si on tentait d'entrer dans sa tête. Une voix incompréhensible. Lorsqu'elle en ressortit, son visage d'ordinaire si pâle s'était allumé d'une étincelle si lumineuse que son arrière-grand-père recula de surprise. Puis il s'approcha, lui saisit le bras et ressentit une décharge électrique qui le plaqua au sol aussitôt. Katell le contemplait avec ses grands yeux bleus devenus tout noirs. Sa petite bouche s'ouvrit lentement et un long souffle rauque en sortit…

Elle s'effondra au sol.

Quand elle ouvrit les yeux, une seconde plus tard, elle demanda à son aïeul ce qui avait bien pu se passer. Celui-ci, sous le choc, ne put répondre.

Les légendes disaient que le dolmen et tous les autres vestiges similaires remontaient à des temps immémoriaux et que les ancêtres des humains les avaient découverts, quasiment abandonnés, en arrivant sur la péninsule armoricaine. Qui les avait édifiés ? Cela, tous l'avaient oublié. Oubliée aussi fut la raison pour laquelle ils avaient été placés là et non ailleurs. Ce qui persistait néanmoins, c'était la prédiction selon laquelle tout devait être révélé un jour. C'était en tout cas ce que disaient les légendes et les mythes.

— Tu ne trouves pas que je suis plus belle comme ça ? lança Morgane en brandissant son corps devant son grand-père. Hein ? Franchement, non ?

— Non ! rétorqua Iniaki fermement. Tu ressembles à toutes ces bonnes femmes anorexiques de tes journaux de bas étage. Elles sont plus affreuses que tout ce qu'il m'a été donné de voir dans ma vie… Quelle honte ! Il faut être alambiqué de la cafetière pour faire de ces critères la norme !

— Ce sont les critères de beauté féminine depuis des générations ! contredit sa petite-fille avec conviction.

— Ce n'est pas parce que tout le monde les trouve belles, qu'elles le sont ! riposta-t-il en cognant la table du poing. Tout comme ce n'est pas parce que tout le monde pense que l'homme descend du singe, que c'est le cas !

— Ola, ola, olaaaaa, l'arrêta Morgane d'un mouvement giratoire du bras. Tu vas pas commencer dès le matin avec tes théories grotesques ! Tes "on n'a pas été créé par hasard car le hasard n'existe pas" ça commence à bien faire. Bientôt tu vas nous dire qu'on vient d'une autre planète !

— Le philosophe grec Plotin déclara au premier siècle de notre ère : "Dans la vie, le hasard n'existe pas, il n'y a que des liens ordonnés".

— Ah oui, c'est ça, rigola-t-elle. Tu vas finir par rendre Katell mystique avec tes…

Elle ne termina pas sa phrase. Les tempes d'Iniaki commencèrent à battre plus rapidement. Morgane voyait qu'il allait perdre son calme. Il ne supportait pas qu'on ne le prenne pas au sérieux.

— Je n'essaie pas de la rendre mystique ! répondit-il d'un regard d'acier, les poings serrés. J'essaie juste de lui ouvrir l'esprit. Au moins, je suis là, moi !

— Qu'est-ce que tu insinues par-là ?! s'emporta Morgane. Alors là, c'est un peu fort de café, ça ! Non mais tu entends ça, Katell ? (Celle-ci ne soufflait mot). Tu te permets de critiquer l'éducation que je donne à ma fille ? Dis donc, tu te prends pour qui pour me juger ? Ce n'est pas moi qui ai abandonné mon fils pour aller courir le monde... et probablement la gueuse !

Alors qu'elle prononçait ses derniers mots, elle vit son grand-père se contracter davantage et ses yeux s'enflammer d'un courroux déchaîné.

— Je n'ai JAMAIS été infidèle à ta grand-mère ! vociféra-t-il d'une voix si caverneuse que le sang de Morgane cailla instantanément dans ses veines.

Elle serra les dents, baissa les yeux.

Katell osait à peine respirer. Elle avait vu son arrière-grand-père piquer des crises dans le passé et en général, la vaisselle valsait d'un côté à l'autre de la pièce.

— Je regrette de ne pas avoir passé plus de temps avec elle, reprit-il d'une voix brisée, tentant de contenir sa colère mélangée à la tristesse la plus profonde. Mon travail m'envoyait loin d'elle. Ce n'est pas facile la vie d'archéologue, tu sais. On est constamment par monts et par vaux. Thomas me l'a suffisamment reproché. Et à cause de cela, je n'ai pas eu le privilège de te voir grandir ni de t'émerveiller avec tout ce que j'ai pu voir et apprendre. Avec Katell, je peux le faire...

Il regarda son arrière-petite-fille avec des yeux qui, maintenant, brillaient de tendresse et de chagrin aussi. « Mais les regrets ne servent à rien, si ce n'est à pourrir la vie de celui qui les entretient » disait-il constamment.

Katell n'avait pas ouvert la bouche tout le long de leur dispute. Les querelles d'adultes qui reprochaient toujours aux autres des erreurs qui ne sont qu'humaines, l'agaçaient fortement. Elle tartina de miel sa tranche de pain de seigle et les ignora.

Elle jeta un œil sur son potager dehors. Il avait souffert de la sécheresse de l'été qui empirait chaque année depuis la première vague de chaleur meurtrière en 2003. Même si la plupart des légumes d'aujourd'hui étaient transgéniques (nécessité depuis les changements climatiques sévères au cours des deux dernières décennies), l'implacable canicule qui avait sévi cet été-là avait eu raison de leur résistance surnaturelle. Les nuages étaient enfin revenus en ce mois de septembre, noirs et gonflés d'eau. Tous espéraient qu'ils répandraient alors leur cargaison bienfaitrice au-dessus des champs et des jardins. Deux fois sur trois, la pluie se déversait sur l'océan, laissant la terre sèche comme un sablé breton. Lorsqu'elle arrivait enfin, elle tombait en trombes qui provoquaient des inondations dévastatrices. La planète vivait une époque perturbée, les hivers étaient devenus glacials et les étés caniculaires, mais de plus en plus courts.

— Vous avez pas fini, oui ?! rugit Katell en direction de ses aînés. On dirait deux gamins qui s'chamaillent pour une histoire de billes, vous pouvez pas vous comporter comme des adultes, non ?

Elle reposa son verre de jus d'orange brusquement sur la table, se leva et sortit, laissant Morgane et Iniaki comme deux ronds de flanc.

— Pfff ! souffla Morgane en secouant la tête. Les gamins d'aujourd'hui se croient vraiment plus malins que nous.

Une fois dans sa chambre, Katell ordonna à son ordinateur de passer le dernier album de Celtic Forest, un groupe néo-breton. Une musique traditionnelle de cornemuse mixée avec de la musique synthétique emplit immédiatement la pièce. Elle noua ses cheveux noirs en une mini queue de cheval épaisse, se regarda dans le miroir près de sa porte de chambre, corrigea son teint pâle d'un coup de blush léger sur les joues, brossa ses longs cils de mascara noir, fit la moue et peignit ses lèvres fines d'un gloss rosé. À treize ans, bientôt quatorze, elle en paraissait dix-huit et se considérait comme une femme de vingt-deux. Les jeunes d'aujourd'hui grandissaient si vite que même leurs parents, pourtant eux aussi d'une génération qui grandissait trop vite, étaient dépassés.

Katell se dirigea ensuite vers son petit espace d'étude avec son ordinateur à écran holographique dernière génération. Sur le pan de mur en face étaient agrafées des photos de voyages, notamment les ruines de Machu Pichu au Pérou, où elle était allée avec sa mère et son arrière-grand-père pour son dixième anniversaire, ou encore ce petit colibri qui était venu picorer l'ibiscus devant sa chambre à Cuzco tous les soirs vers cinq heures. Ses couleurs d'un bleu-vert irisé paraissaient surnaturelles ; elle avait passé son temps plantée là, avec son objectif au maximum pour l'observer battre ses ailes à la vitesse de la lumière. Et enfin quelques souvenirs de la savane du Kenya où elle était allée avec ses deux parents quand ils étaient encore ensemble.

Sur le mur de gauche, près de la fenêtre, était scotchée une mappemonde sur laquelle elle s'était un jour amusée à dessiner des courbes reliant de grandes villes européennes. Ces courbes étaient parallèles et semblables à des demi-cercles concentriques. L'idée lui était venue suite à un séjour en Europe du Nord l'année précédente avec sa mère. Elles étaient allées en Finlande, Estonie et Lettonie.

Avant son départ, Katell avait regardé sa mappemonde afin de situer leurs capitales respectives, Helsinki, Tallinn et Riga. Quelle ne fut pas sa surprise de découvrir qu'elles formaient une ligne presque droite. En regardant sa carte, elle remarqua que tout un schéma de courbes parallèles se dessinait. La ligne commençant à Helsinki en Finlande passait par les capitales de l'Estonie et de la Lettonie, et se prolongeait en courbe par Varsovie, Vienne, Ajaccio et Alger. Les autres formaient des cercles concentriques de plus en plus petits à mesure qu'ils se rapprochaient de l'Irlande. Le dernier cercle passait par Dublin et Reykjavik.

Katell commanda oralement à l'ordinateur de se brancher sur Internet et l'écran holographique se matérialisa. La webcam incorporée à l'écran jaillit du coin en haut à droite et elle somma l'appareil de se connecter avec Mel. Deux secondes après, le visage endormi d'une jeune fille apparut en hologramme. Ses cheveux mi-longs étaient ondulés et d'un ton virant sur un rouge carmin lumineux, parfois groseille. Ses yeux noirs en amande se plissèrent ainsi que son petit nez, un vague sourire s'esquissa sur ses lèvres pulpeuses quand elle reconnut la personne qui appelait.

— Évidemment… marmonna-t-elle en ravalant son sourire. Personne d'autre pouvait me déranger à une heure pareille…

— L'avenir appartient à ceux qui se lèvent tôt ! rétorqua Katell en lançant un bras dans les airs et ignorant l'humeur ronchon de sa copine d'enfance. Je te signale qu'il est déjà sept heures. On commence l'école dans une heure !

Mel n'était pas une jeune fille particulièrement enjouée de nature. Grincheuse était le surnom donné par les amis de Katell. Ils l'auraient mieux supportée si elle ne râlait pas autant. Et elle aurait râlé encore plus s'ils avaient utilisé son prénom entier, Mélusine. C'était le nom d'un personnage des légendes du Poitou, la Venise Verte française, région pleine de mystères elle aussi. Le souhait le plus cher de la fée Mélusine était de devenir mortelle et de connaître l'amour. Or, elle commit un pêché et sa mère, la fée Présine, jeta alors un sort sur sa fille pour la punir : toutes les nuits du samedi au dimanche, elle les passerait en tant que fée. Katell connaissait la légende et trouvait le nom particulièrement mélodieux et magique. Il en fallait plus que cela pour convaincre Mel qui elle, le trouvait tout bonnement abominable.

— Dernière année au collège, youhouuu ! s'extasiait Katell en se tortillant tel un têtard épileptique devant l'hologramme du visage de son amie.

— Je n'ai vécu que pour ce moment-là… bâilla son amie en grattant ses cheveux bouffants. Bon, je peux me recoucher maintenant ? Je te signale que tu viens de me saper un super rêve.

— Un super rêve ? Toi ?

— Bah oui. Comme quoi les miracles existent.

— Raconte !

— Je viens de l'oublier. Faudrait que tu puisses lire dans ma tête…

— J'y travaille tous les jours et franchement, j'sais toujours pas c'qui s'y passe.

— Ha ha, désopilant. Ce rêve te concernait, j'te signale.

— Et c'était un "super rêve" ? s'étonna Katell. D'habitude, tu rêves plutôt de ma mort par décapitation, éclatement en millions de particules ou je n'sais quoi encore !

— Comme je viens de dire, les miracles existent.

— Tu ne crois pas aux miracles, glissa-t-elle avec un sourire en biais.

— Et ni aux rêves non plus d'ailleu… aaaargh, Fangio !

Une masse noire et longiligne avait momentanément brouillé l'hologramme et un ronron retentissant s'engouffra dans le micro. Katell reconnut le siamois noir aux yeux bleus de Mel et essaya d'attirer son attention avec des petits claquements de langue. Il regarda son visage, le sniffa un instant et se retourna pour montrer son derrière. Il s'enroula ensuite comme une écharpe autour du cou de sa maîtresse allongée.

— Ce chat est plus collant que toute la glue du monde, grommela cette dernière.

Mel râlait perpétuellement contre Fangio mais au fond, elle en était folle. La seule chose qu'elle lui reprochait, c'était son manque d'indépendance. Hormis cela, Fangio était un chat extraordinaire. Nommé comme ce coureur automobile du vingtième siècle, ce chat partait parfois dans des sprints sans aucune raison apparente. La chose la plus surprenante, d'une manière générale, était son tempérament. Fangio obéissait au doigt et à l'œil. Mais à ceux de Mel seulement. De fait, Fangio était connu comme : le chat-qui-se-prend-pour-un-chien.

— Bon, reprit Mel en lançant un regard réprobateur à son amie, je sens que je vais être de mauvais poil toute la journée…

Un éclair jeta sa violente lumière contre le seul mur dénudé de la chambre de Katell. Celle-ci jaugea le temps orageux qui s'annonçait avec fracas et jeta sa veste d'été pour s'emparer d'un imper.

— T'es toujours de mauvais poil de toute façon, rigola Katell.

— Et toi, t'as toujours le mot qui réconforte…

Katell leva son index vers l'écran, sélectionna le menu « émotions » qui apparut juste en dessous du menton de Mel, choisit l'option « bisou virtuel », accompagné d'un bruit de succion et ordonna « envoi ».

— Ça marche pas avec moi, fit Mel en regardant son écran sur lequel le bisou venait d'apparaître. Des grosses lèvres en forme de cœur l'engloutirent l'espace d'une seconde. Chuis immunisée…

— Oui, Mel, je sais, Mel.

Son amie daigna lui faire un sourire.

— Bon, huit heures devant la grille du collège, ordonna Mel. Et t'as intérêt d'être à l'heure.

— Notre dernière année à Carnac, c'est excitant quand même ! éluda Katell.

Mel roula des yeux et bâilla à s'en décrocher la mâchoire.

— Kat, il ne se passe plus rien d'excitant ici depuis des millénaires… pour autant qu'il se soit jamais passé quoi que ce soit ici d'ailleurs…

Katell fit une grimace suivie d'un clin d'œil et coupa la connexion. Elle jeta un œil par la fenêtre, fit la moue, se débarrassa de son imper et empoigna sa polaire en matière variable étant donné l'incertitude du temps : s'il faisait plus froid, la composition du vêtement se gonflait d'air et isolait ainsi son porteur. Elle jeta ensuite son sac de cours sur ses épaules, sortit de sa chambre puis de la maison.

L'allée de graviers roses faisait résonner ses pas dans la grande cour fermée par un portail en fer automatique. Deux autres maisons, celles de M. Ripoche, un agriculteur, et de M. et Mme Quinio, un couple d'instituteurs, complétaient le corps de longères. Katell se dirigea vers le garage, posa la main sur le boîtier de commande d'ouverture et la porte se souleva dans un bruit de crissement de métal. La voiture électrique de sa mère était encore en train de se recharger. À côté, un petit scooter rouge bordeaux métallisé luisait sous la lumière des néons. Elle l'enfourcha, enclencha le bouton qui déployait l'habitacle de protection et appuya sur le démarreur. Le véhicule vibra légèrement. L'écran de contrôle s'illumina, signalant que son autonomie était encore de cent dix kilomètres. Elle avança la poignée de guidage et le véhicule se propulsa vers l'avant dans un silence total.

« Aaaah », songea-t-elle sur la route, « dernière année au collège… ». Elle avait hâte.

Le brouhaha dans la cour du collège Gilles Servat était assourdissant. Les surveillants peinaient à contenir l'excitation des élèves se retrouvant après la longue absence des vacances d'été. Employés pour faire régner l'ordre, les pions n'étaient plus des étudiants sans le sou mais d'anciens videurs ou agents de sécurité. La violence dans les collèges et lycées était devenue telle depuis le début du millénaire que les chefs d'établissements, les professeurs et les parents avaient fait une grève nationale de six mois en 2017. Pire que mai 1968. Le gouvernement avait fini par céder. Les parents étaient soulagés et l'ordre était revenu.

Cette structure en béton non polluant, en aluminium et en verre avait fait hausser quelques sourcils lors de sa construction, de par son côté avant-gardiste. Sa forme hexagonale futuriste déplaisait aux anciennes générations.

Un immense atrium vitré en forme de pyramide absorbait la lumière d'une telle façon qu'une véritable jungle poussait en son sein, rafraîchissant ainsi l'esprit des élèves, et le système d'aile propre à chaque niveau convenait à tous. De grandes baies vitrées permettaient aux pièces d'être constamment baignées de lumière naturelle car des études avaient découvert que la lumière des néons endormait les élèves. Ainsi, tous les nouveaux établissements étaient conçus de telle sorte à éviter leur usage.

Le collège Gilles Servat était également un pionnier en terme d'énergie renouvelable et de recyclage. Des panneaux solaires couvraient une grande partie de sa toiture en ardoise et des dizaines de containers spécifiques à chaque déchet étaient à la disposition des élèves. Ceux-ci, chaperonnés par les plus grands lors de leur entrée en sixième, étaient éduqués tout de suite.

— Salut Kat ! fit une voix de garçon derrière elle alors qu'elle arrivait avec Mel dans l'atrium.

Elle se retourna et fit face à un garçon de quinze ans, grand et svelte, de type berbère. Son teint légèrement hâlé, ses cheveux noir corbeau coupés très courts et ses yeux entre le bleu et le vert lui donnaient un charme auquel il était difficile de résister. D'ailleurs, Katell n'avait pas résisté et était sortie avec le garçon pendant quelques semaines l'année précédente. À ses côtés, se tenait un garçon de quatorze ans, un peu plus petit mais tout aussi élancé. Ses mèches blondes comme le maïs se terminaient en virgules tout autour de son visage sculpté comme un marbre grec : des traits prononcés, des yeux foncés et une bouche en forme de M étiré.

— Salut Abel, dit-elle d'une voix qu'elle essayait de garder neutre. T'as passé de bonnes vacances ?

— Je me suis régalé, répondit-il avec un clin d'œil.

Dragueur invétéré, Abel avait été anéanti par la rupture avec Katell mais il avait suffi d'un seul regard de Suzie, une bombe anglaise vivant en France et arrivée au collège l'année d'avant, pour le remettre d'aplomb. Après cela, il y avait eu Emma, puis Chloé, Maïwenn, Lola. La liste était encore longue.

— J'te présente Ronan, dit-il ensuite. Son père est prof d'histoire et ça s'pourrait bien qu'on l'ait, vu que le nôtre a décidé de se foutre en l'air cet ét…

— Abel ! s'insurgea Katell.

— Ben quoi ? fit-il en prenant un air innocent. C'est la vérité, non ?

— Oui, notre prof d'histoire s'est… commença Katell en regardant maintenant Ronan.

— C'est à cause des menhirs, lança Mel. Ils envoient des ondes mortelles qui détraquent le cerveau des gens.

— Fais pas gaffe, dit Katell en secouant la tête et jetant un regard réprobateur vers son amie. Il n'y a rien de maléfique ici. C'est juste que… qu'un autre prof s'est pendu l'année dernière et avant lui, il y en a eu d'autres ! Chez les élèves aussi d'ailleurs… Mais ce n'est pas juste au collège, c'est pareil dans tout le Morbihan. Tu n'es pas d'ici, toi, si ?

— Non. Je ne suis de nulle part en fait, répondit Ronan, la voix grave en contradiction avec son allure timide. On déménage tout le temps, en fonction des mutations de mon paternel. Là, j'arrive d'Aveyron.

— Ça n'a pas l'air de t'enchanter d'être là en tout cas, remarqua-t-elle.

Le nouveau protesta poliment, prétextant être un peu fatigué par le déménagement. En réalité, il sentait le poids du regard inquisiteur de Mel sur lui. Elle le fixait. Il le voyait du coin de l'œil.

— Et toi, au fait, Mel, ça va ? Bonnes vacances ? nargua Abel. T'en as pas profité pour faire un stage à l'école du rire encore à c'que j'vois…

Mel allait riposter quand la grille de l'entrée de l'atrium se mit à hurler. Toutes les conversations se turent. Un garde vêtu d'un blouson noir avec « Sécurité » inscrit en jaune fluorescent sur les bras arrêta un petit sixième qui le regarda d'un air tétanisé. Son sac fut fouillé et le pion sortit un cutter qu'il confisqua aussitôt. Le collège Gilles Servat n'était pas un collège à problèmes, d'une manière générale. Il était malgré tout muni de détecteurs de métaux à la grille d'entrée de la cour ainsi que celle de l'atrium, sur toutes les portes des salles de classe, des labos, de la cantine, de la salle de gym, ainsi qu'à la médiathèque de la Préhistoire et du Futur (la MPF comme l'appelaient les élèves) adjacente à l'établissement. De nombreux incidents de tyrannie avec des outils de cours envers les petits et les plus faibles avaient contraint Mme la Principale à recourir aux méthodes draconiennes.

Madame Rincet menait son collège à la baguette. Ancienne recrue des Forces Spéciales de l'Armée française, sa poigne était de fer. Son regard, quant à lui, était aussi menaçant que celui d'un félin. Rien ne lui échappait. « Œil de lynx » était le surnom dont les élèves l'avaient affligée.

Les trois classes de troisième étaient maintenant rangées avec une rigueur presque militaire dans la cour intérieure du collège. La troisième bleue (Madame Rincet avait récemment aboli le système de lettres, préférant l'alternative « plus poétique » des couleurs) dans laquelle se trouvait Katell, était prête à suivre leur professeur principal, M. Quénéhervé, professeur de maths. Une fois en cours, le petit homme chauve et rond comme un petit pois leur distribua leur emploi du temps, rappela les règles du collège : pas de bécotage dans les couloirs, pas de chewing-gum, pas d'objets coupants ou dangereux, etc. ; et les informa qu'ils avaient un nouveau professeur d'histoire, M. Duchemin.

Quelques gloussements émergèrent du fond de la salle, suivis de recherche de surnoms : « Duduche, Duchmol… ». M. Quénéhervé n'avait pas assez d'autorité pour les faire taire et l'excitation monta.

— Allez, dehors ! ordonna-t-il d'une voix faiblarde.

Les élèves obéirent prestement et rejoignirent la salle d'histoire à la traîne. M. Duchemin accueillit ses élèves sans un sourire et émit un « Bonjour » sonore et intimidant. La troisième bleue répondit dans une sorte de murmure indifférent.

— Mon nom est M. Duchemin, dit-il quand tous furent installés. Je serai votre professeur d'histoire toute cette année durant. Je suis là pour vous inculquer des connaissances et non pour endosser l'autorité du parent, du gendarme ou du psychiatre.

Quelques chuchotements s'élevèrent, accompagnés de ricanements intempestifs. M. Duchemin attaqua en ordonnant le silence à la manière d'un chef d'escadron. Il était plus costaud qu'il n'y paraissait au départ sous sa veste. Sa stature haute et sa prestance confiante lui procuraient ce petit truc qui faisait taire les commentaires. Cet homme avait un charisme paralysant, c'était certain. Son front était assez ridé pour un homme qui ne devait pas être beaucoup plus vieux que la mère de Katell. Il devait se faire beaucoup de soucis, pensa la jeune fille.

Le regard du professeur s'attarda sur les murs brillants de soleil, placardés de toutes sortes de posters jaunis qui décrivaient la grandeur de l'Homme dans ses réussites architecturales de par le monde. Quelques mots anonymes avaient été tapés sur ordinateur et affichés au-dessus de la porte : « Notre passé n'est plus mais c'est grâce à lui que nous sommes devenus ce que nous sommes ». Les mots « grâce à » avaient été gribouillés de feutre rouge et remplacés par « à cause de » d'une écriture d'enfant voulant passer pour un adulte.

M. Duchemin sourit imperceptiblement et se retourna pour faire face à son audience maintenant totalement silencieuse.

— Les alignements de Carnac sont l'une des plus grandes énigmes de l'Histoire de l'Humanité, commença-t-il d'une voix grave et envoûtante qui provoqua un frisson électrisé dans la classe. La Bretagne, poursuivit-il en durcissant son regard ténébreux, compte un nombre inégalé dans le monde de menhirs, ces pierres levées, et de dolmens, ces tables de pierres. Plus de trois mille menhirs sur le seul site de Carnac, près d'ici. Ces constructions remontent à plus de 7 000 ans et elles sont toutes à des endroits où le hasard n'a pas sa place. Ces pierres sont connues sous le nom de *mégalithes* et ceci est connu comme étant le *Phénomène Mégalithique*. Car il s'agit bien d'un phénomène.

Il fit une pause lors de laquelle il se mit à marcher entre les rangs, commençant par celui où se trouvaient Katell et Mel. Le silence était tel qu'il régnait une ambiance presque anormale.

— Personne, reprit-il en contemplant ses élèves du haut de son mètre quatre-vingt dix, ne sait exactement *quand, pourquoi* et par *qui* ces mégalithes ont été posés là, et *non ailleurs*.

Alors qu'il s'approchait des deux jeunes filles, il s'arrêta brusquement et leva sa main contre sa tempe. Une grimace de douleur lui transperça le visage le temps d'une seconde. Il se recomposa rapidement et continua son inspection des rangs.

— Quelqu'un peut-il me donner l'origine du mot mégalithe ? demanda-t-il sur un ton de général.

La main de Katell se projeta dans les airs à la manière d'un missile, avant même qu'il ait fini de poser sa question. Il hocha sensiblement la tête, se massant encore une fois la tempe.

— Le mot vient du grec *mega* qui veut dire grand et *lithos* qui veut dire pierres, répondit-elle comme si elle récitait le dictionnaire.

— Excellent, félicita le professeur. Tu t'appelles ?

— Katell, monsieur, Katell Loro.

— Très bien, Katell. Je suis ravi de voir que mes prédécesseurs ont laissé une trace. Peux-tu me dire ce que tu sais sur le grand menhir tombé de Locmariaquer par exemple, non loin de Carnac ?

— Mon arrière-grand-père m'a raconté qu'il pesait près de trois cents tonnes à l'origine et qu'il mesurait plus de vingt mètres de haut. Il faisait aussi partie d'un alignement de dix-neuf menhirs dont on a retrouvé les fondations.

— Ceci est tout à fait correct. Le granit utilisé provient d'une carrière située à plusieurs kilomètres de là. Ma question est : comment des hommes, disons... primitifs comme ceux d'il y a sept mille ans, ont-ils pu créer ces alignements ?

De nombreuses mains s'élevèrent.

— Ils utilisaient des rondins de bois et les faisaient rouler dessus, avança une jeune fille avec une barrette changeant de forme dans ses cheveux bleus.

— Ils les tractaient avec des troupeaux de bœufs, proposa un garçon avec un tatouage celte sur la tempe.

— Ils avaient des esclaves et les fouettaient à mort, suggéra un autre garçon avec un t-shirt à couleur variable.

— Vous ne percevez pas le fond de ma question, dit enfin le professeur.

Toutes les mains se posèrent sur les bureaux. Des expressions découragées s'étaient installées sur les visages. Katell leva la main, incertaine.

— Oui ? autorisa M. Duchemin.

— Ces hommes n'étaient pas des primitifs. Ce n'est pas important de savoir comment ils les ont construits, enfin si, mais bon, le plus important c'est de savoir comment ils ont pu acquérir de telles connaissances.

— Je vois que tu en sais plus que la majeure partie des gens, Katell.

— J'ai toujours vécu ici, répondit-elle avec une fausse humilité, et puis, mon arrière-grand-père en connaît pas mal sur les mégalithes. C'est tout.

— Katell a raison, reprit M. Duchemin en se dirigeant vers le tableau. Ce qui est fascinant à propos de ces mégalithes, c'est tout l'inconnu qui les enveloppe. Quelle civilisation a bien pu créer ces étranges édifices ? Nous en avons retrouvé des traces sur la terre entière, aux États-Unis, au Japon, en Asie, en Australie, en Afrique, absolument partout. Nous avons découvert que ces alignements, ainsi que les édifices comme Stonehenge en Angleterre, avaient également une connexion avec les astres et l'univers. Comment ces connaissances se sont-elles développées ?

— Avec le temps, intervint Mel sans avoir levé la main.

— Pardon ? fit le professeur.

— Ils avaient tout le temps du monde, ils n'avaient que ça à fou… euh, à faire, alors ils regardaient les étoiles, la nature et tout. CQFD[i].

— Vous pensez qu'on saura un jour pourquoi ces menhirs sont là ? questionna Katell, pleine d'espoir.

— Pour cela il faudrait en effet passer beaucoup de temps à observer la nature, comme l'a pertinemment suggéré… quel est ton nom ? interrogea-t-il en direction de la jeune fille aux cheveux bouffants.

— Mel Conan, répondit-elle.

— La raison pour laquelle je parle des mégalithes, dit-il après avoir acquiescé, bien que cela ne soit pas à notre programme cette année, est très simple.

Il déambula de plus belle dans les rangs, posant son regard sur chacun de ses élèves, l'un après l'autre.

— Je veux que vous gardiez un esprit *ouvert*, annonça-t-il sur un ton frisant celui du prophète. Notre passé regorge de vestiges tout aussi mystérieux que Carnac et les théories généralement acceptées ne sont pas forcément celles qui sont correctes. En questionnant ce que vous apprenez et découvrez, vos capacités d'évolution, d'apprentissage, d'ouverture sur le monde sont infinies. Et c'est cela qui fera de vous des adultes puissants.

Katell jeta un coup d'œil vers Ronan qui tourna la tête pour croiser son regard. Elle lui fit une grimace qui traduisait la surprise qu'elle ressentait envers son père. Il leva les yeux au ciel, l'air de dire : « T'affole pas, c'est toujours comme ça ».

---

[i] CQFD: Ce qu'il fallait démontrer

Le reste du cours se déroula dans un silence studieux et la matinée s'écoula paisiblement au son des oiseaux piaillant dans les nombreux bosquets du parc entourant le collège. L'heure du déjeuner approcha et la léthargie des élèves se transforma en ruée vers l'or.

Les repas du collège Servat étaient réputés pour être bio, adaptés aux goûts des jeunes et aussi contenir toutes les vitamines nécessaires aux trois heures de cours de l'après-midi. Servis dans un cadre fantasmagorique, le déjeuner était toujours un moment de régal pour tous.

Les élèves des générations passées avaient participé à l'élaboration de fresques murales d'une excentricité qui laissaient les petits sixièmes perplexes. L'une d'elle représentait une journée parfaite dans un pays merveilleux. Leur imagination avait été des plus débordantes ; l'influence de romans de magie, de science-fiction, d'histoire et de fantaisie éclaboussait les quatre coins du pan de mur.

Un groupe de quatre adolescents était dépeint en train de rire autour d'un pique-nique. Ils étaient assis dans une clairière bordée d'arbres gigantesques et touffus dont les feuilles semblaient bouger sous une légère brise. Sur le côté, une cascade à plusieurs paliers se déversait dans un bassin aux couleurs turquoise d'où s'écoulait une rivière qui se jetait dans une vallée bercée d'une lumière ocrée. Jusque là, rien de très extraordinaire.

Là où l'imagination des élèves du collège Gilles Servat étonna ceux qui avaient commandité le projet, fut la représentation des animaux qui accompagnaient le pique-nique des quatre adolescents. Ceux-ci n'avaient rien d'ordinaire : licornes d'un rose éclatant, phénix cendrés, tigres aux dents de sabre rayés de rouge et noir, oiseaux exotiques aux couleurs métallisées... L'une des adolescentes, celle avec de longs cheveux roux, tenait une petite loutre sur ses genoux, une petite loutre aux yeux coquins que l'artiste avait toute peinte en bleu. C'était le détail qui rendait tout le monde perplexe. En effet, non seulement le bleu était d'une luminosité captivante mais l'animal avait été rajouté un jour, en fait une nuit, des années auparavant. Personne n'avait réclamé de droits d'auteur, un mystère qui ajoutait à la dimension irréelle du tableau.

Katell fit un clin d'œil à la fille avec la loutre comme à chaque fois qu'elle entrait dans cette pièce, par hommage. Accompagnée de Mel, elle se dirigea vers l'une des tables en plastique vert pâle où était assise Anaïg, une fille un petit peu ronde, aux cheveux frisés roux lui arrivant à la taille, vêtue façon bohémienne.

— Salut Anaïg ! lança joyeusement Katell en s'asseyant.

— Salut ! répondit-elle avec un sourire accueillant. Alors ? Bonnes vacances ?

— Mouais… bof… Mon père m'a emmenée à Center Park ! Non mais franchement ! Center Park ! À croire que j'ai toujours cinq ans…

— Moi, j'ai fait mon initiation shamanique. C'était incroyable !

Anaïg venait d'une famille un peu différente, selon les critères de la société. Ses parents étaient des adeptes de cultes anciens, druidiques et autres. Ils lui avaient donné une éducation spirituelle, lui avaient fait pratiquer le yoga depuis toute petite et considéraient la planète comme un vaste organisme vivant.

— Donc maintenant, tu peux nous dire ce que pensent vraiment les grenouilles, taquina Mel avec un petit sourire.

Anaïg était une des rares personnes que Mel appréciait. Sa perpétuelle bonne humeur était contagieuse, même pour elle.

— Rien à voir, répliqua Anaïg en riant. Je suis juste capable de ressentir l'énergie de chaque chose qui est. Tout ce qui nous entoure a une énergie particulière. C'est vraiment fascinant, j'ai l'impression de regarder le monde comme une sorte d'observatrice.

— Tu sors de ton corps ? s'émerveilla Katell.

— Non, ce n'est pas comme ça. C'est difficile à expliquer.

Avant même que Katell n'ait pu demander autre chose, Abel et Ronan les rejoignirent. Mel se leva d'un coup, saisit son plateau presque intact et s'en alla en gratifiant la tablée d'un « Salut ! » glacial.

— Mel est décidément toujours aussi… charmante, fit Abel en se grattant le menton.

— T'as jamais pu la piffrer de toute façon, rétorqua Katell d'un ton de reproche. Elle se tourna vers Ronan. Mel est, comment dire, son cerveau ne fonctionne pas comme le tien et le mien…

— Oui, mais bon… interrompit Abel en croisant les mains, la politesse c'est pas une question d'intelligence, c'est une question d'éducation…

Au moment où il finissait, il se mordit la langue.

— Quoi ? demanda Ronan, son regard passant de l'un à l'autre.

— Rien, dit Katell. Mel est juste un peu… difficile au premier abord. Donne-lui du temps.

— Tu dois t'ouvrir à elle, accorda Anaïg qui ne comprenait pas comment les gens pouvaient être aussi mauvais les uns envers les autres.

— Mouais… fit Ronan avec une moue dubitative. C'est sûr qu'en m'ignorant, ça va me donner envie de m'ouvrir à elle, hein…

— Si tu veux mon avis, déclara Abel, te fatigue pas ! Grincheuse ne changera pas.

Katell l'assassina de son regard limpide, prit son plateau et invita Anaïg à la suivre.

— Bah, echcuge-moi, répondit Anaïg la bouche pleine. J'ai pas fini mes chpaghetti, là.

Katell tourna les talons et partit.

— Cette dernière année à Servat promet d'être haute en couleur, man ! dit Abel en levant sa main droite devant lui.

Ronan la claqua d'un coup sec et les deux garçons s'échangèrent des regards entendus, laissant Anaïg se débattre avec ses nouilles bio. Ronan jeta un œil vers Mel au loin, assise avec une jeune fille au crâne rasé, qu'il détourna aussitôt. Ils s'étaient regardés au même moment et il piqua un fard.

— Mel a quelque chose d'irrésistible, non ? dit soudain Anaïg en observant Ronan.

— Quoi ?

— Elle a quelque chose auquel on ne peut pas résister, répéta-t-elle d'une façon tout aussi cryptique.

— Qu'est ce que tu veux dire ? demanda Ronan, perplexe. Elle se transforme en princesse charmante à la tombée de la nuit ?

Abel éclata de rire. Anaïg ne répondit pas. Elle rangea ses couverts en plastique sur son assiette, prit son plateau et s'en alla.

La première journée scolaire était terminée, et la semaine avec elle (les Troisièmes avaient repris l'école un vendredi, après tout le monde). Katell embrassa son amie d'enfance en s'excusant de ne pouvoir rentrer avec elle. Elle devait passer prendre un Campaillou à la boulangerie pour Iniaki. Elle fit la bise à Abel, qui la retint un peu avant de la laisser s'échapper, puis à Ronan, et enfourcha son scooter électrique. Elle roula à fond les gaz vers Erdeven à la boulangerie Le Bozec, sur la place de l'église.

Une petite enseigne en métal rouillé, accrochée au côté de la maison en pierres, signalait que du pain était vendu là. Dans la vitrine alléchante crânaient de multiples croissants, pains aux raisins et autres friandises que le père Le Bozec fabriquait de ses mains de fée. Il ne lui restait plus longtemps avant d'être à la retraite et Mme Le Bozec n'en finissait pas de geindre sur le sort de son pauvre mari. « Qu'est-ce que je vais en faire ? » se lamentait-elle à chaque fois qu'un client régulier entrait dans la boutique. « Il vit la nuit et dort le jour ! Il va péter une durite ! Et moi aussi ! ». Katell, elle, regrettait la disparition de ce boulanger hors pair dont le pain était l'un de ces plaisirs minuscules qui la ravissait chaque jour. Mais après tout, il avait travaillé pendant cinquante ans, il avait bien le droit à sa retraite, se disait-elle à chaque reproche de sa femme.

Katell poussa la porte en bois et la clochette retentit pour annoncer son entrée.

— … démoniaque, j'vous dis ! finissait de dire la cliente aux cheveux gris permanentés en empoignant sa baguette moulée.

La boulangère hochait poliment la tête et gratifia la jeune fille d'un sourire aussi large que ses croissants.

— Bonjour ma petite ! accueillit-elle vivement.

— Bonjour, salua Katell avec un sourire un peu faux.

Elle ne supportait pas qu'on l'appelle « ma petite ». Ceci dit, c'était sûr qu'à côté de Mme Le Bozec, Katell faisait l'effet d'une chouquette. Montée sur une charpente d'au moins un mètre quatre-vingt et enrobée d'un bon quintal de chair, la boulangère était une femme qui en disait long sur la qualité des croissants et autres viennoiseries de son mari. Son visage rougi par la chaleur du four (ce même four qui cuisait des baguettes dont la mie fondait délicieusement sous le palais) lui donnait un teint perpétuellement bloqué en mode surchauffe.

La cliente les quitta en souhaitant une bonne fin de journée à la boulangère et à Katell.

— Qu'est-ce qui est démoniaque ? interrogea Katell, intriguée.

— Oh, c'est cette sorrcièrre ! fit la géante en roulant les « r » et en gesticulant dans les airs. Elle a grrillé le champ de navets de not' pôv' Mme Kerrouët avec ses maléfices. Ça faisait longtemps pourrtant !

— Une sorcière ? répéta Katell qui n'avait jamais entendu parler de sorcière dans le coin.

— On pense qu'elle se cache dans ce petit frragment de forrêt qui rreste de Coët-err-Bei, non loin du dolmen de Mané-Grro'h et de l'étang Varrquès. Mais avec les pins, les rronces et tout le rreste, on ne voit pas où pourrait se trrouver sa maison. Cerrtains habitants de Crrucuno se sont plaints qu'elle prratiquait des sorrtilèges et empoisonnait leurrs semences. Elle rrendrrait la population complètement folle aussi.

Les « r » de Mme Le Bozec n'en finissaient pas de rouler comme un tambour, tel l'orage qui commençait à pointer son nez vers l'ouest.

— Cette sorcière a un emploi du temps chargé à ce que je vois, glissa Katell d'un ton sarcastique.

— Aaah ça, oui, continua la boulangère sans relever la plaisanterie. La vieille chouette est futée en plus ! On ne peut pas prrouver ces choses-là. Et elle pourrait t'effacer la mémoire que tu le saurrais pas !

« Ça, c'était l'évidence même », pensa Katell en continuant de poliment écouter la boulangère aux yeux gonflés par les émotions. Elle lui raconta qu'une fois, on l'avait aperçue en train de soulever un des menhirs de Kerzerho pour le remettre bien droit. Personne, toutefois, ne s'était aventuré à chercher son antre.

Katell lui demanda si on savait qui elle était.

— Bé dam' non ! On ne se rrappelle même plus quand elle a emménagé ici ! Cerrtains disent verrs la fin du siècle derrnier mais perrsonne sait. Même à la mairie, ils n'ont aucun papier. Ils ont tous peurr d'elle de toute façon, alorrs d'la s'cousse, ils la laissent trranquille. Tant qu'y a pas morrt d'homme, hein !

Mme Le Bozec jeta un œil alarmé dehors.

— Quelqu'un l'a déjà vue ? s'enquit Katell, toujours intriguée.

— Il y a longtemps d'ça, oui. Parr contrre, je n'sais plus comment il s'appelle…

— C'est un homme, vous en êtes sûre ?

— Absolument. Il avait un penchant pourr la bouteille d'ailleurrs et donc perrsonne ne l'a crru. Je ne sais pas ce qu'il est devenu, le bougrre…

Katell paya la boulangère avec la carte de sa mère pour les commissions (la monnaie n'était plus utilisée depuis bientôt dix ans) et elle quitta l'échoppe en se demandant si d'autres personnes en savaient plus sur cette obscure sorcière. Elle grimpa sur son scooter et fila à toute berzingue sur la départementale 105. Elle dépassa le Manoir de Kercadio, une immense bâtisse en granit coupée en deux par la route et transformée en crêperie de luxe, ralentit à l'approche d'une petite route sur la droite qui signalait le village de Keredo, s'engouffra dans le chemin bordé de chênes et arriva chez elle une minute plus tard.

— Papikiiii ! carillonna-t-elle en déboulant dans la partie de la longère réservée à son arrière-grand-père.

Celui-ci répondit d'un « Dans mon bureau ! » qui résonna

dans toute la maison. Katell passa le salon poussiéreux, remarqua la triste mine de ses calathéa et amaryllis (Iniaki pestait perpétuellement contre les plantes d'intérieur : pour lui, « les plantes, c'est fait pour dehors ! »), et se dirigea vers la porte dans le fond à droite. Son aïeul était assis de profil, face à la fenêtre avec vue sur le jardin. Habillé d'un pantalon de lin anthracite et d'un t-shirt vert pomme, le vieil homme était affairé à déchiffrer d'anciens textes qu'il avait conservés après sa retraite.

Katell lui fit remarquer l'état d'abandon dans lequel se trouvait sa maison avant de l'embrasser bruyamment.

— Tu apprendras qu'il y a des choses bien plus importantes dans la vie que le ménage ! riposta Iniaki en ôtant ses lunettes rectangulaires, un large sourire pendu aux lèvres. Comment s'est passée ta rentrée scolaire, ma pitchoune ?

— Ouais, pas mal, répondit-elle en tordant le cou pour voir ce sur quoi il travaillait. Tiens, j'ai appris un truc bizarre aujourd'hui… Mme Le Bozec m'a parlé d'une sorcière qui vivrait pas loin d'ici. T'en as entendu parler, toi ?

— Mmm ? fit Iniaki de nouveau absorbé par son travail.

— Une sorcière, papy ! T'as entendu parler d'une sorcière par ici ? Tu m'écoutes ou pas ?

— Pardon ma chérie. Si, je t'écoute. Une sorcière ? Ici ? À Keredo ? Remarque, ça ne m'étonne pas, j'ai toujours trouvé la chapelle de Saint-Sauveur pas catholique du tout.

Saint-Sauveur était le village de l'autre côté du champ de maïs transgénique, là où résidait Mel.

— Tu ramollis des neurones, papy, dit Katell avec agacement, je te parle pas d'ici *ici* !

— Aaah, pardon, excuse-moi. Je suis un peu fatigué. J'ai beaucoup travaillé. Mais cela n'aura pas été en vain ! Je suis persuadé maintenant que les Sumériens connaissaient l'écriture bien plus tôt qu'on ne l'avait pensé au départ !

Katell regarda son arrière-grand-père d'un air hébété. Il lui faisait toujours le même coup. Il partait dans ses délires et oubliait totalement la question qui lui avait été posée.

— La sorcière, papy… insista-t-elle en penchant la tête et

posant ses poings sur ses hanches.

— Hein ? Ah oui ! J'en ai entendu parler un jour, dit-il en reconsidérant la traduction de mots cunéiformes qu'il avait devant lui.

— Mais encore ?

— C'était il y a longtemps. Je ne me rappelle plus très bien quand. Ah si ! C'était peu après 2012, je m'en rappelle maintenant.

— 2012 ?

— Oui, l'année où on avait prédit la fin du monde. Ça ne s'est pas produit puisque nous sommes toujours là, ajouta-t-il d'un rire un peu nerveux que Katell ne remarqua pas, plus fascinée par ce qu'il avait à dire. Je me rappelle qu'elle avait été vue le soir du solstice d'hiver. Elle pratiquait des rites druidiques un peu paranormaux, je crois. Elle a fait peur à un type de la région qui a commencé à se prendre pour Jésus après ça !

— Qu'est-ce que tu veux dire par "paranormaux" ?

— Apparemment, elle s'illuminait tout de bleu. Elle fut surnommée la *sorcière bleue* d'ailleurs. Ne me demande pas de détails, je n'en sais pas plus, termina-t-il en la stoppant dans son élan.

— Et l'homme, qu'est-ce qu'il est devenu ?

— Il prétendait voir le futur. Il divaguait sur la fin des temps. Un déjanté de la soupière, si tu veux mon avis. Je crois qu'il est devenu alcoolique après ça. Tu nous fais quoi à manger ce soir, pitchoune ?

Katell médita un instant sur les mots de son aïeul, puis répondit « Filet mignon au vinaigre et au miel, ça te va ? ». Cela allait toujours à Iniaki. Son arrière-petite-fille était un vrai cordon bleu. Elle cuisinait depuis l'âge de huit ans, sa mère étant toujours occupée à sortir ou travailler.

Iniaki la rejoignit une heure plus tard. Morgane venait tout juste de rentrer et devait manger sur le pouce, sa copine Élaine l'avait appelée au dernier moment pour aller prendre un verre. Katell sortait aussi ce soir-là. Abel avait organisé un pot au

Triskell et elle se hâtait de terminer le dîner.

— Elle va pas bien du tout, se désolait Morgane en prenant une lichette dégoulinante de purée de la casserole avec ses doigts. Elle s'est encore fait lourder par Julien. Ça fait la troisième fois... Elle est allée le supplier de reprendre... Quand est-ce qu'elle va comprendre ! Ça m'désole de voir comment elle peut se faire mener en bateau comme ça...

— L'amour est aveugle, commenta Katell en servant copieusement son ancêtre dont les yeux s'étaient mis à pétiller.

— Mmm, ça m'a l'air divin, félicita-t-il son arrière-petite-fille tout en jetant un œil aux informations, préférant ne pas prendre part à ce genre de conversation.

Les histoires de cœur ne l'intéressaient pas le moins du monde. Il garda les yeux rivés sur l'écran projeté sur le mur, où un journaliste monotone rapportait les informations du jour.

— Pourquoi tu ne lui fais pas comprendre ? s'informa Katell en se servant.

— Elle l'aime ! Qu'est-ce que tu veux qu'j'y fasse ?!

Morgane balança sa main dans les airs d'agacement. Un tas de purée se décolla et atterrit sur le placard derrière elle.

— Ben, moi, chais pas, mais si j'étais elle, dit sa fille entre deux mouvements de mastication, je me poserais sérieusement des questions. Se faire traiter comme ça par ce type, c'est franchement être maso ! Hein papy ?

Iniaki ne répondit pas. Son regard était figé, alarmé presque.

— HO ! Urruty ! appela Morgane. Ton arrière-petite-fille requiert ton attention. Sois un peu sociable pour une fois, participe à la conversation !

Elle dévia le regard vers ce qui semblait hypnotiser son grand-père et vit sur l'écran un cratère vide au milieu d'une montagne, des Africains sous le choc et un petit homme blanc au crâne rougi, rapportant les événements tragiques qui semblaient s'être produits dans une contrée lointaine.

« ... *et nul n'est en mesure de décrire le traumatisme ici au Mali depuis ces dernières vingt-quatre heures* » annonçait le journaliste de sa meilleure voix dramatique. « *Du fait de leur existence loin du reste de la population, la tragédie qui s'est déroulée ici dans les montagnes du Bandiagara n'a été découverte qu'hier. La totalité des habitations dogons de cette région a été détruite et il ne reste aucun survivant de la tribu. Hommes, femmes et enfants, tous ont été tués dans la gigantesque implosion qui s'est produite ici. Le plus étrange dans cette affaire est que personne n'a entendu ni vu quoi que ce soit. Cela a été découvert par hasard par un berger et les spécialistes ont estimé à deux semaines environ la date du drame. Le reste de la population est sous le choc. Les Dogons ne possédaient aucune technologie destructrice, ni n'entretenaient de lien avec quelque groupe terroriste que ce soit. Si la thèse du génocide a été avancée par certains ici, elle n'a été aucunement corroborée par les autorités maliennes. Les Dogons n'ont jamais représenté une menace pour qui que ce soit. La police est sur l'affaire. Les pistes sont quasi inexistantes, c'est un mystère total. Pour France News, Serge Pillon, dans les montagnes du Bandiagara au Mali ».*

— Ce n'est pas possible… murmura Iniaki d'une voix brisée, la main crispée sur sa fourchette, le torse en avant pour mieux voir.

— C'est qui les Dogons, papy ? demanda Katell en prenant un morceau de viande caramélisé.

Iniaki ne répondit pas, comme si Katell n'existait plus, comme s'il était là-bas au Mali, ce pays rocailleux et désertique où une tribu dont Katell n'avait jamais entendu parlé venait de disparaître à tout jamais dans les abysses de l'Histoire.

— Papy ?

Il se leva brusquement et s'en alla sans dire bonsoir à son arrière-petite-fille, sans lui faire une bise pour qu'elle dorme bien, sans même finir son filet mignon. Morgane et Katell restèrent plantées là, incapables de penser.

Le Triskell, un bar branché qui proposait des cocktails sans alcool, était situé un peu en retrait de Carnac. La longère convertie qu'il était possédait un parking avec des bornes électriques pour recharger les scooters, ce qui attirait bon nombre d'adolescents. La décoration intérieure mélangeait plus ou moins intelligemment kitsch et modernisme : des triskèles en fer forgé pendouillant du plafond, des miroirs aux bords ciselés accrochés aux murs, un faux menhir planté comme un bananier à côté du bar et des tables rondes en verre entourées de petits poufs bordeaux. C'était le seul bar qui acceptait les moins de dix-huit ans dans leur établissement (les lois européennes n'autorisaient plus les jeunes dans des lieux où l'alcool était servi) au son des meilleurs groupes variant entre le néo-celtique (un genre en vogue depuis que les Français avaient redécouvert leurs racines), le drum-and-bass et la techno psychédélique (un retour aux années rétro 1990).

Ronan arriva le premier et, s'il fut surpris par le goût des propriétaires du Triskell, ce n'était rien en comparaison avec la surprise qui l'attendait deux secondes plus tard quand Mélusine franchit la porte.

Alors qu'elle leva ses yeux noirs et impénétrables sur lui, il remarqua qu'elle s'était maquillée d'un trait de khôl et de mascara. Ses cils semblaient avoir doublé de longueur et lui donnaient un tout autre regard, plus femme, plus sexy. Elle ne ressemblait plus à une collégienne. Lorsqu'elle ouvrit son blouson, elle dévoila un petit collier en croix baroque (Mel, avait remarqué Katell un jour, aimait les bijoux de forme géométrique. « Cela allait de pair avec son esprit mathématique » ajoutait-elle). Ronan frémit et s'approcha pour lui faire la bise. Elle s'était mise du parfum, une senteur douce et sucrée comme des orchidées sauvages qui lui ravit les narines. Il sourit timidement en se poussant pour qu'elle s'asseye.

La serveuse arriva promptement, toute pimpante sous son t-shirt brandissant le logo holographique du pub. Ronan choisit le Courage de Merlin, un cocktail à base de jus de tomate recouvert d'une tranche d'ananas frais. Mel, quant à elle, opta pour le Délice de la Fée, un cocktail à base de lait de coco et d'épices.

— Katell t'a appelée pour te dire qu'elle serait en retard ? s'enquit Ronan pour meubler le silence qui s'était installé dès que la serveuse fut repartie.

— Katell est toujours en retard, répondit Mel, le regard

ailleurs.

— Pourquoi tu es arrivée à l'heure alors ?

Elle leva les yeux vers lui comme s'il venait de poser la question la plus stupide de la Terre. Il se sentit plus minuscule que du plancton.

— Tu es là, répondit-elle d'une manière qui suggérait l'évidence.

Les sourcils blonds de Ronan se haussèrent.

— Tu es là, répéta-t-elle, donc j'ai bien fait d'être à l'heure.

— Tu es venue exprès pour moi ? Tu savais que je serais à l'heure ?

Elle le dévisagea d'un air abasourdi et émit un long soupir. La pluie giflait le grand chêne sur la terrasse et son regard dévia vers le tronc dégoulinant de cette eau bienvenue. La chaleur oppressante et l'air aux senteurs humides rappelaient un été tropical. Ronan se contorsionna, tira son sweat-shirt par-dessus son visage rougi et souffla lorsqu'il fut en t-shirt. Mel évitait de le regarder, de plus en plus mal à l'aise.

Les secondes qui suivirent furent les plus pénibles qu'elle ait jamais eu l'occasion de vivre. Elle se sentait presque nauséeuse, elle ne savait pas quoi dire à ce garçon. Elle maudit Katell d'être en retard. À ce moment précis, celle-ci pointa son nez, l'air de rien, vêtue d'un t-shirt rouge et d'un jean moulant.

— Salut ! dit-elle en s'asseyant. Vous avez eu le temps de faire plus ample connaissance ?

Elle avait eu une expression coquine qui les mit tous les deux encore plus mal à l'aise. La serveuse revint et Katell commanda la même chose que Mel, puis elle regarda Ronan et lui demanda s'il connaissait l'origine du triskèle. Quand il répondit que non, elle décida de lui donner une petite leçon, juste pour qu'il « ne meure pas idiot ».

— Le mot vient du grec *triskelês*, commença-t-elle malgré la contre-requête suppliante dans les yeux de Mel, qui veut dire "à trois jambes". Il est considéré comme porte-bonheur de nos jours en Bretagne, mais aussi en Irlande. À l'époque des Celtes, c'était surtout un symbole de puissance. En fait, il s'agit d'un symbole *pré*celtique qui est tiré de l'imaginaire des hommes du mégalithique, dont nous a parlé ton père ce matin. Ses trois branches réunies représentent les trois éléments, l'eau, l'air et le feu, et la terre en serait le cœur. Les éléments primaires mélangés dans le tourbillon de l'univers, quoi.

Elle indiqua l'un de ceux au plafond et continua, imperturbable.

— Les trois spirales forment un mouvement en cercle et symbolisent le cycle de la vie. Les branches courbées sont symbole de vie pour nos ancêtres. Le sens du triskèle a lui aussi son importance. S'il part de gauche à droite, il représente les ondes bénéfiques. Dans le sens inverse, c'est l'œuvre des forces maléfiques. Voilà.

Abel surgit à ce moment-là, habillé d'un pantalon noir et d'une chemise froissée bleu ciel. Anaïg arriva peu après, toujours bariolée et souriante. La discussion tourna autour des impressions de la première journée scolaire, leurs emplois du temps pourris, les changements chez certains profs, les nouvelles têtes, les tracas d'ados d'une manière générale.

Ronan était toujours nerveux et n'arrêtait pas de caresser son poignet gauche.

— Qu'est-ce que c'est ? interrogea Katell en remarquant des reflets dorés furtifs provenant du poignet du garçon.

— Oh, c'est mon bracelet, répondit le garçon avec un sourire gêné en montrant un bijou plat en forme de C, dont les extrémités étaient légèrement évasées.

— Montre, fit-elle en lui saisissant le poignet. La couleur est vraiment superbe. C'est pas de l'or, ça ressemble plutôt à du cuivre, non ?

Elle le caressa une seconde. Ronan retira sa main et contempla le bracelet avec des yeux presque hypnotisés.

— Ce n'est ni l'un, ni l'autre. Je ne sais pas ce que c'est comme métal. Je sais juste que c'est précieux. Mon père me l'a donné quand j'ai eu quatorze ans. C'est un cadeau. Le seul cadeau qu'il m'ait jamais fait d'ailleurs. C'est un bijou qui est dans ma famille depuis de nombreuses générations. Ce n'est pas du cuivre parce qu'il ne laisse pas ces traces bleues sur la peau que le cuivre laisse en s'oxydant avec l'air. Enfin, j'crois qu'c'est ça.

— Il vient d'où ?

— Chais pas. Mon père m'a raconté qu'il aurait été découvert par un de mes ancêtres, un "De" quelque chose.

— Ouuuh, Môsieur a des origines aristo lui aussi, charria Katell en faisant un clin d'œil à Anaïg.

Anaïg, de son nom entier Anaïg Bounigal de Pleucadeuc, venait d'une famille aristocrate mais déchue au cours de la révolution française de 1789. Elle n'aimait pas quand son amie le lui rappelait. Elle était fière d'être pauvre, au moins, elle, elle connaissait la valeur de l'argent.

— C'est du super beau boulot n'empêche, dit Ronan en ignorant la remarque de Katell. Si tu regardes bien, tu verras aucune marque de vieillissement.

Il montra son poignet de près et en effet aucune marque ne l'abîmait. Il brillait comme au premier jour.

— Comment tu peux savoir qu'il brille comme au premier jour si tu n'sais pas quand il a été fait, remarqua Mel pompeusement.

— Disons que j'imagine qu'il brillait comme ça, répondit-il en fronçant les sourcils. Tu es toujours aussi…

— Pénible, finit Katell. Oui, elle est toujours comme ça. Qu'est-ce que tu sais d'autre sur ceux qui ont fabriqué ton bracelet ?

— Pas grand-chose. Il date des Croisades, je crois, donc c'était en… euh, pas la moindre idée en fait. Y a longtemps en tout cas.

— Onzième siècle après le p'tit Jésus, informa Katell avec une pointe de vanité. Elle précisa immédiatement : 1095 ou quelque chose comme ça.

— Ah, fit Ronan.

— Kat est une mine d'informations inutiles, jeta Mel avec un regard complice à son amie.

— Enfin, tu comprends que j'y fasse super gaffe, reprit Ronan en ignorant Mel. C'est comme une deuxième peau maintenant. Je ne le sens plus.

— Tu me le prêtes deux secondes ? pria Katell.

— Euh… ça, par contre… non. Ne le prends pas mal, c'est juste…

— Pas de problème, rassura-t-elle sans lui laisser le temps de finir.

Son sourire charmeur était dénué de reproche ce qui soulagea grandement Ronan. Il avala une gorgée de son cocktail et remarqua que Mel ne le lâchait pas du regard. Elle se leva brusquement puis se dirigea vers les toilettes.

— C'est quoi son problème ? demanda Ronan une fois qu'elle était hors d'atteinte auditive. J'ai l'impression qu'elle ne peut pas me sentir.

— Je l'ai toujours connue comme ça, condescendante, grimaça Abel. Quand elle te parle, t'as l'impression qu'elle te poignarde de son mépris.

— T'es dur Abel, protesta Katell. Elle n'a pas eu une vie facile jusqu'à présent donc c'est normal qu'elle soit comme ça.

— La vie continue Kat, être en deuil pour le restant de tes jours ne sert à rien, excepté de te faire oublier de vivre. C'est ce que dit ma mère.

— En deuil ? répéta Ronan, les sourcils arqués.

— Sa mère, opina Abel.

— Qu-quand est-ce que ça s'est passé ? bredouilla-t-il en direction de Katell.

Le visage de l'adolescente se referma. Mel réapparut des toilettes en évitant soigneusement le regard de tous. Elle informa son amie qu'elle rentrait chez elle et partit sans faire la bise à personne.

Ronan reposa sa question.

— Ils faisaient du bateau dans les Bermudes, révéla Katell tristement.

Elle lui rapporta ensuite les événements qui eurent lieu près de sept ans auparavant :

Mme Conan voulait du « soleil d'hiver ». Toutes les vacances de Noël, la famille partait alors au chaud, faire de la voile. L'anniversaire de Mel correspondait plus ou moins au début des vacances. Ils célébraient toujours son entrée dans le monde dans un cadre paradisiaque et bronzaient au rythme ondulatoire des vagues turquoise. Mel était comblée.

Ils étaient partis loin ce jour-là. Mme Conan aimait ce sentiment de solitude face à ce « monstre sacré », comme elle l'appelait tout le temps. Le père de Mel s'était assoupi sur sa serviette en écoutant le Bagad[ii] de Lann-Bihoué. Mel, quant à elle, était à l'avant du bateau en train de regarder les dauphins, qui s'étaient rassemblés là, faire des pirouettes. Quand elle est retournée à l'arrière, son père dormait toujours mais aucune trace de sa mère. Son gilet de sauvetage était par terre, un pot de crème solaire à côté. C'était tout. Elle alla dans la cabine : personne. Elle réveilla son père, paniquée. Ils fouillèrent le bateau de fond en comble… Ils ne trouvèrent rien.

— Miiince… fit Ronan, choqué. Qu'est-ce qui s'est passé ? On l'sait ?

— Elle a enlevé son gilet pour se tartiner de crème, répondit Katell en jetant un regard furtif au bracelet du garçon, et elle a dû glisser par-dessus bord…

— Et personne n'a rien entendu ? s'étonna-t-il. Elle a dû crier pourtant, non ?

— P't-être qu'elle s'est cognée et qu'elle a été assommée dans sa chute. Personne sait… M. Conan dormait avec le walkman sur les oreilles et Mel était à l'avant avec les dauphins qui sautaient, jouaient et tout. Le voilier était long en plus…

— C'est atroce de ne pas avoir retrouvé de corps… murmura-t-il, la voix cassée, les mains crispées sur le rebord de la table. La pauvre…

— Ça va ? s'enquit Anaïg qui avait remarqué son état de détresse.

— Oui, oui, glissa-t-il nerveusement. C'est juste que… que c'est horrible…

— Elle n'en parle jamais, alors bouche cousue, hein, fit promettre Katell. C'est pour cette raison qu'elle est comme ça. Elle a beaucoup de colère en elle. Elle s'en veut de ce qui s'est passé. Depuis cet accident, elle s'est refermée sur elle-même et elle ne peut communiquer que par cette colère… Elle ne sait pas

---

[ii] Un *bagad* est un groupe de musiciens en breton

ou plus faire autrement.

— Je comprends…

— À moins d'avoir vécu un truc pareil, tu ne peux pas comprendre, répliqua Abel gentiment.

Le regard de Ronan se perdit un instant dans les tables avoisinantes.

— Elle n'a pas un fond méchant, commenta ensuite Anaïg. Il faut juste qu'elle se débarrasse de cette rage. Ça prendra du temps. Il faudrait qu'elle fasse de la méditation et du yoga.

Katell acquiesça et agrippa le poignet de Ronan en même temps.

— Dis-moi, c'est intéressant comme métal, ce bracelet, dit-elle, interpellée. Tout à l'heure, je le voyais plutôt cuivré, maintenant ce sont plutôt des reflets cramoisis virant sur un bordeaux violacé. Très curieux… On dirait que ses reflets changent selon la luminosité.

— Oui, j'ai remarqué aussi, avoua Ronan avec fierté.

— C'est fascinant comme bijou….

Abel bâilla bruyamment.

— Ouais, dit Ronan, ignorant les démonstrations d'ennui de son nouvel ami, ce métal n'existe plus, mon père m'a dit. Il est unique en son genre.

Les ados restèrent encore une demi-heure au Triskell puis se séparèrent pour rentrer chez eux. Katell décida de faire un détour par chez Mel afin de comprendre pourquoi elle avait été aussi asociale, encore une fois.

Quand elle arriva au domicile de Mel, elle trouva la bâtisse éteinte. Cela ne la surprit pas outre mesure et elle se dirigea instantanément vers une maison néo-bretonne un peu plus loin sur la droite. La petite maison typique du 20e siècle, avec sa porte d'entrée et ses fenêtres parées de pierres en granit taillées, était la demeure de la nourrice de Mel. Mel avait certes treize ans et demi mais elle n'était pas toujours autorisée à rester seule à son domicile (une loi était passée quelques années auparavant pour émanciper les jeunes, l'âge était descendu de seize à quatorze ans). Or son père voyageait énormément. Depuis la mort de la mère de Mel, cette dernière fut élevée par Lucie Goz, appelée tendrement Lulu, qui les considérait, elle et Katell, comme ses petites-filles.

— Aaaah ! s'écria Lulu en ouvrant la porte, un sourire large comme le Grand Canyon pendu à ses lèvres fines. C'est ma jolie Katell ! Entre, entre, entre !

Lulu, la cinquantaine bien tassée, avait de petits yeux noisette vifs et des cheveux blonds montés en chignon qui s'éboulait. De taille moyenne, elle était encore un ou deux centimètres plus grande que Katell mais plus pour longtemps. Son corps avait été autrefois musclé, cela se voyait au niveau de ses bras qui ne pendaient pas comme ceux de Mme Le Bozec, et elle dégageait un charme ravageur auquel s'ajoutait une immense culture générale.

Lulu avait gardé Katell quelques fois lorsque Iniaki ne pouvait pas. Elle avait toujours été subjuguée par l'amitié hors du commun entre les deux adolescentes. Elles étaient comme sœurs. Plus encore, des jumelles, avec leurs moments d'intense complicité et ceux de querelles tout aussi extrêmes. Elles auraient presque pu être jumelles, en fait. Elles étaient nées à un jour de différence selon le calendrier. En réalité, il n'y eut que vingt minutes d'écart entre leurs naissances : Katell était née la première, le 21 décembre à 23 h 52, et Mel, elle, le 22 décembre à 0 h 12.

Katell entra dans le spacieux salon dont l'immense baie vitrée donnait sur une véranda ressemblant à une mini jungle tropicale. Lulu avait beaucoup voyagé lors de sa carrière d'enseignante et était également passionnée de botanique. Elle avait ramené des spécimens d'un peu partout pour créer son propre paradis. Cela ressemblait vraiment au paradis : une petite source coulait même à l'intérieur, entre des pierres en granit assemblées grossièrement. À côté de la baie vitrée, des étagères remplies jusqu'au plafond de livres en tout genre : guides touristiques, livres sur la nature, les animaux, les plantes, les civilisations du monde, leurs cuisines etc. Alors qu'Iniaki possédait de nombreux ouvrages, ils ne concernaient toujours qu'un seul et même sujet : l'archéologie. Lulu, en revanche, avait un intérêt plus vaste et sa bibliothèque était l'idée même que Katell avait, elle, du paradis.

Au centre de la pièce, un canapé en cuir marron châtaigne était placé devant une immense télévision dernier cri. Un garçon anguleux avec un casque sans fil sur les oreilles, une cannette de jus de raisin dans une main et une télécommande ressemblant à un mini ordinateur dans l'autre, zappait dans l'indifférence.

— Salut Ritchie ! cria Katell.

Il sursauta et se leva d'un coup en arrachant son casque et le jetant sur un coussin bariolé.

— Salut Kat ! répondit-il avec un sourire gêné.

Ritchie, Richard de son vrai nom, était dans la troisième rouge. Timide, il était toujours mal à l'aise avec les filles. Il s'était toutefois amélioré depuis l'opération finale des yeux qu'il avait subie deux ans auparavant. Né presque aveugle, il ne vit correctement pour la première fois qu'à l'âge de douze ans. Avant cela, il portait d'épaisses lunettes (il ne pouvait porter de lentilles à cause d'allergies) et les moqueries des élèves avaient eu raison de sa confiance en lui. Une opération financée par une association créée pour lui à sa naissance lui permit de profiter enfin d'une vision normale. Et ainsi, booster sa confiance et, peut-être, accomplir son rêve de devenir astronaute.

— Mel est dans sa chambre, informa-t-il en frottant ses yeux noisette avec ses poings.

— Elle savait que tu viendrais la voir, comme toujours, ajouta Lulu.

Alors que Katell s'apprêtait à monter au premier, Mel descendit l'escalier, le visage fermé comme une huître.

— Bah alors ? fit Katell en levant les bras au plafond. Pourquoi t'es partie comme ça ?

— J'avais mal à la tête, répliqua-t-elle en se massant le front, à l'endroit situé entre ses yeux.

— Encore une sinusite ? demanda Katell en lui faisant un câlin. Pourquoi tu n'as rien dit ? On aurait compris.

Mel ne répondit pas et garda son amie contre elle quelques secondes. Sa chaleur lui faisait du bien. Richard la regardait furtivement toutes les deux ou trois secondes – il avait le béguin pour elle depuis l'âge de sept ans mais n'avait pas le courage de dire ni faire quoi que ce soit. Il se passa nerveusement la main dans les cheveux et se gratta le nez qu'il avait aussi pointu que Lulu.

Katell décida de ne pas insister et lui raconta ce que Mme Le Bozec lui avait dit à propos d'une soi-disant sorcière dans la région. Avant que Mel n'eût le temps de rouler des yeux, Lulu, qui revenait avec un verre d'eau pour Katell, s'exclama haut et fort :

— Bien sûr que si qu'elle existe !

Katell et Mel la dévisagèrent avec stupéfaction.

— Tu l'as vue ? s'étonna la brunette.

— Non, jamais, répondit Lulu en prenant place sur le fauteuil arrondi à côté du canapé.

— Comment peux-tu être sûre qu'elle existe alors ? interrogea Mel.

Le regard de Lulu se perdit un instant dans la véranda, puis elle releva les yeux vers Mel.

— Je connais quelqu'un qui l'a vue. Une seule fois.

— Qui ? demandèrent les deux filles en écho.

— Loïg Le Leuc'h.

Richard pouffa de rire dans son nez.

— Le fou furieux qui crie partout que la fin du monde est proche ? s'écria-t-il en s'étouffant presque avec sa boisson.

— Encore un qui dit que la fin est proche ? s'exclama Katell. Papy m'a parlé d'un type qui prétendait voir le futur après l'avoir rencontrée et qu'il serait devenu alcoolique. Mme Le Bozec m'a aussi parlé d'un type qui aimait la bibine…

— Loïg Le Leuc'h, répéta Lulu, le seul et unique. Je le connaissais.

— Ah bon ? fit Ritchie.

— Comment ça ? questionnèrent les jeunes filles ensemble encore une fois.

— Il m'a fait éviter un grave accident de voiture sur la route de Vannes. Un gigantesque carambolage… Brouillard à couper au couteau… Treize morts…

Lulu fit une pause. Ses yeux brillèrent de larmes retenues.

— Depuis ce jour-là, reprit-elle enfin, j'ai peur.

— Tu as peur de quoi ? interrogea Katell.

— Peur de savoir le jour de ta mort... dit Mel avec un regard inquiet pour sa nounou.

Lulu ne répondit pas. Katell pensait que si, elle, elle connaissait le jour et l'heure de sa mort, elle quitterait tout pour découvrir le monde.

— Tu ne peux pas savoir, contredit Mel. Tant que tu n'es pas mise dans la situation, tu ne peux pas savoir comment tu réagirais.

— C'est vrai, admit-elle. Ceci dit... quelque part, ça me rassurerait de savoir.

— Non, Katell, intervint brusquement Lulu, ça ne te rassurerait pas du tout.

Les trois ados la contemplèrent un long moment avant de lui demander si elle savait. Si elle savait, en réalité, quel jour précis elle quitterait ce monde. Et si cela était, en réalité, la raison pour laquelle elle ne voulait plus voir Loïg Le Leuc'h. Parce que, contre la volonté de Lulu, il lui aurait dit la terrible vérité.

Lulu refusa de répondre et se leva pour aller dans la cuisine. Katell avait oublié la raison de sa venue et se leva à son tour pour la rejoindre.

Plantée devant la bouilloire, Lulu restait pensive.

— J'avais oublié... articula-t-elle, son regard immobile fixé sur l'inox.

— Je suis désolée, Lulu, compatit Katell en lui caressant le bras.

La gracieuse femme lui tapota la main pour effacer l'incident. Puis elle se prit un mazagran dans le meuble rustique au-dessus d'elle.

— Si tu veux tout savoir sur sa rencontre, va voir Loïg. Il habite toujours à Carnac, près de l'église, rue du Puits.

— Quand est-ce que je peux le voir ?

— Quand tu veux. Il travaille sept jours sur sept.

— Ah bon ? Il ne prend jamais de vacances, ni de week-ends ?

— Pas dans le sens où tu l'entends, non.

— Qu'est-ce que tu veux dire ? haleta Katell, intriguée.

— Vas le voir demain, termina Lulu en versant l'eau bouillante dans sa haute tasse. Il répondra à tes questions.

Katell n'avait pas réussi à en savoir davantage et la curiosité commençait à la ronger de l'intérieur. Elle eut le sommeil très perturbé. Elle voyait une créature sans visage flotter au-dessus d'elle, un halo bleuté l'entourant de telle sorte que ses contours n'étaient que brouillard. Elle se sentait aspirée dans un néant...

Elle se réveilla en sueur, son réveil hurlant. Il était six heures et demie du matin.

Katell aimait mettre son réveil tôt le week-end, comme si elle allait au collège. Ainsi, elle se réveillait par réflexe, une seconde plus tard elle prenait conscience que c'était le week-end, et alors là, c'était le bonheur total. Elle se rendormait presque instantanément et rêvait comme un bébé jusqu'à dix heures.

Mais en ce samedi matin, ce n'était pas le bonheur. Elle ne voulait pas se rendormir. Elle ne pouvait pas. Énervée comme si elle allait passer un examen, elle se leva, prit une douche dans sa salle de bain privée et enfila un blouson. Elle sortit de chez elle et se dirigea vers le chemin bordant le champ de maïs transgénique de M. Ripoche.

Après une centaine de mètres, elle arriva près du petit dolmen délabré. Elle aimait venir s'y recueillir. Elle avait l'impression que ses idées devenaient plus claires, qu'elles se formaient plus facilement. Elle s'assit à ses côtés et regarda le lever du soleil qui pointait à l'horizon. Bientôt ce serait l'équinoxe d'automne et la lumière le toucherait sur son flanc qui autrefois devait être attaché à une autre chambre funéraire.

Katell, toutefois, ne voyait pas les dolmens comme des monuments funéraires. Iniaki lui avait expliqué que selon lui, et selon bon nombre de ses collègues plus avant-gardistes que la majorité des historiens, ces édifices mégalithiques avaient été construits dans le but de célébrer la vie. Certains pensaient même qu'ils étaient indispensables pour permettre aux esprits de se réincarner.

Katell ne comprenait pas la réincarnation. Elle avait

demandé, à l'âge de six ans, comment cela se faisait, dans ce cas, que la population augmente. Si toutes les personnes se réincarnaient en d'autres personnes, la population devrait dans ce cas être toujours constante, avait-elle rétorqué, laissant ses parents et son arrière-grand-père complètement pantois.

Il était encore très tôt. Six heures quarante-cinq. Katell décida de tenter le coup malgré tout. Elle sortit son téléphone et lui ordonna d'appeler Le Leuc'h – Lulu lui avait trouvé le numéro sur Internet et lui avait dit d'appeler à n'importe quelle heure du jour ou de la nuit. Loïg Le Leuc'h ne dormait jamais non plus.

Une voix d'homme étrangement aiguë répondit à la deuxième sonnerie mais le mode vidéo ne se déclencha pas.

— Oui ? fit la voix.

Prise de court, Katell se redressa au cas où il accepterait la vidéo.

— Bonjour, dit-elle. Vous ne me connaissez pas, j'ai eu votre numéro par Lu…

— Lucie, interrompit-il naturellement.

Effarée, Katell resta muette.

— Tu veux me voir au sujet de la sorcière bleue, enchaîna-t-il de cette même voix monotone et lancinante. Viens cet après-midi, à trois heures.

Sur ce, il raccrocha.

Avant que Katell ne retourne chez elle, de longues minutes s'écoulèrent. Cette voix était obsédante. D'une certaine manière, elle avait un pouvoir d'attraction, un magnétisme étrange. Elle n'aurait jamais accepté une telle folie : aller voir un médium seule. Son petit doigt lui disait qu'elle devait le rencontrer pourtant, quel que fut le risque.

Mel protesta haut et fort quand elle lui annonça sa décision. Katell n'en démordit pas. Elle accepta cependant qu'elle l'accompagnât et lui demanda de l'appeler dix minutes après le début de la séance, par précaution. Si elle répondait, tout était OK. De toute façon, elle avait le sentiment que tout se passerait bien.

— Tu es une éternelle optimiste, répliqua son amie d'enfance d'un regard anxieux. Ça te perdra ! ajouta-t-elle en essayant de contrôler son appréhension.

Katell avait rigolé mais au fond d'elle-même elle ne savait pas à quoi s'attendre. Une part d'elle était morte d'inquiétude, l'autre était avide de savoir.

Les deux adolescentes se retrouvèrent donc sur la grande place du marché de Carnac près de la chapelle, une vaste étendue pavée près de laquelle se situait l'office de tourisme. Celui-ci était encore ouvert et quelques touristes poussèrent ses portes fumées. Katell prit la direction de la rue du Puits et arriva à une petite place privée. Elle repéra la maison de Loïg Le Leuc'h instantanément. La bâtisse était lugubre avec ses volets fermés et sa porte flanquée de barreaux en fonte.

Katell sonna. Un *clic* se fit entendre et la porte s'entrouvrit.

La première chose qui la surprit fut l'odeur. Une odeur de renfermé. La pièce était sombre et seul un fauteuil la meublait. Il n'y avait ni tableau, ni poster, ni quoi que ce soit aux murs. Ni même de secrétaire. Juste une porte sur la droite. Celle-ci s'ouvrit lentement et un homme d'un gabarit impressionnant, avec des cheveux longs et fins, apparut dans l'embrasure.

— Je suis Loïg Le Leuc'h, annonça-t-il, le visage dans la pénombre. Par ici, ajouta-t-il en l'invitant de la main.

Curieusement confiante, Katell se présenta et le suivit dans la petite pièce qui lui servait de bureau. Une table en métal était placée près d'une petite fenêtre en verre fumé, entourée de deux chaises en plastique blanc. Derrière, quelques étagères en fer menaçaient de s'écrouler sous le poids d'ouvrages sur la spiritualité et le paranormal ; aux murs, un poster de Jésus, un autre de Bouddha. Elle eut soudain la nausée.

— C'est normal, informa Loïg Le Leuc'h de cette voix aiguë qui contrastait tant avec sa carrure d'armoire à glace. Tous ressentent la même chose quand ils viennent ici.

— Pardon ? interrogea-t-elle en plissant les yeux.

— Les nausées, glissa-t-il d'un air hautain. Cela vient de mon puissant shakti. Peu de personnes sont capables de résister à mon magnétisme.

Katell eut envie de rire et de lui dire qu'en réalité, c'était plutôt son odeur à lui, ce mélange musqué écœurant, qui la rendait nauséeuse.

— Je n'en ai aucun doute, mentit-elle. J'avoue que ça m'a prise de court. Vous êtes vraiment quelqu'un de... différent.

La flatterie était un art dans lequel Katell pouvait exceller. Iniaki lui avait donné des conseils depuis toute petite, au grand dam de Morgane.

— On sent des ondes très fortes, continua-t-elle allégrement.

— Tu ne dois pas te sentir inférieure, jeune fille. J'ai été béni par le Pouvoir des Éléments mais je suis là pour le partager avec le commun des mortels.

Soit ce type était victime d'un méchant court-circuit au niveau des neurones, pensa Katell, soit il avait à se poser de sérieuses questions sur sa santé mentale. Dans tous les cas de figure, il pouvait être classé dans la catégorie des « dingos », se dit-elle enfin.

— Je ne suis pas fou, dit Loïg Le Leuc'h. Je sais ce que tu penses, je sais ce que vous pensez tous ! Tu penses que je suis un ancien alcoolo qui a déjanté. Laisse-moi te dire une chose, jeune fille, je sais quand la fin du monde va se produire ! Et je suis le seul à savoir !

— Je ne vous envie pas, rétorqua l'adolescente, sentant sa confiance en elle revenir.

— Et pourquoi cela ? s'offusqua le médium.

— Parce que ça vous torture, de toute évidence. Donc le fait de savoir la vérité n'est, de toute évidence encore, pas une bonne chose. Je préfère rester dans l'ignorance.

— La Vérité ! s'exclama-t-il en riant. La fin du monde est loin d'être toute la Vérité, jeune fille ! La Vraie Vérité, celle qui sommeille dans les profondeurs de la Terre depuis deux millénaires, cette Vérité-là, Katell Loro, n'est en effet pas enviable !

Katell avait eu une grimace d'effroi au son de son nom entier. La voix de cet homme, cette voix si crispante, lui donnait envie de vomir. C'était *cela* qui lui donnait des nausées : le *son* de sa voix. Il la dérangeait jusque dans ses entrailles.

— Pouvez-vous me parler de cette sorcière ? demanda-t-elle

enfin, préférant retourner à la raison première de sa visite.

Loïg Le Leuc'h la regarda intensément pendant deux ou trois secondes qui lui semblèrent une éternité. Puis il inspira, mit ses mains à plat sur la table et se pencha légèrement en avant.

— Cela se passa une nuit de lune rousse, commença-t-il en la fixant d'un regard malsain. Je m'en rappelle comme si c'était hier. Je rentrais chez moi, à Crucuno. Je suis passé devant l'étang de Varquès.

Loïg Le Leuc'h expliqua qu'une lumière attira tout d'abord son attention, une lumière douce et bleutée. Il crut d'abord à des feux follets car il y en avait parfois dans la région. À mesure qu'il se rapprochait, la luminosité s'accrut. Il trouvait curieux que personne n'ait remarqué quoi que ce soit ; ceci dit, les volets des maisons étaient tous fermés.

Il gara sa voiture sur le parking entre l'étang et le dolmen du Mané Gro'h et emprunta le petit chemin de terre d'une vingtaine de mètres qui menait au point d'eau. Il s'approcha des buissons à la façon d'un traqueur pour ne faire aucun bruit et se planqua.

Sur la rive la plus éloignée, il vit une femme au visage invisible, les cheveux longs, et un halo lumineux l'enveloppant tel un cocon. Un halo bleuté qui paraissait vivant.

— Vivant ? interrompit l'adolescente.

— Oui. C'est difficile à expliquer, répondit-il en grattant son menton carré. On aurait dit qu'il battait d'un pouls.

— Hein ?

— Ce n'était pas un voile lumineux, ni même du bouillard. On aurait dit une enveloppe organique, une chose translucide… C'est difficile à décrire… Je n'ai jamais rien vu de semblable, ni avant, ni depuis.

— Que s'est-il passé après ?

— Elle s'est élevée dans les airs et a commencé à flotter à un mètre environ au-dessus de l'eau. L'eau semblait réagir : elle frémissait. C'était magique…

Katell le regarda avec un air déconcerté.

— Elle s'est dirigée vers moi, enchaîna-t-il avec une lenteur qui souleva le cœur de la jeune fille. Je ne pouvais pas bouger, incapable même de crier, j'étais sans défense. Et là…

Il fit une pause pour se racler sa gorge.

— Là, quelque chose de terrifiant se produisit. Son halo se détacha d'elle, changea de forme comme s'il avait une conscience propre et... et il commença à virevolter au-dessus de ma tête. Il prit ensuite une forme de serpent et s'enroula autour de mon corps pour enfin prendre ma tête dans un étau. Ma tête... se plaignit-il en encastrant son crâne entre ses longues mains, oooh, ma tête... C'était comme si on trépanait mon cerveau et que l'on prenait ce qu'il y avait dedans avec une petite cuiller... ou que l'on y mettait quelque chose...

Il se tut un instant.

— Je n'avais pas mal pourtant, reprit-il. Je n'avais pas peur non plus. J'ai ressenti cette sensation inexplicable, comme si l'avenir m'appartenait enfin et que je pouvais presque le contrôler !

Ses yeux étaient devenus globuleux tant il avait prononcé ces derniers mots intensément. Katell sentait qu'il disait la vérité, ou tout du moins qu'il était convaincu que c'était la vérité. À ce moment précis, son téléphone se mit à vibrer dans sa poche. Elle le sortit, regarda le nom de son correspondant. C'était Mel. Pile à l'heure. Elle commanda « mode privé » et porta l'appareil triangulaire à son oreille.

— Non... non... OK... à plus, dit-elle en couvrant sa bouche de sa main. Puis elle le replaça dans sa poche et dit, comme si de rien n'était : Cette rencontre vous a changé alors ?

— Plus que cela. Elle m'a apporté le Pouvoir.

— Le pouvoir de quoi ?

— De Voir.

— De voir quoi ?

— Tout.

— Tout quoi ? demanda encore Katell, agacée d'avoir à insister.

— De Voir Tout, le futur, le présent, le passé. Je peux me débarrasser de mon enveloppe physique et voyager sans fatigue, ni limite. Je n'ai plus besoin de sommeil, ni de vacances.

— Je ne comprends pas.

— Évidemment que tu ne comprends pas, rétorqua-t-il avec

une pointe de dédain. Tu n'es pas suffisamment érudite dans la science de l'Astral.

— L'astral ? Vous voulez dire les étoiles ? Vous pouvez lire le futur dans les étoiles ? C'est ça ?

— Non, non, non, non, non ! dit-il en secouant vivement la tête, ses longs cheveux filasse flottant dans les airs telle une toile d'araignée sous un courant d'air. Je veux parler du voyage astral. Le détachement du corps physique.

— Je ne comprends toujours pas.

— Chaque être est composé d'énergie, expliqua-t-il en écartant les mains d'évidence. Cette énergie est capable d'être maîtrisée. Lorsqu'elle l'est, tout devient possible. Tu peux la manipuler de telle sorte qu'elle quitte ton corps. C'est ce que recherchaient les nazis notamment, pour leurs espions.

— Les nazis ? Qu'est-ce qu'ils ont à voir là-dedans ?

— OOOh, beaucoup de choses ! répondit le médium en écarquillant les yeux. Hitler était fasciné par les connaissances des Anciens et plus particulièrement ce qu'ils avaient découvert sur les pouvoirs du cerveau. C'était une de ses obsessions. Il envoya des troupes au Tibet dans les années 1930. Celles-ci avaient pour mission d'interroger les moines tibétains sur leurs connaissances en yoga et de suivre un entraînement.

— Un entraînement ? répéta Katell en fronçant des sourcils. Un entraînement de quoi ?

— De lévitation, de perception extrasensorielle, de télékinésie, de transmission de pensée, comment protéger son cerveau contre les intrusions extérieures, j'en passe et des meilleures.

Katell ne savait que dire. Elle pensait à tous ces pouvoirs dont les légendes parlaient, selon lesquelles les humains auraient été autrefois capables de grandes choses avec leur esprit… Iniaki pensait lui-même que des méthodes « paranormales » avaient été utilisées pour la construction des mégalithes…

Que tout cela puisse être vrai la rendait perplexe et quelque peu déstabilisée. Si ces pouvoirs avaient existé, alors il devait encore être possible de les utiliser, non ? Ils devaient être dormants en chaque être humain, non ?

— Tout à fait, accorda Loïg Le Leuc'h d'un air condescendant.

— Et vous, vous avez ces pouvoirs ?

— Je ne suis pas aussi avancé que nos ancêtres, loin de là, énonça-t-il avec fausse modestie. Je suis néanmoins capable de lire les pensées des gens, par exemple.

— Vous pouvez lire les miennes en ce moment ? s'informa l'adolescente, les yeux en expectative.

— Il me faut un contact physique, allégua-t-il en désignant la main de la jeune fille. Un contact direct.

Contre son bon jugement, elle accepta.

Au moment précis où leurs mains se touchèrent, Loïg Le Leuc'h fut violemment projeté contre le mur. Tremblant de la tête aux pieds, il avait l'air terrifié. De l'écume s'était formée autour de sa bouche. Katell se leva brusquement de sa chaise en plastique qui tomba dans un bruit sourd sur le carrelage. Les yeux du médium étaient devenus si exorbités qu'elle avait l'impression qu'ils allaient exploser. Elle recula de panique.

Il voulut parler. Sa voix avait changé. Elle était devenue sonore, grave au point de résonner dans la cage thoracique de la jeune fille, tel un gong tibétain.

Enfin, ses mots devinrent intelligibles.

— *Tu vivras…* susurra-t-il, les yeux noirs comme une nuit sans lune, *mais tu ne pourras l'empêcher, ni le changer. Le Chaos est inévitable. La destinée des Humains en dépend. Prends garde. Le Maître Maléfique est là pour corrompre la volonté de l'Une. Il ne doit en aucun cas réussir ! Le Chaos est inévitable. Ta destinée est liée à celle de l'Une, tu ne peux l'empêcher, ni la changer.*

Loïg Le Leuc'h s'écroula, trempé de sueur, le visage pâle comme un linge. Katell se rua à son aide. Avant même qu'elle ne le touche, il hurla :

— NE T'APPROCHE PAS DE MOI, SORCIÈRE !

La jeune fille se releva d'un coup sec et décampa hors de la pièce. Alors qu'elle ouvrait la porte d'entrée, elle l'entendit vociférer :

— TON DESTIN SERA AUSSI EXCEPTIONNEL QUE

TERRIFIANT, KATELL LORO !

2. La Vieille Religion

Katell n'avait pas passé une nuit complète depuis sa rencontre avec Loïg Le Leuc'h, deux semaines plus tôt. Elle était exténuée, ses rêves étaient peuplés de visions de fin du monde si terrifiantes qu'elle craignait de fermer les yeux. Sa concentration à l'école en souffrait. En outre, des maux de tête insupportables avaient commencé à lui marteler le front. La douleur pouvait durer des heures. Et pour couronner le tout, Iniaki refusait toujours tout contact avec elle.

Depuis la disparition de ce peuple du Mali, les Dogons, Katell n'avait vu son arrière-grand-père que deux fois. La première quand il ouvrit sa porte d'entrée pour prendre livraison de ses courses faites par Internet, et la seconde quand il eut besoin d'œufs pour son omelette aux cèpes. La fatigue commençait à émousser la tolérance de la jeune fille.

Elle était donc énervée en ce début d'après-midi. Pourtant, le jour était radieux. Le froid arrivait déjà et dans peu de temps le thermomètre descendrait bien en dessous de zéro. Assise sur le tabouret du bar de la cuisine, l'écran de télévision en face d'elle, elle croquait des fruits secs férocement.

« ... et c'est ainsi que la situation se dégrade de plus en plus depuis le terrible passage de l'ouragan Oméga » annonçait la journaliste. « Des millions de personnes dans toute l'Europe

Centrale sont sans eau courante ni électricité. Les épidémies guettent. Budapest, vous le voyez derrière moi, n'est plus qu'un champ de ruines et de cadavres : des millions de vies disparues, des milliers d'années d'héritage évaporées... Les ouragans de cette sorte, d'ordinaire tropicaux, sont de plus en plus fréquents. La question est : que pouvons-nous faire pour nous protéger ? Pour France News, Karen Miranbeau à Budapest ».

Katell repensa à ce que disait toujours Iniaki : que ces phénomènes avaient eu raison de bon nombre de disparitions dans le passé. La planète était entrée dans une mini ère glaciaire. Le réchauffement qui avait précédé n'avait été qu'un soubresaut de clémence de la nature. Est-ce que le temps allait avoir raison d'eux ? Se pourrait-il que la civilisation actuelle disparaisse un jour, elle aussi ? Le médium pourrait-il avoir raison ?

« Rien n'est éternel », lui répétait sans cesse son aïeul. « Et chose curieuse, c'est souvent lorsqu'une civilisation a atteint son apogée qu'elle s'autodétruit. Regarde les Maya, par exemple ».

Katell jeta un œil par-delà la fenêtre et reprit une grosse noix du Brésil. Elle allait changer de chaîne quand la présentatrice météo, une jeune femme aux formes aussi ravageuses que les inondations prévues, mentionna la rareté de l'événement qui se produisait ce vendredi : une lune rousse.

L'adolescente cessa immédiatement tout mouvement de mastication. Le médium avait vu la sorcière bleue par une nuit de lune rousse ! Une petite voix intérieure lui disait qu'elle ne pouvait décemment pas laisser passer cette occasion.

Son téléphone vibra à ce moment-là : son agenda lui rappelait qu'elle devait passer un coup de téléphone. La prof d'éducation civique, Mme Leplatois, leur avait donné consigne de produire une rédaction sur un métier de leur choix et interviewer un travailleur afin de connaître : ses ambitions au départ, comment sa vie avait évolué, quels étaient les avantages et inconvénients du monde du travail etc. « Cela vous permettra de vous faire une petite idée de ce qui vous attend ces prochaines années », avait-t-elle dit d'un ton un peu sardonique. Mme Leplatois se délectait à les désillusionner. « La vie adulte n'est pas une partie de plaisir ! », prêchait-elle sans cesse. « Je suis là pour vous préparer au grand saut ».

Le téléphone vibra à nouveau pour signaler un appel entrant. Le visage d'une jeune fille aux cheveux rasés apparut en hologramme.

— Salut Maëlle ! dit Katell d'un ton jovial.

— Je suis dans une impasse, soupira Maëlle avec une voix très irritée. Tu me connais ! Je refuse clairement et simplement de travailler ! (Elle avait bien articulé chaque mot). Alors comment veux-tu que je pose des questions à un travailleur de cette société contrôlée par un tas d'incompétents avides de pouvoir et qui ne font que détourner l'argent gagné par les autres pour leur petit profit personnel ! Non, non, non et non, je me révolte ! Les rédacs de la mère Leplatois, y en a marre !

Maëlle Guillouzic, de la troisième verte, avait le même professeur et les mêmes devoirs. Hédoniste de nature, elle refusait catégoriquement d'avoir un jour à faire le boulot d'un fainéant car « au bout du compte, c'était ce à quoi le monde du travail revenait ! » proclamait-elle.

Maëlle pensa aussi, un jour, que se raser la tête serait une bonne idée. Ses parents n'avaient pas été du même avis. Ils furent bien obligés de s'y faire : c'était cela ou la grève de la faim. Ils l'avaient prise au mot. Elle avait tenu une semaine et aurait tenu plus longtemps encore si un voisin n'avait pas appelé les services sociaux pour dénoncer de la maltraitance. Maëlle avait bien ri ce jour-là. Ses parents aussi, mais jaune.

— Prends un chômeur alors, proposa Katell en riant. Moi, j'interviewe Énora Foulgoc, annonça-t-elle comme si cela avait été convenu, directrice du musée de la Préhistoire de Carnac.

— C'est ça ton idée du métier idéal… ? fit Maëlle en tordant la lèvre supérieure. Crouler sous la bureaucratie ?

— J'ai toujours voulu voir les sous-sols du musée.

— Bon, tu fais quoi vendredi ? J'ai envie de faire une teuf chez moi, ça te dit ?

Maëlle était une fêtarde, malgré son caractère bourru. Ses « parties » étaient réputées dans tout le département, ou presque. Ses parents n'en avaient pas la moindre idée et elle bénissait chaque jour qui naissait « le formidable monde du travail » pour envoyer ses parents en mission aux quatre coins du pays.

Katell s'excusa. Elle avait autre chose de prévu. Après avoir raccroché, elle contacta le musée de la Préhistoire. À son ravissement le plus total, un rendez-vous fut pris trois heures plus tard. Cela lui changerait les idées, elle en avait bien besoin.

Le grand bâtiment du dix-huitième siècle avait bénéficié de généreux crédits européens au cours des années précédentes, lesquels avaient permis de construire une aile moderne à l'endroit de l'ancienne mairie, sur sa droite. Se voulant futuriste et orienté vers la lumière, le bâtiment vitré avait été conçu par le même architecte que celui du collège Servat, un visionnaire doublé d'un adorateur de l'astre solaire.

Katell arriva un peu avant l'heure. Elle prit un moment pour étudier les panneaux en granit rouge accrochés aux piliers de la grille d'entrée. Celui de droite donnait les horaires ; celui de gauche, orné d'un drapeau européen avec ses trente étoiles, indiquait le nom complet du musée : « Musée de la Préhistoire, James Miln et Zacharie Le Rouzic ».

La jeune fille emprunta le tunnel formé par les branchages d'immenses arbres qui menait au bâtiment principal. Elle poussa la porte vitrée et se retrouva dans un vestibule spartiate meublé d'un petit bureau caché sous des rangées de brochures diverses. Un panneau fléché indiquait l'accueil sur la gauche. Katell entra dans la grande salle carrelée d'ardoises et informa la réceptionniste qu'elle avait rendez-vous avec Madame la Directrice. Elle lui donna son nom et la femme lui apprit que la visite se ferait avec le sous-directeur, M. Yann Foucaud.

— Tu comprends bien que Mme Foulgoc n'a pas le temps pour des interviews de ce genre, avait-elle velouté par-dessus ses lunettes. M. Foucaud est parfaitement apte à répondre à tes questions. C'est un homme très sérieux.

Étant donné qu'il n'était pas disponible tout de suite, la réceptionniste suggéra à Katell de visiter le musée. Elle pourrait monter au deuxième étage et demander à voir le sous-directeur à l'heure venue.

La jeune Bretonne entra par la porte anti-feu et se retrouva à l'époque du paléolithique. Des films holographiques montraient des populations primitives de cette époque, habillées de pagnes en peau de mammouth. Elle connaissait le musée par cœur et décida de monter aux bureaux tout de suite. La cage d'escalier était glauque, les murs dénués d'apparat. Sauf au premier. Elle s'arrêta un instant pour examiner les portraits des deux fondateurs du musée : le Britannique reconnaissable à sa moustache retroussée, le Breton, l'air bougon.

Un employé la fit passer dans la petite salle d'attente près du bureau de M. Foucaud. Elle prit place et entendit soudain des chuchotements affolés au téléphone. Il semblait supplier quelqu'un mais la suite était inaudible.

Cinq minutes plus tard, un homme de stature moyenne, bien proportionné, confiné dans un costume trois pièces gris, apparut, le teint blafard.

— Mademoiselle Loro, entrez donc, pria-t-il en épongeant d'une main les sueurs froides qui dégoulinaient de son large front et en tendant l'autre. Yann Foucaud. Pardonnez mon retard, des questions… (il se gratta les cheveux qu'il avait très touffus) euh… des questions logistiques à régler. Que puis-je faire pour vous ?

Katell se rendit très vite compte que le sous-directeur n'avait pas la moindre idée de ce qu'elle faisait là. Elle en profita alors pour s'inventer une toute autre raison. Elle prétendit faire un exposé sur les secrets du musée, sa salle des archives, ses trésors cachés, ses conservateurs et archéologues... « Bref, tout ce que le public ne voit pas » ponctua-t-elle d'un ton professionnel.

Le sous-directeur accepta sans poser de questions.

Ils empruntèrent l'ascenseur pour le sous-sol et débarquèrent dans un petit couloir avec sur la droite, les toilettes, et sur la gauche, un mur recouvert de posters invitant le public à assister aux diverses conférences tenues au musée. Yann Foucaud sortit une clé magnétique de sa poche, la glissa dans un appareil sur le mur, composa le code d'entrée sans se cacher de Katell et poussa la lourde porte pare-feu.

La lumière s'enclencha. Ils étaient dans une salle aux dimensions gigantesques où étaient empilées jusqu'au plafond des milliers de boîtes arborant des codes incompréhensibles. Sur la droite, une allée plus large menait à la porte qui marquait la jonction entre l'ancien et le nouveau bâtiment. Ils s'arrêtèrent près de caisses entreposées en désordre dans un recoin. L'une d'elle était ouverte et regorgeait de livres, peintures et tapisseries. Katell s'informa sur la raison de la présence de tels objets ici. M. Foucaud lui expliqua que c'étaient des dons de particuliers en attente de triage et d'envoi au musée le plus qualifié à les exposer.

Elle déposa son sac au pied des caisses et suivit le sous-directeur dans les allées vertigineuses.

Il lui fit un exposé des possessions du musée, expliquant la rareté de certaines pièces qu'il sortit de boîtes accessibles, et l'impossibilité de toutes les montrer étant donné le manque de place et le coût des assurances anti-vol. Certains de ces objets étaient tellement finement ciselés que la technologie actuelle aurait du mal à les reproduire, ce qui les rendait inestimables. D'autres étaient déconcertants, comme cette sorte d'oiseau qui ressemblait plutôt à un avion.

Katell était en train de prendre des notes quand elle se rendit compte qu'elle était stupide, qu'elle pouvait enregistrer tout cela, si cela ne le dérangeait pas. Elle avait oublié son vidéophone dans son sac. Il lui répondit qu'il l'attendait et elle courut récupérer l'appareil.

Au moment où elle atteignit sa destination, sa cheville se démit (un accident de trampoline à l'âge de sept ans lui avait affaibli la cheville) et elle perdit l'équilibre. Sa chute s'acheva sur une caisse et l'amas d'antiquités dégringola sur son sac ; elle jura contre elle-même et se dépêcha de tout remettre en place. Elle ramassa ses livres éparpillés par la même occasion et se hâta de retrouver le sous-directeur. Quand elle arriva à l'endroit où elle l'avait laissé, il avait disparu.

Elle l'appela.

Aucune réponse.

Elle continua d'appeler jusqu'à ne plus rien dire et déambula en silence dans les allées. L'atmosphère était à couper au couteau, épaisse, suffocante presque. Une sorte de haut-le-cœur s'empara d'elle. Elle accéléra le pas. La lumière faiblit un instant. Elle perçut enfin la voix du sous-directeur une ou deux allées plus loin.

Des bribes de conversation lui parvenaient. Il tremblait.

— Oui... le parc... de la mai... mégalithes. J-je sais... ma fau... du temps, j-juste une sem... oui, oui... mercr... 22 h 37 pile, oui, oui... jj-je...

Elle entendit ensuite ses pas se presser et elle galopa dans l'interminable allée pour retrouver l'endroit où ils s'étaient laissés. L'homme arriva la seconde qui suivit. Elle contrôla sa respiration du plus vite qu'elle put – étant sportive, elle n'eut aucune difficulté – et attendit une explication. Il s'excusa, un coup de fil urgent, et continua l'interview comme si de rien n'était.

La peur se lisait sur son visage. Qui que fût son correspondant, il exerçait sur cet homme une terreur que le meilleur self-contrôle ne pouvait cacher. Yann Foucaud avait la respiration saccadée, il lui faisait répéter chaque question, répondait à côté la moitié du temps... Il s'excusa encore une fois lorsqu'ils sortirent du sous-sol pour aller dans le nouveau bâtiment. Il avait quelque chose à faire. Cela ne prendrait que deux minutes.

Il se dirigea vers la porte près de l'ascenseur, composa le code sans se soucier du regard de Katell encore une fois et l'ouvrit brusquement.

Dix interminables minutes plus tard, il en sortit, l'air revigoré, comme s'il s'était injecté un litre de caféine pure.

— Nous sommes en déficit humain, se défendit-il devant l'expression irritée de l'adolescente, les crédits européens, c'est bien pour nous procurer de beaux bureaux mais nous manquons toujours cruellement de main d'œuvre. Qui croirait que nous avons six millions de chômeurs dans ce pays, je vous le demande ! J'ai pu trouver quelqu'un pour régler mes petits... soucis. Je suis désormais tout à vous.

Yann Foucaud mentait. Katell le sentait comme un prédateur devait sentir la peur de sa proie. Il était doué pourtant. Elle devait se l'avouer. Ce dont elle était presque sûre, c'était que cet homme se livrait à des actions dont le musée devait tout ignorer.

L'entretien avait été très instructif, remercia-t-elle en repartant par l'escalier. Elle jeta au passage un œil furtif à la porte qui se refermait derrière elle, resta immobile un instant, puis pensa à mi-voix : « Je me demande si je ne devrais pas revenir jeter un œil plus aguerri sur ces boîtes... ». Elle songea à ce qu'aurait fait son arrière-grand-père un siècle plus tôt...

Katell passa l'après-midi restant sur la dune domaniale de Quiberon à regarder les U.L.M. futuristes virevolter dans les airs. Il était dix-sept heures quand elle retrouva ses pénates. Morgane était au travail, Iniaki jouait toujours les ermites et elle décida de s'adonner à de longues ablutions avant de préparer le repas du soir.

Elle repensa, dans son bain, à ce qui s'était passé au musée. Foucaud se livrait-il à des activités douteuses ? Le musée pourrait-il servir à un trafic quelconque ? Cet homme avait l'air bien métamorphosé, avait trouvé Katell. Elle connaissait les effets des nouvelles drogues dures pour avoir presque perdu son oncle, le frère de Morgane, quelques années plus tôt. Foucaud pouvait-il être un junkie ? Était-elle paranoïaque ? Qu'est-ce que c'était aussi que cette étrange sensation d'écœurement ?

Elle étira le bras pour sortir son livre contenant son DVD d'histoire quand quelque chose tomba lourdement sur le sol carrelé de la salle de bain. Elle se pencha, s'essuya la main contre la serviette sur le rebord de la baignoire et remarqua un petit livret marron, sans titre, par terre. Quand elle l'attrapa, elle fut saisie par la texture de la couverture. Ce n'était pas du papier, ni du cuir, plutôt une sorte de parchemin épais, doux comme de la soie.

Elle l'ouvrit délicatement.

Les pages étaient recouvertes de texte manuscrit, très petit et serré, dans une langue inconnue. Elle ne le reconnaissait pas et eut un moment de réflexion avant de réaliser qu'il devait être un de ces livres tombés de la caisse au musée.

Elle irait le rendre dès le lendemain.

Elle laissa ses pensées voguer dans son esprit jusqu'à

sombrer dans un état de demi-sommeil. Des visages, des bruits, des endroits inondèrent son esprit mais elle les rejeta. Elle tenta de faire le vide, comme ce vieil homme tout décharné le lui avait appris lors de son séjour au Pérou. Il lui avait dit de méditer tous les jours, « pour permettre à ton esprit de se laisser pénétrer par l'énergie qui nous entoure », lui avait-il confié dans un anglais approximatif. Elle y parvenait mieux aujourd'hui, même si elle ne s'entraînait plus que très rarement.

Elle demeura dans son bain jusqu'à ce que l'eau soit si froide que ses orteils s'étaient engourdis. Trois heures s'étaient écoulées ! Elle se projeta hors de la baignoire, s'enveloppa d'un peignoir qui absorba toute l'humidité de son corps en une seconde, le jeta sur le sèche-serviettes puis se rua dans sa chambre pour s'habiller.

Quand elle retrouva la cuisine, celle-ci était déserte. Un message clignotait sur le répondeur et l'hologramme du visage de Morgane apparut, l'air éméché.

— Je ne rentrerai pas ce soir, annonçait-elle entre deux éclats de rire. Je sors – mais arrêêêteuuuu ! – j-je sors avec une… une copine. Je te vois demain. Je t'aime.

À chaque fois que sa mère lui disait qu'elle l'aimait, c'était qu'elle avait ingurgité au moins trois verres de vin. Uniquement dans cet état pouvait-elle articuler ces trois mots qui ne touchaient plus sa fille.

Katell ne se fit pas à manger et alla se coucher directement en oubliant tout du petit livret. Elle repensa alors dans son lit à l'appel que M. Foucaud avait reçu au musée. « *Le parc… de la mai… mégalithes, Juste une sem… mercr… 22 h 37* ». Elle essayait de trouver dans sa mémoire un parc près de mégalithes mais rien ne lui venait.

Tout à coup, une idée surgit. Se pourrait-il que « parc » soit un mot tronqué et que cela soit en fait « parking » ? Dans ce cas, « mai » pouvait être le début de « maison ». Ainsi, le tout donnait : le parking de la Maison des Mégalithes.

Elle frémit.

La Maison des Mégalithes était le petit musée dédié principalement aux alignements de Carnac. Elle était située près de la section du Ménec. Et il y avait un grand parking.

Peu avant le week-end, Katell avait parlé à ses amis de la sorcière bleue (l'événement au musée, en revanche, elle le garda pour elle) et elle avait réussi à les convaincre qu'ils devaient aller au bois Varquès ce vendredi, pour voir si un phénomène paranormal se produisait avec la lune rousse. Mel avait rétorqué que la seule chose paranormale qui pouvait se produire ce soir-là serait que Katell « prenne enfin conscience que rien ne se passera jamais dans ce bled ». Et elle le savait aussi bien qu'elle « puisque cela faisait près de quatorze ans qu'elles y vivaient ! ».

— Arrête avec ta négativité et ton pessimisme ! avait reproché Katell. Tu fais fuir la chance.

Celle-ci menait donc le quatuor sur la petite route qui passait par Crucuno. Mel avait accroché un caisson derrière son siège d'où la petite tête de son chat Fangio émergeait.

— Il m'a suivie jusqu'en bas de la route, avait-elle râlé quand Katell l'interrogea sur la raison de sa présence. Je ne pouvais pas le laisser me suivre tout du long quand même ! Ce chat est vraiment têtu, quand il a quelque chose dans l'trognon, celui-là...

Ils arrivèrent sur la petite butte au centre du village de Crucuno où un énorme dolmen trônait, accolé à une longère rénovée en « Maison du Dolmen de Crucuno ». Ils descendirent de leur scooter et prirent un moment pour admirer l'édifice. Il était réellement impressionnant avec son énorme pierre plate posée à l'horizontale sur neuf piliers.

— Un peu plus loin derrière, signala Katell en relevant sa visière et pointant vers le sentier qui longeait la maison sur la gauche, se trouve le quadrilatère de Crucuno, un carré de menhirs alignés selon les solstices et les équinoxes.

— J'en ai vus dans le sud de la France, des machins comme ça, nota Ronan en caressant les pierres rugueuses. Comment ils ont fait pour mettre la grosse pierre dessus ?

Katell répondit que cela était fort simple.

Ils comblaient de terre l'intérieur de l'édifice puis

construisaient un tumulus de pierres et de terre autour. Ensuite, ils n'avaient plus qu'à tirer la pierre avec des cordes, des rondins de bois et quelques douzaines de bœufs.

— Ce qu'il faut savoir, ajouta-t-elle, c'est que les dolmens, en tout cas les plus anciens, ne sont que des squelettes de tumulus. Toutes les pierres ont été utilisées pour faire des constructions. Celles qui restent étaient trop grosses ou trop lourdes, alors c'est resté.

— Ils servaient à quoi précisément ? s'informa Ronan.

— Ça, c'est pas possible d'en être sûr, répondit-elle. Tu te rends comptes quand même, ce machin est là depuis plus de 5 000 ans ! Moi, ça me rend complètement… brrrrr, fit-elle avec un frisson.

— Ce truc-là me fait un effet bizarre, grelotta Abel, bras croisés sur le torse. Je sais pas, c'est comme s'il y avait des fantômes qui rôdent autour.

— Ce ne sont que des pierres, rigola Katell.

— Mais ce ne sont pas des pierres normales, intervint Mel.

— Pas "normales" ? répéta Ronan. Qu'est-ce que tu veux dire ?

Mel observa Katell avant de répondre. Celle-ci ne semblait pas comprendre le regard appuyé de son amie.

— Tu ne te rappelles pas ? s'étonna-t-elle.

— Je ne me rappelle pas de quoi ? fit Katell en arquant les sourcils.

— La fois où tu t'es évanouie.

Katell la dévisagea avec stupeur. Elle s'écria :

— Tu étais là ?!

— De quoi vous parlez ? interrogea Abel, totalement confus.

— Euh… bredouilla-t-elle. Il m'est arrivé un truc bizarre ici quand j'avais trois ans, enfin, la veille de mes trois ans. Je suis venue ici avec mon arrière-grand-père et apparemment je me suis évanouie au contact des pierres...

— On n'a rien senti, nous, quand on les a touchées, remarqua Ronan.

— Je ne sais pas ce qui s'est passé, dit-elle. Elle se retourna ensuite vers Mel. Tu étais là ? réitéra-t-elle, perplexe.

— Oui, répondit la jeune fille aux petits yeux noirs. Mes parents et moi étions venus voir le site. Ils étaient sur le chemin là-bas en direction du quadrilatère, dit-elle en indiquant le sentier sur la gauche de la Maison du Dolmen. Je suis restée un peu derrière pour m'amuser quand tu es arrivée. Je me suis cachée là. (Elle montra le coin qui faisait l'angle entre la maison et le dolmen, à côté du chemin. Il y avait juste assez de place pour un petit corps). Quand tu es rentrée, je me suis collée aux pierres et j'ai regardé par-là, entre les pierres.

— Tu te rappelles exactement ? Tu n'avais que trois ans, tu ne peux pas te souvenir de tout, si ?

— Tu veux dire, ce qui s'est passé... après ?

— Après ? firent les garçons en duo.

— Apparemment, j'ai été comme... euh...

— Possédée, finit Mel d'un ton monocorde.

— Non mais c'est pas la peine de tirer une tronche pareille, se défendit Katell en voyant les garçons la dévisager bizarrement. Je ne suis pas devenue Satan, hein ! Il ne s'est jamais rien passé depuis. Mais dis donc, toi, pourquoi tu ne m'as jamais dit que tu étais là ? demanda-t-elle en se retournant vers Mel. On s'est rencontrées juste après en plus, quand on est rentrées en maternelle à trois ans le mois suivant. Je me rappelle que tu es venue me voir dans le coin jeu de la classe. Je jouais avec des voitures avec Alban Kerpont. Il ne voulait pas me donner la sienne et tu... (elle se mit à rire), tu t'es approchée, tu lui as pris la voiture des mains et tu me l'as donnée ! Le pauvre Alban n'a rien pu dire !

— Oui, je me rappelle très bien, dit Mel sans émotion.

— Pourquoi tu n'as jamais rien dit ? insista Katell.

— Tu ne m'en as jamais parlé non plus, rétorqua-t-elle.

— Bon, c'est très émouvant tout ça, lança Abel en frappant dans ses mains, mais on n'est pas là pour régler des comptes d'il y a dix ans, hein. Moi, j'irais bien voir ce qui se trame dans la forêt et s'il y a une sorcière par ici.

Katell abaissa sa visière, retourna vers son scooter, remit le contact et, d'un geste, les invita à la suivre.

La route, qui ne comportait aucun marquage, avait été

autrefois bordée de forêts. Un défrichement intensif avait créé des champs de maïs que les agriculteurs avaient ensuite revendus à prix d'or à des promoteurs immobiliers. Ces champs étaient maintenant recouverts de maisons bretonnes modernes aux toits d'ardoises coincées les unes entre les autres, avec des mouchoirs de poche en guise de jardin.

Une centaine de mètres plus loin sur la gauche, un petit bois bordé d'un étang presque asséché se dessinait sous la lumière rougeâtre de la lune. Le Bois Varquès, dont l'entrée était marquée par un autre dolmen, celui de Mané Gro'h, était un lieu hautement mystérieux dans la région. On savait que des choses inexplicables s'y produisaient. Les gens parlaient de fées, de korrigans, de pierres pouvant devenir vivantes ; c'était un lieu craint.

Ronan fut mal à l'aise immédiatement. Katell le rassura. Elle avait toujours eu vent de ces créatures mais ne les avait jamais vues, hormis dans ses rêves. Ce n'étaient que des hallucinations populaires, promit-elle.

Ils sécurisèrent leurs scooters sur le parking. Mel enleva Fangio de sa boîte et ils prirent la direction du sentier des Mégalithes, un chemin de randonnée menant à plusieurs sites mégalithiques. Et il y en avait un en particulier que Katell voulait leur montrer d'abord.

Alors qu'ils marchaient sur le large chemin goudronné bordé de pins, de fougères et de graminées qui rejetaient des senteurs d'automne, ils ressentirent une étrange impression. Fangio paraissait apeuré. Il restait dans les jambes de Mel et manquait de la faire tomber à chaque pas. Ils arrivèrent enfin à un embranchement où un piquet d'un mètre cinquante de haut, surplombé d'une flèche en bois avec les mots « la Chaise de César » gravés en noir, indiquait la direction à suivre.

— Par-là, invita prestement Katell.

Ils s'engouffrèrent dans le sentier et Katell commença par leur montrer les quelques pierres enfouies dans la lande bretonne comme autant de vestiges d'un autre temps. Ils atteignirent rapidement une clairière avec de hautes pierres nettoyées de leur végétation parasite. Quatre lampadaires avaient été installés quelques années auparavant et rejetaient une ombre orangée sur le site. Katell désigna du doigt un mégalithe d'au moins trois mètres cinquante de hauteur dont l'extrémité était cassée, formant ainsi un dossier, le tout évoquant un siège de géant.

— La Chaise de César, leur annonça-t-elle fièrement. La pierre d'où le site tire son nom. Cool, non ?

— Ces machins forment des lignes, on dirait, remarqua Ronan en pointant le doigt vers les autres pierres visibles dans la lande.

Katell confirma en hochant la tête.

Soudain, Fangio se mit à tournoyer autour de Mel puis piqua un sprint effréné dans toutes les directions.

— Ben, qu'est-ce qui lui arrive au pôv' minou ? fit Abel avec des yeux écarquillés.

— Ça lui arrive souvent, expliqua Mel. Faut pas s'inquiéter.

Alors qu'elle finissait sa phrase, Fangio détala vers un buisson de fougères. Mel l'appela. Cinq minutes s'écoulèrent sans que le chat ne remontre le bout de son museau. Prise de panique, elle commença à fouiller l'endroit, claquant de la langue pour attirer son attention. Katell en fit autant, suivie peu après par les garçons.

Quand Mel revint de ses recherches, l'air déconfite, Ronan et Abel l'attendaient, assis sur la Chaise, Fangio dans les bras. Elle accourut vers eux et leur ordonna de lui rendre son chat. Abel obtempéra, après l'avoir asticotée un peu.

— Bon... s'exaspéra Mel, caressant Fangio qui ronronnait comme un diesel. Où est Kat ?

— On pensait qu'elle était avec toi, dit Ronan.

Mel posa Fangio au sol et se mit à déambuler sur le petit chemin autour du site. Elle revint deux minutes plus tard vers les garçons avec une expression fâchée.

— Je ne sens rien, dit-elle.

— Qu'est-ce que l'odeur des pins a à voir là-dedans ? interrogea Ronan avec des yeux ronds.

Mel le dévisagea d'un air sentencieux.

— Ce n'est pas le moment de faire de l'humour à trois

balles, rétorqua-t-elle fraîchement.

Il n'avait pas voulu faire d'humour, il n'avait réellement pas compris ce qu'elle voulait dire et si c'était comme ça, eh bien, il se tairait à l'avenir.

Abel gloussa.

— Il est arrivé quelque chose à Katell, enchaîna Mel sans se laisser démonter.

— On va l'appeler, trancha Abel en prenant son téléphone.

Il remarqua avec étonnement qu'il n'avait aucune réception. Mel se rendit compte de la même chose, ainsi que Ronan – ce qui était étrange car plus aucune région française n'était laissée sans couverture.

Ronan cria ensuite le nom de Katell.

Il n'y avait aucun son dans la forêt, aucun écho, aucun bruit de frottement de feuilles dans la brise, aucun cri d'animaux... Ils furent glacés d'effroi.

Ils se mirent à l'œuvre tous ensemble, Fangio toujours dans les jambes de Mel, les oreilles aux aguets. Ils appelèrent Katell de tous les noms, lui dirent que ce n'était pas drôle, puis se réunirent dix minutes plus tard près de la Chaise de César, l'air totalement désorientés. Au bout de cinq minutes, la perplexité s'était changée en affolement, qui laissa sa place à la panique la minute qui suivit.

Katell n'était nulle part.

— Bon, ça fait une demi-heure, articula Mel sur un ton qu'elle tentait de garder solide. Elle ne peut pas être loin. Elle aura forcément retrouvé un sentier. C'est la logique même...

— Il faut rester ici, décréta Abel. Quand on est perdu, faut...

— On n'est pas perdus, coupa Mel. C'est Kat...

Ronan l'interrompit et annonça, les yeux rivés sur son téléphone, que la logique n'allait pas les aider d'un pouce. Sa boussole faisait n'importe quoi.

— Qu'est-ce que tu veux dire, "n'importe quoi" ? fit Mel, poings sur les hanches. Une boussole, ça montre le nord magnétique, point barre !

Il lui jeta son téléphone devant les yeux.

— Regarde toi-même ! lança-t-il furieusement.

L'appareil montrait une aiguille un temps au nord, un temps à l'ouest, un temps à l'est, etc. Elle battait tel un pouls.

— On dirait la trotteuse d'une montre, nota Abel après avoir harponné l'appareil des mains de son ami.

Mel et Ronan s'éloignèrent l'un de l'autre et ne s'adressèrent plus la parole. Abel, lui, commençait à se faire du sérieux mouron quand il entendit des pas sur le sol spongieux recouvert de fougères en décomposition. Mel et Ronan les avaient entendus aussi. Ils se raidirent et se rapprochèrent les uns des autres, pétrifiés. Ils savaient que des sangliers avaient été vus dans la forêt et ces bestiaux chargeaient.

Leurs jambes se mirent à trembler contre leur volonté. Le bruit se rapprochait...

— Ben quoi ? fit Katell en surgissant de l'ombre. Vous avez vu un menhir se transformer en sorcier ou quoi ? Vous avez une tête de déterrés !

Mel brandit son téléphone. Il était 22 h 46. Elle lui indiqua très poliment qu'elle avait disparu près d'une heure. Katell balança ses cheveux en arrière d'un coup de main et rit.

— Qu'est-ce que vous me baragouinez, là ? Une heure ? Mais je suis juste allée faire un tour derrière cette grosse pierre, là ! dit-elle en désignant la pierre au-delà d'un petit cercle. Je me suis absentée cinq minutes max !

Mel, Abel et Ronan ne trouvaient pas cela drôle du tout.

— M'enfiiin ! s'offusqua-t-elle le plus sincèrement du monde. Puisque je vous dis que... Attendez une seconde...

Elle sortit son téléphone et regarda l'heure. Son visage s'éclaira. Il indiquait 21 h 46.

— On est arrivés à 21 h 30 donc ça correspond.

— Sauf qu'il est onze heures moins le quart... laissa tomber Ronan.

Katell éclata d'un rire hystérique qui fit dresser les cheveux sur la tête de ses amis.

— Bon, allez, on met les voiles, dit-elle en s'essuyant les yeux. Aaah, vous m'avez bien eue ! Elle était bonne, j'avoue, elle était bonne. Vous pouvez remettre vos téléphones à l'heure maintenant.

Mel, Abel et Ronan ne bougeaient pas. Ils la dévisageaient avec un ébahissement total.

— Tu es en train de te moquer de nous, là, ou quoi ? jeta Mel, les nerfs à vif. Elle est en train de se moquer de nous, là, non ? continua-t-elle en fixant les garçons d'un air hébété. Ça fait plus D'UNE DEMI-HEURE QU'ON TE CHERCHE, JE TE SIGNALE ! hurla-t-elle en se retournant vers son amie.

— M'enfin, arrêtez, vous me foutez les boules...

— ET TU CROIS QU'ON EST DANS QUEL ÉTAT, NOUS, HEIN ? beugla Mel de plus belle.

Katell resta là, bouche bée. Elle voyait bien dans les yeux de son amie qu'elle disait la vérité. Sa voix aussi trahissait la frayeur qu'ils avaient eue. Puis Mel se jeta sur elle et la serra fort dans ses bras.

— Oooh, Kat... j'étais morte de trouille... sanglotait-elle presque maintenant.

— Il y a forcément une explication plausible, déclara Katell en lui caressant les cheveux.

— Ben... à part un p'tit tour dans la quatrième dimension, j'vois rien de plausible dans ce qui vient d'se passer, dit Abel en tordant la bouche.

— Bon, arrêtez, là, parce que ça me donne les pétoches quelque chose de grave, pria-t-elle en repoussant Mel doucement. Allez, on se casse. Je ne veux pas rester une minute de plus ici. Je me sens... observée...

— Moi aussi, avoua Mel.

— Et la sorcière ? s'enquit Ronan.

Incapable d'expliquer ce qui se passait, Katell préféra qu'ils rentrent chez eux. Ils n'étaient pas en sécurité.

— Pas à un mot à qui que ce soit, hein ? fit-elle promettre.

Ils acquiescèrent. De toute façon, personne ne les croirait.

Ils s'en retournèrent au parking d'un pas empressé. Fangio courait devant et miaulait comme pour leur dire de se dépêcher.

Une fois chez elle, Katell s'écroula dans un sommeil qu'elle ne put retenir.

Mel, de son côté, passait un sale quart d'heure avec son père.

Il était furieux contre elle et contre Lulu.

Gwendal Conan était un homme de taille moyenne, aux alentours d'un mètre quatre-vingt huit, et une légère brioche commençait à enrober sa taille. Il ne ressemblait pas du tout à sa fille, hormis peut-être la noirceur de son regard. Des années en tant que fumeur avaient jauni ses dents et ses traits étaient fortement ridés pour un homme de trente-cinq ans. Constamment stressé, il n'avait que deux volumes de voix : parler fort et parler plus fort.

— Je ne peux vraiment pas lui faire confiance ! s'énerva-t-il en gesticulant de plus belle. Elle n'est pas capable de garder un œil sur toi. C'est une incompétente ! Je vais la signaler aux services sociaux, moi, tu vas voir, ça va faire ni une ni deux !

— Je suis sûre qu'ils seront aussi intéressés par tes absences, riposta Mel, le regard en biais.

— Ne commence pas avec tes griefs, hein ! C'est pas l'moment ! Je suis suffisamment agacé par cette affaire qui n'en finit pas de finir, ou plutôt, de ne *pas* finir d'ailleurs, alors j'ai autre chose à faire que de m'inquiéter pour toi...

Au moment où il termina sa phrase, il se mordit la lèvre. Il passa sa main dans ses cheveux grisonnants, l'air embêté.

— Ce n'est pas ce que je voulais dire... se corrigea-t-il avec des gestes apologétiques.

— C'est *exactement* ce que tu voulais dire au contraire, Gwendal. (Mel n'avait quasiment jamais appelé son père autrement que par son prénom). Je n'en attendais pas moins de ta part.

La remarque de Mel calma son père tout de suite.

— Depuis que ta mère est... Depuis qu'elle n'est plus avec nous... commença-t-il nerveusement.

Mel ne disait rien. Elle l'observait scrupuleusement.

— Tu as bientôt quatorze ans, continua-t-il, et je n'ai pas la moindre idée de ce qui se passe en toi. Je n'ai pas eu de sœurs et ma mère ne m'a jamais rien appris sur les femmes... Il faut que tu m'aides, là.

— Comment veux-tu que je t'aide quand tu n'es pas là la moitié du temps ?! Et comment peux-tu te permettre de *juger*

Lulu quand tu ne sais même pas en quelle classe je suis !

— Tu es en troisième, enfin. Ne me prends pas pour un imbécile !

— En troisième quoi ?

— Qu'est-ce que tu veux dire "en troisième quoi" ? rétorqua Gwendal de sa voix grave. Tu es en troisième, point barre. Il n'y a pas de troisième littéraire, scientifique, artistique ou je n'sais quoi !

— Quelle couleur ? demanda Mel du tac au tac.

— Quelle couleur ? Qu'est-ce que tu me baragouines avec tes couleurs ? Quelle couleur de quoi ?

— Bleu, annonça-t-elle comme une réponse de quiz, fusillant son père du regard par la même occasion. Rincet, notre principale, précisa-t-elle sournoisement, a supprimé les lettres l'année dernière.

— J-je... je ne m'en rappelais plus...

— Ho, hey, je t'en prie, hein. Tu ne vas pas me faire le coup de la mauvaise foi !

— Dis donc, jeune fille, prends un autre ton avec moi, s'il te plaît, hein !

Mel inspira profondément et souffla par le nez bruyamment.

— Que veux-tu que je te dise... articula Gwendal après un long silence tout en secouant la tête.

— Je voudrais que tu aies le courage de reconnaître que tu es mal placé pour me donner des leçons, (son père se crispa), mais que tu es prêt à accepter que je grandis, (il se détendit un peu), et que même si je fais des co... des bêtises, ce n'est jamais très méchant. Je ne suis pas stupide, tu le sais. Je ne me laisse pas embarquer dans des histoires... euh... abracadabrantes.

— Je sais que tu es intelligente, confirma son père, plus serein. C'est un lieu commun de dire ça mais tu es ma petite fille. Je te vois encore à ta naissance avec tes petites...

— J'ai bientôt quatorze ans, Gwendal, coupa-t-elle. Je peux t'assurer que je ne suis *plus* une petite fille.

L'accentuation du « plus » par sa fille provoqua un affolement visible sur le visage fuselé de son père. Son regard se durcit et Gwendal se sentit submergé d'une rage incontrôlable.

— Où étais-tu et avec qui ? exigea-t-il. Tu étais avec un garçon, c'est ça ? Ce n'est pas parce que la majorité des filles d'aujourd'hui est... est... dévergondée qu'il faut que ce soit pareil pour toi !

Elle était sur le point de tourner les talons tellement la bassesse de la question l'insultait quand son père l'agrippa par le bras.

— HO ! Pas si vite, jeune fille !

Mel stoppa net, tourna la tête vers son père, le fixa droit dans les yeux puis dit, le ton glacial :

— Lâche.

La menace dans son regard fit que Gwendal lâcha prise immédiatement.

— Écoute, Mélusine, je ne suis pas ta mère, énonça-t-il tout aussi froidement. Je n'ai jamais eu ce don qu'elle avait de pouvoir comprendre les gens si facilement.

— Tu n'essaies pas beaucoup non plus, répliqua-t-elle en reprenant contrôle de ses émotions.

— C'est difficile pour un enfant unique...

— Katell est enfant unique, elle aussi.

Il observa sa fille un long moment, en silence.

— Tu sais, Keridwen avait les mêmes cheveux que toi, dit-il comme s'il continuait une conversation triviale. Cette couleur si indéfinissable...

Mel se passa nerveusement la main sur l'arrière de son crâne.

— Elle disait que tu ressemblais à une princesse inca, rassura Gwendal d'un ton paternel.

— C'est affreux.

— Ce n'est pas affreux. Et ce n'est pas une déformation non plus. Ton crâne est juste un peu plus allongé que la normale. Cela ne fait pas de toi un gnome, enfin !

— Les gnomes n'ont pas le crâne en forme d'obus, rétorqua Mel.

— Ce que j'essaie de di...

— Je sais ce que tu essaies de dire.

Sur ce, elle tourna les talons et alla se coucher.

Abel était rentré chez lui par la porte de derrière et n'avait réveillé personne. Il avait l'habitude. Quant à Ronan, ses parents l'attendaient de pied ferme sur le perron.

Daniel Duchemin décroisa ses bras lentement quand son fils franchit la grille d'entrée.

— J'espère que tu as une explication rationnelle pour ton retard, articula-t-il d'une voix tremblante de colère.

— Papa...

Son père le stoppa net de la main.

— À l'intérieur, ordonna-t-il. Et tout de suite !

Dans la maison, le silence qui régnait pesait si lourd sur les épaules de Ronan qu'il s'effondra sur la chaise près du canapé. Ses parents prirent place en face de lui, debout.

— Te rends-tu compte de ce qui vient de se passer ? interrogea M. Duchemin en tentant de garder son calme.

Si Ronan avait pu être totalement honnête avec son père ce soir-là, il lui aurait avoué que non, en fait, il n'avait *aucune* idée de ce qui venait de se passer. Mais son père n'était pas d'humeur à tolérer une histoire qui sonnait rocambolesque au mieux, complètement fantaisiste au pire... Il ravala le sourire nerveux qui le démangeait et tenta de regarder ses parents dans les yeux.

— Nous nous sommes fait un sang d'encre, reprocha sa mère. Il aurait pu t'arriver n'importe qu...

— Oui, oui, ça va, Agathe, on ne va pas commencer à conjecturer sur ce qui *aurait* pu se passer, sabra Daniel. Ronan, dans mon bureau.

À peine avait-il fini sa phrase que le garçon était déjà près de la porte, la tête basse, les bras pendants.

La salle privée de son père, où il n'était encore jamais allé, était le sanctuaire de Daniel. Relativement spartiate dans son confort, le seul objet luxueux la meublant était un antique secrétaire d'un bois rosé aux pieds en forme de triangle inversé, ciselés de complexes caractères dont le sens échappait totalement à Ronan.

Daniel ouvrit le secrétaire brutalement. Le sang de son fils ne fit qu'un tour. Il ne pouvait voir l'autre côté et les cinq secondes que prit son père pour chercher quelque chose lui parurent interminables.

— Tu ne crois pas que cette famille a vécu suffisamment de... commença Daniel, dissimulant ce qu'il avait fini par trouver.

— Papa... je suis désolé, interrompit Ronan. Ce n'est pas ma fau...

— Oh, je t'en prie, Ronan !

— La réception était vraiment mauvaise et...

Alors qu'il parlait, son père se contorsionna l'espace d'une seconde. Ronan entendit un petit bruit bizarre, comme quelque chose qui se dégonflait. Soudain, Daniel frappa la tablette du poing.

— CELA SUFFIT ! s'époumona-t-il.

Ronan se glaça.

— À partir de ce jour, je veux ton GPS constamment allumé !

— Il l'était, papa. C'est ce que j'essaie de te dire ! prononçait Ronan avec une respiration saccadée, son pouls le lançant dans sa carotide.

— Dans ce cas, tes sorties seront supervisées. Ma décision est irrévocable.

Avant même que Ronan ne puisse protester, son père le renvoya.

Le garçon imaginait déjà la puce implantée dans son poignet, munie d'un nanorobot qui se logerait dans son cerveau et transmettrait tout ce qu'il voyait et entendait directement au téléphone de son père. C'était une pensée terrifiante.

Mis au point au départ pour les criminels, l'appareil microscopique fut commercialisé pour les parents dont les enfants étaient classés « ASBOs » (le mot provenant de l'anglais, *Anti Social Behaviour Order*, qui signifiait littéralement : Arrêté contre les Comportements Anti-Sociaux. Ce concept était issu des quartiers craignos britanniques où les ados commettaient des crimes avant même de savoir lire et étaient ensuite interdits, via un arrêté municipal, d'accéder à un centre-ville, par exemple). La compagnie détenant le brevet l'avait vendu à une société de matériel de sécurité pour les particuliers. Ils avaient écoulé cinquante mille exemplaires la première semaine à des parents désespérés ; les ventes n'avaient cessé de croître depuis lors.

De retour dans sa chambre, Ronan s'écroula sur son lit. Il se vengea sur son oreiller quand il entendit quelqu'un frapper à sa porte. Son pouls se remit à battre la chamade. Il vit le bout de nez de sa mère pointer timidement ses rondeurs et l'invita à entrer d'une voix soulagée.

— Mon fils, prononça-t-elle avec solennité tout en prenant place sur le rebord de son lit, ton père passe des moments difficiles. Il est très fatigué depuis cet été. Il travaille comme un forcené, tu le sais. Et puis... ce n'est pas facile pour lui, tu sais ça aussi. Tu ressembl...

— Oui, je sais, maman, interrompit-il. Pas la peine de me le rabâcher toutes les cinq minutes.

— Pardon, grimaça-t-elle en coinçant une de ses mèches blondes derrière son oreille.

— Ce n'était pas de ma faute, je te promets. On a été... retardés par Katell qui s'est perdue dans la forêt.

— Vous êtes allés dans une forêt la nuit ? s'écria Agathe.

— C'ét-tait jj-juste un b-bois, bafouilla Ronan.

— Bon, bon, dit-elle d'une voix douce, cassant ainsi la tension qui alourdissait l'atmosphère. J'ai parlé à ton père. Il ne fera pas installer la puce... Ceci dit, il veut, je veux dire, *nous* voulons que dorénavant tu respectes tes horaires. Tu dois être prudent par les temps qui courent.

— Ce n'est pas la peine que je m'évertue à te répéter ce qui s'est passé, n'est-ce pas ? soupira-t-il en plaquant ses mains sur ses cuisses. Tu as décidé que je racontais n'importe quoi.

— Ce n'est pas important ce qui s'est passé. Excuse-toi auprès de ton père et...

— Bien sûr que si, c'est important, maman ! enragea-t-il. C'est pareil depuis toujours. Je ne peux pas faire quoi que ce soit sans que je sois ensuite sujet à un interrogatoire digne de l'Inquisition ! On n'est pas au Moyen Âge, maman ! C'est le 21e siècle bon sang ! J'en ai ras le bol d'être traité comme un gamin de cinq ans, alors, NON, je ne m'excuserai pas. Si quelqu'un doit s'excuser, c'est à lui de le faire !

Agathe eut un mal fou à raisonner son fils et Ronan eut un mal fou à essayer d'ouvrir les yeux de sa mère. La discussion étant sans issue. Elle décida de le laisser méditer sur ce qui venait d'être dit. « La nuit porte conseil » lui avait-elle souhaité en refermant la porte.

Il resta encore longtemps éveillé.

Désorientées par le comportement irrationnel de son père, ses pensées formaient une sorte de vortex prenant l'aspect du visage des personnes gravitant autour de lui, ses amis, ses sœurs, son père. Ce dernier se désagrégea et le visage de Mel se matérialisa. Il balaya promptement l'illusion et éteignit la lumière. Il se sentait énervé. Il y avait eu beaucoup d'énergie négative cette nuit-là.

Katell était perturbée depuis les événements dans la forêt de Varquès. Elle ignorait ses amis et ils en faisaient de même.

Aujourd'hui était mercredi. Elle se rappela Yann Foucaud et son rendez-vous mercredi à 22 h 37 à la Maison des Mégalithes (qu'elle avait toujours caché aux trois autres). À vingt-et-une heures, elle se prépara : elle se munit d'un coupe-vent sombre, du maquillage de sa mère, de son téléphone qu'elle pensa bien à mettre en veille, sa caméra dernière génération et une bouteille d'eau.

Elle espérait ne pas s'être trompée dans son interprétation des mots du sous-directeur. Au pire, elle profiterait d'une balade nocturne.

Il était 21 h 58 quand elle arriva sur le parking désert de la Maison des Mégalithes. L'aire goudronnée d'un revêtement non polluant était entourée de jardins composés de lande et de pins parasols typiques de la région. Un bâtiment ovale avec une immense porte flanquée de deux versions stylisées de menhirs sur ses côtés, était placé en retrait. Sur son toit paradait une terrasse enroulée au sommet d'un mât de quarante mètres de haut. La vue des alignements du Ménec de ce point de vue était à couper le souffle. Mais Katell n'avait pas le temps d'aller l'admirer, elle devait trouver un endroit où se planquer. Et se maquiller pour cacher la blancheur de sa peau.

Puis elle attendit patiemment.

À 22 h 30, feux éteints, une voiture s'approcha dans un silence total – les voitures ne faisaient plus aucun bruit depuis qu'elles étaient devenues électriques (le pétrole n'existait quasiment plus). Katell se redressa et cibla le véhicule de sa caméra en vérifiant que le mode nuit était bien en marche.

Personne ne sortit de la voiture.

À 22 h 36, la porte s'ouvrit et une silhouette masculine ressemblant à celle de Foucaud se dessina dans la nuit sans lune. Elle ne réussissait à voir qu'au travers de son appareil.

À l'heure pile, une chose inexplicable se produisit.

Devant Foucaud, l'air sembla s'épaissir en une brume noirâtre qui s'allongea, s'étira sur les côtés et se modela en une silhouette d'homme.

Katell avait entendu parler d'expériences de téléportation aux infos mais elle ne pensait pas que cela fonctionnait déjà sur les humains !

L'homme lui faisait dos. Il était vêtu d'une longue cape sombre et d'une capuche, sur laquelle quelque chose brillait faiblement lorsque son profil se dessinait. Elle ne pouvait quasiment rien voir. Elle n'entendait presque rien non plus. Elle ressentait juste une drôle de sensation. Rien de négatif. Au contraire, c'était presque apaisant.

Elle voulut se rapprocher. Elle se ravisa. Elle avait eu la bonne idée de se cacher sur un matelas de brindilles de pins. Le moindre de ses mouvement déclenchait une véritable symphonie. Elle décida de rester là, de toute façon, la caméra filmait.

La conversation, si conversation il y avait eu, avait duré huit secondes. L'homme se dématérialisa. Ce qui semblait être Foucaud rejoignit prestement la voiture et s'en alla. Katell, elle, resta dans les buissons, perplexe. Elle voulut visionner l'enregistrement...

Tout ce qui avait été gravé sur le disque était une sorte de neige grisâtre. Elle réussit malgré tout à entendre quelques mots : « cristaux... tous retrouvés... ».

Une fois chez elle, Katell eut une intuition. Elle ne savait pas pourquoi elle y pensait soudainement. Elle avait oublié de rendre le petit carnet au musée et l'avait laissé sur sa table d'ordinateur, sous une pile de DVD de cours. Elle écarta ces derniers, chercha parmi le désordre organisé et le retrouva sous une rédaction de français où elle avait eu 18 sur 20.

Elle l'ouvrit et examina la première page. L'écriture était si serrée qu'il était difficile de distinguer en quelle langue il était rédigé...

Son regard fut attiré par une tâche en bas à gauche de la deuxième de couverture. Elle prit une ancienne loupe qu'Iniaki lui avait donnée pour son huitième anniversaire, pour qu'elle regarde la nature en gros plan, et remarqua qu'il s'agissait en réalité de cinq minuscules lettres.

Σολων

Elle savait que c'était du grec. Elle se rappelait l'alphabet pour l'avoir étudié lors de ses deux premières années au collège. Elle traduisit :

S.O.L.O.N.

Cela ne lui rappelait rien. Elle télécommanda à son téléphone de se brancher sur Internet. Elle articula ensuite le mot et un site de recherche fit apparaître toute une liste. Elle en parcourut quelques uns et commença à prendre des notes.

Solon était en fait un homme, un Grec né aux environs de 600 avant l'ère moderne, selon les estimations classiques. Il avait été législateur et puissant homme d'État à Athènes. Il était connu comme l'un des grands sages de la Grèce antique. Il fut l'instigateur de nombreuses réformes capitales mais mal reçues à l'époque. La population voulait des changements et les refusait quand ils étaient mis en place. Des protestations s'ensuivirent, des émeutes également et finalement, une guerre civile.

Bien que noble de naissance, Solon était avant tout un marchand. Quand la situation politique devint insupportable, il informa ses pairs qu'il partait pour dix ans. Il voyagea dans le monde entier. Ce fut en Égypte qu'il resta le plus longtemps.

Solon était un ancêtre de Platon, de manière éloignée, via Critias. Ce dernier fut mentionné par Platon dans l'un de ses

dialogues intellectuels les plus fameux sur l'état politique idéal :
Timée et Critias.

Le personnage de Critias signala à un moment du dialogue que la civilisation humaine avait été supérieure autrefois, puissante et érudite aussi, et qu'elle fut détruite dans un cataclysme mondial. Cette civilisation s'appelait l'Atlantide.

Katell se crispa. Elle ne croyait pas à ces fariboles sur un continent qui aurait coulé suite à la colère de soi-disant dieux. Quelle farce !

Elle réfléchit.

Si cet homme, Solon, avait réellement existé et si ce livret avait bel et bien été écrit par lui, alors *peut-être*, seulement *peut-être*, qu'à l'intérieur de ces pages se trouvaient des réponses...

Des réponses à l'énigme la plus tenace de la civilisation humaine...

Elle poursuivit sa lecture après avoir transféré le texte du site sur l'écran de son ordinateur, avec un intérêt grandissant chaque seconde.

Solon avait rencontré deux prêtres d'une société secrète lors de son voyage en Égypte. Leurs noms étaient Sonchis et Psénophis. Ces deux hommes étaient parmi les plus savants de leur temps. Ils connaissaient les choses de l'Univers, de la Nature et de l'Esprit.

Solon aurait été informé qu'une civilisation puissante et majestueuse avait, en des temps immémoriaux, peuplé cette planète. Le site continua par décrire cette civilisation, sa technologie, les pouvoirs de ses citoyens. Le tout n'était qu'un tas d'élucubrations dont elle abrégea la lecture. Sa curiosité était piquée cependant.

Plus tard dans la soirée, Katell décida de briser le silence qui existait entre elle et son aïeul. Elle enfila un gilet en matière synthétique, celui qui sentait son parfum préféré (pour éviter l'utilisation des déodorants responsables de cancers, les fabricants de vêtements avaient trouvé la parade : les matériaux utilisés piégeaient les mauvaises odeurs et propageaient des senteurs artificielles), puis elle se glissa hors de chez elle et alla frapper à la porte voisine.

Aucune réponse.

La porte était fermée.

Elle avait une des clés électroniques et elle inséra l'instrument plat dans la fente. Un petit « clic » signala qu'elle était maintenant ouverte. Elle entra en hélant son arrière-grand-père. Un filet de lumière était visible sous la porte de son bureau et elle se dirigea vers lui sans allumer.

— Je peux entrer ? demanda-t-elle en poussant lentement la porte en chêne.

Elle entendit Iniaki remettre des feuillets en ordre avec agitation, entra et eut un petit sursaut de surprise.

— Ben, Papy ? Qu'est-ce qui t'arrive ?!

Iniaki avait le visage de quelqu'un qui n'avait pas fermé l'œil depuis des semaines. Une barbe grisonnante lui mangeait le visage et son teint terne lui donnait au moins cent ans de plus.

— J'ai été très occupé, ma puce, glissa-t-il, le ton mou.

— Tu travaillais sur les Dogons ? s'enquit-elle en dirigeant son doigt vers l'amas de papiers sur la table où il lui avait semblé voir des photos.

— Je n'arrive pas à croire que quelqu'un ait pu détruire leur fabuleuse civilisation... dit-il en guise de réponse.

— Tu penses à un acte délibéré ? Des terroristes ?!

— Pas dans le sens où tu l'entends. Quoique.

Il s'arrêta et reprit ses feuillets pour les déposer dans un classeur.

— Tu sais qui a commandité ça ? s'étonna Katell qui avait reniflé des cachotteries.

— Je connaissais bien les Dogons, tu sais, éluda-t-il en frottant ses petits yeux épuisés. C'était un peuple hors du commun, un peuple que l'on n'a jamais réussi à expliquer...

Il les avait rencontrés en 1948. Leur culture, expliqua-t-il, était étudiée à ce moment-là par deux éminents ethnologues français, Marcel Griaule et Germaine Dieterlen qui s'étaient rendus au Mali après la fin de la Seconde Guerre mondiale.

Les Dogons étaient une civilisation fondée sur la non-violence, vivant simplement d'élevage et de culture de céréales (le mil et le sorgho) et de légumes. Ils décidèrent de vivre près des falaises de Bandiagara, sur un plateau désertique tourné vers le Burkina-Faso, il y avait de cela des siècles. Là, ils pouvaient en toute tranquillité s'adonner à leur occupation favorite, curieuse pour un peuple tel que le leur : l'observation des astres.

— Je dis bien "curieuse", fit remarquer Iniaki en dressant le doigt tel un instituteur, parce qu'ils connaissaient des choses découvertes au cours des deux cents dernières années seulement !

— C'est incroyable !

— Oh, c'est parfaitement croyable, corrigea-t-il. En revanche, c'est totalement i-nex-pli-ca-ble !

— Comment en as-tu entendu parlé, de ces Dogons ?

— Je faisais des recherches sur les civilisations qui possédaient des connaissances en astronomie. C'est à ce moment-là d'ailleurs que je travaillais sur les Maya. Un jour, je suis tombé sur un article sur les travaux de Griaule et Dieterlen dans une revue d'anthropologie. Je les ai contactés pour leur demander si je pouvais venir passer quelque temps avec eux. Ils ont accepté avec plaisir et je suis parti, pensant rester deux semaines tout au plus... (il fit une pause), je suis resté près de deux ans ! C'est à cette période que j'ai chopé cette cochonnerie de palu.

— La malaria ? Tu as la malaria ?!

— À l'époque, nous n'avions pas les médicaments d'aujourd'hui. Et même si nous ne sommes toujours pas capables d'éradiquer cette sal... (il stoppa net, se racla la gorge), cette saleté d'arme de destruction massive, les risques ont été grandement diminués.

Les scientifiques du 21e siècle tentaient désormais de créer des vaccins à base de nanotechnologie, ces robots microscopiques qui pouvaient voyager dans le corps humain et réparer les blessures et défauts génétiques mineurs. La science-fiction était devenue réalité.

Iniaki ne se réjouissait pas pour autant.

— Ces pauvres Africains, ils n'y ont pas droit, eux, à la nanotechnologie. Ces gouvernements de pacotille n'ont que faire de l'Afrique ! Crois-tu qu'une enquête sera faite pour savoir ce qui est arrivé à ces malheureux Dogons, hein ? Penses-tu ! Ils s'en moquent comme de l'an quarante !

Katell ne comprenait pas.

— Parce qu'on les voit tous comme des barbares, pardi ! s'embrasa Iniaki comme de l'huile sur le feu. Il faut que je te raconte ce que ces ethnologues ont trouvé et, après cela, tu comprendras la grandeur des peuples qui habitent cette région du globe.

Il rapporta les résultats des recherches des ethnologues publiées en 1951 sous le titre : « Un système soudanais de Sirius ».

Les Dogons révéraient le système de Sirius, un système très éloigné dont une seule étoile était visible dans le ciel, Sirius A. Elle pouvait être vue sans l'aide de télescope. Jusqu'en 1862, le monde scientifique occidental ne jugeait ce système composé que d'une étoile unique. Cette année-là, un astronome américain du nom d'Alan Clarke fit une découverte qui allait changer le monde : Sirius avait en fait une sœur, qu'il nomma Sirius B. Cette étoile était bien plus petite et d'une masse très lourde, équivalente à celle du soleil. Elle faisait partie de la classe des naines blanches.

— Les naines blanches, expliqua lentement Iniaki, sont des étoiles d'une densité si énorme, donc très lourdes, qu'elles n'émettent que très peu de lumière – d'où l'impossibilité de les voir à l'œil nu. Les atomes et les électrons qui les forment sont condensés à l'extrême, un peu comme des sardines dans une boîte en fer. Leur force gravitationnelle est si intense que ces naines blanches exercent une forte pression sur les astres les entourant. Et Sirius A n'y échappe pas. Cette force gravitationnelle fait vaciller son orbite.

Or, les Dogons savaient cela. Ils connaissaient l'existence de Sirius B depuis des siècles. Ils l'avaient nommée Po Tolo, d'après cette graine qu'ils utilisaient et qui était très petite et très lourde, le sorgho. Ils savaient également que l'orbite elliptique de Sirius B autour de Sirius A prenait cinquante ans. Une fête majeure dans leur culture était « La Fête de Sigui ».

— Tous les cinquante ans justement ! s'exclama-t-il. Le fait que les Dogons connaissaient l'existence des deux étoiles principales de Sirius, ajouta-t-il d'une voix chargée d'admiration, sans l'aide du moindre télescope, est démentiel. Mais là où les scientifiques furent soufflés, c'est quand on découvrit en 1990... que ces deux étoiles avaient une *autre* sœur ! Sirius C. Et tu sais quoi ?

— Les Dogons la connaissaient aussi ? aventura Katell.

Iniaki hocha la tête en silence respectueux.

— C'est hallucinant, s'émerveilla-t-elle.

— Oui, c'est le mot qui convient. J'ai bien cru être en proie à des hallucinations quand j'ai eu vent de la découverte des astronomes...

— Il y a quelque chose que je voudrais te montrer, annonça-t-elle en prenant son sac de cours. Ça n'a rien à voir. Je sais pas pourquoi j'y pense, c'est juste un truc que... (elle sortit une photocopie froissée et la tendit à son arrière-grand-père). Enfin, je voudrais que tu jettes un œil à ce document, s'il te plaît.

Le vieil homme reprit ses petites lunettes et les posa délicatement sur son nez aquilin.

— C'est du grec ancien, remarqua-t-il immédiatement, très ancien, je dirais même. Tu as trouvé ça où ?

— Tu comprends quelque chose ? esquiva Katell.

— Mmm... Donne-moi un instant.

Il suivait chaque mot de son index et stoppait à intervalle irrégulier, ses sourcils s'arquant en écho.

— Où as-tu trouvé ça ? redemanda-t-il, cette fois en fixant son arrière-petite-fille par-dessus ses lunettes.

— Cela n'a pas d'importance. Tu peux comprendr...

— Ce document me semble provenir d'un personnage important de la Grèce antique, Katell. Si tu sais où se trouve l'original, il faut le remettre à un musée tout de suite ! Enfin, tu me le montres d'abord et *ensuite* on va le donner au musée de Carnac.

— Je n'ai pas l'original, mentit-elle en se mordant la langue. J'ai trouvé ça par terre dans le sous-sol du musée justement. J'irai le rendre dès demain, je te prom...

— Non, non, ce ne sera pas la peine, opposa Iniaki dans un revirement d'éthique. Je suis sûr qu'ils ont des copies, ajouta-t-il en reprenant la feuille des mains de Katell. Laisse-moi regarder encore. Mmm... C'est très singulier. Il parle d'un voyage en Égypte où il a vu la Grande Pyramide alors qu'elle devait encore être resplendissante... Il doit aussi rencontrer deux hommes importants. Le pharaon et son conseiller, sans aucun doute. Mmm... Je me demande bien qui il peut être. Visiblement, un haut dignitaire.

Katell l'observait silencieusement, le cœur battant, l'esprit bouillonnant. Serait-ce vraiment le Solon de Platon ? Les deux hommes dont parlait Iniaki étaient peut-être les deux prêtres dont elle avait lu les noms sur Internet. Sa découverte serait phénoménale si tel était le cas.

Un sentiment de culpabilité la submergea qui disparut sitôt que son arrière-grand-père reprit la parole.

— Ce feuillet est le début d'un journal, énonça-t-il calmement, un journal très important, je dirais même... et qui n'était pas censé tomber entre les mains de n'importe qui... C'est vraiment étrange...

— Qu'est-ce qui est étrange ?

— Qu'il soit arrivé jusqu'*ici*... jusqu'à *toi*...

— Olaaaa ! Je te vois venir avec tes "tout arrive pour une raison" et tout le trala...

— Mais TOUT arrive pour une raison, ma chérie, rétorqua-t-il le plus sérieusement du monde.

Cette fois-ci, c'était le travail du pur hasard. Ça, elle en était convaincue. Ce dont elle était également persuadée, c'était que ce fameux journal contenait des réponses. Elle le sentait.

Iniaki lui fit une petite traduction orale qu'elle enregistra sur son téléphone.

De retour dans sa chambre, elle se repassa la traduction. Solon décrivait juste le départ de son voyage. Une seule phrase laissait suggérer quelque chose d'un tantinet intéressant :

« *Depuis ma rencontre avec ces maîtres éclairés, je perçois devant mes yeux éblouis la grandeur de Gaïa et ce qu'elle peut apporter à notre esprit...* »

Gaïa était la Mère Nature, elle savait cela. Elle savait aussi que c'était le nom donné à la Terre par les Grecs anciens. Et elle savait encore que si quelqu'un s'y connaissait dans ce domaine, ce ne pouvait être qu'Anaïg.

— La Vieille Religion, avait répondu Anaïg le lendemain quand Katell l'avait attrapée avant d'aller en cours.

Katell la dévisagea un instant.

— Gaïa est liée à la religion païenne, clarifia son amie en entortillant ses longs cheveux roux entre ses doigts bagués. Gaïa est la Déesse Mère. Ces croyances ont formé les bases de toutes les religions actuelles. Ne te méprends pas, par contre. Cette religion n'est *pas* une religion dans le sens contemporain du terme. Elle est fondée sur l'Univers, la Nature et l'Esprit. C'est une symbiose totale avec ton environnement. Tu ne fais qu'une avec l'Une.

— L'une ?! répéta Katell, stupéfaite.

Elle se rappelait les mots prononcés par Loïg Le Leuc'h. Elle frémit.

— Oui, l'Une, la Déesse Créatrice, la Matrice Universelle, le Féminin sacré...

— Le Féminin sacré ? Comme dans ce livre controversé du début du siècle sur un soi-disant code dans les tableaux de Léonard de Vinci ?

— Jamais entendu parler. La Vieille Religion est toujours pratiquée par des druides, enchaîna Anaïg. Mes parents ont fait des expériences une fois au château d'une cousine à moi, près de Paimpont. Le lac qui l'entoure émet de puissantes énergies. Je sais que ça marche parce qu'ils sont revenus dans un d'ces états, mes aïeux ! On aurait dit des piles humaines !

— Des piles ?

— Le sol là-bas est tellement ferrugineux qu'ils ont été chargés comme une batterie. Complètement bizarre comme truc. Tout ce qu'ils touchaient s'électrisait. Ma cousine Alice leur a interdit l'accès au château pendant deux ans après ça ! Trop drôle.

Katell ne put s'empêcher de penser à cette sorcière. Se

pourrait-il qu'elle soit juste un druide ? Anaïg connaissait tous les druides de la région et n'avait jamais entendu parler de cette sorcière bleue, ni même de la possibilité de léviter comme elle l'avait fait.

— Ceci dit, ce n'est pas impossible en soi, ajouta-t-elle. Nous commençons tout juste à entrevoir nos capacités mentales. Tu as bien vu aux infos l'histoire de cette fille au Laos qui est capable de soulever des petits objets rien que par la pensée ?

— Ce qu'on voit à la télé est tellement trafiqué aujourd'hui qu'il est difficile de discerner le vrai du faux.

Anaïg concéda à Katell le bénéfice du doute. Elle restait malgré tout persuadée que ces pouvoirs existaient. Il fallait juste les réveiller.

Katell ne connaissait malheureusement personne qui puisse les aider.

— Si, cette sorcière, contredit Anaïg.

Katell remercia son amie en l'embrassant bruyamment puis elle partit en cours de sport. En chemin, elle repensa au petit carnet en grec et se demandait qui pourrait bien lui venir en aide pour la traduction. Elle avait fait du grec ancien en sixième et cinquième et son ancien professeur, Mme Papadoulos, parlait le grec contemporain couramment (pour avoir épousé un Grec et avoir vécu là-bas près de trente ans). Elle était également passionnée de grec antique. Il faudrait que Katell lui demande.

À la pause déjeuner, Katell alla à la MPF et fit des recherches sur des sites de traduction. Elle en trouva un qui ne demandait pas d'argent. Elle avait scanné et sauvegardé les pages deux à sept avec son téléphone et les transféra sur l'ordinateur. Elle imprima les trois premières pages, qu'elle donnerait à son professeur, et e-maila les trois suivantes à ce site Internet.

Celui-ci était doté d'un programme de décryptage de l'écriture, en premier lieu, et d'un autre qui traduisait. Elle avait été obligée de donner des coordonnées, notamment un nom et une adresse postale. Elle fournit celles d'un ancien professeur, sans aucune raison particulière, elle n'aimait simplement pas donner son véritable nom sur cet outil très indiscret.

À la fin de la journée, elle alla voir Mme Papadoulos qui fut ravie d'avoir accès à un document écrit en authentique grec ancien. Elle promit à Katell de lui traduire ce qui était déchiffrable.

Une semaine plus tard, le professeur revint vers la jeune fille avec un air très contrarié.

— Où est-ce que tu as trouvé ces pages ? questionna Mme Papadoulos dont la blondeur avait eu raison du cœur de son mari.

Katell prétendit qu'elles provenaient de documents de la famille d'amis.

— Les révélations de cet homme sont bouleversantes. Ces événements se sont déroulés des siècles avant la naissance du Christ, j'en suis persuadée. Si ton ami a la suite, et mieux encore, les originaux, ceux-ci pourraient bien changer le cours de notre Histoire. Et surtout, il faudrait réécrire les manuels scolaires du monde entier !

L'adolescente en était restée sans voix. Elle remercia finalement son professeur et entreprit de lire les notes de Mme Papadoulos lors du prochain cours, anglais avec Mme l'Allemand. Elle n'avait pas besoin d'écouter de toute façon ; grâce à l'enseignement bilingue dans son école primaire et ses divers voyages, elle le parlait presque couramment.

Elle déploya donc les feuilles A4 et les plaça sur son bureau, devant l'ordinateur. Cachée par la machine et deux élèves, elle commença à lire la traduction approximative – Mme Papadoulos avait bien souligné ce dernier mot – du Journal de Solon. Les passages notés [...] étaient des passages intraduisibles ou illisibles.

« *Alors que je me posai devant l'édifice aux dimensions titanesques,* commençait la première page manuscrite, *un terrible effroi s'empara de moi. Les poils de mes bras se hérissèrent, ma chair devint comme chatouilleuse, mon œil... [...] Comment des hommes avaient-ils pu construire quelque chose de si gigantesque et de si [...] ? Cela dépassait tout entendement, cela défiait toute loi de Gaïa. "Bien au contraire, me contredit Sonchis, la Grande Pyramide obéit à toutes Ses Lois. Et plus encore".* »

Katell tressaillit. C'était le nom du prêtre trouvé sur Internet.

« *[...] Les Sciences de l'Univers leur étaient si familières qu'ils avaient construit [...] et savaient que leur cerveau ne s'arrêtait pas à simplement les faire parler, marcher ou [...]. Leur civilisation était concentrée sur [...], leurs liens [commerciaux] s'étendaient aux quatre coins de la planète, leurs enseignements, sages et vastes et impénétrables à celui qui n'a pas connu l'Illumination [...]. L'autre savant* (il est intéressant de noter que cet homme parle bien de savant et non de prêtre, avait noté Mme Papadoulos dans la marge) *m'apprit que leur savoir était...* ».

Katell fut sortie de son hypnose par Mme l'Allemand.

— Peux-tu expliquer à notre ami ici présent, articula le professeur avec agacement, la différence entre le prétérit et le present perfect ?

Après avoir bafouillé une demi-seconde, elle donna une réponse approximative qui attisa l'exaspération de son professeur.

— Ce n'est pas parce que vous êtes quasiment bilingue, Mademoiselle Loro, que vous êtes dispensée d'écouter !

Mme l'Allemand s'irritait facilement. Il n'y avait rien qu'elle détestât plus que de ne pas être écoutée. Et regardée aussi d'ailleurs. Toujours habillée à la dernière mode, la femme d'une trentaine d'année posait comme un modèle à chaque fois qu'elle s'asseyait d'une fesse sur le rebord de son bureau.

Katell marmonna des excuses aussi plates que la poitrine de la jeune femme l'année précédente (l'été avait été l'occasion pour la trentenaire de booster ses atouts. Les élèves l'avaient tous remarqué, les garçons surtout – ce qui les distrayait bien davantage que la différence entre le prétérit et le present perfect).

— Eh bien, nous allons voir si vous êtes vraiment tous si doués en conjugaison, dit ensuite le professeur en pianotant férocement sur son ordinateur, lequel était relié à ceux de ses élèves. Elle bloqua tout autre programme, accès à Internet, jeux etc., et un devoir apparut sur les écrans individuels.

Tous pestèrent mais Mme L'Allemand ne démordit pas.

Quand le cours fut terminé, Katell rangea ses affaires en silence, sortit de la classe tel un zombie et se dirigea vers la cantine, plus aphone qu'une carpe.

— Qu'est-ce qui t'arrive ? supplia Mel en la rattrapant dans la queue. Tu n'as pas dit un mot de toute la matinée. T'as encore fait ces rêves si... réalistes ?

— Réels, Mel, pas réalistes, corrigea son amie en choisissant sa salade composée. Mes rêves ne sont pas des rêves, ce sont des expériences de mon cerveau dans un endroit bien réel.

— Comme une autre dimension, quoi. C'est ça ?

Katell ne releva pas les provocations de son amie et resta muette jusqu'à ce qu'elles furent assises. Elle sortit les traductions, lui montra la première feuille manuscrite de Mme Papadoulos, lui expliqua de quoi il s'agissait, comment elle avait trouvé ce journal, lui ordonna de lire et continua la lecture de la page suivante, en silence.

« *L'autre savant* (il est intéressant de noter que cet homme parle bien de savants et non de prêtres, avait noté le professeur dans la marge) *m'apprit que leur savoir était si grand que peu d'initiés étaient capables de le comprendre. Ils sont les deux seuls survivants à savoir comment la Grande Pyramide [fonctionne/vibre].* (Ce mot est surprenant ! avait encore annoté le professeur. Il semblerait qu'ils percevaient la pyramide comme une machine mais le terme semble se référer à quelque chose de presque vivant. Donc, j'ai supposé que c'était la traduction la plus proche, même si cela paraît comme un anachronisme). *Psenophis m'a expliqué que l'esprit des nouvelles générations s'était affaibli et qu'il...* »

Katell frissonna. Mel lui demanda ce qui se passait.

— Rien, répondit-elle placidement. Que penses-tu de ce que tu es en train de lire ?

— Celui qui a écrit ça...

— Solon, rappela Katell. Relié à Platon.

— Ah. C'est bien. Bon, ton Solon dit à un moment que "*leur cerveau ne s'arrêtait pas à simplement les faire parler, marcher"*, je cite, précisa-t-elle en désignant le passage du doigt. Moi, ça me rend un peu perplexe des propos comme ça.

— Parce que ça va à l'encontre de tout ce en quoi tu crois...

— Je ne crois en rien, interrompit Mel.

— ... c'est-à-dire rien du tout, finit sa copine posément.

Celle-ci reprit sa lecture, cette fois à voix haute :

— Dans la suite, il dit *"que l'esprit des nouvelles générations s'était affaibli et qu'il n'était plus possible de reproduire de telles œuvres. 23 années,* (« je pense » a inscrit la prof en dessous, précisa Katell), *furent nécessaires pour sa construction, il y a des milliers d'années de cela, en des temps où la [Connaissance] était encore à la portée de tous. Au jour d'aujourd'hui, il faudrait des centaines d'années...".* La suite manque à cet endroit-là.

— C'est consternant, commenta Mel en roulant des yeux. Continue, je t'en prie. On va peut-être apprendre que ce sont les petits hommes verts qui ont créé notre civilisation.

— *"Pourquoi une seule [pyramide]* – Mme Papadoulos suppose que c'est le mot, poursuivit Katell sans se laisser démonter par l'humour de son amie – *leur ai-je alors demandé. Elle est la seule qui ait survécu, m'ont-ils répondu. Survécu à quoi ?".* Alors là, ce n'est pas clair du tout, plein de morceaux manquent. Il parle d'un âge, puis il dit : *"je ne savais plus que penser. Devais-je alerter le gouvernement/conseil ? Devait-on* (passage blanc encore) *pour le futur de notre espèce ? Comment retrouver le savoir perdu des [cristaux] ?".* Ça s'arrête là, termina-t-elle en regardant son amie.

Celle-ci en exigea plus sur les origines de ce document et fut mortifiée que Katell ne lui en ait pas parlé plus tôt.

— En plus, tu pourrais te faire choper pour recel ! grinça Mel. Tu pousses quand même, Kat. As-tu la moindre idée de ce que tu risques en gardant ce truc ?

— Je veux juste savoir ce qu...

— La curiosité est un vilain défaut...

— ... mais elle n'a jamais tué personne, finit Katell avec un clin d'œil. Oooh, arrête de faire cette tête-là. Je n'ai rien volé, il est tombé dans mon sac !

— C'est vrai, c'mensonge ?

Katell ne put s'empêcher de rire.

— Tu ne peux pas garder ce journal, Kat, argua Mel.

Elle savait que Mel avait raison. Ceci dit, elle en ferait bien à sa tête de toute façon, Mel le savait. Katell savait aussi que son amie ne la trahirait pas.

Katell vérifia ses e-mails chez elle, le soir. Le hasard faisait bien les choses, elle avait reçu les traductions du site. Elle se mit à les lire immédiatement. C'était mauvais. Elle put, néanmoins, lire quelques phrases :

« *Ce cristal qu'ils parler été forger il y a bien des temps par nos.... Seule une puissante qui irradie pouvoir percer ses secrets. Eux-mêmes plus capables que de la moitié de ce que les qui irradient pouvoir accomplir. Leur mission désormais est trouver un moyen protéger ce savoir et cœurs... et de le rendre public le Jour du Changement. Ces deux savants savoir que la race des humains retrouver grandeur, que... naître, des... baignés de Gaïa. Ils sont persuadés que l'Humanité a encore de l'espoir, car... Notre race destinée à de choses grandes, me dit... le jour de mon/ma... Et depuis ce jour moi ne sait plus qui je suis. Moi ne sait plus d'où je viens. Moi ne sait plus rien et pourtant moi a appris tant de choses. Mon esprit... ouvrit à Gaïa, langue de moi être la Première Langue... je suis capable de tant de choses et pourtant je ne peux plus rien faire. Je voudrais... sachent de quelle beauté ce monde est faite, de quels... nous pouvoir lui retirer. J'ai vu... et cela a affligé moi. Le monde doit savoir...* ».

Elle scanna les traductions de Mme Papadoulos, enregistra le tout sur son ordinateur, fit des copies qu'elle sauvegarda sur son vidéophone pour les avoir sous la main à toute heure et passa la soirée à faire ses devoirs, lire un peu, méditer. Elle se coucha vers vingt-deux heures.

Sa nuit fut l'une des plus agitées qu'elle ait jamais connue. Plusieurs fois, elle se réveilla en sursaut. Aucune sueur, juste une sensation déplaisante, comme si elle était tirée de son corps par quelque chose, ou quelqu'un. Et qu'il ou elle tentait de l'amener quelque part.

— Je ne comprends pas ce qui m'arrive, Mel, avoua-t-elle le lendemain matin sur la cour. Je ne dors plus de la même façon, je ne rêve plus de la même façon, je ne pense plus de la même façon. C'est comme si j'étais devenue... pas *deux* personnes parce que ça sonne un peu schizo, mais... aaargh...

— Tu nous fais une crise borderline ?

— Je ne suis pas en train de sombrer dans la psychose, abrutie ! Je suis juste en train de te dire qu'il se passe des choses anormales dans ma vie. Comme si je ne contrôlais plus ce qui m'arrive, quoi.

— Ça n'a pas de sens ce que tu dis.

— Évidemment que ça n'a pas de sens ! Pourquoi tu crois que je me sens dans cet état ?! Si c'est pour me balancer des évidences pareilles, tu ferais mieux de ne rien dire, franchement !

Les mains de Mel se contractèrent. Le détecteur à métaux se mit à hurler à ce moment-là et la petite sixième qui passait la porte de la cantine se figea de terreur. Elle fut fouillée par le garde en blouson noir. Elle n'avait rien.

La cour reprit ses discussions triviales en oubliant instantanément l'incident. Mel, elle, fixait Katell droit dans les yeux, en attente d'une explication et des excuses, qui ne vinrent pas.

— Depuis ton escapade dans... la quatrième dimension, dit-elle enfin, le ton tremblant, j'ai senti, moi aussi, que des choses étaient en train de changer. Tu n'es pas la seule à avoir été... détraquée par cette histoire.

Depuis aussi longtemps que Katell connaissait Mel, cela devait être la première fois qu'elle la voyait si perturbée.

— Je ne comprends pas ce qui se passe, moi non plus, articula Mel d'une voix qu'elle ne lui avait jamais connue : teintée de peur.

— Il se passe des choses étranges en effet, concéda Katell, et je ne parle pas juste de mon escapade dans la forêt, je veux dire tout... Il y a trop de coïncidences. Ça ne peut pas juste être le fruit du hasard.

— Tout ceci est complètement irrationnel.

— Il faut que j'aille à Kerzerho, décida Katell aussi brusquement que soudainement.

— Hein ? Les alignements entre Erdeven et Carnac ?

— T'en connais un autre, toi, de Kerzerho ?

Mel la gratifia d'une langue bien rose.

— Qu'est-ce que tu veux faire là-bas encore ? bougonna-t-elle. Tu n'as pas eu assez de menhirs pour une vie, là ?

— Il doit se passer quelque chose là-bas...

— Rien à battre de ce qui doit se passer là-bas ! Moi, je ne remets plus les pieds dans un de ces maudits champs de cailloux, c'est ter-mi-né !

— Dans ce cas, j'irai toute seule, argua Katell d'un ton qui ne laissait place à aucune objection.

— Et tu comptes y aller quand ?

— Il faut que j'attende que je le rêve.

— Ah.

— Elle doit m'appeler, expliqua Katell.

— On peut savoir qui ?

— La sorcière bleue.

3. Kerzerho

Octobre était déjà bien entamé et le temps s'était sérieusement rafraîchi au point que même deux ou trois flocons s'étaient écrasés sur les toits d'ardoise. Katell percevait toujours des changements de plus en plus indéfinissables dans l'air. Ou plutôt, dans ses rêves. Ils étaient peuplés de « prophétie », de « clés qui chantent ou un truc comme ça », de « cités en cristal », un « voyage », « un rôle capital dans je-n'sais-quoi », et aussi un « changement ».

— Et non, ce ne sont pas mes règles ! stoppa-t-elle Mel d'un geste brusque.

— Je te crois, Kat.

— Bien sûr que tu ne me crois pas, Mel.

— Ouvre-moi l'esprit alors, Ô Maître Yoda... plaisanta Mel.

— Une pauvre oie égarée qui a perdu la foi, voilà ce que tu es ! rigola Katell.

— Je te croyais athée ?

— A-gnos-tique, pas athée, profane ! Je ne crois pas en Dieu comme étant un homme à la barbe longue et blanche. Non, franchement ! Quelle insulte à l'univers ! Comment puis-je te convaincre que ce qui nous entoure n'est pas forcément la réalité puisque lorsque nous voyons quelque chose et que nous nous rappelons cette même chose...

— ... *la même partie du cerveau s'illumine*, oui, je sais, tu me l'as suffisamment répété depuis que tu as vu ce documentaire étant gamine, finit Mel d'un air détaché.

— C'est troublant, tu avoueras quand même ! ne se laissa pas démonter Katell.

— Ce qui est troublant, c'est ce qui se passe là-haut, fit Mel en piquant le cerveau de son amie avec son doigt. Tu as cette bouleversante aptitude à croire tout ce qu'on te raconte.

— Je ne crois pas, je questionne.

— Tu ne questionnes pas, tu approuves.

— Tu es désagréable.

— Et toi, tu es butée.

Le duel pouvait durer des heures mais Katell n'avait plus le temps pour ces enfantillages. Elle voulait son opinion, sincèrement, sur le Journal de Solon maintenant qu'elle savait tout.

— C'est... fascinant, dit Mel, blasée.

Katell dressa l'index et prit une mine pensive :

— Tout ce que dit Solon ressemble étrangement aux légendes dont m'a parlé mon papy étant petite sur la grande civilisation perdue mentionnée par les Incas et les Maya. J'en suis venue à la conclusion qu'il parle de la civilisation de Mû.

Mel haussa les épaules et zappa machinalement les chaînes de télévision dans le salon de Lulu où elle passait la journée.

— Il est possible que ce journal contienne la vérité sur Mû, continua Katell.

Mel faisait toujours la sourde oreille.

— M'enfin, Mel ! Mû ?! C'est super inexpliqué comme mythe, ça, Mû ! Peut-être qu'il y a des indices sur ce qui s'est passé ou des infos sur cette civilisation méconnue. Tu ne peux pas être indifférente à tout ça, tout de même !

— Mon indifférence n'a d'égal que ton acharnement à vouloir me convaincre de...

— Ça ne t'intéresse pas de savoir qu'il y aurait environ douze mille ans un continent aussi large que l'Amérique du Nord aurait coulé dans les profondeurs insondables de l'océan Pacifique ?

— Tu emploies si bien le mode conditionnel… taquina-t-elle.

Katell ne se vexa pas et raconta quand même que cet empire prospère s'était disséminé sur tous les autres continents, créant les prémices de grandes civilisations d'Amérique latine, les Sumériens en Mésopotamie (aujourd'hui la région de l'Irak et l'Iran, précisa-t-elle), les Jomons au Japon, au large de l'île de Ryukyu, dont des structures datant de douze mille ans avaient été découvertes dans les années 1990 et…

— Quelles découvertes ? interrompit soudain Lulu de sa voix éternellement gaie.

La nourrice de Mel revenait de sa longue marche active sur le sentier des Mégalithes, toute trempée de sueur.

Katell lui rapporta leur polémique sur le passé de l'Homme et l'invita à les rejoindre. Cela faisait longtemps qu'elles n'avaient pas discuté toutes les trois. Elles avaient besoin d'un avis neutre sur la question et Lulu était la personne la plus qualifiée pour cela. Elle n'était pas opiniâtre comme Iniaki, ni spécialisée en un seul domaine comme la mère de Ritchie, ni du genre à refuser toute discussion, point barre, comme le père de Mel. Non, Lulu était vraiment une addition de valeur à leur débat ce soir-là.

Cette dernière leur raconta l'histoire de ce Français du 19e siècle qui avait en effet mis le mythe de Mû au goût du jour.

— Auguste Le Plongeon était un homme très érudit, commença-t-elle après s'être essuyée le visage avec sa manche, qui avait été élève de la prestigieuse École Polytechnique à Paris. En 1873, il se maria et partit au Mexique, sur la péninsule du Yucatan. Il y demeura pendant douze ans, à apprendre et faire des fouilles. C'est à ce moment-là qu'il entendit parler de la civilisation de Mû. C'étaient les Indiens natifs de la région qui se confièrent à lui car il avait appris leur langue et leurs coutumes et pouvait par conséquent communiquer avec eux. Ce fut à Chitchen Itza qu'il fit ses mystérieuses découvertes…

En étudiant leurs coutumes, il se rendit compte que nombre de leurs rites ressemblaient à ceux des francs-maçons, ces descendants des chevaliers du Temple de Salomon. Or, ceux-ci provenaient d'une région des milliers de kilomètres de là. Le Plongeon s'aperçut ensuite que des similitudes existaient dans toutes les anciennes civilisations, ce qui confirmait ce qu'il avait toujours su : les continents opéraient des échanges bien avant l'arrivée des bateaux de Christophe Colomb ; mais aussi, que la race humaine était bien plus ancienne que les historiens classiques ne voulaient l'admettre.

— Pourquoi ne veulent-ils pas l'admettre justement ? interrompit Mel.

— Parce qu'ils ont décrété que notre civilisation était née aux environs de 4 000 avant Jésus Christ, avec les Sumériens. Ils ne supporteraient pas d'être remis en question, s'insurgea Lulu. Ces gens sont considérés comme des autorités en la matière parce qu'ils ont un doctorat en ceci ou cela. Or, nous savons que nos connaissances ne sont pas absolues. Tout est relatif, comme dirait Einstein ! Des découvertes remettent notre savoir en cause *quotidiennement...*

— J'ai vu à la télé que des découvertes ont encore été faites au large de l'Inde, confirma Katell.

— Des découvertes sont *constamment* faites le long des côtes car, vous le savez, on vous le rabâche suffisamment en histoire désormais, le niveau de la mer a grimpé de plus de cent mètres il y a environ dix mille ans. Il ne resterait plus *rien* de la Bretagne si cela se reproduisait aujourd'hui ! Hormis une parcelle des monts d'Arrée qui formerait ainsi une petite île au large d'un continent complètement redessiné. Depuis que nous sommes entrés dans cette mini ère glaciaire, le niveau est redescendu de cinq mètres et expose alors ce qui était là avant.

Lulu leur raconta qu'avant sa mort en 1908, à l'âge de quatre-vingt trois ans, Le Plongeon avait réussi à traduire l'un des documents les plus énigmatiques de la civilisation maya, voire même de l'humanité : les Codex.

Un silence émerveillé se dilua dans les piaillements des oiseaux dehors.

— Les Codex sont des sortes de bibles retraçant la naissance de la civilisation, expliqua Lulu. Ils sont remplis de codes si complexes qu'ils sont impossibles à déchiffrer par le commun des mortels. Les notes et traductions de Le Plongeon disparurent lors de la Grande Vague de Cambriolages entre 2013 et 2015, donc on a tout perdu. L'on sait en revanche qu'ils mentionnaient l'existence d'une grande civilisation dans la mer de l'Ouest, le Pacifique pour eux. À la même époque, un colonel anglais casse-cou du nom de James Churchward eut également accès à ces Codex lorsqu'il rencontra un grand prêtre maya en 1874. Lui aussi prétendait que cette civilisation possédait une technologie dépassant la nôtre. (Elle fit une pause pour s'asseoir près des filles). Après un long et fastidieux travail de compréhension, enchaîna-t-elle, puis de traduction, Churchward apprit que soixante-quatre millions d'hommes moururent rien que sur le continent de Mû lors d'un grand cataclysme des milliers d'années auparavant…

— Quoi ?! s'exclamèrent les adolescentes en duo.

— C'est pas possible, enfin ! Il n'y avait pas autant d'humains à cette époque, même sur la Terre entière, remarqua ensuite Mel.

— La preuve que si ! jubila son amie. Est-ce qu'il révèle ce qu'était vraiment Mû ?

— Bien sûr, sourit Lulu qui savait combien Katell adorait ce genre de révélations. C'était un continent absolument gigantesque de près de dix mille kilomètres de long – il faut savoir que la France en fait à peine mille ! Il pouvait facilement contenir autant de monde. Il était découpé en trois terres, lesquelles étaient séparées par des canaux utilisés par leurs navires de commerce et de plaisance. Le climat y était chaud et assez humide, la végétation parfumée comme un printemps et plus colorée même que celle d'une forêt tropicale. De grandes prairies verdoyantes légèrement vallonnées s'étaient formées en son centre. C'était un véritable paradis terrestre.

— C'est de là que vient le mythe du paradis ? questionna encore Katell.

— C'est possible. Tu sais, on a tellement perdu qu'il est impossible de savoir. Et puis les notes de Churchward se volatilisèrent elles aussi, tout comme lui d'ailleurs.

— Ah bon ?

— L'Anglais disparut dans la forêt amazonienne en 1935, peu après la publication de son dernier livre. Il aurait été tué par des indigènes, selon les uns ; il se serait réfugié dans l'une des cités perdues qu'il aurait retrouvée, selon les autres.

— Ses livres ont-ils eu du succès ?

— Les scientifiques et les historiens ont bien rigolé. Il ne fut pas pris au sérieux du tout. Ce qu'il avançait était trop tiré par les cheveux. Nos ancêtres capables de maîtriser l'énergie du soleil, capables de transformer les métaux, capables de chirurgie avancée ? C'était prendre la communauté scientifique pour des idiots à l'époque ! Remarquez, encore aujourd'hui.

— Qu'est-ce que tu penses, toi ? intervint Mel, légèrement intriguée.

Katell lui lança un regard surpris. Il semblerait que la curiosité de son amie soit piquée, ce qui la ravit au plus profond d'elle-même.

— Il est impossible de savoir si tout cela est vrai, répondit prudemment Lulu. Si ce continent a existé, il n'en reste plus rien de toute façon. C'est la fatalité de notre race... Destructions, pertes, déformations des événements qui deviennent légendes puis mythes... Cela tient du miracle que les Codex aient survécu. Ceci dit, cela ne veut pas dire pour autant que nous soyons capables de comprendre ce qui est contenu dans leurs pages enluminées.

— Tu veux dire que leur civilisation était si radicalement différente de la nôtre qu'il est impossible de l'interpréter de la bonne manière, commenta Katell.

— Regarde les Japonais, acquiesça Lulu en se redressant sur le canapé. Ils ne peuvent pas être plus éloignés de nous, culturellement. Mais tu n'as pas besoin d'aller si loin pour ne pas comprendre nos congénères. Les Britanniques sont sûrement aussi différents de nous que le sont les Japonais ; ils boivent de la bière avec leur fromage, grands dieux !

Pour Lulu cela était en effet une hérésie... Bien qu'en réalité, elle le savait, dans la Rome antique, le fromage se mangeait avec de la bière... petit détail qu'elle aimait oublier.

Les vacances de la Toussaint étaient enfin arrivées.

Katell était si perturbée par cette obsession avec Kerzerho qu'elle en avait oublié Mû et le reste. Elle n'avait encore rêvé d'aucune date de rencontre avec la sorcière bleue. Elle commençait à avoir des doutes, quand quelqu'un sonna à la porte. Elle alla vérifier l'écran relié à la caméra de surveillance et reconnut Abel.

Il s'excusait de débarquer à l'improviste. Il avait besoin de la voir.

— Abel... salut ! accueillit-elle en ouvrant la porte, le sourire forcé.

Elle lui demanda comment il allait. Il répondit « Bof ». Elle lui dit qu'elle travaillait sur ses maths, s'excusa d'avoir oublié de lui demander s'il avait fini ses bagages pour le Maroc (il y allait en vacances avec sa famille, voir des parents de sa mère) et finalement le laissa entrer en s'excusant encore une fois. Elle avait « la tête dans les étoiles ».

L'atmosphère était tendue. Elle sentait qu'il y avait quelque chose qui le démangeait.

En effet, au moment où cette pensée fondit dans son esprit, Abel ouvrit la bouche pour lui annoncer qu'il voulait une deuxième chance.

Katell n'était pas du genre à accorder de deuxième chance. « Si la relation avait cassé, c'était pour une raison bien précise » disait-elle constamment à sa copine Maëlle lorsque celle-ci se demandait si elle devait reprendre avec son ex ou pas, « et cette raison ne disparaît jamais vraiment ».

Elle avait cassé avec Abel non pas parce qu'il n'était pas intéressant (c'était un mec super cultivé, au contraire, l'avait-elle félicité), ni parce qu'il n'était pas beau (il ressemblait à un pharaon, assurait-elle), ni parce qu'il n'était pas créatif (Abel était un artiste peintre hors pair), non, c'était juste que « ça ne le faisait pas... là » avait-elle précisé en pointant son index en dessous de son sein gauche.

— Tu n'veux pas savoir si tu ne t'es pas trompée ? flirta-t-il.

— Les femmes ont ce qu'on appelle vulgairement de *l'intuition*, rétorqua-t-elle d'un ton un peu indélicat. Mon petit doigt me dit que c'est voué à l'échec.

— Où est passé ton optimisme ?

— Écoute, Abel, je sais que tu rencontreras cette personne qui te conviendra comme un gant, tout comme je sais que, moi aussi, ça finira bien par m'arriver.

— Et si je l'avais déjà rencontrée ? velouta-t-il en se rapprochant d'elle.

— Abel... arrête, s'il te plaît... dit-elle en essayant de ne pas sourire.

— Je peux t'aider ? offrit-il pour changer de sujet, et de tactique aussi.

Katell refusa tout d'abord. Elle finit par accepter tant Abel pouvait user d'un charme irrésistible.

Une fois dans sa chambre, elle lui expliqua qu'elle enquêtait en fait sur le passé de la race humaine, la civilisation des Anciens, les découvertes archéologiques, et tout ça.

— Tu sais que je viens d'un peuple mystérieux, moi aussi ? annonça-t-il fièrement. Les Berbères descendent des Amazigh, un peuple grand à la peau et aux yeux clairs, comme les miens.

Il tira sur sa paupière inférieure pour le prouver.

— Oui, ça va. Merci, Abel. Je connais la couleur de tes yeux, fit la jeune fille en s'écartant avec un sourire.

— C'est de là dont vient mon nom d'ailleurs, enfin, la première partie, Amazi. La deuxième, Kish, vient de l'égyptien car mon père...

— C'est curieux, ça, Amazigh... interrompit-elle. Ça ressemble à amazone. Faudra que je fasse une recherche sur eux, tiens.

— Ils sont venus de quelque part dans l'océan Atlantique, il paraîtrait.

La curiosité de Katell fut piquée et elle se jeta sur son ordinateur pour lui commander une recherche immédiate.

— Tu es toujours obnubilée, hein ? nota Abel en balayant des yeux l'écran affichant toutes sortes de sites. Tu ne penses qu'à ça, trouver les réponses à tes questions...

— Et c'est mal ?

— Non, non, c'est juste qu'on a l'impression que tu ne vis

que pour ça, quoi.

— Et c'est mal ? répéta-t-elle un peu plus durement.

— Non, bien sûr que non. Je pensais juste qu'il y avait autre chose dans la vie, comme…

— Comme de collectionner des trophées ?

Abel connaissait sa réputation de tombeur. Il respectait les femmes pourtant. Il serait mal placé sinon : il avait six sœurs ! Katell ne le contredit pas mais n'en pensait pas moins. Abel resta encore quelques minutes, puis partit sans avoir obtenu de réponse claire de sa part.

Les vacances furent l'occasion pour Katell d'approfondir ses recherches. Et aussi d'aller faire de longues balades sur le sentier des Mégalithes.

Alors qu'elle rentrait chez elle, en ce sixième jour, elle reçut un appel tourmenté de Ronan. Son père avait été obligé de partir en cure. Son virus avait ressurgi. Le pauvre garçon ne tenait pas en place. Katell lui proposa de le retrouver chez lui dans une demi-heure.

— Je peux venir chez toi plutôt ? avait-il imploré. Mes frangines me rendent fou…

Elle avait accepté sans hésitation et il arriva dans les vingt minutes suivantes, le teint blême.

Il lui raconta plus en détail, une fois installé dans le salon avec un jus de fruit, que le virus avait été contracté lors d'un voyage en Afrique trois ans auparavant, lors de fouilles archéologiques dans une région infestée de moustiques.

— La malaria ? craignit Katell.

— Rien à voir, répondit-il. Enfin, si, non, pas vraiment, enfin… Une sorte de virus mutant… Comment te dire quand je ne sais pas moi-même…

Katell fut surprise que son père le garde dans l'ignorance.

— Ce n'est pas vraiment qu'il ne nous dise rien, il nous dit juste de ne pas nous inquiéter.

— C'est pour ça qu'il a des malaises ? demanda-t-elle en se rappelant leur premier cours (et depuis, cela s'était répété plusieurs fois).

Il hocha sensiblement la tête, presque embarrassé.

— Je suis vraiment désolée, Ronan…

Il s'excusa d'être comme ça. Elle lui interdit de dire des choses pareilles. Il avait besoin d'amis dans ces moments-là et Abel était parti. Elle était flattée qu'il ait pensé à elle. Et elle voulait l'aider.

— Pourquoi ne viendrais-tu pas à Kerzerho avec moi et Mel ? lui proposa-t-elle.

Il fit la grimace.

— C'est un site mégalithique comme Carnac, en plus petit, essaya-t-elle de convaincre. Tu ne le regretteras pas, je te promets, c'est un endroit supra cool !

— Non, ce n'est pas ça… Je ne pense pas que… que Mel soit ravie de ma présence, se résigna-t-il.

— Mel sera ravie d'avoir un homme avec nous.

— J'en doute.

— Elle a besoin de passer du temps avec toi, Ronan, pour mieux te connaître.

— Et tu penses que, moi, j'ai envie de passer du temps avec elle ?

Ronan lui demanda immédiatement de le pardonner de son ton un peu sec et lui avoua ce qui le dérangeait véritablement : Mel ne semblait pas supporter sa présence. En cours, elle lui jetait souvent des coups d'œil déplaisants, elle se mettait toujours le plus loin possible de lui à la cantine comme s'il puait le poisson, elle le harponnait de ses sarcasmes quand ils devaient faire équipe en sport, elle…

— Wooooh, ça va, là ! stoppa Katell d'un bras apaisant. J'ai capté le message.

— Bon, dit-il simplement.

— Elle n'est pas facile, je l'adm…

— Pas facile ?! Mel, pas *facile* ?! riposta le garçon en jaillissant du canapé pour faire les cent pas dans la pièce. Tu n'as pas la *moindre* idée de ce qu'elle me fait endurer !

— Éclaire-moi, alors.

Il mit ses doigts en place et commença l'énumération :

— Elle est odieuse, arrogante, cinglante, blessante…

— OK, je vois le tableau, interrompit-elle. Je ne me rendais pas compte qu'elle pouvait paraître comme ça...

— Mais tu es aveugle ou quoi ? chargea-t-il. Elle ne se gêne pas pour m'envoyer des piques quand tu es là pourtant ! Encore en cours de biolo le dernier jour, elle m'a fait une remarque venimeuse...

— Elle plaisantait. C'était pour rigoler. Forcément que ton A.D.N. n'a pas de tare génétique ! Elle voulait juste faire de l'humour.

— Eh bien, son sens de l'humour n'amuse qu'elle. Tu pourras lui dire !

— Ronan, il faut laisser le temps au temps comme dit mon papy, laisser la colère s'estomper.

— Ça va faire sept ans !

— Je sais... dit-elle dans un songe. Parfois, c'est comme si j'étais face à un mur, à me cogner désespérément la tête parce qu'elle ne m'écoute plus... Je pense que je ne la comprends plus non plus. On vieillit, je suppose. J'ai l'impression qu'on s'éloigne l'une de l'autre et pourtant...

— Et pourtant quoi ? fit-il, tendu comme une corde de guitare.

— Pourtant, je ne me suis jamais sentie aussi proche d'elle. C'est vraiment indéfinissable comme sensation...

— Vous vous connaissez depuis plus de dix ans, ça crée des liens.

— C'est plus fort que ça entre Mel et moi...

Elle s'arrêta et se mit à rire.

— Quoi ? insista Ronan en la voyant hésiter.

— Non, c'est un peu ridicule.

— Vas-y, tu sais, après ce qui s'est passé dans le bois Varquès, tu peux me dire n'importe quoi !

— Parfois... j'ai l'impression que je fais partie d'elle et qu'elle fait partie de moi, comme si on n'était qu'une seule et même personne.

— Hum, toussota Ronan. OK, bon, en effet, c'est un peu zarbe.

Il rigola et elle eut un sourire attendri. Il semblait déjà aller mieux. Elle en était contente. Elle se sentait toujours plus heureuse quand elle avait donné de son temps à quelqu'un et qu'il était reparti avec le cœur plus léger. Ronan continua de se confier à la jeune fille. Cela allégeait le boulet qu'il traînait au cœur.

En partant, il accepta d'accompagner les filles au site dont elle avait parlé.

Katell lui envoya un message le lendemain matin pour lui dire qu'ils devaient se retrouver dimanche sur le parking de Kerzerho à quinze heures – elle l'avait enfin rêvé. Ronan avait accepté « à condition que tu ne nous refasses pas le coup du bois Varquès ! » avait-il exigé.

Katell arriva sur le parking à trois heures et quart. Elle était la première pour une fois. Ronan arriva peu après et ils allèrent se promener brièvement dans l'allée centrale. Les pierres de Kerzerho avaient été utilisées pour la construction du phare de Belle-Ile, lui apprit-elle avec des gestes énervés.

— On aurait perdu ces magnifiques alignements s'il n'y avait pas eu cet homme, un archéologue du nom de Félix Gaillard, qui les étudia au dix-neuvième siècle, déclara-t-elle d'un ton voilé d'un immense respect. Un homme érudit qui découvrit comment les dolmens furent construits – l'explication que je vous ai donnée quand on est passés à Crucuno avant d'aller dans le bois Varquès. Il exposa aussi leur lien avec les solstices et les équinoxes.

Quelques centaines de menhirs avaient survécu et avaient été nettoyés grâce aux fonds de la communauté de communes qui bénéficiait de revenus fructueux. La Bretagne était une région particulièrement ventée de nature et depuis ces quelques décennies, le vent s'était renforcé. Des études avaient démontré qu'une centrale éolienne serait bénéfique. Quinze ans plus tard, quarante machines de deux cents mètres de haut, avec des pales de cent trente mètres de long, trônaient au large des côtes de Plouharnel. Suffisamment d'électricité pour la communauté entière était produite en toutes saisons et des surplus étaient même renvoyés sur le réseau national à un tarif généreux. Le collège Servat avait lui-même profité de ces bienfaits, ainsi que la rénovation de centres-villes et les sites archéologiques pullulant dans la région.

Mel arriva cinq minutes plus tard, l'air froide comme à son habitude, et ils prirent le chemin étroit menant aux Géants, ces quelques pierres gigantesques perdues dans la campagne. Katell les gratifia d'une leçon de botanique en leur faisant remarquer les plantes typiques de la région, par exemple, ces feuilles arrondies en forme de siphon, les « nombrils de Vénus ».

— C'est pas ravissant, ça, comme nom ? admira-t-elle en caressant la plante.

— Kat s'émerveille d'une simple marguerite, chuchota Mel à Ronan.

— Mon père est un peu comme ça, avoua celui-ci. Il me dit toujours d'observer la nature dès que j'en ai l'occasion. Elle "renferme tous les secrets du monde", selon lui.

— C'est un passionné d'histoire autant que de nature ? s'étonna Katell. Ouaaah, on dirait pas comme ça. Il a l'air de quelqu'un qui ne pense qu'à son travail de prof, un peu comme mon arrière-grand-père.

— Il a vécu près de la nature étant petit, dans une communauté un peu hippie.

— Non, sans blague ?

— Il n'en parle pas vraiment.

— Il n'a pas été heureux ? interrogea Mel.

— Oh si. Disons qu'il ne se sent plus du tout rattaché à eux.

— Et tes grands-parents ? s'enquit Katell.

— Ils habitent toujours là-bas.

— Tu vas les voir ?

— Non. Ils viennent toujours chez nous et très rarement en fait.

— Tu crois que c'est une secte ? demanda Mel, perplexe.

— Peut-être, fit Ronan, les lèvres en cul-de-poule. Mes grands-parents ne sont pas du genre à te convertir par contre. Ils sont juste un peu oufs.

— Oufs ? Dans quel sens ?

Le garçon se mit à rire puis dit :

— Ils mangent végétalien, ils ne portent jamais de cuir ou quelque peau d'animal que ce soit, ils passent des heures dans leur chambre à faire des bruits bizarres, genre, "OOOmmm"...

— Ils méditent ! coupa Katell avec un rire aigu. Il n'y a rien de zarbi là-dedans !

— Oui, je sais, sourit-il. C'est juste qu'ils sont un peu différents, c'est tout, pas des grands-parents classiques, quoi. À Noël, ils m'ont offert une baguette de sourcier. Pour que j'aille chercher les points d'eau sur notre terrain dans l'Aveyron. Faut quand même pas être trop net pour offrir à un ado de bientôt quatorze ans une baguette de sourcier !

Elle éclata de rire. Mel ne fit aucun commentaire.

Katell leur fit remarquer, alors qu'ils approchaient d'une clairière avec des pierres géantes, que le muret des deux côtés du chemin avait été comblé. S'ils regardaient de plus près, ils pouvaient voir des pierres plus grandes entre les petites. Peut-être s'agissait-il d'un couloir de tumulus.

— Toutes les hypothèses sont permises, dit-elle d'un ton de professeur.

— Et tu ne te gênes sûrement pas pour nous faire part des plus rocambolesques, lui répondit Mel avec un clin d'œil.

Quand ils arrivèrent à la clairière où reposaient les Géants, plusieurs menhirs érigés et deux gros allongés, Katell leur suggéra d'explorer les alentours ou ressentir s'il y avait quoi que ce soit de bizarre. Elle se dirigea vers l'autre clairière plus au nord, là où trônait un mégalithe isolé, et les laissa décider où ils voulaient aller.

Une demi-heure plus tard, Mel revint au niveau des Géants de Kerzerho. Ronan était assis sur l'une des grosses pierres couchées, celle près des mégalithes levés. Ils attendirent en silence pendant une dizaine de minutes quand Mel décida d'appeler Katell. Elle avait de la réception mais la connexion ne se fit pas.

— Problème de réseau, expliqua-t-elle d'un ton neutre.

Si Ronan commençait à paniquer une fois de plus, Mel, elle, était parfaitement calme.

— Elle va revenir, rassura-t-elle du même ton.

— On ne va quand même pas poirauter dans ce champ de cailloux pendant une plombe ! s'impatienta-t-il.

— Si, répondit Mel opiniâtrement.

— Tu plaisantes ?

— Tu crois que c'est le moment de plaisanter ?

Après avoir terminé de râler, Ronan croisa les bras et patienta. Elle prit place à côté de lui.

— Pourquoi as-tu déménagé aussi souvent ? s'informa-t-elle soudain, comme s'ils continuaient une conversation de vieux amis.

Un peu pris de court, il lui apprit qu'ils avaient quitté l'Aveyron parce que son père préférait changer d'établissement régulièrement, « pour briser la routine », disait-il. « Et pour vous faire de nouveaux amis », ajoutait-il quand les deux sœurs cadettes de Ronan braillaient à tue-tête.

— Il ne se soucie pas beaucoup d'savoir si elle nous convient à nous, la routine... lâcha-t-il avec une pointe d'amertume dans la voix.

Mel ne commenta pas. Elle attendit qu'il continue. Il ne semblait pas décidé. Elle lui demanda alors si son père avait toujours été son prof d'histoire.

— Non, c'est la première année. Il n'a pas eu le choix en fait. Il n'a connu la destination de sa mutation que cet été, peu avant qu'il ne parte en mission en Afrique. Les emplois du temps étaient déjà faits et tout le reste.

— En mission ? répéta-t-elle en levant un sourcil.

— Des fouilles archéologiques, se corrigea-t-il. Il fait partie d'un genre de club pour historiens, archéologues et tout le tintouin ; il aime être tenu au courant, pour "ne pas raconter de sottises en cours".

— Et tu t'es lié d'amitié avec Abel... c'est ça ? fit-elle en passant du coq à l'âne.

— Pas la peine de faire cette grimace en prononçant son nom. C'est un mec extra, défendit Ronan. Tu le juges sans le connaître vraiment...

— Parce que tu es un spécialiste du comportement humain peut-être ? nargua-t-elle. Ça fait trois minutes que tu le connais, le Abel. Moi, ça fait trois ans ! Je peux te dire qu'il n'est pas si "extra" que ça. C'est un dépravé doublé d'un sycophante.

— Pardon ?

— Quelqu'un qui use de la flatterie pour arriver à ses fins, répondit Mel d'un ton condescendant.

Où allait-elle chercher ces mots ridicules ? se demandait Ronan en secouant la tête. Il lui fit ensuite remarquer que Katell avait tendance, elle aussi, à utiliser les gens pour arriver à ses fins.

— C'est *toujours* dans le but de trouver une réponse à une question scientifique, riposta-t-elle.

— Le principe est le même, objecta Ronan, la tromperie !

— Tout dépend de ton objectif, argua Mel. La fin justifie les moyens, dit le dicton. Et Katell te dirait, là, maintenant, qu'il faut croire aux dictons.

— Le dicton dit aussi : tant va la cruche à l'eau qu'à la fin elle se casse.

— Je ne vois pas le rapport.

— Il n'y en a pas.

Mel esquissa une expression d'étonnement que Ronan ne vit pas. Il avait peut-être voulu faire de l'humour… Si c'était le cas, elle n'avait pas compris. Quoi qu'elle eut presque envie de rire, chose qui ne lui était pas arrivée depuis longtemps. Elle resta de longues minutes sans dire un mot.

Ronan brisa le silence en lui demandant depuis quand elle vivait dans le Morbihan.

— Toute ma vie, pourquoi ? Qui a longtemps vécu dans un endroit prend racine ?

Il avait trouvé sa répartie très drôle, en fait. Il aurait bien voulu rire mais il sut que se contenir était probablement la meilleure option. En fait, non, il ne savait pas. Il ne savait jamais comment réagir avec cette fille. Si elle faisait de l'humour, il était si glacial que son sang se frigorifiait dans ses veines.

Pendant ce temps, Katell, elle, était emmurée dans un brouillard tinté d'une lueur bleutée. Elle n'avait pas peur. Enfin, presque pas.

— Il y a quelqu'un ? héla-t-elle d'une voix dont elle essayait de contrôler les tremblotements.

Quelqu'un devait bien l'écouter, pensa-t-elle.

— Oui, je suis là, répondit une voix féminine suave, un peu cassée par l'âge.

— Qui êtes-vous ? Où m'avez-vous emmenée ?

— Je ne t'ai emmenée nulle part. Tu es venue à moi.

— Je ne se suis venue à personne, je me balad...

— Nous nous sommes déjà rencontrées, Katell Loro.

Curieusement, l'adolescente ne fut pas surprise d'entendre son nom.

— Nous nous sommes rencontrées pour une raison, continua la voix exquise. Et nous nous rencontrerons à nouveau.

— Attendez !

— Je ne pars pas.

— Oh. Je... j'avais des questions.

— Les questions mènent à d'autres questions.

— Oui, je sais, mais c'est important.

— Ne sois pas pressée, modéra la voix envoûtante.

— Oui, mais non, si, là c'est vraiment important. Écoutez, je voudrais...

— Tu sauras. Maintenant n'est pas le moment choisi.

— Pourquoi le temps s'est-il arrêté dans la forêt ? tenta malgré tout Katell.

— Tu es entrée dans une déformation temporelle créée par le champ magnétique conçu pour repousser les intrus.

— De qui avez-vous peur ?

— Peur ? Non, je n'ai pas peur. Je me protège, simplement, et de la sorte, je protège autrui.

— Vous êtes dangereuse ?! s'épouvanta Katell.

Un sourire se découvrit dans le brouillard. Le visage d'une femme d'une soixantaine d'années apparut, ses longs cheveux plus blancs que la neige fraîchement tombée, voletant derrière elle, son regard sombre qui la fixait tendrement. La jeunesse de son visage contrastait avec sa voix.

— Tu ne te rappelles pas notre première rencontre, constata la femme. Je n'en suis pas surprise...

— J'ai disparu pendant une heure et je n'ai aucun souvenir de…

— Non, Katell. Pas cette fois-là.

— Je n'ai *jamais*, à ma connaissance, disparu dans les bois autrement que cette fois-là.

— Non, en effet. Mais tu as eu une expérience… transcendante… la veille de tes trois ans.

Katell resta sans voix. La vieille femme hocha la tête.

— Oui, Katell. Crucuno.

— Je ne rappelle pas votre visage. Je ne me rappelle rien à vrai dire, juste ce que mon arrière-grand-père m'a raconté. Vous étiez là ?!

— Pas physiquement. Mon… mon énergie était connectée toutefois, en raison du solstice.

— Connectée à quoi ?

— À Tout.

— C'est un peu vague comme réponse, ça, reprocha Katell.

— Maintenant n'est pas le moment choisi. Nous nous reverrons bientôt. Laisse ton Destin s'accomplir.

Les ondes vaporeuses dans lesquelles Katell lévitait disparurent en un instant.

Elle réapparut près d'un des Géants de Kerzerho, celui dans la clairière en retrait. Elle pesta un instant et appela Mel et Ronan. Elle les retrouva dans le chemin étroit qui reliait les deux petites clairières. Elle se jeta sur le téléphone de Mel et le compara au sien : le temps s'était encore arrêté. Elle s'était absentée une heure encore.

— Ce n'est pas possible… bredouilla-t-elle, ça n'a pas duré plus de deux minutes !

— Quoi ? Qu'est-ce qui n'a pas duré plus de deux minutes ? s'inquiéta Mel.

Katell leur raconta du plus calmement qu'elle put.

— Ouaaaah, s'émerveilla Ronan. Donc, il y a bien une sorcière par ici !

— Ce n'est pas une sorcière, corrigea Katell. C'était bien une femme. Ce que j'ai ressenti n'était pas mauvais. C'est vraiment bizarre… C'est comme si j'avais su tout ce temps que ça devait m'arriver.

— Qu'est-ce qui devait t'arriver ? demanda Mel en plissant les yeux.

— Quelque chose d'extraordinaire. Depuis toute petite, je sens que ma vie a une raison bien précise.

Elle ne pouvait en dire plus car elle ne comprenait pas elle-même.

— Tu vas la revoir, cette vieille femme ? s'enquit Ronan.

— Je pense que ça arrivera plus tôt qu'on ne le pen...

Son téléphone rugit. Son agenda apparut en hologramme, un rappel clignotant en rouge. Katell se tourna d'un coup sec pour empêcher ses amis de voir. Elle devait se rappeler d'enquêter sur Foucaud. Elle bafouilla une excuse bidon et ils se séparèrent.

Un quart d'heure plus tard, Katell atteignit la route sinueuse qui menait au village de Kerlescan, la troisième et dernière parcelle d'alignements de mégalithes (Carnac était divisé en trois sites : le Ménec, Kermario et Kerlescan, formant un site total de près de quatre kilomètres de long).

Alors qu'elle dépassait le Ménec, elle nota quelque chose dans l'air. Ses poils s'étaient mis au garde-à-vous sur ses bras. Elle arriva à l'embranchement pour Kermario et arrêta son scooter près de la route. Elle rabaissa l'habitacle de protection, ôta son casque et tourna la tête vers l'ouest.

Le ciel se déchirait comme un vaste patchwork cotonneux teinté de violet, de rose et de pourpre. Les oiseaux s'étaient mis à chanter dans les forêts environnantes et l'air rejetait des senteurs de terre. Elle vit les mégalithes sur sa droite briller d'une lueur rougeâtre. Le soleil n'était plus qu'un disque rouge sang sectionné par l'horizon. Les oiseaux se mirent à voler en essaim, ondulant au-dessus des mégalithes puis fuyant vers la mer.

Katell remit son casque et laissa l'habitacle baissé pour sentir le frottement du vent contre son corps. Elle passa devant le centre équestre où Mel et elle avaient fait du cheval jusqu'à l'âge de douze ans. Il était situé entre les alignements de Kermario et Kerlescan. Dans les bois, se trouvait un menhir isolé du nom du Géant du Manio. Ce menhir était accompagné, non loin, d'un quadrilatère rectangulaire. Katell avait entendu dire, un jour, que le Géant était doté d'énergies puissantes. La dame qui le lui avait dit, une touriste canadienne « avec un penchant pour ces lubies », avait commenté sa sœur avec un clin d'œil, était munie d'une sorte d'équerre métallique dont l'échelle de chiffres lui indiquait « l'humeur » du menhir.

— Ce Géant aspire l'énergie de la Terre, selon qu'elle en a beaucoup ou pas, et celle de l'univers et, WOUUUF, la retransmet à qui sait l'absorber, avait-elle déclaré d'un ton de scientifique. Là, je suis en train de mesurer l'intensité de l'énergie. C'est prodigieux ! Les menhirs sont comme des aiguilles d'acupuncteur, avait-elle expliqué. Ils permettent de pomper l'énergie tellurique de la planète, comme ces petites aiguilles que l'on place sur le corps, et de la rassembler, la concentrer, la refouler en d'autres endroits. Ou la connecter avec l'énergie cosmique.

C'était un peu du charabia mystique pour Katell et elle n'y pensa plus, jusqu'à ce jour.

Il se passait quelque chose.

Elle ralentit et emprunta le chemin boueux parallèle au centre équestre puis arriva à une jonction où elle stoppa net.

Le chemin était barricadé. Un large panneau avait été planté avec l'inscription « Défense d'entrer – expériences archéologiques en cours », accompagnée d'un « Mandaté par le C.N.R.S. » en bas à droite.

— Le Centre National de la Recherche Scientifique ! Bah, ça alors ! s'exclama l'adolescente qui connaissait l'organisme pour avoir fait un exposé sur eux à l'école primaire. Qu'est-ce qu'ils peuvent bien faire par ici ?

Elle réfléchit une nanoseconde : elle irait voir Foucaud plus tard. Elle fit demi-tour. Elle connaissait la région sur le bout des doigts, elle passerait par les bois. Ce n'était pas un panneau avec une interdiction de passer qui allait l'arrêter.

À mesure qu'elle se rapprochait, elle remarqua une installation de bulles d'un blanc mat. Les brindilles séchées n'en finissaient de craquer sous ses pieds et menaçaient chaque seconde de trahir sa présence. Elle réussit malgré tout à rejoindre l'une des bulles. Elles étaient faites dans une sorte de toile dure, les jonctions laissaient une fente et elle se coucha à plat ventre pour essayer de voir par l'orifice.

Le complexe était désert.

Elle entrevoyait des tas de machines avec des fils accrochés à des électrodes pendues au Géant du Manio…

Une porte s'ouvrit. Une jeune femme au type oriental entra en remettant son serre-tête dans ses longs cheveux roux. Un air contrarié se lisait sur son délicat visage. Un homme de type caucasien de vingt ans environ, entra à son tour et la jeta contre l'une des tables recouvertes d'ordinateurs.

— Tu l'as fait exprès, lança-t-il, le regard inébranlable, sa voix grave tremblante de colère.

— Le processus a été retardé par un fait indépendant de ma volonté, se défendit la jeune femme en se relevant, l'air pas du tout impressionnée.

— Il va nous falloir patienter encore une journée. L'intensité sera plus faible. Il va être furieux.

— Il attendra.

— Comment oses-tu !

— Je sais pertinemment ce qu'il se passe ici alors n'essaie pas de…

Il l'agrippa par la gorge d'un mouvement brusque et la fixa droit dans les yeux. La sauvagerie de son attitude fit frémir Katell.

— Le monde n'est pas assez grand pour te cacher, ni celui-ci, ni un autre, railla l'homme. Il te retrouvera où que tu ailles.

Puis il la jeta au sol violemment.

— Le seul fait de te regarder me répugne, dit-elle en levant la tête et nettoyant la perle de sang qui avait coulé de son nez. Toi et moi, on n'a *rien* à voir l'un avec l'autre. Tout ceci ne te rendra pas meilleur.

— Ne sois pas impertinente.

— Ne me menace pas.

— Je ne te menace pas, je te conseille d'être prudente.

— Je n'ai aucune intention de m'échapper, Matthieu. Tu es

ridicule.

Katell pesta soudain contre elle-même. L'intensité du conflit lui avait fait oublier d'enregistrer la conversation. Elle voulut sortir son téléphone quand l'homme tourna les talons pour partir. Il glissa à la rouquine, le ton pernicieux :

— Très sensé.

Il referma la porte derrière lui.

La jeune femme resta là, muette et immobile. Elle semblait déconnectée de la réalité, choquée visiblement. Katell pouvait comprendre. Ce type au visage angélique était démoniaque.

Katell revint le lendemain, seule, une heure avant la nuit et fut témoin d'expériences pour le moins perturbantes.

Alors qu'elle attendait, en filmant, que quelque chose ne bouge dans la bulle, la porte s'ouvrit et des personnes en blouse noire se placèrent à ce qui semblait être leur poste de travail, quand un cri se fit entendre au-delà, dans le couloir ou l'autre salle.

Ce n'étaient pas tout à fait des cris. Plutôt des hurlements. Des hurlements féminins.

Katell eut une frayeur. Pouvait-il s'agir de cette jeune femme qu'elle avait vue ? Quand la porte s'ouvrit de nouveau, elle s'aperçut que c'était une autre jeune femme, très similaire de traits, différente dans sa couleur de cheveux. Deux scientifiques, ou quoi qu'ils fussent, l'empoignèrent par les bras et l'attachèrent à la face nord du menhir, plaçant des électrodes triangulaires sur son corps et son cerveau. Katell put voir son visage terrifié. L'un des hommes se dirigea ensuite vers une console sur la droite.

Tout à coup, un bruit derrière elle la surprit. Katell entendit des pas se rapprocher.

Elle se mit à plat ventre et se glissa du plus silencieusement qu'elle put à deux mètres de la bulle, dans un buisson de fougères. Elle cacha son visage de ses cheveux noirs qu'elle avait détachés.

Quelqu'un semblait faire une ronde.

Elle fulmina contre elle-même. Elle aurait dû se douter qu'il y aurait des gardes.

Elle vit d'abord des chaussures noires, formant un seul bloc avec la semelle, puis des jambes, fortes, musclées et interminablement hautes. Cet homme devait faire au moins deux mètres cinquante !

Elle entendit d'autres hurlements de cette captive ou cobaye. Elle eut envie de vomir, prit une large bouffée d'air, plaqua son visage contre le sol, et espéra.

Les pas se rapprochaient dangereusement.

Elle pouvait retenir sa respiration pendant quatre minutes à la piscine, mais là, elle n'avait pas assez inspiré. Elle tiendrait une minute tout au plus. Elle commença à compter dans sa tête.

L'homme s'arrêta à un mètre d'elle. 4, 5... Elle n'entendait rien, pas de respiration, pas de bip radio, pas de craquement de brindilles, rien. 18, 19... Il semblait attendre quelque chose, ou scruter. Elle devait se retenir. Coûte que coûte. 35, 36... Elle suffoquait maintenant. 46, 47... Elle entendit un crissement semblable à du cuir. 49, 50... Les brindilles se mirent à crépiter et les pas s'éloignèrent. 55, 56... Il était hors de portée. Elle inspira comme jamais elle avait inspiré.

Elle resta là longtemps, à reprendre son souffle et calmer ses émotions. Ce qu'elle faisait était de la folie. Mais ce que ces gens faisaient était criminel ! Elle se repassa l'enregistrement : neige grise. Elle pesta. Elle fut tentée de retourner jeter un œil aux expériences. Sa curiosité fut plus forte que sa raison et elle rampa de nouveau jusqu'à la toile. Là, seule la jeune femme qu'elle avait vue la veille était présente, affairée à nettoyer quelque chose sur le sol que Katell ne voyait pas. Elle sanglotait.

Katell l'épia jusqu'à ce qu'elle ait terminé et elle s'en alla rejoindre son scooter. Elle prit la direction de Kerlescan et alors qu'elle dépassait le centre équestre, elle vit une silhouette dans le quadrilatère.

C'était elle !

Katell stoppa son scooter et l'observa. Elle la vit lever les bras au ciel, prononcer des paroles désespérées et s'enfuir du côté de la forêt, derrière le centre équestre.

Elle devait impérativement rencontrer et faire parler cette

femme. Les quelques jours de vacances qui restaient seraient l'occasion de faire un peu d'espionnage.

Elle informa Mel le soir, chez cette dernière, et celle-ci s'insurgea contre ses activités à la Mata Hari. Elle la supplia de cesser toute poursuite immédiatement.

— Je ne fais rien de dangereux enfin ! se justifia Katell.

— Tu aurais pu te faire prendre, rétorqua Mel, contrariée. Il pourrait t'arriver n'importe quoi, Kat ! Tu... Tu ne peux pas continuer... S'il t'arrivait quelque chose, j-je...

Katell s'approcha de son amie et plaça tendrement ses mains sur ses épaules.

— Il ne m'arrivera rien, certifia-t-elle en la regardant droit dans les yeux. Je *sais* qu'il ne m'arrivera rien.

— À cause de ce qu'a dit ce médium ? Il est complètement fou !

— Non, Mel, c'est plus que ça.

Elles furent interrompues par un coup de téléphone pour Katell.

Une catastrophe naturelle avait fait rentrer Abel plus tôt. Un tsunami dix fois plus puissant que celui de décembre 2004 avait dévasté toute la côte du pays. Le jeune homme avait perdu des membres de la famille de sa mère. Il ne les connaissait pas très bien mais perdre dix-sept oncles, tantes, cousins et cousines d'un coup avait eu un effet assez bouleversant. Il ne voyait plus de sens dans la vie et n'arrêtait pas de demander pourquoi. Curieusement, c'est Mel qui le calma.

— Plus tu t'énerveras contre la fatalité et moins tu y verras de sens, lui avait-elle dit d'un ton qu'il ne lui avait jamais connu : doux comme un agneau.

Elle n'avait rien ajouté et l'avait laissé méditer sur le sujet.

Katell proposa au garçon un défi qui devrait lui changer les idées et lui permettre de retrouver un sens à sa vie :

— Draguer une jolie fille ! dit-elle malicieusement. Ça devrait te requinquer.

Il la considérait d'un air si triste, si désemparé, qu'elle détourna le regard un instant vers Mel. Celle-ci ne cligna pas un cil. Ils parlèrent encore quelques minutes et avant de raccrocher, Abel accepta de séduire cette fille du C.N.R.S.

Le lendemain, Abel était arrivé une demi-heure avant le coucher du soleil. Il avait installé un chevalet et avait passé quelques minutes à admirer le crépuscule : ses tons aubergine et rouille, et cette déchirure dans le ciel lui rappelaient pourquoi il aimait tant la peinture pourtant.

Il se remémora ce jour où sa mère l'avait amené au musée d'Orsay à Paris pour une exposition spéciale sur les grands maîtres de la Renaissance. Il avait tout juste sept ans. Quand ils arrivèrent au portrait le plus célèbre du Hollandais Vermeer, *La Fille à la Perle*, Abel sut ce jour-là que c'était les filles qu'il aimait ; et aussi qu'il voulait peindre « comme Vémère ». Le grand maître avait su capturer la lumière d'une manière si unique que la petite perle pendue à l'oreille de la fille aux grands yeux reflétait presque la pièce environnante. Cela avait dû être un travail de titan, lui avait dit sa mère. Depuis, sa passion était la peinture à l'huile.

Il prit une toile, la cala sur son chevalet, saisit son attirail de pinceaux et de peintures et se mit au travail. Cette mission lui convenait à merveille. Il avait besoin de se changer les idées. Il n'avait pas peint depuis si longtemps… Depuis qu'il ne sortait plus avec Katell, en fait.

Quelques minutes avant le coucher du soleil, la silhouette menue de la jeune femme dont Katell avait parlé apparut près de la petite grille d'entrée. Elle s'arrêta une seconde pour mesurer le danger qu'Abel pouvait représenter.

Hésitante toujours, elle s'approcha lentement de lui. Quand elle fut suffisamment près pour qu'il l'entende, Abel dit à voix haute et grave :

— On dit que ces mégalithes furent construits par une civilisation extraterrestre.

Elle bascula la tête en arrière et eut un petit rire contenu. Elle lui avoua que cela était une possibilité en effet, « étant donné la grande loi des probabilités qui dirigeait l'univers », mais elle en doutait fortement.

Elle se rapprocha pour n'être plus qu'à un mètre de lui.

Il remarqua que ses yeux étaient d'un jaune ocré. Ses traits étaient assez jolis. Elle devait avoir vingt-deux ans tout au plus et elle portait une chaîne dont le pendentif protubérant était caché sous son pull. Elle était vêtue d'un ensemble pantalon grenat faisant ressortir sa rousseur.

— Je pense que la véritable nature de ces édifices s'est perdue il y a si longtemps que leur véritable signification ne pourra jamais être connue, dit-elle ensuite.

— Des gens intelligents vont bien finir par comprendre, non ? supposa Abel en continuant ses tracés des mégalithes aux ombres très allongées.

— Il ne suffit pas d'être intelligent pour comprendre ces compositions de pierre, répondit l'inconnue aux yeux en amande. Il faut aussi de l'intuition, évaluer les raisons, leurs possibilités et leur pourcentage de réalisation.

— Je ne suis pas sûr de vous suivre.

— C'est normal… s'excusa-t-elle en baissant la tête. Je… Je travaille dans des domaines très compliqués, notamment celui de la mécanique quantique.

— C'est un terme dont on entend souvent parler et qui me fascine, affirma-t-il le plus sérieusement du monde. Depuis un cours de physique en sixième, hum, enfin, je veux dire depuis tout petit donc, je suis ébloui par ce qui fait que nous sommes ce que nous sommes. Le pourquoi des choses, quoi.

— Pourquoi est LA grande question. Pourquoi nous sommes ici, pourquoi deux atomes sont attirés l'un par l'autre, pourquoi le temps change selon la vitesse de la lumière, pourquoi avons-nous l'impression d'être là pour une raison, pourquoi les coïncidences se produisent-elles en série, pourquoi, pourquoi, pourquoi… C'est ce mot qui nous gouverne et nous obsède depuis la nuit des temps.

— Vous pensez que ces pierres contiennent une réponse ?

La jeune femme contempla le soleil qui était maintenant couché.

— Excusez-moi, il faut que j'aille… que j'aille travailler, répondit-elle nerveusement.

Elle allait partir quand Abel la supplia de lui donner son nom. En guise de réponse, elle lui promit de revenir le lendemain.

Le garçon ramassa ses affaires une fois qu'elle fut partie. Katell et Ronan sortirent alors du bois de l'autre côté de la route pour le rejoindre. Ils avaient assisté à tout grâce à leurs puissants zooms incorporés à leur appareil multimédia.

— Bien joué ! félicita Katell en lui caressant le dos. Tu es un as !

— Merci, dit-il en fronçant les sourcils. Je crois que tu avais raison. Cette fille cache quelque chose.

Il revint le lendemain, excité à l'idée de découvrir un complot ou encore des expériences interdites. L'inconnue arriva peu de temps après, l'air effrayée. Elle voulut lui parler mais elle ne pouvait pas. Elle risquait de se faire prendre. Une certaine crainte se lisait dans son regard en amande.

— De quoi avez-vous peur ? s'inquiéta Abel. Je ne suis pas dangereux, je vous assure. Je ne suis qu'un peintre.

— Non, non, ce n'est pas vous, rassura-t-elle avec un sursaut.

Ses yeux s'écarquillèrent soudain. Elle tourna la tête d'un coup et s'enfuit comme une voleuse.

Abel ne savait que penser. Les yeux de cette fille l'avaient troublé.

4. Trois pour Cent

Les cours avaient repris en cette troisième semaine d'octobre et Abel était en colère.

— C'est pas possible, quel énervé, celui-là ! criait-il dans les couloirs, furieux contre M. Quénéhervé devenu enragé parce qu'il n'avait pas eu le temps de faire ses exercices de maths pendant les vacances malgré ses raisons particulièrement bouleversantes. Qu'est-ce qui lui arrive au pôv' vieux ? Il faut qu'il pète un coup, là, ça ira mieux !

Il avait eu des nouvelles du Maroc. Le bilan s'était alourdi. Il avait perdu vingt-six membres de la famille de sa mère. Plus rien ne l'intéressait. Il en voulait à la Terre entière. Ses amis ne pouvaient le consoler alors ils leur laissèrent tranquille.

Katell et Mel arrivèrent à la cantine en silence. Ronan les rejoignit peu après. Ils choisirent tous les trois les saucisses et la purée et prirent place à l'une des longues tables. Katell s'assit face à la fresque, la regarda tendrement. Mel se mit à côté d'elle. Ronan se plaça en face.

Ils ne soufflaient mot. Katell faisait des spirales dans sa purée avec sa fourchette.

— Vous avez vu ce vieux film des années 1970 ou 80, *Rencontres du Troisième Type* ? demanda-t-elle finalement.

— Mmm, acquiesça Ronan, la bouche pleine.

— Pourquoi tu penses à ce film ? questionna Mel qui l'avait vu une dizaine de fois avec son amie.

— C'est la purée qui m'y a fait penser.

Mel faillit s'étouffer avec l'aliment en question.

— Le héro est obnubilé par cette image, éclaira Katell, mais il ne sait pas ce que c'est. Il est en train de manger sa purée quand il s'aperçoit que la forme lui rappelle quelque chose.

Mel fit une blague vaseuse. Katell se vexa davantage. Ronan la pria de continuer.

Katell leur expliqua alors qu'elle se sentait un peu comme ce type. Elle aussi était obnubilée mais pas par une montagne, ni par des ovnis, ni encore pas des notes de musique, non, ce qui l'obnubilait, elle, c'était l'univers. Comme si elle était bombardée de particules hostiles, comme si on tentait de faire entrer un message dans sa tête contre sa volonté.

— Pourquoi faire simple quand on peut faire compliqué, hein... commenta Mel avec une moue. Tu pourrais être plus claire ?

— Ben non, justement, je ne peux pas. C'est bien ce qui me chiffonne.

— Les résultats de la cure de mon père ne sont pas bons, lança Ronan comme un cheveu sur la soupe, tête baissée.

Les deux filles immobilisèrent leur fourchette en l'air.

— Enfin... On sait pas ce qu'il a, précisa-t-il. Il n'arrête pas de nous dire que ce n'est rien. Je... Je pense qu'il essaie de nous cacher un truc plus grave... genre tumeur, quoi.

— Que disent les médecins ? compatit Katell.

— Il ne veut pas nous dire ! se crispa Ronan en entortillant une mèche blonde dans un doigt. Il ne nous montre aucun scanner, aucun encéphalogramme, rien, il ne nous dit rien... Il ne veut pas nous "affoler" soi-disant ! (Il avait mimé les guillemets avec un énervement clairement visible). Tu parles ! Il aggrave la situation en nous cachant tout, oui !

— Si tu veux passer ta colère, conseilla-t-elle gentiment, on peut aller à la salle de gym. Il y a des punching-balls. Ça te soulagera un instant mais ça ne résoudra rien. Il faut que tu aies confiance en la médecine.

— La médecine contemporaine n'est qu'un ramassis de produits chimiques qui dérèglent encore plus ton organis... Aïeeeuuu !

— Merci pour ton soutien moral, Mel, dit Katell qui venait de lui asséner un coup de poing dans les côtes.

— Ce sont les mots que tu me rabâches dès que je prends une simple aspirine. T'es un peu gonflée, là, quand même !

— Ronan, poursuivit Katell en ignorant son amie, il faut que tu laisses le temps au temps. Mon papy me dit toujours qu'il ne faut pas vouloir aller plus vite que la musique. Tu verras que ton père ira mieux bientôt. Il faut juste que le traitement ait le temps de faire de l'effet. Bon, on a physique cet aprèm', ça va te faire du bien.

Ils dévisagèrent l'adolescente comme si elle venait de sortir tout droit d'une soucoupe volante.

— Ben quoi ? fit-elle avec une voix de gamine.

Leur professeur de physique-chimie et biologie, M. Akad, un Égyptien, captivait ses élèves par le simple fait qu'il était passionné de ce qu'il enseignait. Certes, tous n'étaient pas pendus à ses lèvres mais il était capable de les rendre totalement ébahis par une simple boule de pin.

Il avait les cheveux aussi noirs que ceux d'Abel et des sourcils très épais. De taille moyenne et frêle d'apparence, il arborait une petite bedaine qu'il cachait sous ses perpétuelles tenues *rock 'n roll*.

Une des passions de Namzri Akad, en dehors de ce chanteur d'une autre époque dont il brandissait le visage sur ses t-shirts, était de déterminer les origines des mutations végétales. Depuis l'introduction de plantes génétiquement modifiées dans les jardins, les parterres publics et les champs, de nombreuses transmutations s'étaient produites dans la nature bretonne. Des ajoncs, par exemple, avaient assimilé des particularités propres aux bambous et avaient développé des tiges creuses. M. Akad avait écrit des livres en la matière. Ses élèves étaient impressionnés.

Il avait fait de hautes études de maths, biologie et physique en France. Le gouvernement français l'avait recruté lorsque le pays était en manque cruel de professeurs de sciences. Un recrutement intensif dans d'autres pays eut lieu pendant les années 2010 quand le manque fut tel que la moitié des établissements scolaires ne proposaient plus de sciences au programme.

— C'est simplement ahUUUrissant ! s'extasia M. Akad en regardant des plantes au microscope lorsque ses élèves furent assis et silencieux. Ce que vous allez découvrir va vous clouer sur place !

Aujourd'hui, ils allaient conduire des expériences sur des compositions homéopathiques. Les élèves devaient essayer de déterminer l'origine, les propriétés et les dangers des organismes végétaux contenus dans les pilules qu'ils avaient sur leur table, en analysant leur A.D.N.

Katell se pâma. Elle adorait les sciences.

Dix minutes plus tard, elle était affairée très consciencieusement à son expérience quand Mel, poing soutenant son menton, lui fit remarquer qu'une fille n'arrêtait pas de mater Ronan.

— Aurait-il fait une touche ? chuchota Katell en rigolant.

— En plein dans le mille, répondit Mel avec un rictus en biais, tout en pointant le menton vers une brune aux cheveux soyeux.

— Sophie Fusil ?! Sans blague !

Katell resta soufflée. Sophie était la coqueluche du collège, la Reine – il n'y avait qu'une fille comme ça par établissement ; chez les garçons aussi d'ailleurs, en l'occurrence, il s'agissait d'Abel. Le trône de ce dernier était en danger cependant. Ronan pourrait bien le chasser bientôt. Surtout s'il sortait avec Sophie Fusil.

Mel retourna à ses expériences et le cours se poursuivit dans un état studieux. À la fin de la classe, Katell s'approcha du professeur avec Mel et Ronan (Abel, lui, avait préféré partir), pour lui demander ce qu'il savait sur la mécanique quantique. Elle en avait entendu parler récemment, expliqua-t-elle, et souhaitait son opinion.

M. Akad éclaira sa lanterne en lui apprenant qu'il s'agissait d'une discipline qui tentait de trouver des réponses scientifiques aux questions du style : « Qui sommes-nous ? D'où venons-nous ? Pourquoi sommes-nous là ? Où allons-nous ? », etc. en examinant l'infiniment petit, comparée à la théorie de la relativité qui concernait l'infiniment grand. Les pensées, les intuitions, les hypothèses y avaient une place majeure. Rien n'était certain, ni prévisible. En d'autres termes, c'était la science des possibilités, une science qui existait depuis plus d'un siècle maintenant et qui restait toujours aussi énigmatique.

M. Akad relata aux adolescents une curieuse expérience conduite au Japon à la fin du vingtième siècle.

— Des scientifiques se sont réunis à une source d'eau très pure, près d'un volcan, énonça-t-il avec son léger accent arabe. Ils étaient accompagnés d'un moine. Ils prirent plusieurs échantillons de l'eau, la distillèrent et présentèrent les flacons au saint homme. Celui-ci bénit le premier silencieusement. Au deuxième flacon, il pensa "je t'aime", au troisième, il pensa "je sais", au quatrième, "je suis laid" et au dernier, "je te déteste, je vais te tuer". Ensuite, ils les examinèrent au microscope.

Le professeur se tourna ensuite vers son ordinateur et chercha quelque chose dans ses fichiers.

— Voilà les résultats, annonça-t-il en faisant pivoter l'écran plasma vieillot.

La première image montrait une molécule très pâle similaire à un flocon de neige agrandi mille fois. La seconde était d'une forme différente, très pâle encore, très cristalline, toute aussi belle. Il en était de même pour la troisième, différente mais avec cette même beauté surréaliste. Quand ils arrivèrent aux deux dernières, le visage des adolescents se figea de stupéfaction : elles étaient teintées d'un jaune virant sur le vert olive et ressemblaient à une goutte de peinture éclatée contre le sol.

— Toutes ces images sont les représentations moléculaires de la *même* eau après chaque pensée, dit M. Akad.

Les adolescents étaient confondus.

— Vous voulez dire, demanda enfin Mel, que la pensée affecte l'eau ?

— Très exactement, oui.

— C'est de la science-fiction !

— Et pourtant les résultats sont là, devant vos yeux. Rien n'est truqué, je t'assure.

— Or nous sommes composés à 90 % d'eau... songea Ronan tout haut, tout en fronçant les sourcils comme si cela l'aidait à mieux réfléchir.

— ... ce qui vous fait méditer sur les possibilités de la pensée sur les humains, leur métabolisme, leur cerveau... laissa M. Akad en suspens.

— Nous n'avons aucune preuve que cela soit possible, stipula Mel.

— Et ça ? fit le professeur en désignant l'écran. Tu ne peux pas nier l'évidence, Mélusine. Les effets sont réels. Seulement, c'est vrai, nos pensées ne sont pas suffisamment puissantes pour provoquer un effet nocif sur nos congénères. Vous pouvez donc dormir sur vos deux oreilles.

— Et si elles l'étaient ? espéra Katell.

— Si l'on applique le principe de possibilité de la mécanique quantique alors tout devient possible... concéda-t-il avec un sourire énigmatique. En observant les atomes dans leur forme subatomique, on se rend compte que rien n'est vraiment solide. Tout n'est qu'énergie. Et une énergie qui est en constant mouvement et qui est affectée par son environnement. Les particules se chargent et se collent les unes aux autres et forment des atomes qui créeront la matière.

— Pourquoi vont-elles se coller à celle-ci plutôt qu'à celle-là pour former un atome ? interrogea Mel.

— C'est toute la question. La science de la physique quantique émet l'hypothèse qu'elles auraient une sorte de conscience propre.

— Une conscience propre ? répéta Katell.

— Oui. Elles décideraient pour un but particulier : créer quelque chose. C'est comme si cette énergie, ces atomes, n'étaient qu'une pensée.

— Pourquoi cette chose est-elle créée plutôt qu'une autre ? redemanda Mel.

— Ah. Hum. Eh bien, c'est ce que la mécanique quantique cherche à comprendre.

M. Akad ne comprenait pas tout lui-même tant le sujet était vaste et complexe et amenait plus de questions à mesure que des découvertes étaient faites.

— Vous vous contredisez, nota Mel en levant le menton.

— Pardon ?

— Vous parlez de *science* de la *physique* quantique et d'atomes comme étant une *pensée* ! Cela n'a aucun sens logique ni scientifique. Ce qui me fait penser *qu'en fait* (elle avait bien accentué ces mots), ça n'a rien de scientifique tout ça.

— Quel est le fond de ta pensée, Mélusine ? s'enquit M. Akad, intrigué.

— Eh bien, je pense que vous utilisez le mot "science" pour nous rassurer. En fait, ça n'a rien à voir avec la science. Et je ne m'appelle pas Mélusine, mon nom est Mel.

— Je ne suis pas d'accord, interjeta Katell. C'est une science spirituelle, ou une spiritualité scientifique...

— Dans tous les cas de figure, ça s'appelle un oxymore, ponctua Mel avec un penchement de tête. Deux mots qui se contredisent.

— Pas tout à fait, objecta le professeur doucement. Katell a raison. Le spirituel peut très bien être une science. On commence enfin à comprendre ce qu'est l'univers – quoiqu'il soit encore plus mystérieux plus on le dissèque, mais bon. Ce que je veux dire, et ce que je pense Katell veut dire, c'est que ce qui nous entoure n'est pas tout à fait réel, pas vraiment solide comme je viens de dire. Quand on regarde cette table par exemple, au niveau moléculaire, on se rend compte que tout vibre, tout est magnétisé, tout bouge comme dans une fourmilière. Ces atomes pourraient très bien se reformer en tout autre chose pour autant que l'on sache ! La mécanique quantique ouvre la porte à toutes ces possibilités. La question est : laquelle de ces possibilités sera celle qui créera la réalité, donc cette table, devant nos yeux ? C'est la question ultime.

Pas vraiment plus avancés, les adolescents en discutèrent en chemin pour le cours suivant.

— Si tout est possible, médita Katell tout haut, alors tout ce qui nous entoure n'existe pas vraiment dans la forme où on le voit...

— Qu'est-ce que tu veux dire ? s'informa un Abel calmé en les rejoignant.

— Eh bien, si on reprogramme les atomes, si on leur "dit" de faire autre chose, tout ce qui nous entoure peut être modifié en n'importe quoi d'autre... C'est fascinant tout de même.

Abel reprit goût à la vie d'un coup. Il songea à toutes ces possibilités.

— Si je pouvais contrôler ces atomes... laissa échapper Ronan d'un ton penseur, peut-être que je pourrais aider mon père...

— On ne sait pas comment faire par contre, déclara Mel d'une voix un peu moins critique que d'ordinaire.

— Oh ! s'écria Katell. Quel progrès ! Tu doutes un peu moins ? Ce sont les images de ces gouttes d'eau qui t'ont fait changer d'avis ?

— Non. C'est le commentaire de Ronan sur la composition de notre corps.

Surpris, celui-ci souleva les sourcils. Abel eut une moue admiratrice et Katell prit son amie par le bras tendrement.

— Tu vas voir, je sens qu'on est proches de quelque chose de fabuleux, lui susurra-t-elle à l'oreille.

La journée se passa docilement, ponctuée d'incidents mineurs entre les élèves, Mel et Abel qui se chamaillaient pour un oui ou pour un non et Ronan qui se faisait de plus en plus observé par cette belle Sophie.

La soirée venue, Katell se planta devant la télévision du salon et se passa *Rencontres du Troisième Type* pour la énième fois. Morgane était encore sortie et Iniaki fit son apparition au moment où l'acteur principal avait fini par construire cette gigantesque montagne en terre glaise dans la cuisine. Il la gratifia d'un bonsoir chaleureux et remarqua tout de suite dans le ton de son arrière-petite-fille que quelque chose la turlupinait.

Elle lui raconta ses découvertes sur la physique quantique et avoua que son prof d'histoire avait peut-être une tumeur au cerveau et que s'il n'en parlait pas, c'était peut-être parce que c'était vraiment grave.

— Tu penses que le cerveau est suffisamment puissant pour réparer une tumeur, toi ? lui demanda-t-elle ensuite en se replaçant sur le canapé pour lui faire face.

— C'est une question qui ne peut donner aucune réponse clairement définie, répondit-il en s'asseyant près d'elle, tant le cerveau est un organe, ou une machine devrais-je plutôt dire, compliquée.

— Serait-il possible que nos neurones puissent se réparer par la simple pensée ?

— Qu'est-ce que la *pensée*, réellement, au fond ? lui fit remarquer Iniaki en se grattant le menton. Si on regarde le cerveau de très près, on se rend compte qu'il ne s'agit que d'un orage magnétique et rien d'autre. Quand on pense, qu'est-ce qui se passe ? Un neurone se charge et envoie cette charge à un autre neurone et…

— Oui, je sais ça, moi aussi, mais comment le neurone qui reçoit cette charge a-t-il… euh… décidé de la recevoir ?

— Décidé ? Mmm, intéressant choix de verbe… Eh bien justement, c'est la question que j'allais te poser. Qui est vraiment le "décideur", "l'Observateur" comme on l'appelle dans le milieu spirituel ? Oh, je connais quelqu'un qui serait capable de te répondre, un ancien collègue à moi que j'ai rencontré quand je travaillais sur la pensée maya et ses similarités avec la mécanique quantique. Je peux le contacter si tu veux.

— Oui, merci, ça peut toujours m'aider à comprendre… (Elle eut une pause pensive). Tu penses qu'il pourrait y avoir une sorte de force qui contrôlerait tout, qui déciderait que cet atome doit charger celui-là et tout… ?

— Tu es en train de me demander si un Dieu existe…

— Tu n'as jamais vraiment partagé ton opinion sur la question.

L'ancêtre ne répondit pas. Son regard était hypnotisé par une pub holographique ventant les mérites des dernières automobiles à pile nucléaire.

— Pour certains, dit-il enfin, Dieu est un concept rassurant quand ils sont dépassés par ce qui les entoure. Pourquoi pas. En ce qui me concerne, Dieu est juste un mot. Quatre lettres bien trop restrictives à mon goût. Ce en quoi je crois est indéfinissable. Je sais simplement une chose...

— Et qu'est-ce que c'est ? haleta Katell avec de grands yeux.

— C'est qu'on est bien trop minuscules pour Le – ou *La* d'ailleurs – comprendre.

— Tu penses au Féminin sacré des Anciens ?

Son aïeul hocha la tête sensiblement et bâilla tout en s'étirant comme un élastique qui aurait mal vieilli.

Katell médita sur les mots de son arrière-grand-père. Elle repensa à son slogan, « Tout arrive pour une raison ». À ce moment-là, une pensée surgit de nulle part dans son esprit. Ou plutôt un appel.

Elle avait rendez-vous avec la sorcière bleue ce vendredi, une heure avant la tombée de la nuit !

Elle jaillit du canapé, embrassa son ancêtre et se rua dans sa chambre. Elle informa ses amis immédiatement malgré l'heure tardive. Abel ne voulait pas venir, il ne se sentait toujours pas d'attaque. Mel n'eut aucune objection et Ronan se résigna en disant : « Pourquoi pas. Ça peut pas faire de mal une rencontre avec une sorcière, si ? ».

Le trio arriva au bois Varquès avec appréhension ce vendredi-là. Le temps était si couvert qu'il semblait faire presque nuit. Katell se sentait plus ou moins mal à l'aise mais tentait de le cacher.

Ils arrivèrent au milieu du site de la Chaise de César, regardèrent autour d'eux et le moment suivant, ils étaient assis sur un canapé en tissu dans un salon rustique dont la baie vitrée était cachée derrière des rideaux pourpres épais.

En face d'eux, se trouvait un canapé similaire à celui sur lequel ils étaient assis. Une petite table basse en bois sombre était posée au centre. La pièce regorgeait de fleurs dans tous les coins : des roses, beaucoup de roses, de toutes les couleurs ; des orchidées aussi, des jacinthes, des delphiniums, des hortensias… Katell avait l'impression d'être au Chelsea Flower Show où elle était allée en voyage scolaire (un show qui avait lieu tous les ans près de Londres et qui célébrait les plantes et les fleurs, avec des compétitions du plus beau jardin).

Une femme apparut comme par enchantement sur le canapé en face d'eux. Féline dans sa silhouette, les cheveux longs et opalins, elle les regardait de ses grands yeux sombres.

Les adolescents ne purent prononcer un mot.

— Je suis ravie de faire enfin votre connaissance, accueillit-elle de cette voix que Katell reconnut immédiatement.

Cette femme était celle qu'elle avait vue dans ce vortex bleuté à Kerzerho…

— Qui êtes-vous ? questionna Mel d'une manière revêche.

— Je m'appelle Rose, répondit-elle en dégageant son visage de la mèche laiteuse tombée sur sa joue.

Un sourire fit sortir ses pommettes saillantes et exposa des dents magnifiques.

— Je ne vous ai pas demandé votre nom, rétorqua Mel. Je vous ai demandé *qui* vous étiez.

— Et comment êtes-vous apparue, *pouf*, comme ça ? s'enquit Ronan d'une voix moins sévère que celle de Mel.

— Je ne suis pas une sorcière, cela est certain, sourit Rose. Je suis juste une vieille femme qui n'a pas vraiment sa place dans la société actuelle.

— Que voulez-vous dire par-là ? demanda Katell.

— Disons que je suis une sorte de… d'anachronisme.

— Un "anachronisme" ? répéta Ronan, confus.

— Je n'appartiens pas à ce temps. Enfin, si. Disons que je suis de la vieille école… Une adepte du concept de Mère Nature. Une très vieille école.

— Celle de Gaïa, nota Katell. La Vieille Religion.

— C'est exact, confirma Rose avec un hochement de tête révérencieux. J'*observe* la nature, j'*utilise* ce dont j'ai besoin, je *vis* en harmonie avec elle. Comme le faisaient nos ancêtres jusqu'à la fin de l'ère glaciaire dernière.

— Moment où le niveau de la mer est monté de plus de cent

mètres, précisa Katell encore.

— Je vois que tu connais ton histoire.

— Mon... Un membre de ma famille fut un grand archéologue.

— J'ai été archéologue moi-même, il y a très longtemps de cela. Puis je me suis intéressée à l'anthropologie, la science des sociétés et des...

— Cultures, interrompit encore Katell, ce qui commençait à énerver ses amis.

— Tu es décidément bien érudite pour une si jeune personne, admira Rose.

— J'aime apprendre et savoir.

— La poursuite de la connaissance est une très grande qualité, Katell. C'est ce qui fait de notre race sa grandeur.

Rose leur raconta ensuite qui elle était, après insistance réitérée de Mel.

Elle était née en 1916, ce qui la rendait aussi âgée que l'arrière-grand-père de Katell (mais la jeune fille remarqua qu'elle était nettement moins ridée). Le jour de ses vingt-et-un ans, elle rencontra un homme d'affaires à la bijouterie de son père à Carcassonne. Ce jour-là fut le jour qui marqua le début d'une vie bien différente de celle prévue par ses parents.

Rose lisait une revue d'archéologie et cet homme ténébreux la remarqua. Il engagea la discussion alors que son père était parti dans l'arrière-boutique. La discussion fut très animée. L'homme fut sous le charme et lui promit de revenir le jour suivant pour lui faire une offre qu'elle ne pourrait refuser. Intriguée, elle attendit, le cœur serré.

Il arriva à dix-huit heures et lui fit en effet la plus magnifique proposition dont elle aurait pu rêver : aller voyager dans le monde à la recherche des trésors de l'Antiquité. Il avait besoin d'une assistante et sa verve, sa jeunesse et son appétit de connaissances convenaient parfaitement au profil. Une semaine plus tard, elle partait pour l'ancienne Mésopotamie, l'Irak plus précisément.

Katell soupira d'envie.

La femme plus que centenaire se leva avec l'agilité d'une

jeune fille et se dirigea prestement vers une commode finement sculptée. Elle tira vers elle l'un des lourds tiroirs et en sortit des photos en papier. Elle revint près des adolescents et les leur remit. Il s'agissait de photos jaunies prises pendant ces années-là : des fouilles dans des déserts, des collègues suant sous le soleil de plomb, des paysages, des autochtones...

Katell s'arrêta sur une photo noir et blanc d'une petite fille noire avec des traits fins et des yeux apparemment très clairs.

— Qui est-ce ? s'enquit-elle en admirant le portrait qu'elle passa ensuite à ses amis.

— Elle s'appelait Samzara, répondit Rose avec une pointe de tristesse dans la voix. Elle était si belle... On aurait dit que la nature avait utilisé son plus beau pinceau pour la dessiner.

Elle fit une pause et se plaça devant les adolescents. La table basse bougea toute seule, le canapé se rapprocha et elle s'assit tout près d'eux. Sous le choc, ils ne dirent rien.

— J'étais en Éthiopie, reprit-elle comme si de rien n'était. Nous travaillions près d'un village. Les enfants venaient nous voir car ils étaient intrigués de nous voir gratter la terre sous ce soleil infernal. Il nous fallait des jours pour trouver ne serait-ce qu'un fragment de poterie. Ils perdirent patience. Sauf une. Samzara. Elle venait nous tenir compagnie dans nos fouilles chaque jour. Elle apprit le français en un mois, c'était prodigieux. Elle avait six ans à l'époque de cette photo. Elle en avait à peine sept quand elle fut vendue.

— VENDUE ?! s'exclamèrent les adolescents avec effroi.

— C'était chose courante là-bas à l'époque. Cela l'est encore de nos jours.

— C'est criminel ! s'offusqua Katell. On n'a pas le droit de vendre des gens !

— Ce n'est pas à nous de juger les coutumes des autres cultures, apaisa Rose. Katell, dit-elle en se penchant pour lui prendre la main qu'elle retira dès qu'elle l'effleura, tu ne dois pas formuler de critiques basées sur ton ignorance.

Vexée, la jeune fille croisa les bras sur sa poitrine et ne souffla plus un mot. Rose poursuivit son récit et raconta que Samzara était une descendante des Falashas, ces juifs noirs d'Afrique.

— Des juifs noirs ? s'étonna Katell qui ne put résister. Jamais entendu parler de juifs noirs !

— Les historiens ont la fâcheuse manie de ne conserver que ce qui corrobore leurs théories...

— Pourquoi les Falashas ne sont-ils pas dans les livres d'histoire ? demanda Mel, curieuse maintenant.

— Oh, ils le sont, contredit Rose. L'Histoire, avec un grand H, s'en rappelle. Car ils furent le peuple qui posséda l'Arche d'alliance. La fameuse Arche que la reine de Saba aurait donnée au roi Salomon, il y a plus de trois mille ans de cela. Beaucoup d'historiens sont convaincus qu'il s'agit d'un mythe. Ce coffre aurait renfermé quelque chose... de très précieux. Selon certains, il aurait contenu les Tablettes de Moïse, les fameux Dix Commandements. Selon d'autres, il s'agirait de livres sacrés, ou encore d'objets d'une toute autre nature. Dans tous les cas de figure, il est impossible d'en être sûr. Et nos recherches n'ont en effet rien donné.

Katell s'arrêta encore sur une photo couleur sépia d'une jeune femme sculpturale aux longs cheveux sombres debout devant un temple égyptien.

— J'avais vingt-trois ans, dit Rose en regardant la photo avec tendresse.

— De quelle couleur étaient vos cheveux ? s'informa Katell.

— Aussi noirs et luisants que les tiens.

— C'est incroyable qu'ils soient devenus si blancs, intervint Ronan.

— Hum... toussota Rose en baissant les yeux. Cela est dû à un choc, ajouta-t-elle d'une faible voix. Mes cheveux sont devenus blancs du jour au lendemain. C'était en juin 1947 quand je... j'ai perdu quelqu'un de cher...

Ronan se gratta machinalement le poignet et son bracelet captura la lumière environnante jusqu'à envoyer un petit reflet dans les yeux de Rose.

— Oh, qu'as-tu là ? demanda soudain la vieille femme en désignant le poignet du jeune homme. On dirait de l'or...

— Ce n'est pas de l'or, corrigea-t-il avant qu'elle ne puisse terminer. C'est un métal inconnu, finit-il d'un air faussement blasé.

Elle confirma qu'il était en effet d'un métal résultant d'un processus perdu mais pas inconnu. Elle avait vu un métal semblable il y avait de cela très longtemps.

— Ceux qui ont fabriqué cet objet, dit-elle, avaient une maîtrise sans pareille de ce que l'on appelle l'alchimie, cette science ancienne dont on ne sait plus grand-chose sinon du folklore comme changer du plomb en or ou encore la poudre rouge de la Pierre philosophale. La véritable alchimie, ce n'est pas tout à fait cela.

— C'est quoi alors ? interrogea Mel, indécise.

— Comment vous expliquer concisément… ? Le métal est chauffé à une certaine température pendant un certain temps, et ce processus doit être reproduit à d'autres températures et à des durées plus ou moins élevées. Le récipient avait lui aussi son importance. Pour certains alliages ou pour la transformation d'un métal en un autre, cela pouvait prendre une année entière. L'autre sens de l'alchimie est le développement spirituel et c'est ce qui vous amène ici.

— Que voulez-vous dire ? fit Katell, en expectative.

— Vous vouliez apprendre à vous servir de votre cerveau, n'est-il pas ? dit-elle le plus naturellement du monde.

En réalité, ils ne savaient pas ce qu'ils voulaient. Ils ne savaient pas pourquoi ils étaient là. Et surtout, ils ne comprenaient rien à ce qui se passait.

— Je ne peux vous fournir ces réponses. Je sais simplement que vous devez apprendre à nettoyer votre cerveau de ses préconceptions. Tout ce temps passé seule m'a permis de comprendre et de développer… certaines capacités cérébrales. Il faut vous débarrasser de cette vision de sorcière que vous avez de moi. Je ne suis rien de tout cela. Je ne fais que pratiquer des arts qui existent depuis la nuit des temps.

— Pourquoi voulez-vous nous enseigner tout cela ? demanda Mel, sourcilleuse.

— Parce qu'il le faut.

— Pourquoi ? fit Katell, perplexe.

— Parce que c'est nécessaire.

— C'est le serpent qui se mort la queue avec vous, ronchonna Mel.

— Le moment n'est pas choisi, signifia Rose.

— Vous m'avez dit ça plusieurs fois quand vous m'avez… (Katell eut un mouvement circulaire des bras censé simuler son kidnapping). Je ne comprends pas. Qui choisit ce moment ?

— La réponse à cette question est bien trop compliquée pour ton cerveau dans son état actuel.

— Je ne suis pas stupide ! s'offensa la jeune fille.

— Oh, je sais cela. C'est bien pour cette raison que vous êtes là, toi et tes amis.

Elle ne leur en dit pas plus, ils ne comprendraient pas de toute façon. Il était bien trop tôt dans leur développement. Elle voulait qu'ils commencent simplement par apprendre à méditer. Les adolescents protestèrent, une moue déçue sur le visage. Elle insista.

— Il est essentiel que vous sachiez vous débarrasser de vos pensées, leur avait-elle répondu. Et de vos émotions. Et que vous vous imprégniez de… l'énergie environnante.

Elle les fit s'asseoir sur le sol, fit disparaître les canapés et leur demanda de croiser les jambes dans la position du lotus. Leur souplesse n'étant pas suffisante, cela provoqua quelques rires.

— Silence, ordonna Rose doucement. Vous devez vous débarrasser de toute pensée, de toute émotion, rire inclus.

Elle s'assit à son tour et leur montra la position correcte à adopter, mains sur les cuisses, paumes ouvertes vers le plafond.

— Je veux que vous fermiez les yeux et preniez de longues inspirations. Bloquez ensuite votre respiration deux ou trois secondes, puis expirez.

Ils obéirent sans poser de question.

— Débarrassez votre esprit de tout ce qui l'encombre, continua-t-elle d'une voix douce.

Au bout d'une heure de cet exercice, les adolescents se sentirent plus légers.

Rose ferma les yeux. Elle leva les bras vers eux, paumes ouvertes et commença à diffuser des sons bizarres.

— OOOmmm… émit-elle sous leur regard médusé. Répétez comme moi, exigea-t-elle ensuite, et gardez impérativement les yeux fermés. Vous ne devez en aucun cas être distraits.

Les trois adolescents se mirent à imiter le son étrange qui sortait de la gorge de Rose. Ronan ne put s'empêcher de glousser. Il s'excusa aussitôt et reprit l'exercice du mieux qu'il put.

Après une bonne dizaine de minutes, Katell sentit quelque chose se produire en elle, au niveau de l'estomac d'abord et enfin dans tout son être : une sorte de force giratoire qui la déstabilisa au point qu'elle se leva d'un bond, les yeux exorbités.

— Qu'est-ce qu'il y a ? s'inquiéta Mel immédiatement.

Quand son amie expliqua ce qui s'était passé, Rose commenta :

— Tu viens de ressentir le magnétisme de cet endroit. C'est un excellent début. Mais je n'en attendais pas moins de vous. Continuez.

Vingt minutes plus tard, Katell sentit une transe s'emparer d'elle. Elle ouvrit les yeux et sa vision avait été déformée au point qu'elle voyait en négatif, percevant la chaleur corporelle de ses amis autour d'elle. Cette transe se mouvait par vague, tourbillonna dans son cerveau d'abord, descendit dans sa gorge et s'arrêta encore, atteignit sa poitrine et descendit en stoppant en quatre autres endroits. Elle se sentit gonflée d'une énergie indescriptible, chaude et puissante. Elle eut un vertige et tomba contre Mel.

— Katell a ressenti l'énergie vitale, expliqua Rose en prenant l'adolescente dans ses bras et lui caressant le front. C'est admirable. Et vous ? s'enquit-elle envers les trois autres.

— Je me suis sentie un peu étourdie, avoua Mel.

— Moi aussi, confirma Ronan.

— Votre cerveau a absorbé beaucoup d'oxygène pendant cette heure et demie. C'est normal. Avez-vous ressenti l'énergie ? réitéra-t-elle.

— Je ne suis pas sûre de comprendre ce que l'on doit ressentir, maugréa Mel.

— Nous ne sommes qu'énergie et cette énergie est liée au magnétisme de cette planète, expliqua Rose. Le but de notre rencontre est d'essayer de vous faire ressentir cette force conductrice qui est en chacun de nous. Vous connaissez tous les signes du zodiaque, n'est-ce pas ?

Les ados acquiescèrent plus ou moins.

— Eh bien, au départ, les douze constellations étaient perçues comme ayant une influence sur nous, chose qui est restée avec l'astrologie. Ce qui est moins connu est que ces étoiles reçoivent elles aussi de l'énergie d'autres sources du cosmos. Certaines constellations avaient une importance capitale pour nos ancêtres comme la Grande Ourse, le système de Sirius, ainsi que les sept sœurs des Pléiades et Orion. Tout ceci est en perpétuelle interaction. Ainsi, notre énergie est en constant contact avec celle du cosmos. L'endroit où nous sommes vous permet de ressentir cela, d'où la raison de votre présence ici. (Elle fit une courte pause, jaugeant son public). Je crois qu'il est encore trop tôt. Ce sera tout pour aujourd'hui.

Elle les informa que pour la recontacter, il leur suffisait de l'appeler par la pensée. Le moment suivant, ils étaient sur le parking à l'entrée du sentier des Mégalithes.

Ils échangèrent des regards désorientés. Les filles avaient mal à la tête, au niveau du centre de leur front.

— Ben, si c'est ça, nos cours pour développer notre cerveau… fit Ronan d'un ton désenchanté, moi, ça va m'endormir plus qu'autre chose, sa méditation.

— Moi, c'était supra fort en tout cas, rayonna Katell. Mel ? Qu'est-ce que tu as ressenti, toi ?

Son amie prit un temps pour répondre, comme si elle cherchait les mots précis pour décrire son expérience. Ils semblaient lui faire défaut et elle haussa les épaules.

— C'était une sensation d'envoûtement, presque, avoua-t-elle finalement.

Ronan voulait en parler à son père. Après tout, il était prof d'histoire et si Rose avait raison, il ne pouvait ignorer le fait que les Anciens vivaient d'une manière totalement différente de la leur.

Ils se séparèrent et Ronan retourna chez lui où Daniel était occupé à des affaires importantes.

Le sujet avait paru suffisamment intéressant à M. Duchemin cependant pour qu'il laissât ses papiers sur son secrétaire un moment.

— Nos ancêtres avaient en effet une conception de leur environnement totalement différente de la nôtre, déclara-t-il à Ronan. Comme l'a dit une de tes camarades, Mélusine, je crois, le jour de la rentrée. Ils avaient tout le temps du monde pour observer leur environnement. Aujourd'hui, notre société est stressée, obnubilée par ses factures, la nature est devenue invisibl...

À ce moment-là, un objet vibra dans sa poche. Il le retira délicatement et baissa le regard – Ronan ne pouvait le voir car il était derrière le secrétaire et supposa que c'était son vidéophone. Son père lui demanda de l'excuser, il revenait dans une minute. Il sortit de son bureau, puis de la maison – Ronan entendit la porte claquer.

Au bout de quelques secondes, la curiosité s'empara du garçon. Il se propulsa hors de son siège pour jeter un œil à l'autre côté du secrétaire de son père, qu'il n'avait jamais vu (il avait toujours été emballé lors des déménagements). Ses yeux s'écarquillèrent.

De nombreux compartiments formaient un mur d'une géométrie complexe, rien n'était droit, tout était en courbes. Cela le fit penser à Gaudí, cet artiste espagnol qu'il avait étudié en quatrième en dessin. Les poignées des tiroirs étaient toutes ciselées dans ce qui ressemblait à de l'ivoire. Le regard émerveillé du garçon se dirigea ensuite vers le plateau en marbre rose sur lequel des documents étaient éparpillés. Il les étudia de plus près, vit des logos qui ne semblaient avoir aucun rapport avec l'Éducation nationale, quelques mots sur des mini-DVD : « urgent », « confidentiel »...

Des bruits de pas résonnèrent. Son cœur sauta dans sa

poitrine. Il se dépêcha de retrouver son fauteuil.

Daniel entra d'un pas pressé et lui demanda encore de l'excuser. Des affaires urgentes requéraient son attention immédiate.

De retour dans sa chambre, Ronan ne put s'empêcher de se demander si son père ne pourrait pas être un agent secret. Il appela Abel et celui-ci, forcément, éclata de rire.

— Arrête de délirer, mon vieux ! Pour être agent secret, il faut que t'aies un job où tu bosses tout seul ! Ben évidemment qu'si, qu'est-ce que tu crois ? Tu dois pouvoir partir à n'importe quel moment, pas juste pendant les vacances scolaires, pôv' bille ! C'est pas ton vieux avec un job pépère comme le sien qui pourrait jouer les James Bond !

Ronan changea de sujet et lui demanda s'il pensait que son troisième rendez-vous avec la belle inconnue le lendemain serait moins « bref » que le second.

— Allez, vas-y, marre-toi, roula des yeux Abel. Je te signale que cette fille a un paquet de trucs à cacher, je le renifle à cent mètres. Il va falloir du temps pour trouver la combinaison du cadenas. Mais bon, j'espère qu'elle va se décoincer rapidos, la poulette, parce que j'en ai marre de passer mes soirées à me peler les miches dans un champ de menhirs !

Ils plaisantèrent pendant quelques instants, se racontèrent leur journée et se quittèrent en larmes (de rire).

L'inconnue n'avait pas menti.

Elle était bien là, le lendemain.

Abel était assis sur son tabouret, les doigts gelés par la fraîcheur piquante en cette dernière semaine d'octobre, lorsqu'elle arriva.

— Toujours en train de peindre ? remarqua-t-elle en posant ses mains l'une sur l'autre telle une geisha.

— Je profite de la lumière du soleil couchant, informa-t-il avec un sourire accueillant. Vous semblez aimer le crépuscule vous aussi, ajouta-t-il en retouchant légèrement sa peinture.

— Je... Cela me détend avant une nuit d'extrême labeur, répondit-elle, gênée.

— Vous travaillez la nuit ? Quelle horreur. Vous devez profiter de la vie. Quelqu'un d'aussi jeune que vous doit…

— Oh, je suis plus âgée que j'en ai l'air, modéra-t-elle sans fausse modestie. Je n'ai simplement pas vraiment le… temps de… sortir et tout ça.

— Votre travail vous prend toute votre énergie. Je vous comprends ; je peux travailler pendant des heures moi aussi tant je suis passionné de peinture.

Katell et Ronan n'en finissaient pas de glousser dans les buissons de l'autre côté de la route. Cet Abel y allait fort.

— Je suis passionnée par ce que je découvre, acquiesça-t-elle, mais je ne suis plus sûre de vouloir travailler pour…

Elle laissa sa phrase en suspens puis contempla l'œuvre inachevée du jeune homme. Elle lui posa des questions triviales sur lui, sa vie. Abel répondit poliment tout en continuant à peindre. Katell lui avait recommandé de ne pas se fermer à elle. Il fallait qu'il lui inspire confiance. Quand il sentit que cette confiance était installée, tout début novembre, au bout de la cinquième rencontre, il lui demanda quelle était réellement sa profession.

— Ce sur quoi je travaille n'est pas facilement compréhensible pour un… homme de ton âge, dit-elle en esquissant un sourire. Comment t'expliquer ? Tu as forcément entendu parler des latitudes et des longitudes, n'est-ce pas ?

— Bien sûr, confirma-t-il en arrêtant de peindre pour lui donner toute son attention.

— Eh bien, il existe d'autres lignes, ou plutôt des courants nord-sud et est-ouest, réels ceux-ci, dans la croûte terrestre. Ils se croisent et forment ainsi une sorte de maillage à échelle planétaire. Ce réseau magnétique global fut découvert dans les années 1950 par un Allemand du nom de Ernst Hartmann, d'où le nom de réseau de Hartmann.

Elle expliqua que les croisements formés par ce quadrillage étaient appelés des nœuds et que ces nœuds, nommés *nœuds radiants* ou *nœuds étoiles*, étaient pathogènes, donc nocifs. En outre, selon que de l'eau coulait dans les strates ou en surface, ils pouvaient être encore plus dangereux. La jeune femme lui rappela que les cours d'eau étaient polarisés, c'est-à-dire qu'ils étaient composés de vibrations ayant une orientation préférée, soit vers la droite, soit vers la gauche. 70 % des cours d'eau vibraient vers la gauche et étaient ainsi hautement pathogènes. Ceux qui tournaient vers la droite, comme à Lourdes ou encore la Fontaine de Jouvence du mythe de Merlin, étaient bénéfiques.

— En général, l'endroit où se trouve un menhir isolé est un endroit *géopathogène*, enchaîna-t-elle en essayant de rester le plus claire possible. C'est-à-dire que cet endroit est baigné d'ondes si négatives qu'il a été nécessaire d'installer une sorte de paratonnerre – pour utiliser des termes contemporains – et canaliser ces ondes néfastes pour l'environnement. Si tu déplaces le menhir, l'endroit est à nouveau déséquilibré énergétiquement parlant, et tes récoltes seront maigres, tu seras malade, tes vaches seront infectées d'un virus mutant et je pourrais continuer... Nos ancêtres ont érigé les mégalithes pour ponctionner la Terre de cette énergie. Enfin, c'est une théorie. Ils percevaient les variations du champ magnétique terrestre et sélectionnaient très précisément le lieu où ils allaient dresser leurs pierres.

— Je me rappelle mon prof d'histoire quand j'étais en troisième qui nous avait dit un truc semblable, nota le garçon.

— Vraiment ? Ton professeur avait l'esprit ouvert. Vous a-t-il dit aussi qu'à mesure qu'ils entaillaient la Bretagne de son granit, ils faillirent se retrouver en rupture de stock et ils durent recourir à des pierres plus petites – d'où l'ordre décroissant que l'on voit dans les alignements ? (Abel secoua la tête). Cela n'avait pas d'importance, car seul l'emplacement était fondamental.

— Comment ils ont pu savoir tout ça ? s'émerveilla-t-il.

— C'est la grande question, répondit la jeune femme avec un regard fuyant. Ils savaient que certains endroits regroupaient même plusieurs de ces nœuds. Alors là, ce sont de véritables nids à cancer, ajouta-t-elle gravement. Une sagesse populaire dit : "Trouve un tilleul, cherche un hêtre, évite le chêne et fuis les sapins".

— Pardon... ?

— Certaines espèces végétales poussent mieux dans des endroits nocifs, éclaira-t-elle devant son incrédulité.

— La Bretagne regorge de chênes et de sapins… constata Abel en regardant autour de lui.

Elle hocha la tête et poursuivit en expliquant que l'électromagnétisme de ces nœuds s'associait à celui de l'eau créant ainsi des interférences telles avec le corps humain que des maladies génétiques étaient apparues dans des familles ayant, par exemple, vécu plusieurs générations dans une maison placée à ces endroits. Les églises et cathédrales les plus anciennes n'étaient pas placées au hasard elles non plus.

— Elles étaient en général bâties sur des croisements de rivières souterraines, déclara-t-elle comme si elle annonçait la plus grande découverte du siècle. Et selon les légendes, il existerait un *réseau sacré*, des centres spirituels sur la Terre entière, tous reliés entre eux.

— Si les églises étaient sur des croisements, si j'ai bien compris, alors l'endroit devait être hautement… euh, pathogène, c'est ça ? Et comme avec les menhirs, nos ancêtres les plaçaient pour contrer ces énergies, c'est bien ça ?

— Oui. L'art des bâtisseurs d'autrefois était d'intercepter ces énergies négatives et de les retourner en énergies positives. Ainsi, l'architecture de l'édifice était capitale. Elle devait faire en sorte que ses formes capturent l'énergie et la renvoient sous une forme moins nocive. Les vitraux eux-mêmes avaient leur importance : les lumières colorées d'une pureté spectrale admirable avaient le pouvoir de recentrer l'énergie corporelle – les couleurs peuvent nous affecter, tu sais cela. Bref, leur construction requérait un savoir pointu. Car il faut savoir que le magnétisme n'est, au bout du compte, qu'un phénomène vibratoire auquel tout ce qui nous entoure est sensible. Le relief et la géologie ont leur importance également : les vallées traversées par un fleuve ont de fortes chances d'être des endroits où la nocivité est amplifiée, tout comme les grottes et les gouffres ; d'autres choses distordent aussi le champ magnétique comme les collines, les montagnes, la composition de la roche environnante – le granit notamment contient énormément de quartz, ce qui le rend très conducteur.

Elle fit une pause pour reprendre son souffle.

— J'ai tendance à m'emballer quand je parle de ça, s'excusa-t-elle en voyant Abel perdre le fil.

Elle reprit pourtant avec le même enthousiasme, comme si elle n'avait pas parlé depuis des semaines :

— Les menhirs, grâce à leur composition en granit, étaient idéaux mais ils n'étaient pas les seuls utilisés. Par la suite, il s'agit d'obélisques, de flèches et de clochers. Tous étaient des antennes. L'homme lui-même peut être une antenne grâce à ses bras et ses jambes...

— 'ttendez, 'ttendez, 'ttendez, je n'vous suis plus, là, interrompit Abel. Je ne vois pas comment les clochers des églises peuvent capter l'énergie de la Terre !

— Parce qu'ils attirent l'énergie tels des aimants. Pardon, je n'ai pas été claire. J'ai un peu perdu l'habitude de... parler. Enfin, je veux dire, cela fait longtemps que je n'ai pas parlé à une pers... un étranger, je veux dire.

— Je ne suis pas un étranger ! Je suis marocain d'origine, d'accord, et fier de l'être, mais français depuis ma naissance !

— Je ne voulais pas dire ça, s'excusa-t-elle. Je voulais dire... Qu'est-ce que je voulais dire ? Oh. Ça n'a pas d'importance. Il faut que je vous laisse. Je parle trop.

— Ce que vous me dites est passionnant... euh ? fit-il avec une expression suggérant une requête. Quel est votre nom ? Moi, c'est Abel, dit-il en tendant une main maculée de peinture.

— Je m'appelle Erika, glissa-t-elle timidement avec une révérence, avant de pivoter sur ses talons.

Elle partit à la hâte en lui disant de revenir encore.

Après les cours de la matinée, le lendemain, Katell se rua à la médiathèque, salua Mme Le Bouëdec, la responsable qu'elle connaissait bien, et se dirigea vers la salle média sur la gauche pour entreprendre ses recherches sur la Toile.

Ce réseau de Hartmann, en fait le réseau de Hartmann et Curie, était tout ce qu'avait dit la jeune femme. Elle apprit aussi que ces courants telluriques (car tel était leur nom scientifique) furent remis au goût du jour au début des années 1920 par un Anglais du nom d'Alfred Watkins. Il avait découvert d'anciennes voies rectilignes vieilles de plus de 4 000 ans (donc du néolithique, pensa Katell) partout dans la campagne anglaise. Ses soupçons furent éveillés quand il s'aperçut, en regardant une carte d'état-major, que des lignes droites reliaient les églises de…

— Alors Katell ? s'enquit soudain une voix douce derrière elle. Tu es encore en train de dépouiller cette Toile de ses araignées ?

La jeune fille leva les yeux vers une femme d'une quarantaine d'année, vêtue d'une longue jupe grise et d'un petit gilet rose pâle boutonné jusqu'au cou.

— Mme Le Bouëdec, oh, vous pourriez peut-être m'aider, supplia Katell avec un sourire.

— Bien sûr. Quelle est ton énigme cette fois-ci ?

— Vous connaissez des trucs sur le réseau Hartmann, vous, non ? Je me rappelle que vous m'avez dit avoir fait construire votre maison en fonction des courants…

— En fonction du Feng Shui, interrompit Mme Le Bouëdec. Oui, c'est exact.

Elle prit place à côté de Katell, replaça sa longue jupe et croisa les mains sur ses cuisses.

— Ces courants furent mentionnés pour la première fois en Chine, commença-t-elle avec son éternel sourire, ravie d'avoir quelqu'un pour l'écouter, dans des documents datant du règne de l'empereur Yu, aux alentours de 2200 avant notre ère.

Mme Le Bouëdec l'informa ensuite que ces documents furent retrouvés en 1937. Ils révélaient que cet empereur exigeait de ses sujets qu'ils décèlent « les mauvais esprits sur chaque terrain avant la construction de chaque édifice ». Il désignait ces courants énergétiques terrestres sous le nom de « Veines de Dragon ».

— Ce sont ces veines, ces courants, qui sont la base du code Feng Shui, enchaîna Mme Le Bouëdec d'un ton très savant. Il est basé sur cinq éléments : la terre, l'air, l'eau, le feu et le métal. Aucun bâtiment au Japon n'est construit sans l'avis d'un expert, aujourd'hui appelé géobiologue, qui va déterminer les endroits nocifs et les contrer avec des pierres, des miroirs, des paravents etc. Dans le folklore celte, ces courants sont représentés par la Vouivre, cette charmeuse de serpents vivant dans les marais. Une métaphore bien pittoresque, tu ne trouves pas ?

— Le serpent est un animal-symbole récurrent dans toutes les civilisations anciennes, remarqua Katell en prenant son air songeur.

— Oui, et je pense que nos ancêtres en savaient bien plus que nous actuellement sur ces courants telluriques.

— Que pensez-vous des menhirs ?

— C'est difficile à dire. Même si l'on pense qu'ils ont un rapport avec ces courants, ce n'est pas forcément le cas. C'était il y a presque 7 000 ans, Katell. Comment veux-tu que nous sachions réellement pourquoi ils sont là quand il ne reste plus rien que des pierres debout ?

— Et les marques retrouvées dessus ? Ces symboles de haches ?

— Ils ressemblent à des haches, oui, mais qui nous dit que ce sont vraiment des haches ? Peut-être que ce sont des marques qui démontrent le sens du courant qui passe dessous. Ou peut-être que cela veut dire tout autre chose…

Katell remercia Mme Le Bouëdec de son temps et de ses précieuses informations et retourna en cours l'esprit un peu ailleurs. Elle s'imaginait baignée de cette puissante énergie, elle se voyait guérir les gens, lire le futur, prévenir les catastrophes… Elle rêvassa tout l'après-midi.

Le soir, Katell s'en alla à son cours de gym, comme tous les jeudis depuis qu'elle avait accepté de participer aux compétitions d'athlétisme du collège.

Quand elle rentra, Morgane était présente pour dîner avec elle et Iniaki et avait même prévu de faire à manger.

— Un bon poulet rôti avec des frites au four ? dit-elle comme si elle allait préparer un dîner quatre étoiles. Ça vous tente pas ? Mmm, ça fait trop longtemps que je n'en ai pas mangé. Un bon plat traditionnel sans sauce… se régalait-elle d'avance.

Katell se cassait toujours la tête pour trouver des recettes un peu élaborées et la remarque de sa mère ce soir-là jeta un froid.

— Et ta journée ? interrogea alors Iniaki. Ça s'est bien passé ? Tu as eu des notes ?

— Non, sauf un 16 hier en maths.

— Et tu ne me l'as pas dit ? s'offusqua Morgane.

— Tu n'étais pas là.

— Et quoi d'autre ? demanda Iniaki pour ne pas leur laisser le temps de s'énerver.

— Rien, répondit Katell en prenant des pommes de terre pour les couper en frites. Ah si, j'ai parlé du Feng Shui avec la responsable de la MPF.

— Ce truc des Chinois ? fit Morgane en allumant le four et en y engouffrant le poulet sans rien dans un plat en terre cuite.

Katell expliqua à sa mère ce que c'était réellement. Celle-ci eut une moue impressionnée et dit :

— Et donc elle a fait venir un géologue pour sa maison, c'est ça ?

— Pas un géologue, un géo*biologue*, corrigea Katell, un tantinet agacée.

— Oh, je n'ai pas réussi à contacter mon collègue, au fait, dit Iniaki à son arrière-petite-fille. Si, rappelle-toi, quand nous avons parlé de la pensée, ce que c'était, et sa possible compréhension au travers de la physique quantique. (Katell opina). Eh bien, il semble qu'il ait disparu il y a une douzaine d'années de cela. Aucune trace. Ça m'étonne de lui. Qui sait, il avait peut-être des problèmes d'argent.

— Ou une maîtresse, fit Katell en regardant sa mère.

— Qu'est-ce que tu insinues ? répliqua Morgane sèchement. Je sors juste avec mes copines. Je ne vole pas le mari d'une autre !

Katell ne commenta pas.

La suite du repas se passa autour de discussions banales et l'adolescente passa la soirée à surfer le Web. Au bout de deux heures, ses yeux n'en purent plus et elle alla se coucher. Elle jeta un dernier coup d'œil à la lune. Elle était pleine. Son sommeil allait être agité, encore une fois.

Erika avait enfin accepté de rencontrer les amis d'Abel (il l'avait revue encore une fois et lui avait avoué qui il était réellement, ce qui ne l'avait pas surprise). Elle avait cependant exigé qu'elle les retrouvât chez lui. Elle ne voulait pas être vue en public, et que cela soit un après-midi. Ils s'étaient mis d'accord sur le premier week-end de novembre.

Les ados étaient donc chez Abel en ce samedi, assis dans le salon Art déco rempli de sculptures d'artistes contemporains ainsi que de peintures qui n'étaient pas s'en rappeler parfois l'influence de Kandinsky dans leur côté abstrait et les grands maîtres de la Renaissance dans leur luminosité. De la verdure éclaboussait les quatre coins de la pièce sous la forme de plantes vertes exotiques, une odeur fleurie planait dans l'atmosphère et une certaine quiétude transpirait en cet endroit. Les ados n'étaient encore jamais venus chez Abel et ils admirèrent tous longuement les œuvres éparpillées dans la pièce aussi lisse qu'une page de magazine.

— Ouaaah, s'émerveilla Katell qui n'avait jamais été invitée car Abel était quelqu'un de privé, malgré les apparences. Je ne m'imaginais pas ta maison comme ça.

— Ma mère est une artiste, répondit le garçon fièrement. C'est elle qui a décoré et peint ce qu'il y a aux murs partout dans la maison. Ici, c'est plutôt sa période abstraite. Dans la cuisine, c'est plutôt sa période portrait.

Soudain la sonnerie retentit, un son mélodieux qui les fit pourtant sursauter. Abel se dépêcha d'aller ouvrir et les autres prirent place sur le canapé en cuir orange.

Erika tenait un petit sac dans ses doigts crispés lorsque la porte s'ouvrit. Elle était habillée tout de rouge encore et elle semblait désorientée. Katell remarqua qu'elle avait toujours ce collier pointu sous son pull à col bateau.

Erika hésita avant d'entrer. Ses doigts se détachèrent de leur emprise au moment où Abel lui présenta ses amis. Puis elle se retourna vers le garçon et le remercia d'un sourire.

Ce qu'il vit le fit reculer de surprise.

Il lui avait semblé que ses yeux en amande avaient légèrement changé de forme un instant, et de couleur aussi. Cela avait été presque imperceptible mais il aurait juré que... que quelqu'un d'autre était là.

Cela n'avait aucun sens et il chassa cette pensée incongrue de son esprit.

Erika ne travaillait pas vraiment pour le C.N.R.S., leur avoua-t-elle nerveusement, une fois qu'Abel l'ait fait entrer et qu'il ait distribué les boissons.

— Pour qui alors ? questionna Katell.

La jeune femme ne pouvait vraiment en dire plus. Elle sortit alors quelque chose de son sac, quelque chose enveloppé dans du tissu blanc, de la grosseur d'une orange. Elle exhiba ensuite l'objet au vu et su de tous : c'était rond ; ce n'était pas en métal, or cela avait la consistance de l'acier ; ce n'était pas organique non plus et pourtant, les ados ressentaient comme un pouls s'ils le touchaient ; cela ne sentait rien, ce n'était ni chaud, ni froid.

Ils étaient perplexes.

— Le nom de cet objet n'existe pas dans notre langue, dit Erika, et peu de personnes l'ont vu. Il s'agit en fait d'un instrument de musique. Une musique un peu particulière.

Au moment où elle finissait sa phrase, la boule se déforma sous son toucher pour se recomposer en un objet ressemblant vaguement à une mini harpe à corde unique, avec une sorte de pan concave de résonance attaché à son extrémité proéminente. Ébahis, les adolescents en restèrent interdits.

— C'est de la magie... murmura finalement Ronan.

— Arthur C. Clarke a dit un jour, déclara Erika, "Toute science suffisamment avancée est indiscernable de la magie".

Elle expliqua alors que cet objet provenait du temps où la musique était une science et...

— La musique ? interrompit Abel. C'est pas une science, ça, la musique !

— La musique n'était pas, à l'origine, un simple tas de notes assemblé de façon à faire joli, développa Erika d'une voix plus détendue. Pythagore, que vous connaissez pour son fameux théorème, considérait la musique comme "une représentation sonore du mouvement des planètes", car pour lui, tout génère un son. Afin de bien comprendre ce que je vais vous dire, il faut que vous visualisiez la musique comme ayant de plus grandes ambitions que de plaire aux oreilles : au départ, elle se voulait stimulatrice, reproductrice, égale de la perfection céleste – c'est pourquoi on parle de perfection mathématique lorsque l'on évoque Mozart, Beethoven, Hændel... Ils déploient tous des procédés numériques pour créer leur musique. Le nombre de notes, de mesures, de percussions, de voix n'est jamais fortuit. Et il faut remonter loin dans le cours de l'Histoire pour comprendre.

Erika poursuivit par l'explication des sept sciences pratiquées par leurs ancêtres, des disciplines enseignées par les Grecs et les Romains, et qui ressurgirent au quatorzième siècle, au début de la Renaissance. L'un des instigateurs fut un Français du nom de Jean de Mur, né en 1290 et mort en 1350. Il découvrit que ces sept sciences se composaient en deux groupes : le *trivium* et le *quadrivium*.

— Le *trivium* regroupe la grammaire, la rhétorique et la dialectique, précisa Erika. En somme, les sciences du langage. Et qui dit langage, dit son. Le *quadrivium*, quant à lui, regroupe l'arithmétique, la géométrie, l'astronomie et la musique. Vous voyez, je n'ai rien inventé. La musique est composée de sons et ces sons sont des ondes, des vibrations. N'avez-vous jamais vu ces chanteuses d'opéra pouvant briser des verres en cristal du simple son de leur voix ? Eh bien, avec l'aide d'instruments particuliers comme des trompettes, des cors, des gongs, des tambours, le champ magnétique et les atomes des pierres peuvent aussi se modifier – c'est, entre autre, une des choses que nous avons découvertes avec la mécanique quantique, en étudiant le subatomique. Ainsi, ces pierres ne pèsent pas plus lourd qu'une plume et il est alors possible de les soulever.

Mel rit dans son nez, lèvres fermées.

Erika reposa son regard sur l'objet qui s'était ouvert et tira la corde à un tiers de sa hauteur environ. Le son qui fut émis était si sourd que les adolescents n'avaient presque rien entendu. En revanche, ils avaient ressenti d'étranges vibrations en eux.

— Des hiéroglyphes égyptiens décrivent des instruments de musique autour de la construction des pyramides, reprit Erika. Comment peut-on être d'une certitude catégorique quant à leur usage ? Selon les légendes des Maya en Amérique centrale, leur cité de Uxmal sur la péninsule du Yucatan aurait été construite grâce au son de leur voix : ils sifflaient d'une certaine manière et pouvaient ensuite soulever les pierres.

— Ce qui expliquerait pourquoi ils connaissaient la roue mais ne l'utilisaient pas alors… nota Katell.

— Tout à fait. Dans la mythologie grecque, Amphion, un fils de Jupiter, était capable de soulever d'énormes pierres grâce aux notes de sa lyre. Vous voyez, il ne faut pas croire que la musique est simplement un plaisir auditif. Elle avait une fonction bien précise.

— Trop cool ! s'extasia Abel. J'pourrais balancer mes frangines à la flotte sans m'payer un lumbago !

— Ce ne sont que des suppositions, biffa Mel. Elle n'a aucune preuve.

Erika reprit le petit objet, empoigna le sac de Mel qui devait peser environ six kilos et le déposa devant l'instrument de musique. Là, elle se mit à composer trois notes graves qu'elle répéta sept fois.

— Soulève-le maintenant, ordonna-t-elle à Mel.

Mel le saisit et le reposa immédiatement.

— Quoi ? fit Katell en s'emparant à son tour du sac, s'attendant à ce qu'il fasse son poids…

Elle balança tout le contenu au-dessus d'elle.

Il ne pesait rien.

Erika reproduisit l'expérience et les garçons purent soulever n'importe quel objet en dessous de dix kilos avec ce simple instrument. Mel restait muette.

— Certaines trompettes retrouvées, par exemple, auraient pu servir à tout autre chose, alors ? s'emballa Katell. C'est comme si des générations futures se retrouvaient devant une cathédrale, disons qu'ils ont tout oublié de notre civilisation, et ils trouvent des ossements dans le sous-sol. Ils penseront peut-être que c'étaient des tombeaux pour des gens importants. Ou alors, ils tombent sur une fourchette et comme eux ne s'en servent pas, mais utilisent des baguettes, ils vont croire que…

— Oui, Kat, c'est bon, on a compris ton raisonnement, coupa Mel qui se leva pour se prendre un verre d'eau.

Dans la cuisine, un haut verre rempli à ras bord dans les mains, Mel admira les quelques photos aimantées sur le frigo rétro-moderne : une montrait Abel avec ses six sœurs (dont deux paires de jumelles, l'une identique, l'autre non) en train de jouer autour d'une piscine ; une autre avec leur mère et une amie aux cheveux aussi roux que ceux d'Anaïg sur une montagne enneigée ; quelques paysages sublimes du Maroc…

— Oh, fit soudain une voix de garçon derrière elle.

Mel avait failli renverser son verre d'eau en sursautant, râla un coup et se retourna pour faire face à Ronan.

— Qu'est-ce que tu penses de tout ça ? lui demanda-t-elle moins sèchement que d'ordinaire.

— Ben… euh… On a bien vu que ça marche, moi, ça me suffit.

— Je ne la sens pas, moi, cette nana.

— Excuse-moi, si je peux me permettre… Tu ne peux pas "sentir" beaucoup de gens…

Mel se raidit. C'était la première fois que quelqu'un d'autre que Katell lui faisait une remarque sur son attitude. Abel la tannait toujours mais c'était tout.

— Elle me donne la chair de poule, se justifia-t-elle tout en se redonnant une contenance. Il y a quelque chose de pas normal chez cette fille, je te dis. Observe ses yeux.

Elle sortit de la pièce promptement.

Ronan soupira, secoua la tête et retourna dans le salon en oubliant ce qu'il était venu prendre dans la cuisine.

— … planète est en proie à de perpétuels bombardements d'énergie céleste, continuait Erika devant son auditoire captivé. Chaque étoile a sa place dans l'univers et exerce une influence sur les autres astres. D'où l'astrologie, dit-elle en roulant légèrement des yeux.

— Oui, on sait ça, dit Katell.

— Eh bien, le champ magnétique a lui aussi une influence sur nous.

Erika leur démontra qu'il était existait à cause du noyau de la Terre, lequel avait en son centre quelque chose de très dense que les scientifiques actuels n'étaient pas en mesure de définir. Certains avançaient qu'il pourrait s'agir d'un cristal très pur. Les savants ne pouvaient que remarquer que ce champ magnétique protégeait cette planète des radiations meurtrières du soleil, qu'il permettait aux oiseaux migrateurs, aux dauphins, aux baleines, aux fourmis de se repérer et de se diriger sur la planète, et enfin qu'il était également responsable des aurores boréales et australes lorsque les radiations du soleil entraient en contact avec lui.

— Le Nord géographique n'est pas situé au même endroit que le Nord magnétique, fit remarquer Katell. Ce dernier se déplace sans cesse, non ?

— Cela est correct, confirma Erika. Il se situe actuellement dans le Nord du Canada, près des Iles Elisabeth. Il y a 92 000 ans, il était dans le Yukon lorsqu'une catastrophe se produisit et qu'il passa dans la baie de Hudson, toujours au Nord du Canada. Il bouge sans cesse, parfois de façon négligeable, parfois de façon dramatique…

— Vous pensez que les maisons hantées ne pourraient être que le résultat de ce magnétisme ? s'enquit Abel qui adorait ce genre d'histoires.

— Pourquoi pas. Qui sait ce qu'il peut faire dans un endroit énergétiquement puissant… D'ailleurs… je pourrais vous montrer nos installations. Personne ne travaille dans la journée. Nous ne sommes actifs que du crépuscule à l'aube, moment où l'énergie est la moins polluée par l'activité humaine.

Katell accepta immédiatement et les autres la suivirent malgré quelques réticences de la part de Mel. Erika les pria de la retrouver à l'embranchement où était installée la pancarte dans une demi-heure et elle partit en leur laissant le petit instrument qui se referma aussi mystérieusement qu'il s'était ouvert.

— Alors, tu as fais gaffe ? demanda Mel à Ronan.

— Fais gaffe à quoi ? interrogea Katell.

— Ses yeux !

— Ah, toi aussi tu as remarqué ?! s'exclama Abel.

— Remarqué quoi ? insista Katell.

Abel rapporta ce qu'il avait cru voir quand Erika était entrée. Mel confirma.

— Plusieurs fois dans la conversation, j'ai remarqué un truc bizarre, dit cette dernière en fronçant les sourcils, comme si elle n'était pas seule... Je sais, je sais, ça n'a pas de sens et je n'arrive pas à croire que je suis en train de dire une chose pareille...

— Mais tu as *vu* quelque chose, dit Katell.

— Oui. Et ça m'a un peu foutu les chocottes, si tu veux tout savoir.

— Je suggère qu'on aille à son rendez-vous pour tenter d'éclaircir cette énigme, dit Ronan. On est quatre contre une, il ne peut rien nous arriver.

Erika était déjà là quand ils arrivèrent. Elle les invita à la suivre sur le chemin caillouteux bordé de hauts sapins parasols et ils rejoignirent, au bout d'une centaine de mètres, l'entrée du complexe.

Le Géant du Manio et son quadrilatère étaient recouverts de bulles immenses – Katell n'avait pas réalisé l'ampleur du site. Elle demanda où logeait le personnel et la jeune femme répondit un vague « Dans des hôtels aux environs d'ici » en passant sa main sur une plaque vitrée vert bouteille. Ensuite, son iris fut scanné par une caméra, sa salive prise en échantillon et son A.D.N. finalement confirmé. La porte s'ouvrit.

— Eh ben dis donc, fit Abel en battant l'air d'une main, on ne rigole pas avec la sécurité ici.

— Nos expériences sont... confidentielles, dit la jeune femme avec une pointe d'embarras.

Quand ils entrèrent dans le complexe, ils stoppèrent tous net. Ce qu'ils avaient devant leurs yeux ne ressemblait à aucun équipement scientifique connu. Ce que Katell avait pris pour des ordinateurs était en réalité des écrans de plasma, ou ce qui ressemblait à du plasma, reliés par ondes radio aux électrodes collées sur le menhir. Ce qui pendait de la pierre levée n'était pas des fils mais des faisceaux transportant une énergie luminescente qui se faufilait dans les airs jusqu'à toucher des machines biscornues, arrondies, qui ne leur disaient rien.

— Cet équipement est d'une technologie très différente de celle que vous pourriez trouver dans un laboratoire… classique, annonça la jeune scientifique nerveusement. Je ne devrais pas vous montrer tout cela.

— Pourquoi le faites-vous alors ? interrogea Mel, l'air dubitative.

— Parce que je ne vois rien de confidentiel dans ce que nous faisons, cela devrait être connu de tous, décréta-t-elle en passant la main droite sur une console qui s'illumina de violet.

— Pourquoi vos patrons sont-ils opposés à cela ? demanda encore Mel.

— Parce qu'ils ne veulent pas que cela soit connu.

— Oui, ça j'ai bien compris, mais pourquoi ?

Le Géant du Manio se mit soudain à briller sombrement. Les ados firent volte-face, légèrement mal à l'aise.

— Je ne peux vous dire… répondit-elle avec une frayeur dans les yeux maintenant, tout en continuant de passer ses doigts en des endroits précis de la console. En revanche, je peux vous montrer.

Le menhir dégagea alors une sorte d'aura irisée. Des rayons s'élevèrent de sa base et entourèrent la pierre comme autant de guirlandes qui se collèrent contre elle avec un bruit de ventouse. Erika se rapprocha de la pierre, leva les bras et les rayons commencèrent à la pénétrer par les mains et les jambes. Les ados purent voir une phosphorescence lui traverser le corps et s'insinuer dans son cerveau. Puis elle se figea.

— COUCHEZ-VOUS ! leur ordonna-t-elle en arrêtant l'expérience.

Ils obéirent sans poser de questions. Abel se cogna contre une table en métal et fit tomber un objet. Le bruit sourd fut presque inaudible et il poussa un gros soupir, quand la porte s'ouvrit. Un homme d'une vingtaine d'années entra. Katell le reconnut immédiatement. Il s'agissait du Matthieu qui avait menacé

Erika. Celle-ci ne bougea pas de sa cachette derrière le menhir.
Le jeune homme inspecta la salle des yeux et s'en alla.
Au bout de quelques secondes, Erika les autorisa à se lever.
— Il faut partir, décréta-t-elle, le ton militaire. Il sait que
nous sommes là, il va revenir avec les autres.
— Quels autres ? demanda Katell.
— Ce n'est pas le moment, dépêchez-vous ! Vous n'avez pas
beaucoup de temps ! Je vous guiderai.
Sur ce, elle se volatilisa.
Incapables de bouger le moindre doigt, les adolescents
restèrent là jusqu'à ce qu'ils entendent des pas dehors. Ils
reprirent leurs esprits et se ruèrent vers la sortie derrière le
menhir.
— Il faut qu'on se sépare, chuchota Katell d'une voix de
commandante. On ne peut pas rester groupés. Mel, avec moi !
Elles s'enfuirent du côté du centre équestre afin de récupérer
leurs scooters et les garçons, eux, partirent par les bois.

Il ne s'était pas passé dix secondes que les filles entendirent
les pas de course de leurs poursuivants au loin. Elles n'avaient
pas le temps d'aller jusqu'au parking et une fois sur la piste de
dressage du centre équestre, Katell hurla :
— LES CHEVAUX !
— T'es cinglée ! s'horrifia Mel. Heeeeey, atteeeends !
Katell s'était déjà emparée d'un cheval fauve qui broutait son
foin paisiblement.
— Alleeez ! ordonna-t-elle une fois sur sa monture.
Mel approcha un cheval moucheté. Il tenta de s'enfuir. Elle
râla puis entrevit deux hommes habillés de rouge bordeaux, le
visage caché sous un masque sans orifice. Elle planta son regard
dans celui du cheval, lui ordonna de rester calme, lui agrippa la
crinière et, d'un bond, fut sur son dos.
— YAAAAAH ! cria-t-elle en rejoignant Katell sur la route
sinueuse, d'un galop effréné.
Elles n'entendirent la voiture qui les poursuivait qu'une fois
qu'elle fut à un mètre d'elles.
— SUIS-MOI ! hurla de plus belle Katell en virant

brusquement sur la droite.

Elle sauta la barrière et longea le point d'eau jusque dans la forêt.

Elles prirent ensuite la direction de Rosnual et arrivèrent à la Départementale 119 par les champs. Erika les attendait là !

— Par-là, leur ordonna-t-elle en indiquant l'ouest.

— Comment vous saviez que nous serions...

Katell fut coupée par la jeune femme qui l'implora de se presser, elles n'avaient pas le temps.

— Ils sont à vos trousses. Ils vous retrouveront à moins que vous ne partiez mainten...

— DERRIÈRE TOI ! beugla Mel en pointant son doigt sur la voiture qui arrivait en trombe.

Elle fouetta sa monture de ses pieds et fila en direction de Plouharnel. Katell la suivit sans se préoccuper d'Erika. Elles chevauchèrent à travers champs, passèrent entre Kerlann et la cité du Runel, contournèrent la ville pour passer au sud du hameau de Henlis et se retrouvèrent devant la voix de chemin de fer. Là, elles s'arrêtèrent.

— Quelle direction ? demanda Mel d'une voix alarmée.

Katell esquissa un sourire fripon.

— Le menhir du Vieux Moulin n'est pas loin. On passe au sud, on traverse la départementale 781 et on rejoint la dune, ouais ?

— Je le crois pas ça ! fit Mel, béate. Ça te divertit tout ça ? Je te signale qu'on a des types pas normaux du tout aux fesses et toi, ça t'amuse ?!

— Arrête un peu ! reprocha Katell avec un petit rictus. On peut les semer fastoche !

— Non, je crois que tu n'as rien compris à ce que je viens de di...

— Meeeeeel !

— Quoi ?! s'épouvanta-t-elle.

Katell pointa la route. Une voiture arrivait à toute allure.

Elle asséna un coup brusque sur les flancs de son cheval et hurla à Mel de la suivre : ils les avaient retrouvées !

— Mais c'est pas possible ! C'est qui, ces types ?! maugréa

Mel en frappant sa monture et galopant de nouveau à travers les habitations et les champs.

Elles se faufilèrent entre Kerfourchel et Kerbéren, évitèrent Sainte Barbe et rejoignirent les Dunes domaniales de Quiberon au niveau de la centrale éolienne. Quarante machines d'une taille monumentale mangeaient tout l'horizon, en partant de l'île de Roëlan jusqu'au minuscule îlot des Pierres noires. Les éoliennes dodelinaient de leurs pales gigantesques au rythme du vent qui s'était fortement levé. Un brouillard de mer s'était formé au loin.

Erika les attendait entre le nouvel observatoire et la base de sports nautiques.

— Pffiouu ! souffla Katell une fois à sa hauteur. Quelle frayeur ! Comment saviez-vous que nous serions là ? Et tout à l'heure auss…

— Et qu'est-ce que c'est que ces tours de magie à apparaître et disparaître comme vous le faites ? exigea Mel.

— Vous n'avez pas le temps ! supplia la jeune femme aux yeux en amande. Vous devez partir par-là ! dit-elle en montrant la centrale.

— Et comment est-ce qu'on y va, dans ces éoliennes… ? demanda Mel, mains sur les hanches.

Erika pointa le groupe de trois jeunes qui venaient de sortir de la base nautique avec des jet-skis dernier cri.

— Ils vont nous donner leur scooter gentiment, bien sûr… railla Mel.

— Suivez-moi ! commanda Erika. Nous n'avons pas une minute à perdre.

Elles entendirent le crissement de pneus et elles décampèrent rapidement, laissant les chevaux en liberté. Alors qu'elles couraient vers les jeunes, Erika lança sa main devant elle et une sorte de déformation de la matière en sortit, en forme de tube qui se divisa en trois et frappa le front des trois jeunes gens. Ceux-ci s'effondrèrent au sol instantanément.

— Vous les avez tués ! s'épouvanta Mel.

— Assommés, seulement, corrigea Erika tout en courant. Dépêchez-vous !

— Comment ça ? C'est pas encore fini ?!

Une fois au niveau des véhicules, Erika leur ordonna d'en prendre un pour elles deux et de partir du côté de la centrale.

— Après cela, tout ira bien, promit-elle en disparaissant à nouveau.

— Grrrrr ! pesta Mel. Qu'est-ce qu'on est supposées fair…

— À toi le volant ! décida Katell en la poussant sur la machine.

Les hommes arrivaient sur la dune. Ils étaient deux. Le premier leva sa main comme Erika l'avait fait.

— Viiiiite ! implora Katell en voyant Mel chercher le bouton de démarrage. Tu es la seule à savoir conduire ces trucs-là !

— Je ne connais pas ce modèle ! paniqua-t-elle en trifouillant les boutons. Ah, ça y est ! Accroche-toi !

Le scooter partit en dérapages incontrôlés et fila à toute allure en direction des éoliennes.

Mel sentit tout de suite que quelque chose n'était pas normal. Le vent était devenu plus violent, la mer s'agitait et elle vit les goélands se rassembler juste au-dessus d'elle. Ils paillaient dans un vacarme assourdissant. Là, elle vit une ombre dans l'eau.

Ses yeux s'écarquillèrent. Cela ressemblait à une immense flaque lactescente.

Un bruit de moteur de hors-bord se fit entendre derrière elles et Mel releva la tête pour éviter une éolienne de justesse.

— PLUS VIIIIIIIITE ! s'égosilla Katell alors que les rafales menaçaient de les déséquilibrer à chaque moment.

Mel ne répondait pas très bien au stress et elle faillit les renverser plusieurs fois. Les goélands s'étaient mis à hurler tous ensemble puis s'arrêtèrent d'un coup. Le bruit de l'autre moteur parvint jusqu'aux filles. Katell s'accrocha solidement aux poignées. Si elles s'éclataient contre l'un des poteaux des éoliennes, c'en était fichu d'elles…

— SUR LA DROITE ! brailla Katell en voyant une ombre noire s'approcher.

À ce moment-là, une vague immense souleva le scooter et le projeta vingt mètres plus loin, un WOOOOUFFF passant au-dessus de leur tête au moment où elles atterrirent.

— LES PALES DES ÉOLIENNES ! s'époumona Mel. BAISSE LA TÊTE !

Le bruit des pales et le vent couvrait celui du moteur du bateau. Il leur était impossible de savoir précisément où il pouvait se trouver désormais. Les vagues gonflaient à mesure que le vent soufflait en rafales plus déchaînées. C'est alors que Mel revit l'ombre dans l'eau, une ombre ondoyant comme une raie manta, mais blanche et longiligne. Elle se sentit étrange tout à coup, comme protégée. La forme ondula encore quelques secondes, s'étira pour former une sorte de bras qui pointait vers une direction perdue dans le brouillard.

L'adolescente secoua la tête. Elle était trempée, elle commençait à grelotter, son imagination lui jouait des tours.

Les bourrasques faisaient vibrer l'acier des mâts et les verrous craquèrent dangereusement sous la pression excessive. Claquant des dents comme des castagnettes, Katell faisait toujours plus ou moins le guet. Elle ne réussissait pas à concentrer sa vision. Ses membres s'engourdissaient.

Mel lui cria dessus pour qu'elle tienne le coup. Elle slalomait comme une dératée, évitant de justesse les pieds des éoliennes quand un rayon rougeâtre passa près de sa tête.

— ILS NOUS TIRENT DESSUS ! rugit Katell. FAIS QUELQUE CHOSE !

— ET TU CROIS QUE JE SUIS EN TRAIN DE FAIRE QUOI, LÀ, DU RODAGE ?!

Le brouillard sembla soudain moins épais sur sa gauche, comme si un couloir se formait. L'ombre blanche réapparut, détendit un long bras pour montrer le chemin qui s'ouvrait devant elle. La jeune fille se rua vers l'ouverture quand le hors-bord transperça le brouillard et fut si proche qu'elles crurent leur moment venu.

Mel poussa le moteur à fond. Une vague approcha derrière elles et les poussa à une vitesse vertigineuse. Le scooter fut propulsé comme une fusée vers l'avant et atterrit cinquante mètres plus loin.

Un autre rayon les évita de peu et frappa les éoliennes. En un éclair, Mel vira sur la droite et fit le tour d'un des pieds, vira ensuite sur la gauche et suivit ce couloir où la visibilité était meilleure. Les hommes les talonnaient, brandissant ce qui ressemblait à leur arme. Ils étaient presque impossibles à voir tant le brouillard était à couper au couteau. Katell entrevit l'un d'eux pointer un objet vers elles.

— ATTENTIOOOOON ! vociféra-t-elle en se penchant sur le côté.

Il tira encore. Le faisceau frappa le mât d'une éolienne déjà endommagé et un bruit de métal se contorsionnant commença à se propager.

Le « *woufff* » des pales s'arrêta.

Comme une quille de bowling dont la chute est filmée au ralenti, l'immense structure se mit à vaciller dangereusement du côté où elle allait tomber, qui était juste l'endroit où les deux filles se situaient.

— ACCROCHE-TOI ! cria Mel.

La gigantesque éolienne s'écrasa dans un bruit assourdissant, à deux mètres derrière elles. L'onde de choc de l'eau les envoya valser à une centaine de mètres plus loin encore. Il s'en fallut de peu pour qu'elles ne chavirent. Tout à coup, comme par enchantement, le brouillard se leva, le vent se calma, le soleil fit son apparition et la tempête partit vers l'horizon.

Mel rabaissa les yeux vers l'eau. La forme blanche s'était volatilisée.

Elle stoppa le scooter des mers. Frigorifiées et terrifiées, les deux ados contemplaient le tronc d'une des éoliennes brisé en deux dériver avec les courants. Trois autres machines avaient été démolies. Il n'y avait plus aucune trace de l'embarcation, ni de leurs poursuivants, ni plus aucun nuage, ni la moindre brise. Au loin, elles purent voir le groupe de jeunes se relever, s'interroger les uns des autres du regard, puis, s'apercevant du spectacle de démolition au loin, rester pantois un long moment.

Mel scrutait la surface de l'océan quand Katell lui demanda ce qu'elle cherchait.

— Tu n'as rien vu ? fit Mel d'un air intrigué.

— Vu quoi ?

— Tu n'as rien senti ?

— Senti quoi ? De quoi tu parles ?

— Pendant la poursuite, j'ai eu l'impression d'être... Non, c'est ridicule.

— Non, non, dit Katell en claquant des dents, dis-moi.

— C'était rien. Oublie.

La mer était redevenue aussi lisse que de l'huile. Mel remit les gaz et elles arrivèrent à une plage où elles laissèrent le scooter en plan. Elles commencèrent à marcher vers les terres pour trouver une route. Katell appela les garçons quand elle reconnut l'endroit.

Ceux-ci les rejoignirent au niveau d'Étel, à une quinzaine de kilomètres de leur point de départ, une demi-heure plus tard, l'air complètement affolés. Ils se racontèrent leurs frayeurs respectives – les garçons avaient réussi à les semer bien plus tôt et étaient retournés sur Carnac.

— On n'a pas arrêté de vous appeler ! reprocha Abel en caressant les épaules congelées de Katell. Comme on n'avait aucune connexion, on est allés au Triskell et on a attendu.

— Bon, je crois qu'il est temps de faire un point sur la situation, dit-elle d'un ton de patronne. On va au Triskell.

Une fois au bar, une boisson chaude devant eux, le conseil débuta.

— Erika est de toute évidence capable de ces pouvoirs dont Rose nous a parlé, commença Katell en gardant ses mains gelées sur sa tasse. Il est également évident que ses collègues le sont aussi. Et il est encore évident qu'il se passe des choses vraiment pas normales.

Elle fit une pause pour les regarder tous les trois, les uns après les autres.

Mel ne disait rien. Elle ne lui avait pas dit pour la vision dans l'eau car elle mettait cela sur le compte d'une hallucination due au froid et à la panique.

— Il est temps que nous prévenions la police, décida Katell.

— Tu penses vraiment qu'ils vont te croire ? douta Mel, la tête légèrement penchée sur le côté.

— On ne peut pas ne rien faire, si ?!

— Je suis d'accord avec Mel, dit Ronan sans regarder cette dernière. On ne peut pas débarquer comme ça au commissariat avec une histoire pareille. C'est l'H.P. d'office.

— Ronan a raison, loua Abel. On peut peut-être prévenir les journaux d'un coup de téléphone anonyme par contre, non ? Eux sont plus aptes à fouiner.

— Non, pas de journalistes non plus, opposa Katell. Ils sont pires que les flics.

— Dans ce cas, il nous faut des preuves, trancha Ronan. Et je ne veux pas dire mais… on n'a rien du tout, à part ce petit instrument de musique qui ne prouve rien vu qu'on ne sait même pas comment l'ouvrir.

— On risque même de croire qu'on l'a volé, approuva Mel.

Ronan fut surpris. Cela lui donna confiance dans ce qu'il dit ensuite :

— Il faut faire une enquête auprès du C.N.R.S. pour découvrir pour qui elle travaillait.

Les trois autres ratifièrent la décision par un signe de tête. Katell fut saisie par la volonté qui se dégageait de la voix de Ronan. À cet instant, leurs vidéophones se mirent à vibrer. Katell fut la première à prendre le sien.

— Un message inconnu, s'étonna-t-elle. Oh, ah non, c'est Rose. Rose ?! Je croyais qu'elle n'avait pas de téléphone ! Et comment a-t-elle eu nos numéros ?

Le visage holographique de Rose se matérialisa lorsque Katell commanda la lecture du message.

— C'est elle, la sorcière ? s'informa Abel en arquant les sourcils. Elle n'a pas l'air bien méchante.

— Ne jamais se fier aux apparences, lui rappela Mel.

Rose leur demandait de venir immédiatement. Mel n'était pas d'accord ; après tout, ils ne l'avaient vue qu'une seule fois et ils n'avaient pas su comment ils avaient atterri chez elle.

— C'est un peu bizarre qu'elle nous appelle maintenant, non, vous ne trouvez pas ? fit-elle remarquer.

— Elle est capable de choses qu'on ne comprend pas, défendit Katell, et moi j'ai bien l'intention de savoir ce que c'est. En plus, si on peut découvrir comment utiliser notre cerveau, moi, je ne veux pas rater ça. Tu te rends compte ? On va pouvoir enfin savoir ce qu'il est capable de faire ? Faut pas manquer une occase pareille !

— Ce n'est pas une sorcière, appuya Ronan. Elle n'est pas dangereuse, tu l'as bien vu.

Mel refusait de les écouter. Toutes ces émotions l'avaient rendue inerte, engourdie, elle n'arrivait plus à penser. Elle eut un vertige.

— Ça va pas ? s'inquiétèrent Katell et Ronan en même temps.

— Si, si, répondit-elle en se massant les tempes.

— Encore une sinusite ? supputa Katell en se rapprochant d'elle pour l'étreindre.

Mel posa sa tête sur l'épaule de son amie. Elle voulait lui dire ce qui s'était passé pendant leur virée dans le champ d'éoliennes. Elle se retint. Abel aurait encore fait une remarque désagréable si elle racontait cela devant eux et elle ne voulait pas lui tendre cette perche. Katell lui embrassa sa joue glacée et lui promit de l'appeler quand ils auraient fini avec Rose.

— T'es sûre que ça va aller ? insista Ronan avec une expression ennuyée. Je peux rester avec toi, si tu veux.

La générosité qui avait émané du garçon l'avait troublée quelque peu. Mel bafouilla que tout allait bien et qu'ils pouvaient partir l'esprit tranquille. Elle avait juste été choquée par tout ce qui venait de se passer. Elle avait besoin de se retrouver seule et si possible d'oublier tout cela.

Quand les ados arrivèrent au site de la Chaise de César, il se reproduisit la même chose que la fois précédente : Rose semblait les téléporter chez elle. Katell profita des événements pour tenter d'obtenir des explications tout en racontant ce qui s'était passé avec Erika.

— Se téléporter, tu dis ? s'exclama Rose. Vraiment ? Tu es sûre de toi ?

Katell hocha la tête en affirmant que Mel était avec elle et qu'elle avait tout vu.

— Et tu dis qu'elle a "envoyé un rayon par sa main" ? répéta Rose.

— Oui.

— Très étrange…

— Pourquoi ? s'étonna Ronan. Vous semblez bien faire des trucs pas tout à fait ordinaires, je dirais.

Rose ne répondit pas tout de suite.

— La planète est en proie à de perpétuels bombardements d'énergie céleste, dit-elle de sa voix ensorcelante, chaque étoile ayant sa place dans l'univers et exerçant une influence sur les autres astres.

Les adolescents furent un instant glacés. Elle répétait les mots d'Erika !

Rose hocha la tête et leur expliqua qu'elle ne faisait que ressentir leur mémoire. C'était quelque chose qu'ils seraient capables de faire un jour. Pour l'instant, elle avait besoin de leur en dire plus car Erika n'avait pas révélé toute la vérité.

— Lorsque ces ondes terrestres rencontrent les ondes cosmiques, alors elles affectent ce qui se trouve à cet endroit, humains comme animaux ou végétaux, reprit-elle. C'est une sorte de bain d'ondes bénéfiques. Ces ondes, ces particules, ces atomes sont interdépendants et ils nous affectent de la même manière que nous affectent tous ces mâts pour téléphones cellulaires – eux sont nocifs, en revanche. Des édifices comme Stonehenge, par exemple, étaient des conducteurs d'énergie. Si tu te plaçais en son centre à des moments précis de l'année et du jour, tu pouvais recevoir une sorte de bénédiction cosmo-tellurique. Et cela peut provoquer des… altérations génétiques.

— Des altérations génétiques ? répétèrent les trois adolescents en symbiose.

— Je pense que c'est ce qu'elle voulait vous montrer. Ces ondes peuvent être bénéfiques, comme je vous l'ai déjà dit, nota Rose en essayant de rester claire, et elles permettent, comme les aliments que vous consommez, de changer votre métabolisme, d'avoir une incidence sur votre sommeil, vos rêves, de vous permettre d'utiliser votre cerveau au meilleur de ses capacités, de développer votre conscience jusqu'à un niveau élevé…

— Que voulez-vous dire par "niveau élevé" ? demanda Katell. Il y a plusieurs niveaux de conscience ?

— Selon les spirituels, chaque être est doté de 3 % de conscience à sa naissance, ce qui lui permet d'être conscient de son existence, d'avoir un peu d'intuition, de voir ses rêves. À sa mort, il aura atteint 6 %.

— C'est rien du tout, ça !

— Einstein avait atteint 11 %, dit Rose tranquillement.

— C'est tout ? s'étonna Ronan.

— C'est déjà énorme.

— Il est possible d'atteindre 100 % ? interrogea Katell d'un air avide.

— Des êtres comme Jésus, Bouddha, Abraham l'auraient atteint. Si vous atteignez 50 %, vous êtes alors déjà qualifié de Maître. Vos cinq sens sont sublimés. Vous pouvez toucher les étoiles.

Les adolescents étaient abasourdis.

— Et vous ? s'enquit Abel, intimidé par cette femme.

Rose ne souffla mot. Au lieu de cela, elle les regarda avec un sourire plus énigmatique que celui de la Joconde.

— Vous pensez que nous pouvons atteindre un niveau plus élevé qu'Einstein ? espéra Katell.

Rose hocha la tête respectueusement.

— Comment ?! haleta la jeune fille dont les grands yeux turquoise avaient doublé de taille.

— Par mon enseignement éclairé, répondit la vieille femme cérémonieusement. Mélusine et Katell sont déjà au moins à 4,5 %, je l'ai senti tout de suite. Quant à vous, les garçons, vous n'êtes pas loin derrière. La méditation est une des techniques qui vous permet de rendre vos capacités spirituelles malléables et donc de les développer plus facilement. Les Anciens pensaient que nous ne voyons pas seulement avec les yeux mais aussi avec notre esprit, là (elle posa son index au milieu de son front, à un centimètre au-dessus des yeux, au début de la ligne du nez). À cet endroit, se trouve une glande d'une importance primordiale, la *glande pinéale*. Elle régule notamment notre horloge biologique, notre système de reproduction, notre sommeil, nos rythmes journaliers et saisonniers, en libérant la mélatonine selon la lumière. Elle a la forme d'une pomme de pin, d'où son nom, d'environ un centimètre de long et peut peser jusqu'à cent cinquante grammes. Dans les régions du nord, où la lumière est faible, les habitants sont connus pour être plus déprimés. La raison est qu'ils ne sécrètent pas suffisamment de mélatonine. Cette glande est bien mystérieuse. Nos ancêtres l'appelaient le Troisième Œil. La source d'une puissance inimaginable.

Elle fit une pause en les fixant du regard les uns après les autres.

— Il est temps que vous appreniez à utiliser ce pouvoir, annonça-t-elle finalement. Les gens pour lesquels cette Erika travaille ne sont pas des hommes ordinaires. Je crains pour votre sécurité.

— Pourquoi ? demanda Katell. On n'a rien fait !

— Pas encore, non.

— Comment ça, pas encore ?

— Le moment n'est pas choisi, rétorqua Rose sur un ton qui suggérait que c'était la fin du débat. Je dois procéder à un rite avec vous, une symbiose. Voyez-vous, nous faisons partie d'un Tout et nous sommes, chacun d'entre nous, des petites pièces interconnectées. Il est nécessaire que vous ressentiez cette force. Afin d'accélérer le processus, je vais… comment dire, donner à votre glande pinéale une sorte d'engrais. N'ayez crainte.

Elle se redressa, inspira, expira profondément. Soudain, une sorte de nuage de particules de matière bleutée s'éleva au-dessus d'elle. Le halo se déplia en un millier de tentacules qui lui donnèrent l'allure de la mythique Médusa. Les rayons tanguaient autour d'elle, se dirigèrent d'un coup vers Katell d'abord, l'enlacèrent comme autant de méandres de lumière, passèrent à Ronan et enfin à Abel. Puis ils concentrèrent devant elle pour se former en une bouteille effilée remplie d'un liquide ambré, en suspension dans l'air.

— Ceci est un mélange de plantes destinées à renforcer vos perceptions sensorielles, leur dit-elle en prenant une gorgée.

— Des drogues ?! s'offusqua Katell.

— Non, ceci n'a rien d'hallucinogène.

Quand elle finit sa phrase, son corps commença à s'élever dans les airs doucement, sous le regard émerveillé des ados. Katell se leva, prit le récipient et avala une large gorgée du liquide. Il avait un goût caramélisé et poivré. Elle se sentit immédiatement envahie d'une chaleur incontrôlable dans l'estomac. Son cerveau se mit à discerner des particules d'énergie autour des garçons, comme s'ils s'illuminaient en sapin de Noël. Ils brillaient de couleurs pourpre, orange et brique. Leur cœur semblait battre hors de leur poitrine, leurs pensées s'envoler de leur esprit. Katell Voyait. Elle se sentait connectée à Tout ce qui l'entourait.

De retour chez elle, Katell appela immédiatement Mel. L'hologramme de son amie apparut dans son entier.

— C'était incroyable ! s'extasiait Katell en faisant des tours sur elle-même. Oooh, Mel, tu as vraiment raté quelque chose !

Mel n'était pas impressionnée.

— Elle nous a fait boire cette tisane pour élever notre conscience…

— Fais attention qu'elle ne te drogue pas, interrompit Mel avec des lèvres ourlées.

— Ne sois pas stupide, cette femme essaie vraiment de nous aider.

— C'est bien ce qui me semble suspect.

— Arrête avec ta paranoïa, je te dis que Rose est OK. Cette tisane nous a mis en transe, les mecs et moi. C'est comme si on voyait le magnétisme des autres, quoi. Leur aura aussi apparemment, m'a dit Rose. Complètement dément !

— On dirait des drogues hallucinogènes, tu sais que c'est illégal, Kat… réprimanda Mel d'un ton maternel.

— Ces plantes permettent juste d'amplifier tes capacités.

— Tu répètes bien ta leçon.

Ce n'était pas la peine de continuer, Mel était fermée comme une palourde. Rien ne pouvait entrer et Katell n'essaya même pas.

Au moment où elle termina la conversation, elle sentit quelque chose de bizarre. Elle se retourna pour inspecter sa chambre. Son cœur se mit à battre plus vite comme si elle sentait un prédateur. Elle regarda dans le placard, sous le lit et quand elle releva la tête, Erika était assise sur son lit.

— Tu dois venir avec moi, lui dit-elle sans lui laisser le choix.

Alors que Katell allait protester, elles se retrouvèrent près d'un menhir isolé, dans une forêt de chênes, un endroit qu'elle ne reconnaissait pas.

— Où sommes-nous ? s'inquiéta l'adolescente.

— Cela n'a pas d'importance, répondit Erika en la regardant droit dans les yeux. Katell, tu dois vivre.

La jeune fille la dévisagea avec terreur. De quoi parlait-elle ? Pourquoi lui disait-elle cela ? Était-elle de mèche avec ce médium qui lui avait dit la même chose en septembre dernier ?

Erika lui demanda de se calmer, elle ne voulait pas l'affoler.

— Il existe une très ancienne prophétie faite par les Premiers… commença-t-elle.

— Les Premiers ? interrompit Katell.

— Ceux qui ont fabriqué l'objet que je vous ai donné. Utilise ton esprit pour l'ouvrir. Vois. Je sais que tu en es capable. C'est pour cela que je devais te le remettre. C'était ma mission…

Elle stoppa pour regarder autour d'elle. Une certaine anxiété s'installa sur ses délicats traits orientaux.

— Il ne me reste plus beaucoup de temps, Katell. Cette prophétie a un rapport avec toi. Tu dois me promettre de ne jamais céder à tes émotions, aucune émotion, tu m'entends ? Elles pourraient te détruire. La prophétie sera connue de toi bientôt et ce sera à toi de décider si, oui ou non, tu veux y trouver ton rôle…

— Je ne comprends rien à ce que vous me racontez, là ! s'écria Katell en gesticulant avec agacement. Où sommes-nous ? Comment avez-vous réussi à nous transporter jusqu'ici ? De quelle fichue prophétie parlez-vous ?

Erika n'avait pas le temps d'expliquer. « Ils » seraient là dans quelques instants. Elle lui parla d'une boîte qu'elle devait retrouver. Elle lui toucha le centre du front de l'index et Katell vit instantanément où celle-ci se trouvait, comme une mémoire qui était remontée à la surface. Elle entrevit aussi un visage, des cheveux sel et poivre et des traits masculins qui semblaient magnifiques mais distordus par la haine. Le tout était flou.

— Cet homme, Katell, prononça Erika avec des yeux terrifiés, cet homme croisera ton chemin. Il est plus dangereux que tout ce qu...

Avant qu'elle n'ait pu finir sa phrase, trois êtres immenses débarquèrent de nulle part, le corps entièrement enveloppé d'un uniforme flottant rouge carmin, un écusson triangulaire holographique sur l'avant bras gauche et le visage caché par un masque sombre sans orifice. Ils levèrent le bras droit, Erika hurla et au moment où elle renvoyait Katell chez elle, celle-ci eut juste le temps, une fraction de seconde, de la voir se faire pulvériser en milliards de particules.

5. Le Peuple des Rêves

Novembre en était presque à sa troisième semaine et les températures avaient encore chuté : moins dix degrés Celsius. Les adolescents étaient emmitouflés dans leurs blousons en néoprène mélangé à des fibres de coton et de laine pour conserver la chaleur et permettre à la transpiration de s'échapper. Cela ne les empêchait pas de grelotter toutefois lorsque que Katell leur raconta, dans la cour du collège, ce qui s'était passé avec Erika (sans mentionner la boîte cependant) et que ces hommes lui avaient donné une peur bleue. Elle avait également épluché tous les journaux sur Internet, aucune mention du meurtre de la jeune scientifique n'était faite, si meurtre il y avait effectivement eu, avait fait remarquer Mel.

Katell interrogea les hôtels, les restaurants avoisinants, les bars. Personne n'avait entendu parler d'une équipe scientifique travaillant dans la région. Quand finalement elle contacta le C.N.R.S., comme décidé suite à la course poursuite dans le champ d'éoliennes, ils lui apprirent n'avoir connaissance d'aucune équipe à cet endroit, ni même de sous-traitants.

Katell informa alors ses amis qu'elle voulait aller au commissariat cet après-midi même pour qu'ils fassent une enquête.

— Basée sur quoi exactement ? interrogea Mel. Des trucs

pas catholiques du côté du Manio ? Redescends sur Terre, Kat !

— On peut signaler un meurtre, suggéra Abel. Si Kat a raison, Erika s'est fait tuer.

— Et tu as pensé à ce qu'ils te demanderont comme preuves ? Ils te demanderont d'où tu tiens cette information. Je ne te vois pas lui dire qu'on l'a vue se dématérialiser. C'est pas très bon pour notre crédibilité, ça !

— Ronan ? appela Katell en voyant le garçon perdu dans ses pensées.

— Hein ? sursauta-t-il.

— Tu en penses quoi ?

— Euh... de quoi ?

— Tu nous écoutes ou pas ? se crispa-t-elle.

— Hein ? Excuse-moi, j'ai la tête ailleurs...

— Oh, pardon, c'est encore ton père... ?

— Non, enfin, si. Il est toujours un peu mal... Excusez-moi, il faut que j'y aille. Bonne chance avec la police ! termina-t-il d'un geste apologétique.

— Bon, on fait quoi ? s'enquit Katell une fois le garçon parti.

Mel regardait Ronan s'éloigner avec un grand intérêt et hocha la tête lentement.

— Quoi ? fit Katell. On y va ou pas alors ?

— On y va, acquiesça Abel. Après tout, qu'est-ce qu'on risque ?

Ils arrivèrent donc au poste en début d'après-midi et furent conduits vers le commissaire Erwan Le Piouf, un Breton d'un mètre quatre-vingt-quinze, effilé comme une anguille, au visage buriné par le soleil et le vent. Il les fit entrer à contrecœur.

— C'est juste parce que vous connaissez Sylviane ! avait-il pesté.

Sylviane Goz était la mère de Ritchie et la belle-fille de Lulu. Elle travaillait avec le commissaire Le Piouf quand un homicide avait été commis dans la région. Elle pratiquait la médecine légale, ce que Lulu trouvait *particulièrement* répugnant ; elles ne s'entendaient pas *particulièrement* bien non plus. Katell avait mentionné le fait qu'elle connaissait Mme Goz personnellement.

Le bureau du policier était relativement bien rangé et sentait bon l'air frais qui entrait d'une large fenêtre donnant sur un bout de verdure. Des étagères croulant sous les dossiers en cours couvraient deux pans de mur et le mur restant était recouvert de reproductions de voiliers encadrées.

Le commissaire écouta Katell avec attention, en silence, ses épais sourcils se haussant de temps en temps.

— Donc, si je récapitule, dit-il enfin, mains croisées devant lui, vous avez découvert un campement scientifique près de Kerlescan qui disait C.N.R.S. mais qui n'était pas du tout le C.N.R.S. en fait ; ce campement fait des expériences sur le magnétisme terrestre pour "régénérer les pouvoirs des humains" ; une femme vous a avoué, à vous, des adolescents, ces expérimentations "confidentielles" pour que le monde sache qu'une organisation pernicieuse est en train de manigancer quelque chose de "pas catholique" ; vous vous êtes fait poursuivre dans le champ d'éoliennes des Pierres noires et c'est à cause d'hommes "surhumains" que quatre de ses machines ont été détruites, et non à cause du temps ; et enfin, cette Erika, dont personne n'a entendu parler, s'est fait tuer par un rayon invisible qui "sort de la main" et qui "fait éclater toutes les particules du corps", c'est bien ça ? vérifia-t-il en les détaillant les uns après les autres avec un sourcil relevé. J'ai omis quelque chose ?

Vu sous cet angle, les ados durent reconnaître que leur histoire ne tenait pas debout.

— Raconter des bobards à un policier est réprimandable par la loi ! s'enflamma-t-il en cognant la table du poing. J'ai assez des hallucinés aux champignons qui me racontent leurs salades sur des lumières dans le ciel pour que vous n'en rajoutiez pas !

— Des lumières dans le ciel ? répéta Katell avec surprise.

— Peu importe ! coupa le commissaire d'un geste brusque. Bon, vous avez de la chance, je suis dans un de mes bons jours et j'ai besoin d'air frais.

Il se leva d'un coup et leur ordonna de le suivre. Il les conduisit au garage où ils empruntèrent une voiture banalisée.

Quand ils arrivèrent au site, leur surprise fut telle qu'ils en restèrent cois pendant un long moment. Le fait que la grille à l'embranchement ait été enlevée les avait déjà étonnés, mais là...

Il ne restait plus rien.

Pas une bulle, pas une trace de piquet dans le sol, pas un seul morceau de papier ou de déchet quelconque, pas une seule branche cassée, pas d'empreinte de pas, pas de marque sur le menhir, rien.

Les petits yeux noisette du policier se dirigèrent alors vers les trois adolescents.

— J'espère que vous avez une bonne explication pour ce canular, déclara-t-il en durcissant la voix et les yeux.

Mel et Abel se retournèrent vers Katell, leurs yeux l'implorant de trouver quelque chose à dire.

— Je... Enfin, nous... balbutia-t-elle. J-je vous promets sur la tête de mon arrière-grand-père que...

— Écoutez, jeune fille, il n'y a rien ici et je commence à douter de l'existence de cette Erika...

— Cette femme existe ! s'insurgea soudainement Mel. Je l'ai vue de mes propres yeux. Et je l'ai également vue se dématérialiser ! Croyez-moi quand je vous dis que ce n'est pas un canular !

Ils avaient pensé que le ton de Mel l'aurait cloué sur place. Ils en furent pour leur deuxième surprise.

— OUTRAGE À MAGISTRAT ! beugla-t-il en sortant un petit carnet électronique. Si vous ne vous excusez pas immédiatement pour... tout ça, fit-il ensuite en brassant de l'air avec ses longs bras, je vous colle une amende ! Et salée, j'peux vous garantir !

Katell et Abel s'excusèrent tout de suite. Mel, quant à elle, trouvait les mots difficiles. Elle baragouina quelque chose qu'il n'entendit pas très bien.

— Je suis désolée... répéta-t-elle, dents serrées.

— Bien, fit le policier. Maintenant, ouste ! Du vent !

— Et on est supposés rentrer chez nous comment ? s'informa Katell en balayant la forêt autour d'elle d'un geste impuissant.

Il désigna leurs jambes d'un regard mesquin et les abandonna là.

— Bon, ben, moi aussi, je mets les voiles, s'irrita Abel. Pas la peine qu'on reste là.

— C'est quand même pas normal tout ça, dit Katell en se grattant le menton.

— Bien observé, congratula sournoisement Mel. Et on retourne chez nous comment ? On ne va pas appeler nos parents, ils vont nous massacrer !

— Stop, fit Abel en positionnant son pouce tel un autostoppeur.

— T'es complètement barge ! s'épouvanta-t-elle. C'est hyper dangereux !

— Moi, je reste, décida Katell. Allez-y, je vous retrouve plus tard.

Abel n'aimait pas laisser deux jeunes filles toutes seules et partit à contrecœur.

Katell restait là, à prendre racine, quand Mel la sortit de sa rêverie pour lui demander ce qu'elle comptait faire maintenant.

— Il y a forcément des… indices, répondit Katell vaguement. Je veux les trouver. Tu n'as qu'à y aller… je me débrouillerai, j'te promets, c'est cool.

Une fois que Mel fut hors de vue, son amie se précipita dans sa direction, la fila jusqu'à ce qu'elle soit sur la route et se faufila à travers la piste du centre équestre pour rejoindre les étables. Elle fut surprise par un garçon d'environ vingt ans, musclé par le travail en écurie, les cheveux ébouriffés.

— Oh, salut Gaétan ! tressaillit-elle en piquant un fard.

Elle connaissait le jeune homme pour avoir pris des cours d'équitation avec lui deux ans auparavant. Elle avait toujours trouvé son côté taciturne et solitaire très plaisant et elle maudissait ses parents à elle de ne pas l'avoir fait naître juste deux ans plus tôt. À treize ans trois quarts, elle était encore bien trop jeune pour lui, même si elle se sentait comme une femme de vingt ans.

— Salut Katell, accueillit-il de sa voix tout aussi séduisante. Ça fait un bail. Je croyais que tu avais tout appris et que tu n'avais plus besoin de moi ?

Il avait pris un ton flirteur et s'était rapproché. Katell le stoppa d'un geste de la main. Elle le fixait de ses grands yeux bleu turquoise.

— Je suis là pour voir Naïade, répliqua-t-elle d'une voix sucrée tout en montrant un box un peu plus loin sur la droite. Elle me manque et je voulais voir si je ne pouvais pas...

— Naïade n'est plus là. Elle est dans les nouveaux box dehors, ajouta-t-il en allongeant le bras devant lui pour indiquer la sortie par derrière.

Il l'invita du même ton charmeur à y aller seule, il avait du foin à ranger.

Elle déambula dans l'allée centrale de l'écurie en jetant des coups d'œil derrière elle de temps en temps pour épier les mouvements de Gaétan. Quand elle le vit pousser sa brouette de foin hors de l'écurie, elle courut vers l'ancien box de la jument. Celui-ci était vide et elle se rua vers le mur en pierre en face, se mit à genoux du côté gauche et écarta le foin amassé là avec des mains agitées, jusqu'à ce que le sol fut visible. Elle poussa les dernières brindilles et aperçut tout en bas du mur une grosse pierre plus claire que les autres. Elle réussit à la déboîter de son habitacle et la posa par terre. Elle saisit son vidéophone, enclencha le mode torche et se coucha pour voir ce qu'il y avait à l'intérieur du trou.

Quand rien ne sembla dangereux, elle entra sa main lentement, le cœur palpitant. Elle passa quelques toiles d'araignées et arriva à un mur en métal. Ou plutôt une paroi. La paroi d'une boîte en fer. Elle tira vers elle en contorsionnant sa main et réussit à sortir l'objet de sa cachette. Il s'agissait d'une boîte de biscuits bretons d'une biscuiterie près de Lanester, plus au nord, qui fabriquait ses gâteaux préférés ! Elle contempla le couvercle décoré d'un paysage de la Bretagne traditionnelle d'un temps perdu, s'apprêta à l'ouvrir...

— Ha HA ! cria soudain Mel derrière elle. Je savais bien que tu manigançais quelque chose, traîtresse !

Katell se retourna pour trouver son amie, poings sur les hanches, l'air extrêmement fâchée. Dans son sursaut, elle avait fait tomber la boîte métallique et son contenu s'était répandu sur le sol en terre battue dans un fracas qui effraya les chevaux des box voisins.

— Je… Je… bafouilla Katell en ramassant les papiers qui en étaient sortis, un mini-disque et un serre tête plat. Je cherchais…

— … quelque chose que tu voulais garder pour toi, finit Mel d'un ton qui ne pardonnait pas la félonie. Mademoiselle Individualiste a encore décidé de faire cavalier seul ?

Katell se confondit en excuses. Mel lui rétorqua que la moindre des choses maintenant était de tout lui raconter, et dans les moindres détails. Katell blêmit et ne put faire autrement que tout lui dire. Elle maudit intérieurement son amie de si bien la connaître.

Elles s'en allèrent en évitant le jeune homme toujours affairé au ramassage du foin et au moment où elles rejoignirent le petit parking près de la route, Katell stoppa Mel, tendit l'oreille et la tira par le bras pour l'emmener vers les pins.

— C'est la voiture de Foucaud ! lui dit-elle, interdite, en désignant un véhicule bleu nuit provenant du site du Manio.

La voiture arrivait en trombe et éclaboussait tout sur son passage. Les filles reculèrent pour se planquer derrière un gros pin et observèrent le fou du volant virer sur la gauche en direction de Kerlescan.

Mel fixa Katell et jeta, le regard sombre :

— Comment tu connais la voiture de ce type ? Je pensais que tu ne l'avais vu qu'au musée ?

— Hein ? fit sa copine, l'esprit ailleurs. Euh, je l'ai aperçu sur le parking de l'église à Carnac, une fois, mentit-elle.

Mel l'observa pendant de longues secondes.

— Quoi ? s'impatienta Katell. Pourquoi tu fais cette tête là ? Bon, on y va, là, ou quoi ? Je te signale qu'on a quelques kilomètres à marcher, hein.

— Vous avez besoin d'un chauffeur ? demanda Gaétan en arrivant des écuries.

— Euh… ben… on pensait faire du stop, balbutia Katell en piquant un fard à nouveau.

— Hors de question, refusa Gaétan d'un mouvement clair et net de la main. Il pointa un pick-up américain datant du siècle dernier. Je vous emmène.

Mel contempla le jeune homme de ses yeux impénétrables. Il lui sourit. Elle baissa la tête et commença à marcher en direction du véhicule.

— Ça utilise de l'essence ce machin là, non ? s'agita-t-elle. Ça ne risque pas d'exploser ? Je croyais que c'était...

Gaétan s'approcha tout près de la jeune fille, pencha la tête pour lui parler à l'oreille et murmura :

— Les sensations de ce... machin-là vont te faire vibrer jusque dans tes entrailles.

Le souffle de ses mots avait déclenché des frissons dans tout le corps de Mel. Elle s'écarta et se dépêcha d'arriver à la voiture. Elle ouvrit la porte, fit entrer Katell en premier pour qu'elle se mette au milieu de la banquette et elle prit place près de la fenêtre. Gaétan s'assit au volant et mit le contact. La voiture s'ébroua comme un chien, cracha un nuage de fumée noire et fit un vacarme assourdissant quand il la fit avancer.

— C'est un dinosaure ce truc-là ! rigola Katell. Eurk, ça pue en plus !

— C'est une *vintage car*, rétorqua-t-il en prenant son meilleur accent anglais. Elle date de 1999.

— C'est bien ce que je dis, c'est un dinosaure ! Comment tu peux la faire rouler ? Je croyais qu'il n'y avait plus de pétrole ?

— Non, il n'y en a plus, en effet. Ce petit bijou roule à un mélange de ma confection à base d'alcool de colza. Un cousin à moi est passionné de ce genre de trucs et il m'a aidé. En attendant, ils savaient faire des bagnoles à c't'époque ! Accrochez-vous !

Il accéléra d'un coup dans le virage qui arrivait, les filles en perdirent l'équilibre et faillirent se ramasser sur lui.

Mel se redressa d'un coup, son visage d'habitude halé venait de prendre une teinte verdâtre qui se mariait parfaitement avec l'expression terrifiée qui se lisait dessus. Gaétan le remarqua et éclata de rire. Katell, elle, n'en menait pas large non plus. Elle leva la main pour la poser sur le tableau de bord et tenta de garder un semblant de dignité. Il accéléra de plus belle dans une côte. La voiture s'envola presque et rebondit sur la chaussée.

— C'est pas génial, ça ! s'exclama la jeune homme en repoussant ses mèches brunes de sa figure, l'expression extatique. WOOOUUUUH OUUUUH ! Les bagnoles d'aujourd'hui, c'est de la daube totale ! T'entends rien, tu ressens rien, là, au moins, t'as des sensations fortes !

— La route, c'est pas fait pour les sensations fortes, reprocha Mel d'un ton de tueuse.

— Ce que tu fais est dangereux, ajouta Katell.

— Il faut un peu de danger dans la vie, décréta Gaétan d'une voix coquine. L'adrénaline, c'est ce qui te fait sentir vivant !

— Pas si tu tues quelqu'un en satisfaisant tes envies, coupa Mel froidement.

— Quel rabat-joie, celle-là. Bon, okeeey, j'arrête.

Une fois à Keredo, les filles sortirent de la voiture à la hâte, inspirant une grande bouffée d'air frais. L'odeur du combustible leur avait donné un haut-le-cœur tout le long du trajet. Elles préféraient vraiment les véhicules électriques. Katell remercia leur chauffeur et il partit en faisant un clin d'œil à Mel. Celle-ci se passa la main nerveusement derrière le crâne et se détourna.

Katell la regarda un instant avant de marcher rapidement vers la maison, sans un mot.

— Quoi ? lança Mel. Qu'est-ce qu'il y a ? Tu me réponds, oui ? HO !

Katell ne soufflait mot. Elle composa le code d'entrée et ouvrit la porte d'un geste brusque. Mel la rattrapa.

— Attends, enfin ! maugréa-t-elle en l'agrippant par le bras.

Katell se secoua pour se dégager de l'emprise de son amie.

— Non mais te gêne pas ! lui cracha-t-elle à la figure. Drague-le tant qu'tu veux aussi !

— De quoi tu parles ?

— Gaétan ! Oh, pas la peine de prendre cet air d'innocente, je t'ai vue !

— Il a vingt piges ! s'insurgea Mel. Qu'est-ce qui te prend ? Tu le veux pour toi, c'est ça ? Tu peux l'avoir tant que tu veux, il ne m'intéresse pas pour deux ronds !

Katell la mitrailla du regard tout en gardant la mâchoire

serrée. Tout à coup, elles sentirent le sol vibrer. Un son sourd monta. La secousse se fit plus forte l'espace d'une fraction de seconde, puis stoppa. Une seconde secousse plus violente suivit, et le calme revint.

— Qu'est-ce que c'était que ça ? demanda Mel. On aurait dit un tremblement de terre... Ça faisait longtemps qu'on n'avait pas eu de...

— Écoute, Mel, interrompit Katell plus calmement, je ne sais pas ce qui m'a pris. Je me suis sentie envahie de colère d'un coup, un truc que je ne pouvais pas contrôler...

— Tu sais, Gaétan ne m'intéresse pas du tout...

Katell la dévisagea avec stupeur.

— Ben non, pas du tout, je t'assure, insista Mel en soutenant son regard. C'est vraiment pas mon genre...

— Gaétan, pas ton genre ?! Qu'est-ce qu'il te faut de plus qu'un corps de rêve, une tronche de star d'Hollywood, un...

— Il me faut quelqu'un qui... me comprenne, coupa-t-elle. Sans que j'aie à expliquer quoi que ce soit.

— Rien qu'ça... Bah, après tout, tant qu'il y a de la vie, il y a de l'espoir, hein !

— Bon, on l'ouvre cette boîte, oui ? s'énerva Mel.

Une autre secousse sismique se produisit, plus faible, alors qu'elles entraient dans la chambre de Katell. Cette dernière déversa le contenu sur la couette et elles prirent place autour des objets éparpillés. Katell écarta le serre-tête grossier, prit le mini-disque de la taille d'un ongle et regarda s'il avait un titre. Il en était dépourvu. Mel avait pris les notes et au moment où elle les saisit, une photo craquelée tomba sur ses genoux. Elle la retourna et eut une expression mêlée d'horreur et de fascination.

— Qu'est-ce que c'est ? fit Katell.

Mel la lui tendit et les traits elfiques de son amie se figèrent, comme en transe. La photo montrait un crâne en verre d'une beauté hypnotisante, tenu par deux mains, dont la plus éloignée semblait porter une sorte de bague surmontée de quelque chose de protubérant mais indiscernable.

— Tu as déjà vu un truc pareil ? interrogea Mel.

— Non, dit-elle en retournant la photo et la rapprochant de

ses yeux. Il y a un truc d'écrit. Attends... C'est un chiffre, 37. Il y a "Ur" marqué dessus aussi...

— Ur ? C'est pas un mot français, ça, si ?

— C'est un endroit... pressentit Katell.

Elle ordonna à son ordinateur de faire une recherche et une seconde plus tard, une liste de sites anglophones s'afficha sur l'écran holographique. Elle effleura de l'index celui qui mentionnait la civilisation sumérienne et résuma à voix haute, en traduisant au fur et à mesure.

Les Sumériens apparurent, selon les historiens, vers 3 500 avant l'ère chrétienne, dans la région de la mer Noire et la mer Caspienne. Ils auraient ensuite émigré vers le sud pour l'actuel Irak. Katell savait tout cela, elle s'en rappelait car elles l'avaient appris en sixième. Mel, elle, avait oublié et la pria de poursuivre.

Son amie la regarda avec surprise et obtempéra.

La civilisation sumérienne naquit soudainement, sans aucun développement précédent retrouvé, et s'étendit le long des rives de deux fleuves, le Tigre et l'Euphrate. Elle était à l'origine de la découverte de la roue et de l'écriture (le cunéiforme, précisa Katell en pointant son doigt sur ces petits signes ressemblant à des clous, avait été la base de l'hébreu araméen et de l'alphabet arabe). Ur, Our en français, était une des premières villes-états bâties sur les bords de l'Euphrate. Les villes-états étaient à l'origine gouvernées par un prêtre-roi. Par la suite, la lignée du sang prévalut. Our était l'une des plus anciennes villes au monde et aurait été la patrie du légendaire Abraham. Elle s'était développée en même temps que des villes comme Lagash, Nippour, Kish...

— C'est le nom d'Abel, ça ! interrompit Mel. Je me demande s'il a des ancêtres sumériens...

— Ouais, enfin, si tu veux aller par-là, y a *aussi* "ur" dans mon nom, hein !

— Tu t'appelles Loro.

— Mon arrière-grand-père s'appelle Urruty ! UR-ruty ! Et depuis quand tu t'intéresses à tout ça, toi ? glissa-t-elle malicieusement.

Mel fit la moue, lui rétorqua qu'elle était bien obligée vu

qu'elle n'arrêtait pas de la bassiner avec tout ça et l'invita à reprendre sa traduction, ce que Katell fit avec un sourire aguichant accompagné d'un clin d'œil.

Our possédait également un ziggurat, une pyramide à escaliers, fait en briques de boue séchée. Il était supposé être l'un des prémices des constructions pyramidales. Le site fut fouillé dans les années 1920 par Sir Leonard Wooley qui découvrit des textes très anciens relatant l'épopée de Gilgamesh, une histoire similaire au Déluge de l'Ancien Testament.

— Le reste, c'est juste toutes les dynasties jusqu'à leur disparition soudaine il y a environ 4 600 ans, rien qui ne t'intéresse... fit Katell en se frottant les yeux.

Elle reprit les notes et les examina.

— Mmm, c'est une écriture que je n'ai jamais vue, dit-elle en les jetant sur le côté.

Puis elle s'empara du mini-disque qu'elle s'empressa d'insérer dans son téléphone.

Un hologramme apparut. Une pièce, où plutôt un laboratoire se dessina. Le tout était sombre. Elles remarquèrent quelques colonnes en granit, des aquariums triangulaires dont l'eau était opaque... L'image se brouilla. Quelques secondes passèrent et l'œil de la caméra avançait maintenant vers une grande zone dénudée. Un menhir était posé à la verticale en son centre et était entouré d'un cercle de neuf pierres concaves de la même taille. Les machines étaient cachées dans la pénombre sur les côtés mais les adolescentes purent distinguer quelque chose qui brillait faiblement au loin.

L'image descendit, comme si la caméra avait été posée ou encastrée dans quelque chose. Un groupe de trois personnes en blouse noire fit son apparition, agrippant un jeune homme d'une vingtaine d'années, au type caucasien, visiblement évanoui.

Ils le fixèrent au menhir, sans corde ni quoi que ce soit. Il s'était aimanté à la pierre. Les hommes en noir se dirigèrent ensuite vers leur équipement. Le seul son qu'il y avait eu jusqu'à présent était une sorte d'écho de pas, comme s'ils marchaient dans une cathédrale. Aucune respiration n'était perceptible. L'instant suivant, une onde si puissante fut émise que Katell et Mel faillirent vomir leur déjeuner.

— Qu'est-ce que c'est que ce truc ?! s'horrifia Katell après avoir baissé le son.

Sur l'image arrêtée, le jeune homme se contorsionnait. Il avait repris connaissance et semblait être sujet à des douleurs atroces.

— Arrête ça ! ordonna Mel.

Katell coupa l'enregistrement et avança de dix minutes. L'image montrait l'homme étendu sur le sol, ses tortionnaires le traînant au-delà du champ de vision... Il n'y avait rien d'autre.

— C'est immonde ! s'écria Mel. Il faut montrer ça aux flics !

— Et je suis censée l'avoir trouvé comment, ce mini-disque ? Hein ? Non, pas de police, je dis.

— Un homme a été torturé, nom d'un chien ! brailla Mel. Et peut-être même qu'il a été tué ! T'as bien senti la même chose que moi quand le son a été envoyé ? T'as bien senti cette sensation horrible, comme si on essayait de t'arracher les entrailles et de les faire sortir par...

— Oui, Mel, j'ai senti tout ça, reconnut-elle en la stoppant de sa paume de main.

— Tu comptes faire quoi alors ?

— On ne peut pas l'enterrer et l'oublier...

— Ben non, forcément ! coupa Mel de plus en plus agitée.

— On laisse ça de côté pour l'instant, calma Katell en posant sa main sur son épaule. On trouvera une solution quand on n'y réfléchira pas, OK ? En attendant, moi, j'aimerais bien en savoir plus sur ce crâne en verre. Qu'est-ce que tu dirais d'aller parler à Duchemin avec moi ?

— Pourquoi Duchmol ? grimaça Mel.

Katell lui répondit que c'était visiblement un ancien artefact, qu'elle voulait une autre opinion que son arrière-grand-père pour une fois et qu'elle ne devait pas donner ce surnom ridicule à leur professeur. Si Ronan l'entendait, il serait mortifié. Mel lui répondit qu'elle verrait comment elle se sentirait à ce moment-là et qu'en ce qui concernait Môsieur Duchemin, tout le monde l'appelait comme ça.

— C'est pas une raison, réprimanda Katell avec un air de

maîtresse d'école.

La bouche de son professeur tomba net quand Katell lui tendit la photo. Il se recomposa aussitôt, se racla la gorge discrètement et s'informa sur sa provenance. Les grands yeux bleus de la jeune fille se plongèrent dans les siens et elle lui demanda, innocemment, s'il avait déjà vu un crâne en verre tel qu...

— Pas en verre, Katell, interrompit M. Duchemin. En cristal. Ceci est un crâne en *cristal*.

— Comment tu le sais ? s'enquit Ronan qui avait accepté de l'accompagner bien qu'elle refusât obstinément de lui divulguer l'origine de cette photo.

— Parce qu'il ressemble d'une manière étonnante aux Crânes de Cristal des légendes d'Amérique du Nord et centrale. Mais ce ne sont que des mythes. Où as-tu trouvé cela, Katell ?

— De quelles légendes s'agit-il ? esquiva-t-elle.

— Ce sont des mythes prétendant qu'ils seraient au nombre de treize et qu'ils auraient été fabriqués par les Premiers, hum, les premiers hommes, je veux dire. Il existe deux légendes, en réalité. La première provient des Maya. Selon eux, les treize crânes contiennent les réponses sur l'*origine* des Hommes, la *raison* pour laquelle ils sont sur Terre et leur *destinée*. Selon les premiers habitants de l'Amérique du Nord, en revanche, ces Crânes représentent les treize planètes dans l'univers pouvant soutenir la vie.

— Ou peut-être que c'est les deux, rêvassa-t-elle.

M. Duchemin eut une grimace de douleur. Il plaça son index et son majeur contre sa tempe.

— Ou peut-être ni l'une ni l'autre, biffa Mel en arrivant avec une expression qui fit redescendre Katell sur Terre en un quart de seconde.

— Ça va, papa ? s'inquiéta Ronan.

— Mmm, oui, oui, acquiesça-t-il en se massant le front. Je serais ravi de vous en dire plus sur ces artefacts. Malheureusement mes connaissances à leur sujet sont limitées. Vous pouvez néanmoins consulter la base de données de la médiathèque pendant vos heures d'étude. Cela devrait vous divertir. Ne prenez rien pour argent comptant, leur conseilla-t-il en esquissant presque un sourire, ce ne sont que des fables que l'on raconte autour d'un feu de camp.

Katell était la seule intéressée. Quand elle rapporta tout cela à un Abel intrigué, dans le couloir menant au bâtiment futuriste de la médiathèque, celui-ci prétendit être volontaire pour l'aider dans ses recherches. Mel, elle, avait « autre chose à faire que de dépiauter des sites de foldingues ». Ronan, quant à lui, devait aider Sophie Fusil avec ses maths.

Les trois autres le dévisagèrent un instant, estomaqués. Katell et Abel avaient la bouche pendante et Mel reprit sa contenance immédiatement.

— Sophiiiiie ! fit Katell en prenant une voix de gamine. Aaaaah, je vois... C'est pour ça que t'es pas venu au commissariat avec nous, hein !

— Je l'aide pour ses maths, rétorqua Ronan en piquant un fard que ses boucles blondes ne cachèrent pas. Elle est venue me demander et j'ai dit oui, c'est tout.

— Ouais, ouais, fit Abel en entourant les épaules de son ami de son bras. Vas-y mon pote, fonce, elle est bonne !

— Abel ! protesta Katell.

— Ben quoi ? Elle est canon, la poulette, non ? Même une nana doit voir ça, non ? Mel ? Quand penses-tu, toi ? velouta-t-il avec un regard filou.

— Mon opinion ne t'intéresse pas le moins du monde, lâcha-elle, cinglante. Alors pourquoi tu demandes ?

— Au contraire ! répondit-il en écartant les bras.

— Bon, ça suffit, trancha Katell. On dirait un vieux couple.

Mel et Abel se raidirent.

— Je ne sortirais jamais avec une nana pareille ! dit-il d'un ton dégoûté.

— Te flatte pas ! riposta Mel d'une voix méprisante. Je ne sortirais jamais avec un type aussi creux qu'un bambou ! Tu ne vois pas au-delà de l'apparence physique, c'est vraiment pathétique.

— Ben, pour certaines filles, si on creuse un peu, on se rend compte que c'est pas si joli-joli qu'ça, balança-t-il. T'en fais pas, dans ton cas, on n'a pas envie de faire quoi que ce soit.

Une bagarre éclata à ce moment-là au bout du couloir. Deux troisièmes costauds avaient commencé à s'envoyer des coups de poings déchaînés. La fille pour laquelle ils se battaient hurlait d'arrêter. Un membre de la sécurité accourut et sépara les deux adolescents qui furent envoyés au bureau de Madame Rincet immédiatement.

— Eh bé, souffla Abel. Ça faisait longtemps.

Mel tourna les talons et partit vers la salle d'étude sans dire un mot.

— J'aimerais bien que tu sois plus sympa avec elle, dit Katell, les bras croisés sur sa poitrine. Tu la pousses à bout à chaque fois que tu es en sa présence. Tu peux pas arrêter, oui ? Ça devient franchement agaçant.

— Écoute, je ne sais pas pourquoi, à chaque fois que je suis devant elle, j'ai envie de la baffer... C'est plus fort que moi.

— Il faut reconnaître qu'on n'a pas vraiment envie de lui faire plaisir... ajouta timidement Ronan en les quittant pour son rendez-vous studieux avec Sophie.

Une fois dans la médiathèque, Abel se plaça près de Katell, à l'un des box munis d'un ordinateur.

— Je suis désolé, énonça-t-il d'une voix sincère. Je vais faire des efforts, j'te jure, promit-il en serrant les poings. C'est juste que... qu'elle...

Katell baissa la tête et soupira.

— Si tu veux qu'il se passe quoi que ce soit entre toi et moi, lui confia-t-elle à voix basse, il va falloir que tu... (Elle fit une courte pause pour inspirer bien fort). Mel est ma meilleure amie... Si tu ne la supportes pas, dans ce cas... je ne vois pas comment, toi et moi, on pourrait...

Il se rapprocha tout près. Elle pouvait sentir l'odeur de son savon et ses narines se ravirent des fragrances de lavande. Elle toussota nerveusement, se retourna vers le clavier de l'ordinateur et entra sa requête par écrit. Elle ne voulait pas que ses voisins voient ni entendent quoi que ce soit.

— On n'est jamais trop prudent, dit-elle. Je ne suis pas paranoïaque, mais bon… avec tout ce qui se passe.

— Tu *es* paranoïaque, attesta Abel avec des yeux doux. Et tu es obsédée par des trucs vieux de plusieurs millénaires dont plus personne ne se soucie…

— Il faut s'en soucier ! chuchota-t-elle fortement. Sinon comment veux-tu comprendre qui nous sommes réellement ?

— Et ça t'importe tant que ça ? Plus que…

— Plus que de fricoter dans une médiathèque, oui, ça, c'est sûr, coupa-t-elle en repoussant la main qu'il venait de poser sur sa cuisse. Abel, je ne sais pas où j'en suis, OK ? Pour moi, c'est important que la personne avec qui je sors s'entende avec Mel. Si tu la casses perpétuellement comme ça, moi, ça me mine…

Abel dévia son regard bleu-vert et passa la main dans ses cheveux ras tout en hochant la tête. Elle lui prit la main pour l'encastrer entre les siennes, en signe de compassion mais la compassion était la dernière chose qu'il voulait en ce moment. Il retira sa main et, d'un coup de menton vers l'écran, signifia, d'une voix monocorde :

— Appuie sur ce site.

Leur enquête les mena d'abord au British Museum à Londres, où l'un des treize Crânes avait été exposé dans la seconde moitié du siècle précédent, puis retiré et archivé dans ses sous-sols. L'artefact fut analysé par la grande firme informatique Hewlett Packard dans les années 1990 et ce que ses ingénieurs découvrirent les mystifia. Le texte n'en disait pas plus, il y avait juste un lien et le nom d'un curateur de musée, Viktor Lévêque.

— C'est un lien vidéo, remarqua Katell. On essaie ? Je sens la chance avec nous.

— Bien sûr qu'on essaie, confirma Abel en essayant de rester enthousiaste.

Au bout de quelques secondes, le visage d'un homme noir, chauve, d'environ quatre-vingts ans, apparut sur l'écran. Les deux adolescents mirent les oreillettes pour ne pas déranger leurs voisins. Katell se présenta en parlant le plus bas possible et prétendit faire des recherches pour leur cours d'histoire.

— Je serais ravi de vous venir en aide, dit-il d'une voix de jazzman. J'ai en effet lu le rapport de la personne qui supervisa les expériences, un lieutenant du F.B.I.

Viktor Lévêque se tourna vers un meuble en aluminium derrière lui, ouvrit le tiroir du bas, fouilla ce qui semblait être un sacré capharnaüm et émit un « Ha ! » en dégageant une photographie un peu fripée. Il la considéra un moment avec une expression entre l'attendrissement et la peur. Il la retourna enfin, lentement, vers les adolescents. À cet instant précis, leur expression se figea entre l'horreur et l'émerveillement.

Il s'agissait d'un Crâne en Cristal exactement similaire à celui de la photo dans la boîte d'Erika.

— L'objet que vous voyez ne devrait pas exister, déclara ensuite le scientifique en se grattant le crâne qu'il avait aussi lisse qu'une boule d'ébène polie.

Il avait bien articulé et ils comprirent parfaitement les mots qu'il venait de prononcer. Leur sens, cependant, leur échappait totalement. Ils restèrent là, béats, à le regarder dans une expression de confusion totale.

— Ce Crâne, enchaîna-t-il solennellement, a été réalisé dans le plus parfait cristal de roche que l'on connaisse. Son quartz, du dioxyde de silicium piézo-électrique, est très pur. D'autre part, il a été construit dans un seul bloc et en deux morceaux, la partie inférieure pouvant bouger. Les trois ou quatre joints qui rattachent ces deux parties ont été eux aussi ciselés dans la roche, ce qui contredit toutes les lois de la physique.

— Comment cela ? murmura Katell.

— Car ils ont été taillés contre l'axe naturel du cristal. Je m'explique. (Il s'éclaircit la gorge et croisa les doigts devant lui). Si vous voulez tailler un cristal, vous devez prendre en compte son grain, c'est-à-dire l'orientation de la symétrie moléculaire du… (Il s'arrêta net en voyant l'expression perdue des ados). Hum. Si vous allez à l'inverse de ce grain, dirons-nous simplement, le cristal se brise.

— Ben, comment ils ont fait alors ? s'étonna Abel.

— Personne n'est capable de le dire. Il ne porte en outre *aucune* marque que ce soit, je veux dire de fabrication, ponçage et tout cela. Si un mélange de sable et d'eau est utilisé pour le polissage, ce qui est la seule explication possible, cela prendrait trois cents ans pour terminer. Si nous devions produire un objet similaire aujourd'hui, il nous faudrait la plus haute technologie au diamant, rien que pour couper et ciseler l'extérieur. Et je ne parle pas du temps que cela prendrait : plus d'une année ! Ceci dit, il garderait *toujours* les marques des instruments utilisés. Or, ce Crâne-ci n'en porte ab-so-lu-ment aucune. Même avec les plus puissants de nos microscopes à électrons, on ne voit ab-so-lu-ment rien.

— C'est pas possible, souffla Abel en fronçant les sourcils.

— Exactement, répondit l'homme du tac au tac, ses rides profondes se creusant davantage sous un sourire coquin. Mais je ne vous ai révélé que la moitié du mystère qui entoure ce Crâne. Sa confection est bien plus incroyable encore... car nous ne pouvons reproduire *que* l'extérieur.

— Ah bon ?! s'exclama Katell, faisant tourner quelques têtes fâchées.

Elle se renfonça dans sa chaise et écouta M. Lévêque leur expliquer que lorsque l'on projetait de la lumière sur eux, le Crâne la capturait et la réfléchissait pour créer des rayons lumineux similaires au laser. Si cette lumière venait du dessous en revanche, de puissants rayons jaillissaient des orbites. Et enfin, si elle venait de l'arrière, la bouche, le nez et les yeux lançaient des faisceaux dans toutes les directions, illuminant le laboratoire qui conduisit les tests d'une « féerie bouleversante », s'émut le scientifique.

— L'intérieur est composé de prismes très, très complexes, dit-il en mimant ce qui ressemblait à n'importe quoi. À l'heure actuelle, nous sommes to-ta-le-ment incapables de les reproduire. En réalité, la forme de ces prismes nous est to-ta-le-ment inconnue.

Les adolescents étaient confondus.

— Oh, autre chose, fit-il en levant l'index. Le sexe des Crânes a été déterminé.

— Comment est-il possible de savoir ?! s'écria Katell, provoquant encore des chuchotements de protestation.

— Des méthodes médico-légales semblables à celles

utilisées dans les enquêtes policières, quand on ne retrouve plus qu'un squelette, précisa Viktor Levêque, ont été utilisées pour reconstituer le visage du Crâne.

— Et... ? haleta-t-elle, bouche pendante.

L'homme bedonnant se pencha en avant et leur montra une deuxième photo.

— Les Crânes sont féminins ! n'en revint pas la jeune fille en admirant la femme de type sud-américain, mélangé au type asiatique, avec le front large, de grands yeux noirs, un nez fort et des lèvres charnues.

Elle était d'une beauté époustouflante.

— Et les autres Crânes... ? s'enquit Abel, sous le charme.

— Je n'en ai jamais vu d'autres. Ceci dit, un collègue m'a envoyé les photos de celui qu'il avait eu entre les mains. Le type était légèrement différent. Et il était féminin, lui aussi.

— Vous ne faites donc que *supposer* que ces Crânes sont tous féminins, rétorqua Katell qui s'entendit parler comme Mel.

— Les très anciennes cultures étaient toutes basées sur le Féminin, le culte de la Déesse Mère. Il existe une très jolie légende qui dit qu'à l'origine, l'univers était féminin et qu'un jour, Elle s'ennuyait et créa le masculin. Cela ne me surprendrait donc pas. Mais tu as raison, nous ne pouvons en être certains à 100 %.

Les adolescents remercièrent infiniment leur correspondant. Leur exposé serait le meilleur de la classe, sans aucun doute.

Katell sortit discrètement la photo du Crâne, une fois déconnectée, et l'observa un instant sans dire un mot.

— Tu crois que c'est l'un des treize Crânes des légendes ? lui demanda Abel dans l'oreille.

Elle eut un frisson et lui répondit qu'elle n'en savait vraiment rien.

Elle songea au Journal de Solon tout à coup.

« Quelque chose me dit qu'il contient peut-être des réponses » se dit-t-elle.

Abel parti, Katell resta encore un moment. Elle n'avait pas lu le journal aujourd'hui et elle avait besoin de savoir ce qui se passait dans le coin.

Elle parcourut le site du *Monde*, puis de *l'Observateur*. Elle aimait savoir ce qui se passait dans le monde. Elle pressa ensuite l'écran de son index à l'endroit où le site du journal local apparaissait. Elle chercha la page Carnac et ses yeux commencèrent leur mouvement de gauche à droite, jusqu'à ce qu'ils stoppent, écarquillés d'abord, stupéfaits ensuite, terrifiés enfin.

M. Kerboviac, son ancien prof d'histoire, avait été trouvé inconscient chez lui, battu à mort. Il était dans le coma. Peu de chance de s'en sortir. Son appartement avait été fouillé de fond en comble, son ordinateur confisqué ; le journal laissait entendre une histoire de pédophilie.

Katell resta immobile devant l'écran, son regard turquoise perdu dans la terreur qui se lisait sur son visage.

Elle avait donné un faux nom sur Internet pour les traductions du Journal de Solon.

Et ce nom était celui de M. Kerboviac.

Elle ne savait pas pourquoi le rapprochement lui était venu, comme ça. Elle sentait qu'elle devait se préoccuper de protéger ce précieux document. Et tout de suite.

Elle se rua hors de la médiathèque et agrippa le premier surveillant venu.

— Une urgence ! cria-t-elle en montrant son vidéophone. Mon arrière-grand-père vient de faire une crise cardiaque !

Le surveillant la dévisagea un instant avec surprise. Il balbutia un « OK mais il faut que je prévienne la Principale ». Katell l'arrêta immédiatement en vociférant que le temps pressait et il l'escorta immédiatement au parking où elle grimpa sur son scooter.

— La grille ! commanda-t-elle.

Il l'ouvrit comme par réflexe et la laissa filer.

Au moment même où elle franchit la grande grille qui protégeait sa maison, Katell sentit que quelque chose n'allait pas. Iniaki sortit en cyclone quand il entendit le bruit des pneus sur les graviers.

— Nous avons été cambriolés ! dit-il en accourant. Ne

t'inquiète pas, ils n'ont rien pris. Ils ont été surpris par M. Ripoche qui avait remarqué quelque chose de son champ. Juste à temps ! Ils ont simplement fouillé l'étage de votre maison, le petit bureau et les chambres.

Katell se rua dans la maison sans dire un mot, grimpa les escaliers quatre à quatre, éclata la porte de sa chambre contre le mur et se jeta sur sa table de chevet. Elle ouvrit le petit tiroir en bois brut.

Son visage se défit.

Le Journal de Solon avait disparu, les traductions aussi.

Katell médita sur le Journal de Solon ce samedi après-midi de fin novembre, en chemin pour le site de la Chaise de César où ils devaient retrouver Rose. Une neige épaisse recouvrait la lande. L'air était vivifiant et ils marchaient d'un pas pressé pour se réchauffer.

Heureusement qu'elle avait conservé les copies dans les archives de son vidéophone... pensa Katell. Elle s'était dépêchée de faire plusieurs copies sur mini DVD et d'en cacher un exemplaire près du petit dolmen. Devait-elle en montrer un à Iniaki ?

Abel la sortit de sa torpeur en espérant qu'ils apprendraient « à soulever des trucs rien qu'en les regardant ». Il était excité à l'idée de leur premier « vrai » cours avec Rose. Ronan était tout aussi émoustillé. Mel, quant à elle, les suivait parce qu'elle avait finalement reconnu être « intriguée » d'apprendre quelques capacités cérébrales basiques.

— Je vais vous raconter l'histoire d'une étrange peuplade de Malaisie, leur annonça Rose une fois qu'ils eurent procédé à une méditation approfondie.

Assis en lotus par terre, les mains croisées, ils attendirent la suite avec les yeux rivés sur son visage angélique.

— Ils se nommaient les Sénoïs, continua-t-elle d'une voix de conteuse. Ce peuple inhabituel suscita la curiosité d'un groupe de scientifiques qui décida d'aller les étudier, vers la fin du vingtième siècle, avant qu'ils ne disparaissent de la surface de la Terre. Les Senoïs étaient inhabituels car ils focalisaient leur existence autour d'un thème bien spécifique et surtout immuable : les rêves.

Elle fit une pause. Un nuage verdâtre se matérialisa devant elle... Une image se substitua au brouillard et décrivit la jungle. La vue plongea au centre d'une clairière où des hommes et des femmes à la peau brune, les cheveux très noirs, à moitié nus, étaient réunis autour d'un feu faiblard. Émerveillés, les ados ne soufflèrent mot.

Chaque matin, les Sénoïs se réunissaient et échangeaient leurs expériences de la nuit précédente dans leurs rêves. S'ils avaient passé un bon moment avec quelqu'un, ils devaient aller le remercier ; s'ils s'étaient fâchés, ils devaient se réconcilier et s'offrir un cadeau ; s'ils s'étaient battus, ils devaient faire amende honorable en les aidant à la chasse, par exemple. Mais le plus important dans leur rêve n'était pas ces questions triviales. Ce qu'ils recherchaient tous était une chose bien précise.

L'image disparut et Rose les regarda attentivement.

— L'Envol, déclara la vieille femme solennellement.

— L'envol vers quoi ? demanda Katell.

— Vers l'Illumination.

Rose fit une courte pause avant de reprendre :

— Ce mot est intéressant car il a un double sens. Quand on parle d'un illuminé, on pense à un aliéné. C'est un terme péjoratif. Or, le second sens signifie que la personne a été touchée par la Lumière, la Connaissance. Elle a donc atteint l'Illumination. (Elle refit une pause). Nous ne sommes qu'énergie, voyez-vous, une énergie d'une puissance incomprise.

La vieille femme inspira fort et poursuivit son récit.

Selon les Anciens, cette énergie présente en chaque être humain pouvait être transformée ou transmutée par un processus semblable à celui utilisé pour l'alchimie : la patience.

— Ainsi que des connaissances faramineuses, ajouta Rose avec un petit sourire. Je vous ai parlé de l'alchimie lors de notre première rencontre et notamment de la pierre philosophale comme du folklore. En réalité, c'est une métaphore, un *symbole*, qui décrit le processus de la transmutation de l'énergie permettant à un individu d'atteindre l'Illumination. Comme en alchimie, il faut passer par un grand nombre d'étapes de durées différentes. C'est ardu. Les Sénoïs, eux, en étaient passés maîtres.

Elle se releva pour aller fouiller dans sa commode et rejoignit les adolescents, un objet cubique dans les mains. Elle le jeta en l'air et il se déploya comme un château de cartes qui se changèrent en une multitude de petites fenêtres colorées. Celles-ci tourbillonnèrent et s'assemblèrent en un écran en trois dimensions.

Les adolescents étaient sans voix. L'écran se désembua ensuite pour révéler une sorte de film historique.

— C'est également ce que les chevaliers des Croisades recherchaient, signala Rose. Et ils le nommaient d'une façon bien précise, ajouta-t-elle en levant l'index. Une autre belle métaphore, plus mystique celle-là...

— Le Saint Graal, annonça Katell fièrement.

Rose acquiesça en souriant.

— Ce que vous avez devant vous, dit-elle d'une voix neutre, n'est pas un film hollywoodien. C'est ce qui s'est passé en l'an 1095 de notre ère. La petite boîte est une sorte de réserve de mémoire. L'énergie d'une personne est contenue à l'intérieur, pour que son expérience ne soit pas oubliée.

— 1095, c'est la première croisade, ça... se pâma Ronan devant le spectacle de soldats en cottes de maille, la ville de Jérusalem dans le fond.

— Ce n'est pas possible, opposa Mel.

— Notre cerveau était encore capable de fabuleuses choses à cette époque. Plus pour longtemps, je le concède. Certaines personnes avaient encore des pouvoirs inimaginables et elles pouvaient transférer leur mémoire.

— Où avez-vous trouvé cet objet ? demanda Ronan.

— Lorsque je travaillais avec cet archéologue-homme d'affaires, je suis entrée en contact avec des artefacts très mystérieux.

— Vous êtes en train de nous faire avoir une hallucination

collective ! dit Mel farouchement.

L'écran disparut. Katell protesta haut et fort.

— Mélusine n'est pas prête à voir ce que j'allais vous montrer, informa Rose. Je m'en doutais.

— Ah bon, je suis si prévisible que cela ? lança Mel comme un venin.

— Je vais refaire du thé glacé, répondit Rose sans se vexer.

— Ah bravo, hein ! fustigea Katell dès que Rose fut hors de portée auditive. À cause de toi, on a tout raté !

— On n'a rien raté du tout, enfin ! riposta Mel avec des yeux plus noirs encore que d'habitude. Cette femme est folle, c'est clair comme de l'eau de roche ! Je n'arrive pas à comprendre que tu puisses une seule seconde croire ce qu'elle raconte. Tu lui fais confiance sans vérifier un seul des trucs qu'elle avance. Tu es complètement irresponsable ou quoi ?

— Tu es là, avec moi.

— Je n'aurais pas été là, tu serais venue toute seule.

— Non, il y avait Ronan et Abel.

— Oh, ne m'agace pas ! s'énerva-t-elle. Et s'il t'arrivait un truc, hein ? La magie, ça n'existe pas. On ne te retrouvera pas comme ça, PAF !, en claquant des doigts ! termina-t-elle en accompagnant le geste à la parole.

— Ce serait en effet bien trop long, interrompit Rose qui était revenue avec une carafe de thé. Il faut utiliser votre Conscience, votre Pensée. Votre cerveau est capable de bien plus que de simplement retrouver quelqu'un. Les services secrets américains, français et tant d'autres, développent des méthodes pour permettre à leurs espions de voyager au-delà de leur corps, et obtenir ainsi des informations auxquelles ils n'auraient pas accès normalement.

— Vous fabulez ! sabra-t-elle.

— C'est extraordinaire… s'émerveilla Katell.

— Délire ! s'extasia Abel.

Ronan écoutait simplement. Puis ses yeux s'écarquillèrent.

Une sorte de luminosité rosâtre apparut du front de Rose en ce point précis qu'était la glande pinéale. La carafe se dégagea de sa main, s'éleva dans les airs en ligne parfaitement verticale et s'arrêta à environ trente centimètres au-dessus de sa tête. Tout à coup, le verre de l'objet sembla se déformer, se transformer ensuite en particules en mouvement qui se regroupèrent furieusement en une boule pour enfin s'éclater en une araignée. Celle-ci sécréta un fil attaché au néant qui la déposa délicatement sur le petit meuble en bois à côté du canapé. Elle grimpa sur le pot de fleur posé dessus et s'enfouit dans la terre humide.

Totalement interdits, les ados fixaient la motte de terre.

— Jamais vous ne m'auriez crue si je ne vous avais pas montré, dit Rose.

Le cours était terminé. Ils eurent beau protester, rien n'y fit, ils durent partir. Ils étaient frustrés. Rose leur avait promis de les revoir bientôt pourtant. Pendant ce temps, ils devaient se livrer à une expérience.

— Je veux que vous méditiez une heure par jour et qu'après cela, vous créiez votre journée du lendemain, avait-elle prononcé d'un ton énigmatique. Je veux que vous notiez heure par heure ce que vous allez faire. Même si vous ne faites que regarder la télévision ou préparer le repas.

Elle avait fini en leur consignant de bien noter toutes les choses inattendues qui se produiraient.

Au bout du deuxième jour, Katell remarqua le jeu flagrant du hasard. Elle eut tout d'abord un coup de fil de son père qui n'avait pas appelé depuis six mois. Il lui annonçait qu'il ne viendrait pas pour Noël cette année. Puis ses grands-parents maternels appelèrent de l'autre côté de la planète, elle tomba sur d'anciens camarades d'école primaire, elle vit un reportage sur les mégalithes et comment les scientifiques les voyaient de plus en plus comme des aiguilles d'acupuncture. Elle tomba aussi sur Yann Foucaud deux fois de suite. Il avait un air soucieux et elle sentait des choses cachées en lui.

Mais le plus perturbant fut ce qui se passa le septième jour.

Elle faillit se faire renverser par un homme qu'elle n'avait pas vu, ni même pensé, depuis septembre, le médium Loïg Le Leuc'h, un samedi après-midi, alors qu'elle n'avait pas prévu de sortir à Carnac (Iniaki n'avait plus de son médicament contre la tension et sa pharmacie était en centre-ville). Elle retomba sur lui le lendemain alors qu'elle se promenait sur le sentier des Mégalithes au niveau de Kerzerho. Il s'enfuit en la voyant. Et elle le revit le surlendemain, en sortant du collège. Cette fois-ci, il faillit l'écraser pour de bon.

Il sortit de sa voiture en trombe et commença par lui asséner des insultes sur son manque de concentration sur la route. Elle le traita de chauffard et il s'énerva de plus belle.

— Vous, les jeunes, vous croyez tout permis, lança-t-il d'une voix dédaigneuse. Laisse-moi te dire une chose, jeune fille. (Il s'approcha à dix centimètres d'elle, plantant son regard glauque dans le sien). Le jour de votre jugement va bientôt arriver !

Il la saisit par les épaules et au moment où il allait parler, ses yeux se brouillèrent d'un voile noir qui passa comme un nuage. Son regard prit une intensité qui effraya la jeune fille. Elle essaya de se dégager. Son emprise était trop forte. Elle voulut crier, quand il ouvrit la bouche :

— De la glace… trembla-t-il. Beaucoup de glace, partout. Des murs givrés. Elle ressurgit… !

Son regard s'exorbita.

— Tu es en danger. Le Cœur aussi. Tu dois protéger le Cœur !

Il retira ses mains, secoua la tête, marmonna quelque d'inintelligible et se déroba sans laisser le temps à Katell de comprendre ce qui venait de se passer. Un peu étourdie, elle prit appui sur son scooter. Des flashs envahirent sa tête : des blocs de glace taillés et recouverts d'inscriptions indéchiffrables, une pyramide en verre, des milliers de visages aux yeux noirs, celui de M. Foucaud…

Elle crut perdre l'équilibre et s'assit sur la selle. Elle tremblait comme une feuille.

Elle resta là à reprendre ses esprits pendant une vingtaine de minutes. Elle ne voyait plus rien. Elle avait peur. Une minute plus tard, sa vision revint.

Katell était devenue distraite en cours. Ses résultats en

avaient pâti et pour la première fois de sa vie, elle décrocha une note en dessous de la moyenne. Elle regardait sa rédaction de français avec un air indifférent et la rangea dans son sac. À la première pause du matin, Mel la retrouva dans son coin.

— Qu'est-ce qui t'arrive ? lui demanda-t-elle d'un ton de reproche. Tu fais la tronche ou quoi ? J'ai dis un truc de travers encore ?

Katell releva la tête et lui annonça d'un coup la décision qu'elle venait de prendre.

— Enfreindre la baraque de Foucaud ?! répéta Mel, médusée. Et puis quoi encore ?! Tu n'veux pas t'attaquer au Crédit de Bretagne aussi, pendant qu't'y es ? Non mais t'as perdu la boule ou quoi ?

— Une intuition me dit qu'il s'y cache des trucs. Je ne peux pas t'expliquer.

— Qu'est-ce que tu ne peux pas expliquer ? fit soudain la voix d'Abel derrière elles.

Elles tournèrent la tête et virent le grand garçon à l'allure de pharaon sourire en expectative. Il était accompagné de Ronan. Après quelques minutes embarrassées, Katell leur avoua ce qu'elle avait l'intention de faire.

Abel et Ronan la contemplèrent en silence. Elle ne leur avait pas dit pour le cambriolage chez elle cependant, ni à Mel non plus (et elle avait imploré Morgane de ne pas faire passer un article dans le journal). Elle les avait simplement informés que M. Foucaud avait été vu près du Géant du Manio et que cela était louche.

— Et parce que c'est louche, il faut qu'on aille voir, c'est ça ? rechigna Ronan. On ignore comment est protégée la maison.

— Il n'y a rien de compliqué, j'en suis sûre, velouta Katell. Et grâce à mes pouvoirs...

— Grâce à tes pouvoirs, rien du tout ! biffa Mel d'un geste prompt. On n'est que des néophytes ! Et je te rappelle que t'es pas toute seule dans cette histoire. S'il nous arrivait quelque chose, hein ? Si on se retrouve coincés dans sa maison, à ce type, qu'est-ce qu'on fait, hein ?

Katell leur promit qu'ils ne risquaient rien dans la journée car M. Foucaud travaillait – ils n'avaient qu'à appeler le musée, essayer de prendre un rendez-vous bidon, voir quand il était occupé toute la journée…

— Et hop ! Le tour est joué ! triompha-t-elle.

— Avec le bol qu'on a, bouda Mel, il va nous arriver un truc pas possible… Je l'sens pas, moi…

Abel et Ronan, eux, étaient curieux. Tous les événements récents n'avaient qu'attisé leur appétit. Il se passait des choses anormales et des réponses s'imposaient.

— Et cambrioler la baraque du sous-directeur du musée de Carnac est une solution qui "s'impose" ? toisa Mel. Il est hors de question que je m'associe à un acte pareil !

— On ne va rien cambrioler du tout, opposa Katell sérieusement. On veut juste aller voir ce qu'il cache chez lui.

— Tu crois qu'il serait assez stupide pour cacher des trucs importants chez lui ? Ma parole, ces cours avec Rose n'ont fait que faire régresser ton jugement !

Mel n'en démordrait pas, Katell le savait.

Tout l'après-midi de cours se passa avec Mel assise à au moins un rang au-delà d'elle. Elle ne voulait pas parler, elle trouvait cela choquant et c'était tout.

Quand Mel rentra chez elle, son père était revenu de son voyage d'affaires en Allemagne. Il était exténué, il ne travaillerait pas cet après-midi et il lui proposa de se commander une pizza et de se mater un film.

— Hein ? Qu'est-ce que t'en dis ? s'enquit Gwendal avec un enthousiasme sincère pour une fois.

Mel ne put refuser. Elle n'avait pas particulièrement envie de passer la journée avec son père. Au moins, pendant ce temps-là, elle pourrait penser à autre chose que les péripéties illégales de son amie d'enfance. Parfois, elle se demandait pourquoi elles étaient amies d'ailleurs. Mel ressentait sa relation avec Katell comme l'eau et l'huile un jour, et le lendemain, comme un puzzle qui ne comptait que deux morceaux s'emboîtant parfaitement.

Katell et les garçons arrivèrent à Kerlescan en début d'après-midi, le dernier mercredi de novembre. La chance était avec eux : le ciel était si sombre de nuages noirs que la pénombre dissimulerait leur escapade. Le froid polaire gardait les gens chez eux également donc ils ne risquaient pas d'être vus. Elle les emmena vers une petite maison isolée rectangulaire et sans fioriture, au-delà du village. Ils planquèrent leurs scooters dans le petit bois de chênes sur la gauche. Ronan proposa d'aller sonner, pour s'assurer qu'il n'y avait bien personne. Quand il revint, il les informa que l'entrée était munie d'une caméra et d'un boîtier nécessitant des empreintes digitales.

— Le sous-sol, décréta Katell en les dirigeant vers l'arrière de la maison où elle avait repéré un garage en contrebas.

Le système de sécurité était présent là aussi et Abel lança son blouson sur la caméra perchée à deux mètres au-dessus de la porte.

— Bon, qu'est-ce qu'on fait du code ? demanda-t-il à Katell en montrant le boîtier. On n'a pas à donner d'empreinte, mais il faut entrer un code...

Katell s'approcha de la petite machine électronique, posa la main droite dessus et ferma les yeux. Elle fronça les sourcils, pianota quatre chiffres et la grande porte du sous-sol glissa sur la gauche en crissant faiblement.

— Comment t'as fait ça ?! s'écria Abel.

— Je ne sais pas trop... s'étonna-t-elle elle-même. J'ai posé la main et, *pof*, le code m'est apparu...

— Bon, peu importe, fit Ronan. Il faut qu'on se grouille, je ne veux pas rester ici plus longtemps qu'il ne faut.

Ils entrèrent dans le garage rempli d'outils de jardin, de clés à molette, tournevis, objets de bricolage divers, de pots de fleurs, d'une tondeuse, de trois armoires vides... Rien qui ne suggérait quoi que ce soit d'illégal.

Katell poussa la tondeuse sur une intuition et découvrit un panneau de bois scellé par un autre boîtier. Elle posa encore la main dessus et la même chose se produisit : elle vit le code. Quand le panneau fut ouvert, un escalier se déplia automatiquement et ils le descendirent en disposant des tubes en plastique en travers de l'ouverture pour que la porte ne se referme pas sur eux.

La lumière s'était allumée automatiquement elle aussi et là, ils se retrouvèrent face à tout sauf ce qu'ils avaient escompté. La salle qui faisait la superficie de la maison entière contenait une dizaine de caisses en métal gris foncé avec des symboles, ou une écriture, inconnus. Katell se jeta sur la plus proche, poussa le couvercle et tout un tas d'objets inestimables se révélèrent à ses yeux ébahis.

— Miiiiince… fit-elle, bouche grande ouverte. Le sous-dirlo est un receleur !

Ils sortirent un tas de vases précieux, de pots en or ciselés, des statues en ivoire animal, des manuscrits enluminés…

CHLAC !

Une porte claqua. Ce n'était ni la trappe, ni la porte du garage. Ils se dépêchèrent de remonter, refermèrent l'ouverture et voulurent sortir quand des bruits de pas dans le couloir qui menait au garage se firent de plus en plus proches. Ils se planquèrent derrière la plus large des étagères, serrés à un point qu'ils arrivaient à peine à respirer. La porte s'ouvrit violemment et Foucaud se manifesta, accroché à la poignée, l'air terrorisé. Il eut un soubresaut brutal et dégringola les quelques marches.

— NOOOOON ! hurla-t-il quand une forme rouge sang se déplaça vers lui.

Le nuage se décolora soudain pour prendre une teinte plus foncée, qui se métamorphosa l'instant suivant en un homme d'environ deux mètres, sous les yeux ahuris des ados. Ils ne voyaient que son profil. Ils pouvaient distinguer des traits fins et parfaits. Ce personnage était vêtu d'une combinaison rouge bordeaux, avec une capuche qui lui cachait les cheveux.

— Tu n'as pas achevé ta mission, articula l'homme lentement, d'une voix si grave et résonnante que les adolescents la ressentirent jusque dans leur estomac.

— J-j-je n'y suis pour rien !

— Tais-toi, impertinent !

Yann Foucaud eut des petits sursauts épileptiques, ses yeux

s'exorbitèrent, son teint se verdit et il commença à suffoquer.

— Il reste un Crâne à trouver, reprit le tortionnaire en conservant les yeux rivés sur le visage du sous-directeur en train d'étouffer.

— L-la rrradioactivité dddde la rrrégion, dit Foucaud, la gorge serrée dans un étau.

— Les Disciples s'impatientent !

Alors que Foucaud était sur le point de rendre l'âme, il s'effondra sur le sol, sursauta encore un peu, crachota, inspira comme s'il venait de naître et regarda le grand homme avec des yeux épouvantés.

— La radioactivité de la région pose des problèmes, arriva-t-il enfin à formuler en se massant la gorge, et aucune machine ne la contre de manière suffisamment efficace… Elle a dû trouver des vestiges de leur technologie… C'est la seule explication. Il aurait pu être détecté sin…

— Si tu échoues, interrompit l'homme capé sans la moindre trace de sentiment, tu sais ce qui arrivera, n'est-ce pas ?

— Oui, Contremaître, accepta-t-il en baissant les yeux respectueusement.

Quand il releva la tête, l'homme s'était évaporé.

Foucaud se releva du mieux qu'il put, tituba jusqu'aux escaliers, ferma le portail par réflexe et remonta chez lui dans des râles de douleur. Quand la porte fut refermée derrière lui, les ados sortirent de leur cachette prudemment. Ils se jaugèrent dans la pénombre.

— Ce type en rouge s'est téléporté ! chuchota Abel. Il sait faire des trucs que Rose connaît !

— Je ne sais pas si c'était vraiment de la téléportation, pensa Katell tout haut, le menton dans la main.

— Tu penses à… Tiens, c'est quoi ça ? fit Ronan en se penchant brusquement.

Il ramassa quelque chose qui brillait, tombé sous les escaliers. Il s'agissait d'une pyramide en cristal baguée. Mais la pyramide semblait léviter au-dessus de l'anneau. Katell voulut la saisir…

Elle reçut une décharge électrique accompagnée de mini éclairs semblables à la foudre. Elle réessaya et la même réaction se produisit. Abel approcha un doigt prudemment et au moment où il allait effleurer le métal cuivré de l'anneau, les mêmes petits éclairs provoqués par le contact des doigts de Katell se manifestèrent.

— C'est bizarre, ça ne me fait rien, moi, nota Ronan en triturant le bijou.

— Bon, je crois qu'il est temps de faire quelque chose de sensé, décida Katell. Il faut le dénoncer à la police.

Les garçons acquiescèrent.

Ronan mit la bague dans sa poche et ils sortirent aussi discrètement que possible par le portail qu'ils entrouvrirent. Ils coururent baissés jusqu'à leur scooter, les enfourchèrent pour rejoindre la route et trouver une cabine téléphonique. Ils passèrent ensuite un coup de téléphone anonyme, en recouvrant le micro de l'écharpe en soie de Katell.

Deux jours plus tard, ils apprirent que Yann Foucaud était emprisonné à la maison d'arrêt d'Auray. Son domicile avait été fouillé et un nombre impressionnant d'antiquités recélées avait été retrouvé. Il n'avoua rien. Sa résistance était hors du commun, avait rapporté le commissaire Le Piouf à Sylviane Goz, qui rapporta à son fils, qui rapporta à Katell. Celle-ci requit la permission d'aller lui rendre visite, accompagnée de Mel. Le commissaire avait rétorqué qu'il ne fallait pas abuser de sa clémence mais qu'il n'y voyait pas trop d'inconvénient, à condition qu'elle ne lui fasse pas « un coup tordu ». Elle lui promit d'être sage comme une image et le remercia gracieusement.

— Si vous pouviez lui tirer les vers du nez, à cet asticot de malheur, avait-il déclaré avant de couper la communication, ça m'arrangerait bien ! Je veux un rapport complet après votre visite !

— Cela va de soi, avait-elle répondu avec un battement de cils.

Katell avait rendez-vous le premier week-end de décembre et s'était rendue avec Mel à la prison, en train. Une fois devant le grand bâtiment moderne et lugubre, elles eurent un frisson simultané.

— Tous ces criminels rassemblés là, ça me donne la chair de poule, dit Katell tout en se frottant les mains, qu'elle avait emmitouflées dans des gants de laine mélangée à des fibres synthétiques pour mieux conserver la chaleur.

— C'était ton idée, rétorqua Mel.

Elles se présentèrent au petit bureau glauque à l'entrée et furent conduites dans une salle sans fenêtre, avec deux chaises métalliques, en attendant que le garde aille chercher le détenu. Mel informa Katell qu'elle ne voulait pas voir cet homme, en fait.

— Est-il possible de le voir derrière un miroir sans tain ? demanda-t-elle avant que l'homme en uniforme gris sombre ne parte.

Il grommela. Il allait voir ce qu'il pouvait faire. Un quart d'heure plus tard, la porte se rouvrit et le garde leur fit un signe de tête leur indiquant de l'accompagner. Il fit entrer Katell par une porte un peu plus loin et Mel par l'autre, à côté.

La salle où Katell fut placée sentait le renfermé et la transpiration de plusieurs jours. M. Foucaud était assis autour d'une table blanche, les mains à plat sur les cuisses, vêtu d'un uniforme vert pâle, le visage sans expression. Un sourcil s'était relevé légèrement quand Katell avait franchi le seuil mais il ne la regarda pas ni ne lui adressa la parole. L'adolescente prit place en face de lui en essayant de ne pas regarder la vitre pour ne pas trahir la présence de Mel derrière.

— Bonjour M. Foucaud, dit la jeune fille en croisant les mains. Je suis venue vous voir pour…

— Notre Maître à tous est prêt, coupa-t-il d'une voix plus rauque que celle qu'elle lui connaissait, une voix d'ailleurs.

Katell ne montra aucun signe de surprise. Elle se tut et observait ses yeux vitreux. Ils semblaient transcendés.

— La Prophétie… reprit-il avec un ton de messie, la Prophétie… tu ne pourras la changer.

Katell se raidit. Il avait prononcé des mots similaires à ceux de Loïg Le Leuc'h lors de leur première entrevue.

— Quelle prophétie ? s'enquit-elle en retenant son souffle.

— La Prophétie des Premiers.

— Les premiers quoi ?

— Les Premiers, répéta-t-il d'une voix vide. Ils savaient... Ils ont écrit la Prophétie en un temps troublé... la fin de leur ère de gloire...

— De quoi parlez-vous, M. Foucaud ? insista-t-elle, tentant de garder son calme. Que dit la prophétie ?

— La fin...

— La fin de quoi ?

— Les Cristaux Sacrés sont presque réunis...

— Les Crânes de Cristal ?! sursauta-t-elle.

Elle se rappelait les mots de cet homme mystérieux sur le parking de la Maison des Mégalithes. Il avait parlé de « cristaux... tous retrouvés ». Cela avait un lien, très certainement. Mais Foucaud venait de dire : « *presque* réunis ». Cela voulait donc dire que ce qu'elle avait entendu était en fait : « les cristaux *n'ont pas été* tous retrouvés ». Il en manquait donc ? Où étaient-ils ? Qui les possédaient-ils ?

Mel se mordit l'index de l'autre côté de la vitre. Katell était trop impatiente.

L'homme leva la tête, impassible.

— Tu ne pourrrras rrrrien changer, lui dit-il dans un râle.

Il éclata ensuite en sanglots.

— Personne ne pourra rien changer... reprit-il de sa voix revenue, la tête dans les mains. Tout est écrit, rien ne peut changer, tout est écrit, rien ne peut changer, tout est...

— Qu'est-ce qu'on ne peut changer, M. Foucaud ? Que dit la prophétie ? A-t-elle un véritable lien avec les Crânes ? M. Foucaud ? Vous m'entendez ?

Il ne répondit pas. Au lieu de cela, il somma le garde de le reconduire à sa cellule. Avant de quitter la petite salle, il jeta un regard vers la vitre, fronça les yeux et fit un clin d'œil. De l'autre côté, Mel en perdit l'équilibre : il avait su exactement où elle était placée.

Puis il se retourna vers Katell, ses yeux transcendés à nouveau.

— La Prophétie des Premiers est la Prophétie du Chaos,

prononça-t-il d'une voix dure. 2012 n'était pas la date de la fin du monde… mais le *début* de la fin. La Terre a été détruite dans le passé et elle le sera à nouveau… l'Histoire se répète… Tout est cyclique dans l'univers…

— Quand ? supplia Katell. Quelle est la date de la fin du monde ? M. Foucaud ?!

Il ne dit rien et quitta les lieux, la tête basse.

6. La Quête Secrète du Troisième Reich

Un épais manteau de neige recouvrait les toits en cette seconde semaine de décembre. Quelques plaques de verglas se planquaient dans les zones d'ombre et le ciel était d'un bleu cristallin. Katell revenait de son pèlerinage quasi quotidien au petit dolmen délabré. La neige glacée craquait sous ses pieds, l'air sentait l'herbe gelée. Elle se frotta les mains dans ses moufles et courut jusque chez elle.

Plus que deux semaines avant les vacances de Noël... Elle avait hâte que cette année se termine et avec elle toutes ces choses étranges sur lesquelles elle n'avait aucun contrôle. Elle avait cessé de créer ses journées car trop de choses bizarres se passaient. Les autres, eux, n'avaient pas vraiment pris la peine d'essayer.

Rose les avait rappelés. Elle leur avait finalement appris que la raison pour laquelle elle leur avait demandé de faire cela était simplement de remarquer le jeu du hasard et des coïncidences. Ils l'avaient vue tous les soirs depuis une semaine maintenant. Elle avait commencé à leur apprendre à contrôler leur énergie astrale, travailler avec le magnétisme terrestre pour renforcer leurs pouvoirs et également essayer de ressentir la mémoire d'objets, par exemple. De cette façon, il était possible de voir qui était entré en contact avec eux et ainsi découvrir comment ils avaient été fabriqués – ce que Rose avait trouvé personnellement très utile dans son travail d'archéologue et historienne. Les filles progressaient de manière prodigieuse. Les garçons, eux, avaient plus de difficultés. Les séances étaient éprouvantes. Leur cerveau devait apprendre tellement en si peu de temps. « Vouloir, c'est pouvoir » rétorquait constamment Rose quand ils peinaient. « Si vous savez que cela peut se produire, dans ce cas, cela se produira », ajoutait-elle d'une voix inflexible. Rose était un professeur exigeant mais les résultats qu'ils obtenaient les réconfortaient.

Foucaud, quant à lui, ne disait plus rien depuis la visite de Katell. Elle avait fait un rapport au commissaire. Celui-ci l'avait jeté immédiatement. Personne ne semblait pouvoir en soutirer quoi que ce soit. Il restait là, le regard dans le vide, marmonnant des choses incompréhensibles sur sa mort prochaine. Il n'avait plus longtemps à vivre, confia-t-il une dernière fois au garde qui lui apportait sa nourriture, tout comme il ne restait plus longtemps à qui que ce soit.

Les cours à l'école devenaient de plus en plus fastidieux pour Katell et elle se dépêchait, en ce mercredi, de rentrer chez elle pour passer l'après-midi à méditer et améliorer ses pouvoirs. Elle songea aux Crânes de Cristal sur la route, et à Rose aussi. Cette dernière ayant été archéologue, elle devait forcément avoir entendu parler de la légende des Treize Crânes de Cristal.

Quand elle arriva chez elle, une surprise l'attendait dans sa chambre.

— Rose ! s'exclama l'adolescente en ouvrant la porte. Qu'est-ce que vous faites ici ?!

— J'ai senti que tu avais besoin de me parler d'artefacts très particuliers...

— Les Crânes de Cristal, devina Katell.

— J'étais aux États-Unis, acquiesça Rose avec un grand sourire, prenant place devant elle, assise sur rien. Nous étions en 1947. J'étudiais une tribu descendante des Anasazi habitant, à l'époque, une partie du sud-ouest américain.

— Les Anasazi ?

— Le terme se traduit par : "les Anciens". Ce sont les

ancêtres de beaucoup d'Américains de la Première Nation comme on les appelle aujourd'hui – le terme d'Indien était trop péjoratif, l'avoir changé est vraiment une bonne chose. Les historiens classiques pensent que les Anasazi ont émigré d'Amérique centrale et étaient probablement des descendants des Olmecs et des Maya. C'est lorsque j'étais aux Etats-Unis donc, après la Seconde Guerre mondiale, que je les ai rencontrés et qu'ils m'ont prise sous leur aile. J'ai décuplé mes pouvoirs grâce à leur enseignement mais aussi grâce à ce Crâne dont ils avaient hérité. Je ne peux t'en dire plus. Je ne l'ai vu qu'une seule fois. La shaman qui en avait la charge le retourna dans sa cachette connue d'elle seule.

— Pourquoi étiez-vous chez eux ?

— Ils avaient une perception de l'univers qui m'intéressait car je recherchais des peuplades concentrant leur mode de vie sur les rêves. C'est d'ailleurs par la suite que je me suis intéressée aux Senoïs de Malaisie. Les Anasazi étaient fascinants eux aussi. Ils concevaient l'univers en plusieurs dimensions, comme les Maya. Ils pensaient pouvoir transposer leur esprit dans celui de n'importe quel animal et devenir ainsi cet animal.

— Et vous avez appris à faire ça ?

— Oui.

— Qu'est-ce qu'on ressent ?

Il était presque impossible pour Rose de le lui décrire.

— Car chaque expérience est… énonça-t-elle après un court silence, unique, transcendante, magique…

— Je croyais que vous n'aimiez pas ce mot, nota Katell en esquissant un sourire.

— Il est adéquat pour cette occasion, dit-elle en lui rendant son sourire. Dans le sens "merveilleux" du terme.

— Qui êtes-vous réellement, Rose ? demanda Katell en fronçant les sourcils. Et sommes-nous réellement dans ma chambre ?

— Ce qui est réel est relatif, répondit-elle de façon cryptique.

— C'est de la téléportation, ce que vous faites, quand vous m'amenez chez vous, n'est-ce pas ?

— En quelque sorte, oui.

— En quelque sorte ?

— Cela n'implique aucune machine. Le seul outil dont tu aies besoin, c'est ton cerveau. Tu y arriveras, sois patiente. Ta glande pinéale est prête. Tu dois lui laisser le temps de s'ouvrir. Elle n'a jamais été utilisée, ni par toi, ni par tes ancêtres. Elle est donc endormie...

— Oui, mais vous l'avez réveillée, interrompit Katell énergiquement. Rose, j'ai besoin que vous m'aidiez. Il faut que je sache. Il faut que je fasse parler M. Foucaud.

— Ce que tu souhaites est dangereux, objecta Rose dont le perpétuel sourire s'était évanoui.

— Il faut que je sache ce que dit cette prophétie exactement.

— Rester dans l'ignorance est parfois une bénédiction.

— Que voulez-vous dire ?

— Katell, dit Rose en reprenant une voix douce, tu ne peux pas entrer dans le cerveau de cet homme. Tu risquerais d'y trouver des choses terrifiantes dont tu pourrais ne pas te remettre.

— La décision me revient.

— Si je t'apprends comment faire, alors je suis responsable. Que dirait ta mère si elle découvrait...

— Ma mère n'en saura jamais rien. Elle se moque pas mal de ce qui m'arrive de toute façon.

— Ne la méjuge pas. Tu es dans une phase difficile de ta vie, tes hormones sont en train de te métamorphoser. Bientôt, tu seras celle que tu resteras toute ta vie. Actuellement, tu es en transition. Tu es en train de terminer ton deuxième cycle de vie.

— Mon deuxième cycle de vie ? Qu'est-ce que c'est que ça ?

— Nos ancêtres pensaient que notre existence se déroulait en cycles de sept ans. Le jour de ta naissance, tu entres dans ton premier cycle. À sept ans, tu passes dans le second et à quatorze ans dans...

— ... le troisième et ainsi de suite. Oui, OK. Mais qu'est-ce qui se passe lors de ces transitions d'un cycle à l'autre ?

— Si tu remarques bien, tu as sûrement vécu quelque chose de fort, de terrible, ou de dramatique à sept ans. Réfléchis bien.

Katell se concentra. Elle pensa à la mort de la mère de Mel. Non. Cela ne la touchait pas directement. Elle plissa les yeux et fouilla dans sa mémoire... Son visage se défit...

— Le divorce de mes parents, souffla-t-elle.

— Et ça a changé ta vie à partir de ce moment-là, tout comme la disparition de la mère de Mélusine.

— Vous savez ?

— Je l'ai ressenti. Mélusine a beaucoup de colère en elle.

— Oui, et j'espère qu'elle s'en débarrassera un jour.

— Cela arrivera.

— Les cycles de vie, enchaîna Katell, est-ce que c'est valable pour tout le monde ?

— Absolument.

— Que s'est-il passé pour vous ?

— À sept ans, mon père m'a donné ce livre sur les mystères de la civilisation égyptienne, ce qui a déclenché ma passion pour les mystères de l'humanité. À quatorze ans, j'ai ressenti quelque chose en moi de très fort. J'avais déjà la sensation de pouvoir faire bouger des objets par la pensée. Je me suis entraînée et j'ai réussi pour la première fois à le faire. À vingt-et-un ans, j'ai fait la connaissance de cet homme d'affaires dont je vous ai parlé. À vingt-huit, j'ai rencontré le seul homme que j'ai aimé... La suite est longue mais je n'en dirai pas plus.

— Donc, il va se passer quelque chose dans ma vie aux alentours de mes quatorze ans ?

— Tout à fait.

— Et vous savez quoi ?

— Tu dois laisser le Destin faire son travail, éluda la vieille femme. Tout te sera révélé quand le moment sera choisi.

— Et pour Foucaud, je fais comment ?

— Tu es têtue, fit Rose avec une pointe d'admiration.

Katell attendit, impassible.

Rose leva alors la main droite, paume face au visage de Katell de l'autre côté de la table de salon. La jeune fille se sentit prise dans un tourbillon qui se focalisa dans sa tête, plus précisément au niveau de sa glande pinéale. Elle vit soudain le corps de Foucaud dans sa cellule, allongé sur un lit de camp. Il eut un sursaut et se leva d'un coup. Affolé, il regarda autour de lui, comme s'il sentait une présence. Ses yeux changèrent de couleur. Du marron noisette habituel, il passa à un ambré translucide. L'iris semblait vivant, une sorte de masse en mouvement qui...

— NAAAAAAAAAAN ! hurla Katell.

Elle se prit la tête dans les mains et se coucha sur le lit. Prise de frissons glacials, elle se mit à trembler. Elle se sentait envahie, possédée, profanée même, comme si Rose insérait en elle quelque chose que son corps refusait. Le front de Katell s'illumina et un halo d'énergie en émergea. Il virevoltait maintenant au-dessus de sa tête, elle le voyait. Une image se dessina... Elle vit Yann Foucaud assis contre le mur, l'air terrifié, marmonnant des mots incompréhensibles...

Le moment suivant, Katell se retrouva allongée dans son lit, en pyjama. Elle regarda son vidéophone... Il était jeudi, sept heures du matin. Elle n'avait aucun souvenir ou presque de l'après-midi de la veille, or, elle était sûre d'avoir vu Rose... Avait-elle rêvé ? Avait-elle eu une vision ? Avait-elle voyagé dans une autre dimension ? Son front lui faisait un mal de chien. La douleur la lançait tel le flux et le reflux de la marée. Elle se leva et descendit immédiatement à la cuisine pour se servir un verre de jus de pommes.

Au petit-déjeuner ce jeudi-là, elle se mit à écrire sa journée. Elle ne l'avait plus fait depuis son expérience dérangeante avec le médium, Loïg Le Leuc'h. Elle décida, d'un coup de tête, d'aller plus loin dans l'expérience, voir si elle pouvait provoquer une influence sur les événements et les gens. Rose leur avait dit : « si vous savez que vous pouvez le faire, dans ce cas, cela se produira ».

En ce jeudi matin, elle écrivit :

« 8.30 : arrivée au collège, Maëlle vient me voir pour m'apprendre quelque chose.

9.00 jusqu'à 13.00 : cours (expérience étrange entre 10.10 et 10.30).

13.00 – 14.00 : déjeuner qui sera perturbé par quelque chose d'inhabituel qui ne touchera que Ronan.

14.00 – 17.00 : cours.

17.15 : départ du collège.

17.35 : retour à la maison, appel de maman pour me dire qu'elle ne mange pas avec nous + Mel et son père : quelque chose va changer dans leur relation.

17.45 : faire mes devoirs (18.00 : appel de Rose – quelque chose d'important à me dire).

18.30 : préparer le dîner pour deux seulement, regarder les infos : événement inexplicable en rapport avec mon problème.

20.30 : Maman revient, on se prend la tête, quelque chose de bizarre, discussion avec papy qui me fera comprendre certaines choses.

22.00 : dodo ».

Le collège Servat avait dû recourir à ses générateurs de réserve pour compenser le froid polaire. La cour n'était qu'une masse de petits nuages de buée formés par les conversations des élèves.

Maëlle arriva sur Katell à la manière d'un missile, le crâne recouvert d'un bonnet à pompon.

— Tu ne devineras jamais ce qui m'est arrivé le week-end dernier, dit-elle avec un énorme sourire.

— Tu as gagné au loto et donc tu n'auras jamais à bosser de ta vie ? taquina Katell.

— Mieux que ça ! répondit-elle avec des yeux pétillants comme du champagne. Je sors avec Julie Sauvage !

— Noooon ?! Je croyais qu'elle était… enfin, qu'elle sortait avec Louis…

— C'était jusqu'à samedi ! J'ai fait une fête, où tu n'as encore pas pu venir d'ailleurs… Bon, passons. Elle était là.

— Qu'est-ce qui s'est passé ?

— Elle a succombé à mon charme ! On a fait un karaoké – oui, bon, d'accord, je sais que ça ne se fait plus depuis des années, mais on avait envie de déconner et j'ai chanté la dernière chanson des Flux Deluxe, tu sais, celle où ils parlent de la beauté en chacun de nous ? Bref. Elle a adoré… Elle est venue me voir après ça et…

— Ouaaah, Maëlle, je suis épatée ! Respect ! ajouta-t-elle en levant la main droite que Maëlle claqua avec un rire complice. Katell avait toujours été impressionnée par Maëlle. Elle avait ce charme dévastateur d'une fille banale d'apparence mais avec une confiance en elle qui ensorcelait tout le monde. Katell aurait aimé avoir ce don. Elle se trouvait ordinaire en comparaison. Quand elle arriva dans la salle de cours, Abel prit place à la table sur sa gauche. Elle ne savait toujours pas que faire avec lui. Il la regarda avec une tendresse désarmante un instant et la gratifia d'un petit sourire furtif avant de prendre ses affaires. À dix heures, ils étaient en éducation civique et Mme Leplatois, dans son sadisme ordinaire, les avait affublés d'un contrôle sur le rôle des institutions régionales dans l'éducation secondaire. Katell lut l'intitulé, poussa sa feuille sur le côté et se mit à rêvasser, menton posé sur le poing.

— Le sujet de l'interrogation ne t'intéresse pas, Katell ? remarqua sèchement la femme aux cheveux noirs coupés au bol. Ou bien tu n'as pas révisé ?

— Non, répondit la jeune fille.

La classe avait levé le nez et attendait en silence. La professeur la regarda du haut de son mètre quarante-huit et demanda :

— "Non, le sujet ne m'intéresse pas" ou "non, je n'ai pas révisé" ?

— Non, le sujet ne m'intéresse pas, débita Katell d'un ton monotone.

Mme Leplatois contracta les épaules et avança le menton.

— Pardon ? fit-elle d'un ton piquant.

— Vous m'avez entendue.

— Chez Mme la Principale ! cria la professeur dont les joues venaient de s'enflammer d'un rouge magma. Et tout de suite ! Je ne veux pas te revoir ici avant que tu n'aies réfléchi sur... (elle saisit un morceau de papier, griffonna quelques mots et le tendit au délégué de classe, Samuel, un garçon au visage anguleux). Maintenant, DEHORS !

Une fois hors de la classe, Katell arracha le papier des mains de son camarade de classe.

— Quoi ?! Non mais elle a vu la Vierge, la mère l'Aplatie ! s'écria-t-elle en jetant le papier à la poubelle. Je vais sûrement pas m'crever pour son devoir de chiotte sur le respect aux adultes !

Samuel s'empressa de récupérer le papier froissé et le remit tel quel à la Principale. Il fut renvoyé en cours et Katell s'installa confortablement sur la chaise devant le bureau.

— Je ne vous ai pas autorisé à vous asseoir, Mademoiselle Loro, dit sèchement Mme Rincet. Restez debout, ça vous fera les pieds.

La Principale se leva, plaça ses mains dans son dos comme si elle allait commencer une inspection des rangs, marcha vers l'adolescente, tête penchée en avant, lèvres serrées. Son air de commandante d'armée laissait transparaître une certaine jubilation. C'était pour des moments comme celui-ci qu'elle aimait son travail.

— Il y a du laisser-aller dans votre attitude depuis un certain temps, Mademoiselle Loro, lança-t-elle, et je ne suis pas persuadée d'aimer la direction que vous êtes en train de prendre…

— Je suis…

— SILENCE ! ordonna la Principale. Et ravalez-moi ce rictus, je vous prie ! Vous allez vous excuser auprès de votre professeur dès la fin du cours, vous allez écrire ce devoir sur le respect envers autrui, vous…

— Et mon respect à moi, hein ?! se crispa Katell. Elle nous traite comme des moins que rien, elle…

— SILENCE ! Vous êtes là pour *apprendre*, Mademoiselle Lo…

— Et vous pensez qu'en nous balançant à longueur de journée qu'on est des ratés, ça va nous apprendre quoi que ce soit ?!

— Je ne discuterai pas des méthodes de Mme Leplatois avec une élève.

— Eh bien, peut-être alors que vous en discuterez avec l'avocat de ma mère, déclara Katell en gardant son regard droit devant elle.

Mme Rincet se raidit. Bon nombre d'établissements avaient été traînés en justice pour des histoires moins graves que celle-ci. Les parents profitaient de la moindre erreur pour faire payer l'Éducation nationale de leur mauvaise éducation à eux. Les avocats étaient devenus la profession la plus recruteuse et les principaux de collège et lycée, celle la plus crainte.

— Des menaces ! s'exclama Mme Rincet, outragée. Vous osez me menacer, petite impudente ?!

— Je ne vous menace pas, je vous préviens.

— Cela revient au mêm...

— Non, il y a une différ...

— TAISEZ-VOUS ! Vous n'allez pas vous en sortir comme ça, Mademoiselle Loro. Si Mme Leplatois use de moyens non orthodoxes pour que son enseignement imprègne votre cerveau obtus, cela ne sera rien en comparaison de la honte qui pèsera sur vous quand le juge entendra le rapport sur votre comportement !

La Principale avait parlé d'un trait et reprit son souffle.

— Maintenant, DEHORS !

Katell se tourna lentement en fixant Mme Rincet d'un air irréductible.

— Assez de vos effronteries ! En étude ! ROMPEZ, et au pas de course !

Katell était sortie sans dire un mot, en claquant la porte. Elle resta une seconde immobile dans le couloir. Un rictus se dessina sur ses lèvres. Elle n'avait jamais tenu tête à la principale auparavant, ni à un adulte avec autorité... Elle se sentait légère, elle était fière d'elle. Elle se sourit tout le long du chemin vers l'étude où, en vingt minutes, elle avait gribouillé sa rédaction dont la dernière phrase était : « Le respect n'est pas une voie à sens unique ; si quelqu'un veut l'inspirer, il doit aussi aller dans l'autre sens ».

Satisfaite de sa prose philosophique, elle passa le reste de son temps à relire les traductions du Journal de Solon sur son téléphone. Et plus elle relisait, moins elle comprenait.

Elle ne voulait pas donner le reste sur Internet. Elle n'avait plus confiance depuis ce qui était arrivé à M. Kerboviac – l'enquête l'avait d'ailleurs innocenté des accusations juste avant son décès.

Quand la sonnerie retentit, ou plutôt l'un des passages de chanson de Gilles Servat, en l'occurrence, *La Blanche Hermine*, Katell se dirigea à son cours suivant tranquillement. Mme Rincet la surprit dans les couloirs et la mitrailla du regard. L'adolescente n'en fit pas cas et continua son chemin nonchalamment. Une fois dans le labo de biologie, Mel, Abel et Ronan se ruèrent vers elle.

— Alors ? s'enquirent-ils tous les trois en même temps.

— Je n'ai eu qu'à faire son devoir débile sur le respect… J'ten ficherais, moi, du respect, tiens, râla Katell.

— Qu'est-ce qui t'a pris ? demanda Mel. Tu as perdu la tête ou quoi ? Tu veux risquer ton premier bac ?

Le Brevet n'existait plus depuis longtemps et avait été remplacé par le baccalauréat 1, qui précédait le baccalauréat 2 à la fin du lycée.

— Écoute, Mel, les études, je commence à me demander si ça vaut vraiment la peine.

— Mais enfin, tu débloques ! Et tu vas faire comment pour avoir des diplômes ?

Katell secoua la tête d'impuissance.

— Je ne sais pas ce qui se passe en moi, articula-t-elle d'une drôle de voix. C'est comme si un démon était en train de prendre possession de mon cerveau…

— Il va peut-être falloir qu'on arrête les cours avec Rose alors, suggéra Ronan.

— Nan ! Ça, c'est hors de question, il faut qu'on aille jusqu'au bout.

— Pas si ça veut dire dérailler en cours, opposa Mel.

— C'était un accident. Ça ne se reproduira plus.

— Tu es trop émotive, intervint Abel. Mes frangines, c'est pareil, elles partent au quart de tour ! C'est bien les nanas, ça, tiens. Des vrais volcans en sommeil, et un jour, BANG ! c'est l'éruption.

— Ouais, sauf que ça n'a rien à voir avec la géologie ce qui

m'arrive, fit Katell en balançant son sac sur la table carrelée.
M. Akad entra à ce moment-là et leur demanda de prendre
une feuille.
— Il manquait plus qu'ça... maugréa Katell. Devoir surprise.
Génial.

Quand vint l'heure de la pause de la matinée, à onze heures,
Katell décida d'aller directement dans la salle de français où ils
avaient deux heures d'affilée avec Mlle Koweski, une Polonaise
qui maîtrisait mieux la langue de Molière que n'importe quel
Français.
Tout à coup, elle sentit une respiration dans son oreille. Elle
sursauta en se retournant.
— Abel ! Tu m'as fait peur.
— Tu pensais que c'était le démon qui hante ton esprit ?
taquina-t-il.
Elle rit nerveusement puis se rassit confortablement.
— Tu ne vas pas dans la cour ? s'informa-t-elle le plus
innocemment possible.
— Et toi ? Pourquoi tu n'y vas pas ? questionna-t-il d'une
voix charmeuse.
— Euh... Pas de raison particulière, juste envie de calme.
— Tu m'as impressionné avec la vieille tout à l'heure.
— Ouais, ben, je sais pas trop ce qui m'a pris. Je crois que
mes hormones me jouent des tours ces temps-ci.
— Ou peut-être que c'est autre chose qui te perturbe,
susurra-t-il en se rapprochant de son visage. Laisse-toi faire,
Kat...
— Ah, t'es là ! s'écria Mel en déboulant dans la salle et
s'arrêtant aussitôt. Oh, mer... euh, chiotte, euh, pardon. Trop
désolée. J'vous laisse à vos... euh... votre... Salut !
Katell éclata de rire. Abel, lui, était toujours aussi sérieux. Il
leva sa main qu'il plaça derrière la nuque de la jeune fille et
attira sa tête vers la sienne. Son regard descendit sur sa bouche
fine et il posa lentement ses lèvres plantureuses dessus. Elle lui
rendit son baiser. Il la resserra contre lui. Elle le repoussa.
— Abel, dit-elle d'un ton désolé, je... je ne sais pas si...

— J'ai été patient, Kat. Je t'ai laissé le temps... Je... Tu me rends... Ça me rend fou !

Son regard bleu-vert s'était assombri. Le garçon se gratta le front et posa son autre main sur sa hanche.

— Qu'est-ce que je dois faire ? lui demanda-t-il. Je ne sais plus quoi faire... Un moment tu m'encourages, tu es toute mielleuse avec moi et le suivant, tu me rejettes... Qu'est-ce que j'ai fait ?

— Ce n'est pas toi, c'est moi...

— Oh, j't'en prie, pas ce genre de baratin avec moi ! Je l'ai inventée, cette excuse à la noix !

— Je ne suis pas en train de m'excuser, j'essaie de t'expliquer ! Je ne sais pas ce que je veux, Abel... Tu me plais énormément, je... j'aime quand tu es là... mais...

— Stop, fit Abel d'une voix un peu chavirée. N'en rajoute pas. Je ne crois pas que mon... cœur va pouvoir supporter cet horrible "mais". C'est bon, je te laisse tranquil...

Avant qu'il ait pu finir sa phrase, Katell lui avait agrippé la tête par les mains et avait attiré son visage vers le sien. Elle l'embrassa passionnément avant de le relâcher.

— OK... fit le garçon, le visage rallumé. Euh... alors, tu veux bien... réessayer ?

— On ne vit qu'une fois, répondit-elle doucement en esquissant un sourire gêné. Après tout, on ne sait jamais ce qui peut nous arriver demain.

Son regard s'était perdu sur les murs de la classe recouverts d'affiches de pièces de théâtre et de portraits d'auteurs français célèbres. Une chanson de Servat retentit, c'était la fin de la pause.

Le cours de français se déroula dans un calme relatif. Mlle Koweski, d'une silhouette sculpturale, attisait beaucoup les désirs des garçons aux hormones en pleine effervescence. Les commentaires fusaient sur des petits mots qui passaient de rang en rang. Katell ne regarda même pas ce qui était noté, son esprit était ailleurs. Elle sentait le regard d'Abel sur sa nuque. Un frisson lui traversa le corps et elle baissa la tête. « Qu'est-ce que tu as fait, abrutie... » songea-t-elle. « Tu n'as rien senti quand il t'a embrassée… ».

À la fin du cours, et après avoir déjeuner, Katell réunit ses amis dans un recoin de la cour, près du gymnase, où personne ne les verrait, afin de procéder à des expériences avec la bague que seul Ronan pouvait enfiler. Elle lui avait demandé la veille de l'amener et elle espérait qu'il n'avait pas oublié.

— Il faut qu'on essaie de comprendre pourquoi tu es le seul à pouvoir la porter, dit-elle. Je suggère que tu te concentres quand tu la portes, que tu te rappelles ce que nous a appris Rose, que tu te laisses envahir par sa mémoire.

— T'es marrante, toi, fit Ronan en haussant les épaules, comment veux-tu que j'y arrive ?

— Médite d'abord. On va tous méditer avec toi, OK ? interrogea-t-elle en regardant ses amis les uns après les autres.

— Qu'est-ce qu'il doit chercher, au juste ? demanda Mel. Tu penses que l'esprit de la bague va lui parler ?!

— Qu'est-ce qu'on a à perdre ? trancha Abel, agacé par les ronchonneries perpétuelles de Mel. Faut bien qu'on s'exerce, non ? Et puis on sait jamais, il s'pourrait même qu'un génie apparaisse et te transforme en… mmm… un pot d'fleurs. Moui, tu serais très jolie en pot d'fleurs.

— Bon, on s'y met, oui ? commanda Katell en se plaçant devant eux.

Mel mitrailla Abel du regard. Celui-ci ne fut pas impressionné. Ronan ne dit rien et prit place à côté de Katell.

Celle-ci leur demanda de former un cercle – Rose leur avait dit que c'était la meilleure position pour canaliser l'énergie – et ils commencèrent la récitation de leur mantra, ce chant monotone destiné à se concentrer.

— OOOmmm, émirent-ils, les yeux fermés. OOOmmm…

Au bout de cinq minutes de ce même processus, Katell commença à ressentir une sorte de chaleur dans son ventre, au niveau du nombril, laquelle s'étendit à son torse pour remonter dans sa gorge et finalement atteindre son cerveau. Elle leva les bras devant elle, les écarta lentement, pencha la tête légèrement en arrière et au même moment, les trois autres adolescents l'imitèrent. La pyramide baguée devint soudain plus brillante au doigt de Ronan, puis elle pivota pour se tenir debout sur l'anneau. À cet instant, une sorte de distorsion de la matière environnante se créa, une d'énergie qui s'enroula autour de la tête du garçon.

Katell, Mel et Abel ouvrirent les yeux. Leur bouche tomba. Le visage de Ronan semblait être composé de deux visages superposés… Un autre se superposa, et un autre, des dizaines, des milliers, jusqu'à devenir ce visage long aux arcades sourcilières prononcées, aux yeux légèrement en amande, au nez effilé, et à la bouche fine. Il avait un air de Jésus.

— Qu'est-ce qu…

— Chut, Abel, murmura Katell. Laisse faire.

Ronan ouvrit la bouche… Aucun son n'en sortit. Le halo qui lui englobait la tête sembla se modifier. Les traits du visage changèrent légèrement, les yeux s'agrandirent et devinrent noirs, le nez plus fort et long, les lèvres plantureuses… Le front s'agrandit et une lueur surgit en son centre. Le garçon se prit la tête dans les mains. La pyramide tournoyait sur elle-même à une vitesse fulgurante. Il cria de douleur.

— NOOON ! stoppa Katell quand Abel voulut se jeter sur son ami pour arracher la pyramide baguée de son doigt. Ça va te tuer !

— Il faut faire quelque chose, enfin ! paniqua-t-il.

C'est alors que Mel hissa la main droite vers Ronan, comme pour lui caresser le visage ; une étincelle se produisit, le visage fondit brusquement et la pyramide pivota pour reprendre sa forme inversée. Le garçon s'écroula sur le sol, le visage livide.

— Ronan ? s'empressa de demander Katell en lui tapotant les joues. Ça va ? Tu nous entends ? Il a vraiment une sale tronche, dis donc… Qu'est-ce qui s'est passé, Mel ? C'est quoi ce coup fumant que tu nous as pondu, là ? Comment t'as su que tu ne risquais rien ?

Elle s'était retournée vers Mel qui restait là à regarder Ronan étendu par terre.

— J'veux pas dire mais faudrait p't'être qu'on l'emmène à l'hosto, là, non ? conseilla Abel.

— Il n'est pas mort, rétorqua Katell.

Elle se retourna vers son amie.

— Mel ?

— Je ne sais pas, Kat. Comment as-tu su, toi, que ça vous tuerait, toi et Abel ?

— Une intuition.

— Pareil.

Ronan gémit. Il pivota la tête vers les trois autres, sembla les reconnaître, esquissa une grimace.

— Ronan ? appela Katell. Tu te sens comment ? Qu'est-ce qui s'est passé ?

— C'était... commença le garçon en se redressant. C'était effroyable... J'ai vu...

— Nous, on a vu la tronche de Jésus ! coupa Abel.

— Ce n'est pas du tout le Christ que j'ai vu... murmura-t-il, effrayé. J'ai vu la Terre complètement détruite... et il rigolait...

— Qui ça ? demanda Katell.

— Je ne sais pas... Il était dans ma tête... J'ai senti les autres aussi.

— Quels autres ? questionna Mel avec une moue perplexe.

— Je ne sais pas. C'était comme si je les entendais tous, comme s'ils étaient tous reliés à lui.

— Qui ça, bon sang ? s'énerva Katell.

— Puisque je te dis que je ne sais pas ! riposta Ronan violemment. C'était une présence qui faisait partie de mon être tout entier... Aaargh, je ne sais pas comment vous expliquer !

Il gesticulait en accompagnant ses paroles et tout à coup, la pyramide baguée glissa de son doigt, tomba sur le sol sans se casser et se réduisit en une poussière cristallisée qui s'éleva dans les airs, tourbillonna une seconde pour se dissoudre ensuite dans le néant.

— Bah, ça alors... souffla Katell, stupéfaite. C'était quoi, ce machin ?!

Katell revenait juste de cours quand sa mère appela pour lui signaler qu'elle ne viendrait pas manger avec eux. Elle avait un dossier à finir et après cela, elle irait au restaurant avec Élaine.

Sa fille se débarrassa de ses affaires, descendit à la cuisine et mit les informations régionales en bruit de fond quand son vidéophone indiqua un appel entrant par un petit hologramme en forme d'ampoule qui flashait le visage de Mel en son centre. Elle ordonna à l'appareil de prendre la communication.

— Regarde les infos ! lui dit Mel, ses petits yeux noirs alarmés.

Katell tourna la tête. L'image montrait une cellule avec un corps inanimé sur le sol.

— Foucaud ! reconnut-elle instantanément en augmentant le son.

La journaliste rapportait que le corps avait été retrouvé ainsi il y avait environ une heure. La mort remontait au déjeuner.

La voix étranglée, Katell glissa :

— Tu crois que… que c'est nous qui… ?

— Ce n'est pas possible, trembla Mel, on était à des kilomètres de la prison.

La journaliste poursuivit en établissant le mystère qui entourait ce décès. Aucune blessure corporelle n'était apparente, pas une goutte de sang n'avait été versée. L'autopsie était entreprise par le docteur Sylviane Goz, médecin légiste.

— C'est la mère de Ritchie ! s'écria Katell. On va pouvoir savoir ce qui s'est passé, alors !

— Et le secret professionnel, tu en fais quoi ? rétorqua Mel.

Le manque d'enthousiasme de son amie n'assombrissait pas pour autant les espoirs de Katell.

— Tu es bien chez Lulu, là, non ? velouta-t-elle.

— Je te vois venir, Loro, avec tes airs de charmeuse. Tu ne retireras rien de Sylviane.

— Elle doit bien venir le récupérer à huit heures, comme tous les jeudis non ?

— Et ton cours de gym ?

— Je laisse tomber. Il y a plus important dans la vie que de faire des pirouettes.

— Sylviane ne te dira rien !

— En temps normal, j'aurais été d'accord avec toi, Mel. Là, je sens que je peux la faire parler…

— Woh woh woh ! Qu'est-ce que tu insinues par là ? Je ne suis pas du tout d'accord pour que tu utilises nos pouvoirs pour ça ! Ce n'est pas déontologique !

— Arrête avec tes mots pompeux ! Je sais bien que ta mère t'a toujours dit de parler correctement et avec des jolis mots, mais là, tu vois, je n'ai pas envie de les entendre.

Mel se glaça :

— OK, d'accord, de toute façon, quoi que je dise, tu ne changeras pas d'avis.

— Tu me connais si bien, plaisanta Katell.

Mel ne trouva pas cela charmant du tout et raccrocha sans dire au revoir.

Dix minutes plus tard, Katell était chez Lulu. Ritchie était planté devant la télé, à côté de Mel qui mâchouillait un bonbon collant sans sucre, ni graisse. Lulu lui proposa une boisson qu'elle refusa. Katell prit place de l'autre côté de Ritchie sur le canapé et le regarda avec un sourire séducteur.

— Ta mère vient dans pas longtemps, là, non ? demanda-t-elle doucereusement.

— Hein ? fit-il. Euh, oui, enfin, ça dépend de l'autopsie. Tu as entendu ce qui s'est passé, Mel m'a dit.

— Oui, c'est affreux. Ta mère t'a dit quelque chose ?

— Elle ne parle jamais de son taf, répondit-il mollement.

— Il n'y a pas moyen de connaître les résultats, c'est bien ça ? vérifia Mel pour apporter de l'eau à son moulin.

Ritchie évita son regard, piqua un fard rouge sang et bafouilla que ce n'était pas vraiment le genre de conversation à la maison.

— Ma mère préfère les sujets un peu plus... vivants, s'tu veux, rit-il.

Ils continuèrent de regarder le dernier film catastrophe d'Hollywood sur un changement de pôle qui déclencha une destruction presque totale de la planète. Une demi-heure passa avant que la mère de Richard n'arrive, l'air exténuée.

Sylviane Goz était une femme rondouillarde aux cheveux châtains en rideaux autour d'un visage très sérieux. De son regard, se dégageait une dureté qui avait toujours impressionné

Katell.

— Quelle journée… souffla-t-elle en jetant son sac sur le sol et en se dirigeant vers le canapé pour embrasser son fils et sa belle-mère.

Lulu lui avait dit un bonsoir poli, parce que Ritchie était là et qu'il ne devait pas être conscient de l'animosité qui existait entre elles. Mais lorsqu'il était aveugle, il l'avait ressentie dans leur voix et ses sens ne s'étaient pas amoindris depuis qu'il avait recouvré la vue.

— Vous avez travaillé sur le corps de ce type ? demanda Katell innocemment.

— Oh, je ne veux surtout pas parler de ça ! stoppa Mme Goz de sa main levée devant elle. Brrrrr, ça me donne encore la chair de poule.

Elle se dirigea ensuite vers la cuisine et Katell se leva pour prendre un verre d'eau. Une fois dans la pièce douillette, la jeune fille s'approcha et planta son regard azur dans le sien. Sur le visage rond de Mme Goz, une expression étonnée s'installa.

— Qu'est-ce qu'il y a, Katell ? Je peux faire quelque chose pour toi ?

— Je connaissais M. Foucaud, vous savez.

— Ah bon ? Comment cela ?

Katell lui exposa brièvement les circonstances de leur première rencontre mais ne mentionna pas les détails surprenants qui suivirent.

— C'était un homme sérieux, m'avait dit la réceptionniste.

— Pas tout à fait, corrigea Sylviane Goz. Il était receleur d'antiquités et se servait du musée pour transporter des artefacts inestimables vers des mafieux russes. Pas très sérieux, je dirais. Tout cela sera dans les journaux demain. Je ne brise pas le secret professionnel en te l'apprenant.

L'expression de surprise sur le visage de Katell fondit et elle lui demanda si l'autopsie avait au moins révélé quelque chose d'étrange.

— Étrange ? répéta Sylviane, mal à l'aise. Elle toussota dans son poing. Qu'est-ce que tu veux dire ?

Katell ne répondit pas. Au lieu de cela, elle fixa Sylviane Goz droit dans les yeux. Celle-ci essaya de détourner le regard. Elle sembla en être empêchée. Elle voulut crier. Aucun son ne sortit de sa gorge. Soudain, ses yeux se fermèrent et Katell sentit l'énergie vitale de la mère de Ritchie l'envahir par le nombril d'abord puis remonter vers sa glande pinéale. Un moment étourdie, elle faillit perdre l'équilibre. Elle se rattrapa contre le plan de travail, faisant tomber une cuiller sur le carrelage. Sa tête s'alourdissait, des images s'engouffraient en elle…

Katell voyait le corps disséqué de M. Foucaud, ses entrailles reluisant sous la lumière crue du labo… Le visage de l'adolescente prit ensuite une expression horrifiée.

Tous les organes avaient été réduits en bouillie, fondus comme de la gelée.

La vision s'arrêta quand Ritchie arriva sur le perron de la porte, le regard rivé sur sa mère immobile lui faisant dos.

— Qu'est-ce qui se passe ? s'inquiéta-t-il.

— On parlait de M. Foucaud, informa Sylviane en se retournant, les yeux vides.

— Tu vas bien, maman ?

— Je suis éreintée, dit-elle en prenant son verre d'eau et l'avalant d'un coup. Allez, on rentre maintenant. Je n'en peux plus, je me sens vidée.

Katell restait là sans rien dire. Quand Ritchie et Sylviane furent sortis, elle s'écroula au sol, replia les jambes contre elle et posa son menton sur ses genoux. Ses pensées étaient erratiques, son cœur affolé, son cerveau inondé d'images horribles. Elle se releva, tituba un moment, retrouva son équilibre. Elle dit bonsoir à Lulu et Mel et s'en alla.

— Attend, attend, attend ! appela Mel. Ho ! Pourquoi tu t'enfuis comme ça ?

— Je suis vannée.

— Qu'est-ce qui s'est passé dans la cuisine ?! J'ai vu la tête de Mme Goz… Ritchie a vu quelque chose ?

— Non, non, il ne s'est rien passé. Elle n'a rien voulu me dire.

— Et l'as-tu forcée ?

Katell secoua la tête.

Mel tordit la bouche.

— Tu mens, dit-elle en croisant les bras. Tu ne peux rien me cacher, Kat, pas la peine que tu t'évertues. Un simple regard de toi et je sais que tu mens. Allez, aboule.

Katell lui rapporta alors la vision qu'elle avait eue. Mel en recouvrit sa bouche d'effroi.

— Il n'y avait aucune blessure extérieure, nota Katell. C'est complètement bizarre, non ?

— Tu crois que c'était la vision de la mémoire de Mme Goz ?

— J'en suis sûre, je sais faire la différence maintenant. Là, je sentais tout... le sang... eurk... c'était affr...

Katell s'était arrêtée, son visage interdit.

— Quoi ? paniqua Mel.

Cette dernière venait aussi de ressentir quelque chose de bizarre en elle.

La seconde suivante, elles étaient toutes les deux chez Rose.

— Il s'est passé quelque chose de terrible, annonça Rose d'un ton grave. J'ai senti une énergie néfaste cet après-midi.

— Vous avez ressenti ce qui s'est passé avec le sous-directeur du musée ? supposa Mel.

Rose repoussa nerveusement ses longs cheveux blancs dans son dos.

— Je ne suis pas sûre de connaître la raison pour laquelle je dois vous dire cela, esquiva-t-elle. L'homme pour lequel j'ai travaillé à l'époque de la Seconde Guerre mondiale, cet homme dont je vous ai brièvement parlé lors de notre première rencontre...

Les filles la regardaient sans comprendre.

— Cet homme, en réalité, n'était pas un homme d'affaires dont la passion était l'archéologie, avoua la vieille femme. C'est un homme au pouvoir terrib...

— Il est toujours vivant ?! s'exclama Katell. Mais ce n'est pas possible, il serait encore plus vieux que vous. Personne ne peut vivre aussi longtemps !

— Pierre Saint Clair le peut. Il le peut car il a accès, depuis toujours, à la plus grande source de pouvoir : la technologie de nos ancêtres.

— Nos ancêtres avaient une technologie ?

— La plus avancée que tu puisses imaginer.

— Comment le savez-vous ?

— Parce que j'ai eu accès à cette technologie lors de mon travail avec Pierre. Quand je l'ai rencontré en 1937, il préparait une conférence à Paris sur la civilisation de Thulé.

— Thulé ? répéta l'adolescente en tapotant sa bouche de son index. C'est la civilisation de Scandinavie, ça, non ? Enfin, leurs ancêtres, je veux dire.

— Pas tout à fait. Thulé n'était qu'une fraction de la civilisation globale qui existait il y a plus de quinze mille ans. Tout comme ce continent nommé Atlantide.

— L'Atlantide a existé ?! s'exclama Mel. Ah non ! Vous n'allez pas nous raconter des blagues pareilles !

— Disons qu'une civilisation avancée peupla la Terre il y a longtemps de cela et que l'Atlantide n'en était qu'une partie.

— Les Premiers… murmura Katell à elle-même.

— Ils vivaient d'une manière totalement différente de la nôtre. Ils étaient proches de la nature, chose que nous avons perdue. Ils avaient ainsi conçu une technologie fondée sur l'observation de cette nature qui contient toutes les réponses à nos besoins architecturaux, médicaux, nos systèmes de défense, et tant d'autres choses impossibles à concevoir tant notre civilisation a changé.

Katell se rappela les mots de Ronan à propos de son père, Daniel, quand ils étaient allés à Kerzerho la première fois. Il avait vécu dans une communauté hippie qui vénérait la nature, leur avait-il dit. Il conseillait toujours à son fils de l'observer car « elle renfermait tous les secrets du monde ». Il avait raison alors, pensa-t-elle.

— Nous commençons tout juste à entrevoir ce qui avait été développé, continua Rose imperturbablement. Ce n'est vraiment qu'au cours du siècle écoulé que les plus grandes découvertes furent faites. Malheureusement, elles furent également gardées secrètes. J'eus le privilège, néanmoins, d'être en contact avec cette technologie. Je peux vous assurer que si une puissance agressive venait à mettre la main sur elle... (son expression changea), le monde serait une toute autre planète. Comme cela fut presque le cas pendant la Seconde Guerre mondiale.

— Pardon ? fit Katell.

— Pierre Saint Clair avait formé une alliance avec Hitler.

— PARDON ? refit-elle, horrifiée.

Rose expliqua que ce fut vers la moitié des années 20, après qu'Hitler, alors en prison, eut écrit son livre sur sa lutte, que Pierre contacta ceux qui allaient devenir les nazis, ce régime dictatorial, impérialiste et raciste qui déclencha la Seconde Guerre mondiale en septembre 1939. Pierre Saint Clair leur parla de Thulé, de leur pouvoir de créer une race de super-hommes pour son combat. Cette race d'hommes grands, blonds et aux yeux bleus était supposée être celle des Anciens et Hitler se jura de repeupler la Terre de cette race supérieure, les Aryens.

— Ce fut Pierre, d'ailleurs, qui suggéra à Hitler le choix de la swastika comme drapeau, paracheva Rose.

Katell savait que la croix était un symbole de pouvoir dans les cultures de l'Antiquité et qu'il serait apparu en Arménie au 8e millénaire avant l'ère chrétienne. Sa signification restait très complexe. La croix incarnait le soleil tout-puissant. Il était symbolisé en forme de disque dans toutes les vieilles cultures. Si deux traits, un vertical et l'autre horizontal, étaient inscrits dans le cercle, une croix était obtenue. Les quatre quarts ainsi formés représentaient les quatre points cardinaux car ce symbole était aussi astronomique.

— Avec des branches penchées à 90°, ajouta Rose, la croix évoque la force spirale de l'univers que l'on voit dans les bras des nébuleuses, par exemple.

— C'est le symbole du soleil, OK, admit Katell avec une moue. Mais quel rapport avec les nazis ?

— Ils savaient que ce symbole cachait la clé du pouvoir du soleil. Il faut savoir que dans *swastika*, il y a *svar*, qui vient du sanskrit, cette langue ancienne de plusieurs milliers d'années, et signifie brillance, illumination. La seconde partie vient de l'arménien *ast* et signifie pouvoir ou dieu.

— Donc cela veut dire le Tout-Puissant Dieu Soleil, en

conclut la jeune fille.

— Ou le Pouvoir Divin du Soleil, corrigea Mel avec un air blasé.

Les nazis avaient, grâce à leur alliance avec Pierre, accès à des documents très secrets que personne, sauf leurs complices, n'avait jamais vus, confia encore Rose. Ils savaient que le peuple de Thulé possédait un savoir immense sur le soleil. C'était ce savoir en particulier qu'ils convoitaient. Ces documents contenaient des informations qui n'avaient aucun sens pour Rose.

— Nous étions accompagnés d'historiens, voyez-vous. Nous n'avions pas accès à une opinion *technique* pour les comprendre.

— Qu'est-ce que vous entendez par "technique" ? demanda Mel, légèrement intriguée.

— Certains de ces documents étaient des sortes de... comment dire... des sortes de plans.

— Des plans de quoi ?

— De construction. Pour créer toutes sortes de machines : recycler les déchets, créer de l'air froid, guérir les maladies ou en créer, transformer... (elle se tut un instant et prit une gorgée d'eau). Nous ne les comprenions pas toutes... mais nous avons découvert des sources d'énergie d'une puissance terrifiante qui, plusieurs années plus tard, furent connues sous le nom d'énergie... nucléaire.

Un silence se figea dans le temps.

— Qu'est-ce que vous racontez là ?! s'exclama Katell. Ce n'est pas possible ! Nos ancêtres connaissaient le nucléaire ?

Rose poursuivit son récit en leur révélant les découvertes faites au 20ᵉ siècle au Pakistan. Cette partie du monde fut autrefois habitée par un peuple grand, à la peau pâle et aux yeux clairs, comme ceux de Thulé. Ils se nommaient d'ailleurs les Aryens. Leur ville se situait dans la vallée de l'Hindus, une vallée fertile. Ils y bâtirent une immense cité, plus sophistiquée que celles d'aujourd'hui. Son nom était Mohenjo-Daro. Elle fut fouillée par les archéologues et ils y découvrirent des faits des plus surprenants.

Des squelettes furent retrouvés, certains se tenant encore la main, comme s'ils avaient été surpris par quelque chose d'instantané et de violent. Quand les archéologues examinèrent et testèrent les ossements, ils firent une découverte qui chamboula le monde de la science moderne.

— Ces squelettes étaient parmi les plus radioactifs jamais retrouvés, dit Rose le plus naturellement du monde.

Silence.

— Les murs de briques et de pierres étaient totalement vitrifiés, continua-t-elle, ce qui veut dire qu'ils avaient été soumis à une chaleur intense. Nous savons cela car ils n'ont pas été détruits ; ce ne pouvait donc pas avoir été l'œuvre d'un volcan ni d'un astéroïde... On a trouvé d'autres restes vitrifiés comme ceux-ci dans d'autres parties du globe : les déserts de Gobi et de Libye notamment.

Katell écarquilla les yeux.

— Ce n'est pas possible, souffla-t-elle. C'était il y a plus de dix mille ans, enfin !

— C'est bien ce que je suis en train d'essayer de vous faire comprendre, confirma Rose calmement. Les Anciens possédaient un savoir *bien* plus grand que tout ce que tu peux imaginer. C'était cela qu'Hitler voulait à tout prix. C'était cela, la quête secrète du Troisième Reich...

— Les nazis ont construit des machines en avance sur leur temps, d'accord, fit Mel, mais ils n'ont pas gagné la guerre pour autant. Donc cette technologie n'est pas si avancée que ça.

— Ils ont bien failli, releva Katell.

— Cette technologie, dit encore Rose, n'était que la partie immergée de l'iceberg. Toutes leurs connaissances, basées sur un mode d'existence totalement contradictoire avec tout ce que nous connaissons, devaient être retrouvées. Les nazis travaillaient dessus comme des acharnés. Ils employèrent les meilleurs scientifiques du monde. Lorsque ils furent vaincus, certains des acolytes d'Hitler s'enfuirent en Amérique du Sud où ils avaient transféré des millions de marks, leur monnaie à l'époque. Ils avaient découvert dans les années 1930 un réseau de tunnels parcourant toute l'Argentine, le Chili, le Pérou, jusqu'en Amérique centrale.

— Ces tunnels ont été mentionnés par les Conquistadores, se rappela Katell après avoir lu des livres sur le sujet – Iniaki était persuadé que ces tunnels existaient.

— Tout à fait, confirma Rose. Les nazis eurent ensuite vite fait, sous l'égide de Saint Clair et grâce aux fonds illimités de ce dernier, de construire des villes dans les montagnes. Des villes dont personne ne sait, à ce jour, où se trouve l'entrée. Des villes mentionnées sur aucune carte.

— Elles existent toujours ? s'étonna Katell.

La vieille femme hocha la tête sans attendre.

— Les satellites devraient pouvoir les voir ! objecta Mel.

— Elles sont protégées de la même manière que je le suis ici : par un champ magnétique. Celui-ci absorbe les ondes radio, les transforme et les fait rebondir pour donner l'apparence d'une forêt ou d'une montagne. Le camouflage est parfait.

— Et ce Saint Clair ? s'enquit Katell.

— Il possède un immense complexe souterrain quelque part. Je pensais qu'il n'existait plus jusqu'à aujourd'hui.

— Que s'est-il passé alors pour que vous nous appeliez ?

— Une puissante énergie s'est faufilée dans la croûte terrestre jusqu'ici… J'ai reconnu la signature de la technologie des Premiers que lui seul connaît dans les détails. C'est elle qui a tué cet homme que vous connaissiez.

— Quoi ?! M. Foucaud ?! Vous en êtes sûre ?

Rose hocha la tête.

— C'est ridicule, enfin ! balança Mel. Comment un petit sous-directeur d'un petit musée de rien du tout pourrait-il être mêlé à un type aussi puissant que ce Saint Clair dont vous parlez ?

— Yann Foucaud n'était qu'un ustensile pour Pierre Saint Clair, comme toute personne sur cette planète. Il l'utilise tant qu'il en requiert la nécessité, puis il s'en débarrasse.

— Quel usage pouvait-il faire de ce type insignifiant ? s'impatienta-t-elle.

— Je pense que la clé se trouve au musée lui-même, répondit Rose d'un air énigmatique.

Les deux jeunes filles la dévisagèrent avec une expression mêlée de confusion et de suspicion.

— Rappelle-toi, Katell, dit Rose en plantant ses yeux sombres dans les siens. Rappelle-toi ta première visite au musée… Concentre-toi.

Katell comprit et ferma les yeux, laissa ses muscles se détendre. Elle débarrassa son esprit de ses pensées, fit le noir complet et ramena sa mémoire à ce jour de septembre où elle avait rencontré le sous-directeur du musée. Elle passa la salle d'accueil, entra dans la partie des expositions, monta les escaliers, attendit M. Foucaud… Elle accéléra sa mémoire et arriva au moment où ils quittèrent le sous-sol, après la disparition du sous-directeur…

— La porte codée ! s'écria-t-elle, se rappelant maintenant les dix longues minutes qu'il avait passées derrière et le fait qu'il était revenu tout requinqué, comme s'il s'était shooté.

— Allez voir ce qu'il y a derrière cette porte, déclara Rose d'un ton assuré.

L'instant d'après, les adolescentes étaient dans la cuisine de la longère de Katell.

— Bon, je te laisse, dit Mel. Je vais au resto avec mon père ce soir.

Elle partit et laissa son amie en plan.

Une fois de temps en temps, Gwendal Conan se rappelait ces moments où tous les trois allaient au restaurant une fois par semaine, pour goûter les merveilles de la cuisine bretonne. Mel adorait les fruits de mer et il l'amena au Repos du Marin, un nouveau petit resto qui donnait sur la Ria d'Étel, à quelques kilomètres au nord de Carnac. Le décor était composé de représentations holographiques de la mer dans tous ses états, des petits bateaux de bois étaient accrochés aux murs blancs et bleus, quelques nœuds marins fluorescents faisaient office de lampes tamisées, et le tout sentait bon les moules marinières.

Ils prirent place à une petite table pour deux près de la baie vitrée donnant sur la côte morcelée de la ria. La mer était d'huile, le soleil bas dans un ciel cotonneux bariolé de rouge poivron et de violet aubergine.

Gwendal héla le serveur pour obtenir la carte et commander une demi-bouteille de Médoc 2003.

Mel restait silencieuse.

— Alors, Mélusine, commença son père en plaçant ses coudes sur la table et croisant les doigts, comme s'il était en réunion. Comment se passe l'école ?

— Bien, répondit-elle en regardant la foule qui s'amassait petit à petit.

— Pas de problèmes avec tes camarades ? Ni avec les profs ?

— Non.

— J'imagine que tu n'as pas de difficultés à suivre ?

Elle lui lança un regard d'évidence.

— Oui, non, forcément, dit son père en se raclant la gorge. La cantine n'est pas trop mauvaise ?

— Non, ça va.

Gwendal souffla.

— Bon, tu pourrais peut-être faire des phrases qui comportent plus de trois mots ! s'énerva-t-il.

— Tout va très bien, répliqua-t-elle d'un ton monotone.

— Écoute, on passait un bon moment... quand ta mère et toi... et moi étions au resto... Je sais qu'elle n'est plus là et... qu'elle ne reviendra pas... (sa voix avait changé, elle vacillait). Il faut que tu comprennes que je ne suis pas contre toi, Mélusine.

Sa fille ne disait rien.

— Je n'ai jamais rencontré d'autre femme tout à fait comme ta mère, dit-il ensuite, les yeux un peu luisants. Elle était vraiment... unique.

— Tout le monde est unique.

— Non, je veux dire *vraiment* unique. Elle était *extra*ordinaire. Je me rappelle un jour d'une phrase qu'elle m'avait dite, lorsque Grand-mère est décédée : "Nous faisons partie d'un Tout. Quand notre lumière s'éteint, une autre s'allume". Elle disait que cette petite lumière, tu la vois dans la nuit, quand tout est calme. Et c'est cette petite lumière qui te fait te rappeler de cette personne aimée. Tu te souviens alors de toutes les bonnes choses parce que les mauvaises n'ont pas d'importance. Et là, tu souris.

Les lèvres de Mel se relaxèrent.

— Pourquoi vous ne vous êtes jamais mariés ? demanda-t-elle enfin.

— Elle ne voulait pas. Elle disait qu'un morceau de papier avec un beau tampon ne la ferait pas m'aimer davantage. Au contraire, elle partait du principe que n'étant pas mariés, on était obligés de faire plus d'efforts pour conserver l'autre. Parce qu'il peut partir quand il veut. Alors que quand on est mariés, le divorce, c'est long et compliqué et difficile et tout. Et puis, aujourd'hui, tu sais, ça n'a pas grande importance. Les gens sont moins attachés à ces anciennes valeurs.

— Tu voulais te marier toi ?

Gwendal hocha la tête.

— Pourquoi vous n'avez pas eu d'autres enfants ?

— Nous avons essayé. Rien ne fit. Nous n'avons eu aucun problème avec toi mais ensuite tout s'est bloqué. Comme si son corps n'avait été fait que pour avoir un seul enfant. On a tout essayé, tous les traitements, toutes les séances de relaxation que tu veux, tout. Étant donné qu'elle ne voulait pas de fécondation artificielle…

— Pourquoi elle n'en voulait pas ? interrompit sa fille.

— Des études avaient montré que la plupart des enfants nés *in vitro* avaient un risque plus élevé que la normale de développer des maladies génétiques plus tard dans leur existence, et on n'a pas eu le temps d'explorer d'autres possibilités…

Sa voix chancelait.

— Elle me manque à moi aussi, tu sais, articula Mel après un long silence.

Gwendal la contempla avec une expression attendrie qu'elle ne lui avait pas vue depuis longtemps. Elle esquissa un léger sourire. Le serveur arriva et ils commandèrent un énorme plateau de fruits de mer.

Mel appela Katell dès qu'elle rentra et lui raconta sa soirée.

Cette dernière était en train de se faire un chocolat chaud et fut ravie de voir qu'elle se rapprochait un peu de son père. Ce ne devait pas être facile pour lui non plus de vivre à côté de sa fille qui ressemblait tellement à sa femme.

— Il m'a dit que parfois, ça lui était insupportable, s'attrista Mel.

— Il ne voulait pas dire ça comme ça, rassura Katell.

Un bip lui signala un autre appel. Katell raccrocha. C'était Maëlle qui lui proposait de sortir au Diamond Paradise ce vendredi, une boîte dans les environs de Carnac.

Morgane entra dans la cuisine à ce moment-là, toujours vêtue de son tailleur du travail.

— Je ne suis pas d'accord ! opposa-t-elle. Tu ne sortiras pas ce week-end, tu es bien trop jeune pour aller en boîte. Il faut avoir seize ans.

Katell lança un regard d'acier à sa mère, se retourna vers Maëlle et lui promit de la rappeler plus tard.

— Je fais largement seize ans ! déclara-t-elle. Et j'ai une carte d'étudiante.

— Katell ! Non mais ça ne va pas la tête ?!

— Dis donc, ce n'est pas toi qui falsifiais des documents quand tu étais jeune ?

— Oui, mais non, c'était différent…

— Et en quoi, s'il te plaît ?

— Ma génération était un peu perdue, se justifia Morgane en gesticulant. Nos parents n'ont pas vraiment eu d'éducation, ils nous plantaient devant la télé, on n'avait aucune communication, donc on a un peu fait n'importe quoi… J'essaie de réparer les dégâts.

— Ah oui, ça, côté communication, on peut dire que tu t'y prends vraiment bien pour réparer les dégâts…

— Pas de cynisme avec moi, mademoiselle ! Je te signale que ce n'est pas inné d'être parent, quoi qu'on en dise. On fait tous des erreurs. Au moins, moi, j'essaie de te donner une éducation !

— En m'interdisant d'aller en boîte ? grinça Katell.

— Je ne veux pas que tu traînes dans ces endroits-là, c'est

tout.

— Pourquoi ? Tu as peur que je tombe sur toi en train de te faire peloter par un type bourré ?

Une gifle valsa dans les airs pour atterrir sur la joue de Katell. Complètement stupéfaite, elle ne souffla mot, calma la douleur par un frottement de la main, fixa sa mère droit dans les yeux. À cet instant, Morgane chercha à inspirer... L'air lui manquait... Elle étouffait. Son visage prit une teinte rougeâtre... Elle suffoqua l'espace d'une seconde puis s'écroula au sol.

— Maman ! cria Katell en se ruant vers elle.

— Ne t'approche pas de moi ! repoussa Morgane d'un geste sec.

Elle se releva et contempla sa fille d'un air vide.

— Qui es-tu... ? lui demanda-t-elle sans que cela ne fut une question, massant sa gorge douloureuse. Qu'est-ce que tu m'as fait... ?

— Maman...

— D'où tiens-tu ces pouvoirs ? Et ne me dis pas que ce n'est pas toi car je sais que ça l'est. Je t'observe depuis quelque temps. Tu ne vas plus à tes cours de gym. Tu disparais souvent... Je le sais parce que ton GPS ne peut pas te localiser... Eh oui, la technologie, ça a ses avantages.

Katell se pinça la lèvre. Elle n'avait pas pensé à cela. Quand ils étaient chez Rose, le magnétisme empêchait leur vidéophone de fonctionner.

— Qu'est-ce qui se passe, Katell ? Tu es en train de te métamorphoser en quelque chose que je ne comprends pas... Je sais qu'on n'a jamais vraiment beaucoup parlé toutes les deux, tu as toujours été plus proche d'Iniaki... Tu me fais peur... J'ai l'impression que ce n'est plus ma fille que j'ai devant moi, celle que j'ai mise au monde, mais ce mons... cette inconnue...

— Maman, commença Katell d'un ton ému, je suis désolée... j'ai fait une promesse.

— Tu admets que quelqu'un est en train de t'aider à... à faire je ne sais quoi avec ton...

Elle remuait les mains vers son cerveau nerveusement.

— Nous sommes capables de choses incroyables, maman. Je

ne peux pas te dire… Je suis désolée de ce qui s'est passé mais il faut que j'aille jusqu'au bout. Il faut que j'apprenne à utiliser mon cerveau.

— Tu n'as que treize ans, Katell, rien de ce que tu fais ne peut être important hormis étudier à l'école.

— L'école ne nous apprend pas tout !

— Elle t'apprend suffisamment pour avoir un bon métier plus tard !

Katell se crispa.

— C'est quoi, un bon métier, hein ? Travailler comme un chien pour quelqu'un qui n'a qu'une ambition : s'en mettre plein les fouilles ? Non merci ! J'ai envie de plus que ça. Tu ne comprends donc pas ?!

— Plus qu'un bon métier ? Qu'est-ce qu'il te faut de plus, Katell, hein ? Tu n'as besoin que d'un job qui paye tes factures, c'est ça, la vie d'adulte.

— Je n'en veux pas de cette vie, moi !

— Mais il n'y a rien d'autre ! s'énerva Morgane au point d'éclabousser sa chemise avec l'eau du verre qu'elle venait de prendre.

— Si, il y a autre chose.

— Faire peur aux gens avec des pouvoirs, c'est *ça* ce que tu veux ? fustigea sa mère.

Katell baissa les yeux.

— Je ne voulais pas ce qui vient de se passer, avoua-t-elle en relevant la tête. J'ai… Je n'ai pas contrôlé ma colère…

— Si tu laisses tes émotions prendre possession de toi aussi facilement, Katell, que se produira-t-il quand ton cerveau sera capable de bien plus ? Tu ne dois pas continuer, tu es trop jeune.

— Rose dit que non ! Que justement c'est l'âge idéa…

— Rose ? stoppa Morgane. Qui est cette Rose ?

— Je ne peux pas te dire, j'ai promis, répondit-elle en se mordant la lèvre à nouveau.

Morgane l'observa un moment, se dirigea vers l'évier pour se reverser de l'eau.

— Je suis supposée te laisser voir une femme que je ne connais ni d'Ève ni d'Adam, c'est bien cela ? lança-t-elle une fois qu'elle se fut servie.

— Qui donc est cette personne que tu ne connais ni des lèvres ni des dents ? s'enquit soudain Iniaki d'un ton joyeux, en entrant dans la cuisine.

— Personne, fit Katell, le visage fermé.

— Ton arrière-petite-fille a le pouvoir de t'étrangler par la simple pensée, annonça Morgane, son verre tremblant entre ses mains.

— Pardon ? dit-il, l'air choqué. Des pouvoirs ?

— Ce n'était rien, rassura Katell.

— Rien ?! s'insurgea sa mère. J'ai failli étouffer quand même !

— Se pourrait-il que... murmura l'ancêtre.

— Quoi ? fit-elle d'un ton rêche.

— Vous avez bien vu aux infos tous ces enfants qui ont des pouvoirs. Vous n'avez pas pu les rater, on en parle de plus en plus depuis dix ans.

— Comme cette petite fille au Laos qui peut déplacer des objets par la pensée, se rappela Katell de sa conversation avec d'Anaïg deux mois plus tôt.

— Oui, et il y en a des milliers d'autres, répondit Iniaki. J'ai toujours su qu'il y avait quelque chose de différent chez toi depuis... depuis que tu es toute petite, finit-il par un clin d'œil à Katell.

Elle comprit qu'il faisait allusion à l'épisode de Crucuno et elle se sentit de plus en plus persuadée que cela avait quelque chose à voir avec ce qui lui arrivait maintenant.

Quand elle y réfléchit plus longuement, elle se dit que non. Mel avait des pouvoirs comme les siens, or elle n'avait pas eu cette expérience. Et les garçons non plus, or ils commençaient à développer leurs pouvoirs eux aussi.

De retour dans sa chambre, Katell s'écroula sur son lit et laissa ses pensées entrer et sortir de sa tête. La reproduction peinte par Abel de la bague à la pyramide se matérialisa soudain dans son esprit. Elle se releva immédiatement, se dirigea vers son espace de travail et la sortit du classeur où elle l'avait conservée. Elle la scruta un instant et décida de la montrer à son arrière-grand-père.

Elle dévala les escaliers et entra dans la cuisine. Sa mère et Iniaki n'étaient plus là. Elle alla frapper chez son aïeul. Celui-ci lui ouvrit la porte, deux œufs à la main.

— J'avais envie de crêpes et je me suis rendu compte que je n'avais plus d'œufs. C'était pour ça que j'étais venu, expliqua-t-il en voyant le regard de Katell descendre au niveau de ses mains. Bon, c'est quoi cette histoire avec Morgane ?

— Elle ne comprend rien… répondit-elle en se blottissant contre sa poitrine.

Elle renifla et enchaîna d'une voix durcie :

— Tu es sûr que c'est vraiment ma mère ? Je n'ai pas été échangée à la clinique ?

Iniaki eut un petit rire attendri. Il écarta ensuite son arrière-petite-fille doucement, passa sa main libre dans ses longs cheveux soyeux et lui embrassa le front.

— Je crois que là-dessus, il n'y a aucun doute, apaisa-t-il. Tu ressembles à ta mère comme deux gouttes d'eau. Et tu as aussi une partie de son caractère !

— Je ne suis pas aussi bouchée qu'elle !

Il soupira.

— Ta mère ne sait pas comment te prendre parce qu'elle a l'impression de se voir à ton âge. Tes grands-parents n'ont jamais su comment la prendre non plus, donc elle n'a aucun point de repère.

— Elle s'imaginait bien comment ce serait, des parents idéaux, non ? Elle aurait pu essayer avec moi, y a des bouquins pour ce genre de trucs !

Iniaki rit doucement. Puis il remarqua la feuille qu'elle tenait à la main.

— Tu m'apportes un cadeau ? se réjouit-il.

— Oh, oui, euh… c'était en fait…

Lorsque Iniaki posa les yeux sur le dessin, le choc qui se lut sur son visage fut tel que les deux œufs qu'il tenait en tombèrent sur le sol. Ses yeux avaient pris une drôle de consistance. Il saisit le dessin d'une main chevrotante.

— Tu connais cette bague, papy ? s'informa-t-elle.

Elle avait bien observé la réaction de son aïeul et son esprit sonnait l'alarme.

— Ce n'est pas une bague, corrigea Iniaki d'une voix laconique. C'est... c'est une pyramide baguée.

— C'est pareil...

— Non, ma chérie, ce n'est pas pareil, ce n'est pas pareil du tout... Cet objet... Ceci n'est pas un bijou.

— Tu as l'air de bien savoir de quoi tu parles...

Iniaki releva le nez et laissa son regard se fixer dans le néant, le dessin en suspens devant lui.

— Papy ? Tu connais cette ba... cet objet ? J'ai fait des recherches sur Internet et je n'ai rien trouvé qui y ressemble.

— Tu ne trouveras rien, dit son arrière-grand-père en la regardant maintenant dans les yeux. D'où vient cette peinture ? Où as-tu vu cet objet, Katell ? C'est important, très important, ma chérie, il faut que tu me le dises.

— Je l'ai rêvé, mentit-elle. J'ai demandé à Abel de m'en faire une reproduction aussi exacte que possible.

Iniaki la scruta un instant, jaugea si elle disait la vérité et redirigea son regard vers le dessin, partagé entre la terreur et le besoin de révéler quelque chose.

— Tes rêves sont de plus en plus... détaillés, lui dit-il en examinant la pyramide de plus près. La reproduction est parfaite.

— Comment le sais-tu ?

— Parce que j'ai vu cet objet une fois.

— Quoi ?!

La neutralité du ton de son arrière-grand-père la surprit au point de se demander s'il n'était pas en train de lui raconter des histoires.

— C'est le symbole qui unit une confrérie très ancienne et très secrète, reprit-il d'une voix des plus sérieuses.

— Tu connais leur nom ?

— *Personne* ne connaît leur nom, répondit Iniaki en secouant la tête.

Il se rendit ensuite en direction de la cuisine.

— Si une organisation veut vraiment rester secrète, dit-il en chemin, personne ne connaîtra jamais son nom. Et c'est le cas de ceux qui ont possédé cet objet. Ils étaient si hermétiques que nul n'a jamais su qui ils étaient vraiment.

— Ils n'existent plus ?

Il haussa les épaules.

— Qui sont-ils réellement, papy ?

L'aïeul prit un moment avant de répondre. Il se dirigea vers l'évier et saisit une éponge qu'il humidifia et retourna vers la porte d'entrée.

— C'étaient des criminels d'une espèce à part, annonça-t-il en essuyant le sol. Au départ, ils vénéraient un dieu en particulier de la mythologie égyptienne. Tu te rappelles forcément des deux dieux les plus connus...

— Isis et Osiris, interrompit Katell.

— C'est cela, félicita-t-il. Et que te souviens-tu de ces dieux ?

— Je crois qu'ils étaient mari et femme, et qu'Osiris est mort puis ressuscité... un truc dans c'genre-là.

— Isis était la déesse de la vie et du savoir et Osiris son alter ego masculin. Osiris avait un frère qui était jaloux et amoureux d'Isis. Il tua Osiris et le jeta dans le Nil dans un caisson. Isis le retrouva et le ressuscita.

— Oui, je me rappelle maintenant.

— Te rappelles-tu du nom du frère d'Osiris ? Le meurtrier ?

Katell chercha mais rien ne lui revenait en mémoire.

— Seth, annonça Iniaki d'une voix retenue, comme s'il avait peur d'être entendu.

— Seth ? répéta-t-elle. Oui, ça me dit vaguement quelque chose.

— Seth fut banni des siens, continua-t-il. Il jura alors leur perte. Il décida de se retirer et de monter sa propre civilisation dans son coin.

— Quelle civilisation a-t-il créée ?

— Aucune. Plus aucune légende ne parle de lui après cela. Cela fait bien quatre mille ans maintenant.

— Mais toi tu penses qu'il n'a pas disparu, supputa Katell

avec un petit sourire en biais.

Iniaki regarda le dessin de la pyramide baguée en soupirant.

— Je ne sais pas, ma chérie.

— Tu l'as vue où, cette pyramide baguée ?

— Sur un homme lors d'une conférence dans les années 30. C'est mon ami De Payens qui m'a alors parlé d'eux.

— De Payens ? C'est qui ?

— Celui qui m'a transmis le virus de la vraie archéologie. Quel phénomène, celui-là ! Il était increvable. Après mes études, un peu avant la Deuxième Guerre mondiale, je l'ai rencontré par hasard – enfin, si c'était vraiment le hasard – lors d'un séminaire. Il m'a révélé certaines des découvertes archéologiques faites au siècle précédent. Il m'a aussi parlé de cet homme qui faisait en réalité partie d'une organisation terrifiante, laquelle avait mainmise sur un bon nombre de réseaux politiques, commerciaux, bancaires, militaires, de santé etc. De Payens, lui, faisait partie d'une organisation paragouvernementale chargée de mettre cet homme et son organisation hors d'état de nuire.

— Et il a réussi ?

— Je ne sais pas.

— Il ne t'a jamais dit ?

— Il a disparu de la surface de la Terre peu après la fin de la guerre. Je n'ai jamais plus entendu parler de lui, ni de cette organisation dédiée à Seth. Je pense qu'il était agent secret d'un grand calibre et qu'il a été tué, ou peut-être même transféré dans un autre pays sous une autre identité.

— Comme ces témoins lors de procès dangereux ?

— Oui, répondit Iniaki avec un sourire d'espoir.

— Et le type avec la bague ?

— Je ne l'ai revu qu'une seule fois, répondit-il d'une voix durcie. C'était en 1994. J'étais en Chine pour rencontrer le professeur Hausdorf, un Allemand qui avait eu l'autorisation du gouvernement d'aller explorer les pyramides blanches de la province de Xi'An, lesquelles avaient été repérées en 1945 par un pilote américain. Quand je suis arrivé, je me suis retrouvé nez à nez avec cet homme et… il a failli me tuer…

— Quoi ?! s'écria Katell.

— La vie d'archéologue à cette époque était très mouvementée, dit-il avec un sourire qu'il effaça sitôt qu'il vit l'expression angoissée de sa descendance. Ne t'inquiète pas, il ne m'est rien arrivé, tu le vois bien !

— Et tu crois que son organisation existe toujours alors ? paniqua Katell.

Iniaki ne répondit pas et retourna dans la cuisine.

Quand elle fut dans sa chambre, elle se perdit dans ses pensées, allongée sur son lit. Les événements depuis la rentrée l'avaient fortement déséquilibrée dans ses convictions, ses espoirs, ses craintes. La vie n'avait plus le même sens. Elle sentait ses pouvoirs grandir à vue d'œil et elle ressentait les ondes des gens proches d'elle (elle captait leur aura).

Elle avait peur.

Elle tomba sur ses notes du matin. Ce jeudi avait été presque exactement comment elle l'avait prévu.

7. Communion avec l'Une

Il ne restait plus que quelques jours de cours avant les vacances de Noël. Avec tout ce que Katell savait désormais, sa vie de collégienne paraissait dérisoire. Elle était obnubilée de savoir si cette organisation mystérieuse existait toujours. Elle passait la plupart de son temps d'étude à parfaire un plan d'action. Le musée de la Préhistoire avait été rouvert pour la période de festivités et elle devait impérativement aller voir ce qui se cachait derrière la porte codée. Elle sentait que des réponses s'y trouvaient. Tout le reste n'avait plus aucune importance.

Abel et Ronan, eux, profitaient de ces derniers jours pour se défouler et s'amuser avec leurs pouvoirs émergeants – ils avaient enfin réussi à mouvoir quelques objets légers et se divertissaient à tirer des chaises quand quelqu'un était sur le point de s'asseoir. Mel, quant à elle, parlait encore moins que d'habitude. Elle détestait décembre et elle détestait Noël plus encore. En outre, Katell s'était mise en tête de faire une fête pour leurs quatorze ans et la dernière chose que voulait Mel, c'était bien de fêter ce jour-là.

— On ne sait pas combien de temps il nous reste sur cette planète, professa Katell. La fin du monde peut très bien être pour demain. Il faut en profiter.

Mel secoua la tête et souffla d'exaspération.

— Je n'ai pas envie de savoir, dit-elle en tortillant ses boucles groseille.

— Et savoir ce qui se cache dans cette pièce secrète du musée ?

— Si tu te fais piquer, tu risques gros.

— On ne se fera pas piquer, répondit Katell d'un ton convaincu. Rappelles-toi ce que nous a appris Rose : on peut forcer la chance si on est persuadé que rien ne nous arrivera. Si on a le moindre doute, là, on est fichu. L'expérience ne te tente pas ? Tu n'as pas envie de savoir si tu peux jouer avec ton destin ?

— Mon destin ? fit Mel. Je ne crois pas que mon destin va se jouer dans une salle du musée de la Préhistoire de Carnac !

— Qui sait, on ne peut pas le savoir tant qu'on y est pas allées.

Katell mit une bonne heure avant de convaincre Mel de la sagacité de son plan et cette dernière accepta à condition de ne pas impliquer les garçons dedans. S'il arrivait quelque chose, il valait mieux qu'elles ne soient que deux. Katell accepta et elles se retrouvèrent au musée de la Préhistoire le mercredi après-midi.

Un car de jeunes soldats de Coëtquidan avait débarqué en même temps qu'elles – la base de la prestigieuse école militaire de Saint Cyr se trouvait à une heure de route de là, dans la forêt de Paimpont, et des activités culturelles étaient incluses dans leur entraînement. Les sifflements admiratifs des recrues cheminaient jusqu'à leurs oreilles blasées. Katell passa devant eux, l'air de rien. Mel, elle, baissa la tête et passa nerveusement sa main dans ses cheveux.

Une fois à l'intérieur du musée, elles payèrent leur entrée comme deux touristes ordinaires et entrèrent dans la salle du Paléolithique. Elles prirent ensuite le couloir qui la reliait à l'arrière du musée. Quelques couples avec des enfants admiraient les reproductions holographiques des constructions des dolmens. Les filles marchèrent d'un pas pressé vers l'arche menant à la nouvelle aile du musée. Katell pointa l'endroit où se trouvait une porte avec l'avertissement, à hauteur d'yeux, « Réservé au personnel – défense d'entrer ».

— C'est par-là, indiqua-t-elle.

— On risque de se faire voir, stoppa Mel en déviant le regard vers un couple de personnes âgées qui déambulait dans la salle.

Au moment où ils passèrent derrière un panneau, Katell ouvrit la porte en tirant Mel vers elle d'un coup sec et la referma sans faire de bruit. Mel voulut protester... Son amie était déjà en train de descendre les escaliers. Elle pesta et la retrouva devant la porte près de l'ascenseur.

Katell tapa le code dont elle se rappelait d'une manière étrangement vivide.

— Sésame, ouvre-toi, murmura-t-elle dans un gloussement retenu.

— Tu es complètement folle, rétorqua Mel en la suivant derrière la porte.

La lumière illumina automatiquement la pièce et là, les deux jeunes filles en furent pour une surprise qui les cloua sur place.

— Un cagibi ! s'exclama Mel. Tout ce foin pour un cagibi ?!

Katell était sans voix. Elle balaya d'un regard ahuri la pièce d'une douzaine de mètres carrés. Trois pans de murs étaient cachés derrière des étagères remplies de produits d'entretien en tout genre, de cartons plats pour stocker les futures archives, de la papeterie... Rien ne suggérait quoi que ce soit d'un tantinet paranormal. Or, il était bien resté plus de dix minutes ici, Katell s'en rappelait comme si c'était hier.

— Peut-être qu'il s'est shooté, émit Mel comme hypothèse.

— Non, contredit Katell fermement, il y a plus que ça, je le sens... Tu ne sens rien de bizarre, toi ?

— À part ton obstination à vouloir trouver quelque chose, franchement, non.

— Mais siiii ! *Ressens* la pièce. Mets en pratique ce que Rose nous a appris. Laisse-toi envahir par l'énergie de la pièce.

Mel obéit à contrecœur, d'abord. Au bout de quelques minutes, son visage prit une toute autre expression : le saisissement. Katell sourit de satisfaction, commença par retirer des bouteilles d'eau de javel d'une étagère et frappa le mur derrière du poing. Mel en fit de même avec un autre mur et elles finirent le troisième ensemble. Quand elles comparèrent, il n'y avait eu aucune différence de son. Une pièce ne pouvait donc se trouver de l'autre côté.

— Il faut qu'on y croie, dit soudain Katell.

— Qu'on croie à quoi ?

— Rappelle-toi ce que nous a dit Rose un jour : "Si vous savez que cela va se produire, cela se produira".

— Elle parlait d'influencer les événements.

— Le principe est le même, corrigea Katell avec un air de maître de conférence. Si ce Saint Clair était le véritable employeur de Foucaud, ça veut dire que c'est lui qui a construit cette salle cachée. Et pour ça, il a dû utiliser la technologie de nos ancêtres, vu qu'il connaît les secrets des Premiers. Or, cette technologie, Rose nous a dit qu'elle...

— ... était basée sur le cerveau, finit Mel en hochant la tête, convaincue. Ça vaut la peine d'être tenté. Quel mur ?

— À mon avis, ça n'a pas d'importance, dit-elle en s'approchant de celui en face d'elle.

Katell ferma les yeux un instant, imagina ce qu'elle pourrait trouver au-delà, les rouvrit et marcha énergiquement devant elle...

Mel la vit fusionner avec les étagères, se fondre en elle...

SCHLOUK.

Katell fut aspirée de l'autre côté ; ébahie, Mel resta un moment sans bouger. Enfin, elle s'avança lentement...

SCHLOUK.

Elle passa de l'autre côté comme si elle avait traversé un simple hologramme. Katell l'attendait, un large sourire pendu aux lèvres.

Devant elles, s'étendait un immense laboratoire scientifique en désordre muni d'un équipement en tout point semblable à celui qu'elles avaient vu au Géant du Manio, avec ses formes arrondies et ses couleurs organiques. Au centre de la pièce, une console pyramidale semblait déconnectée du reste. Deux grandes caisses en verre opaque trônaient sur la droite et de l'autre côté, des claviers et des consoles secondaires étaient posés sur des tables conçues dans un métal inconnu. En réalité, la table et son équipement semblaient être fabriqués dans un seul morceau. Quelques documents en papier étaient éparpillés sur des étagères aimantées aux murs, des livres aussi et des objets plats ressemblant à des mini DVD. Les murs étaient de pierre, aucune lampe ni aucun néon n'était visible et elles se demandèrent d'où pouvait bien provenir la lumière.

Katell s'approcha d'une des consoles sur la gauche et effleura sa surface polie de la main. Elle ressentit des vibrations. Elle appuya au hasard et une luminosité pourpre se manifesta au contact de son doigt. Elle continua à appuyer au hasard puis un écran se matérialisa. Des dossiers défilaient si rapidement qu'elle ne pouvait lire... Des paysages se formèrent ensuite.

Elle pensa qu'il devait bien y avoir un moyen de stopper cela et au moment où la pensée fondit dans son esprit, l'image sur l'écran s'immobilisa. Ce qu'elle vit alors l'effraya au plus profond d'elle-même.

C'était sa maison.

Elle voyait des mains fouiller dans ses affaires. Sur la main, une pyramide baguée semblable à celle trouvée chez Foucaud... Le visage passa près de son miroir près de la porte... Les traits lui avaient semblé familiers.

— Mel, viens voir !

Mel était en train de faire le tour de la console pyramidale aussi haute qu'elle et étudiait consciencieusement les inscriptions irrégulières gravées dessus. Elle frôla la surface rugueuse... Des petits éclairs se formèrent.

— C'est incroyable, ce machin, dit-elle en conservant le regard sur la pyramide tout en se dirigeant vers Katell. Il y a un tas d'inscriptions mais ça ne ressemble à rien que je connaisse. Qu'est-ce que tu as trouvé, toi ? Pourquoi tu tires cette tronche ?

Mel dévia le regard vers l'écran et sa bouche s'ouvrit en grand.

— C'est ta chambre ! On est en train de te cambrioler ! Qu'est-ce qu'il a trouvé ? s'informa-t-elle en voyant les mains saisir quelque chose dans la table de chevet.

— Le Journal de Solon, répondit Katell, l'expression sévère. Comment ont-ils su que c'est moi qui l'avais ?

À cet instant, l'écran montra l'enregistrement de la caméra de sécurité du sous-sol du musée. Elle vit sa chute lors de son interview de M. Foucaud en septembre, quand elle était revenue chercher son vidéophone. L'image repassa en gros plan au niveau de son sac. Elle se vit alors ranger ses affaires et prendre malencontreusement le petit carnet entre deux livres scolaires. Puis toute l'enquête menée sur M. Kerboviac, son ancien prof d'histoire, fut retransmise, comment le site Internet avait mené à lui mais que rien n'avait été retrouvé. Et enfin, Katell se vit, elle, dans sa vie de tous les jours. Les enquêteurs avaient réussi à retrouver la connexion faite de chez elle le soir où elle avait envoyé les morceaux de journal à traduire.

— Qui a pris le Journal de Solon ? interrogea-t-elle.

— Hein ? fit Mel.

Au moment où Katell allait lui dire que ce n'était pas à elle qu'elle s'était adressée, l'écran revint vers la scène dans sa chambre, quand la silhouette était passée près du miroir.

— Stop ! commanda-t-elle.

L'image se mit en pause.

— Foucaud ! s'écrièrent-elles en reconnaissant son profil.

La pyramide se souleva tout à coup. Ses quatre côtés s'ouvrirent et l'écran holographique se transforma en milliers de petites écharpes de lumière qui virevoltaient au-dessus de la construction et s'entremêlaient. Par réflexe, les adolescentes se jetèrent au sol et se blottirent contre une des consoles secondaires sur leur gauche.

— Qu'est-ce qui se passe ?! paniqua Katell.

— C'est à moi que tu demandes ? trembla Mel.

L'un des deux caissons opaques s'éclaira d'une luminosité sombre qui se modifia rapidement en fumée pour finalement se transformer en un liquide ambré laissant apparaître, petit à petit, une silhouette humaine contorsionnée. Le corps tanguait, de longs cheveux ondulaient lentement, des électrodes triangulaires étaient ventousées de part et d'autre de la chair... Il bascula... Un visage se matérialisa...

— ERIKA ! hurla Katell en se projetant hors de sa planque et se retrouvant devant la vitre du caisson en l'espace d'une fraction de seconde.

Mel la regarda d'un air ébahi. Elle se tourna ensuite vers le visage inerte de la jeune orientale aux cheveux roux. Elle paraissait dormir paisiblement quand ses yeux s'ouvrirent en grand. Ses pupilles étaient noires comme du charbon, son expression terrorisée. Elle ouvrit la bouche... Elle fut prise d'une panique incontrôlée, ses yeux suppliant Katell de la sortir de là.

— Qu'est-ce que je peux faire ?! Dis-moi, je t'en priiie ! implora Katell. Utilise tes dons, je sais pas, moi, fais quelque chose !

Mel s'était approchée. Erika la dévisagea un instant. Les yeux de la jeune fille s'assombrirent et elle se dirigea mécaniquement vers la pyramide, tel un robot. Elle toucha sa surface en sept endroits précis. Le caisson s'éteignit, le liquide fut siphonné dans le néant, la vitre disparut et le corps d'Erika tomba comme un fardeau sur le sol.

— Vite ! urgea Mel en empoignant les jambes de la jeune femme. Aide-moi à la poser près de la pyramide ! Dépêche-toi, elle n'a plus beaucoup de temps !

Katell s'empara de ses bras sans poser de questions et la porta à l'endroit que Mel avait indiqué. Celle-ci trifouilla la pyramide encore une fois. Un rayon lumineux en jaillit et s'éclata en millions de petites cellules bleutées qui se ruèrent comme un essaim d'abeilles sur le corps d'Erika, l'enveloppèrent comme une chrysalide, la soulevèrent dans les airs et le tout s'évapora dans une féerie de petites bulles devenues multicolores qui se disséminèrent dans le néant.

— Qu'est-ce qui s'est passé ? fit Katell, complètement abasourdie.

— Erika m'a montré comment la rendre à... Gaïa, jeta Mel, perturbée par tout cela.

— La rendre à Gaïa ?

— Oui, c'est ce qu'elle m'a dit. Elle a précisé que son énergie avait été capturée et qu'ils allaient s'en servir pour faire

du mal.
— Qui ça, ils ?
— Je ne sais pas. Elle m'a parlé d'un Grand Maître.
— Un Grand Maître ? répéta Katell d'une voix surprise.
Quoi ? Ce truc a été bâti par des francs-maçons ?!
— Les francs-maçons sont des p'tits joueurs en comparaison des types qui ont fabriqué tout ça, si tu veux mon avis ! répondit Mel avec un regard grave.
— Pourquoi est-ce qu'elle ne m'a pas parlé, à moi ? se vexa Katell.
— Je ne sais pas. On n'a pas eu le temps de faire la conversation, s'tu veux. Bon, faut se magner, ils ne vont pas tarder à nous repérer et il faut détruire cet endroit.
— Détruire cet endroit ? Mais t'es cinglée ?! Qui ça, "ils", d'abord ?
— On n'a pas le temps, j'te dis, grouille ! ordonna Mel en pianotant sur un côté de la pyramide.
Les quatre pans se rabattirent. La pyramide commença à tourner sur elle-même, un rayon surgit de sa pointe et s'éclata en une flaque de molécules opaques collées au plafond. Celles-ci se dirigèrent vers le second caisson qui s'illumina. Son contenu apparut...
Les yeux des adolescentes s'écarquillèrent.
Yann Foucaud était emprisonné en son sein.
— Mais il est mort ! s'exclama Katell en s'approchant prudemment.
Mel arriva à son tour.
— C'est un clone, dit-elle.
— Comment tu le sais ?
— J'ai vu ce qu'ils lui font, Erika m'a montré. Foucaud n'était qu'un de leurs soldats.
— Ils sont en train de monter une armée ? On va être envahis ?!
— Non, rien de la sorte, corrigea Mel en fronçant les sourcils. Foucaud était un pion, quelqu'un qui devait se fondre dans la masse et opérer des expériences ici même. Nous sommes dans un endroit hautement énergétique dont ils se servent

pour... je ne sais quoi. Erika n'a pas eu le temps de me dire.

— Tu penses que tout ça a un rapport avec ce Saint Clair dont parlait Rose ?

— J'ai vu un visage... quand Erika m'a transmis ses pensées... Rose n'a aucune photo donc je ne sais pas si c'est lui.

— Il est possible alors qu'il soit un complice ou un descendant.

— Ce n'est pas à exclure, admit Mel à la surprise de son amie.

Elles regardèrent de nouveau le corps tanguant du clone de Foucaud. Il semblait inerte.

— On ne peut pas le ranimer et l'interroger ? demanda Katell.

— Je ne sais pas comment faire, répondit Mel.

Tout à coup, la pyramide se mit à tourbillonner plus rapidement.

— VIIIITE ! hurla Mel en décampant. TOUT VA IMPLOSER !

Au moment où elle se retournait pour s'assurer que Katell la suivait, la pyramide se transforma en un disque lumineux rougeâtre. Katell se retourna à son tour pour voir ce qui figeait son expression et vit un magnifique visage d'homme se substituer au disque. Ses yeux étaient sombres, ses arcades sourcilières prononcées. Son nez fort se prolongeait vers des lèvres fines comme des lames de rasoir. Ses cheveux poivre et sel coupés courts lui procuraient un air de sage.

Hypnotisées par l'aura de ce visage, les deux adolescentes restèrent totalement immobiles. Le regard de l'homme passa de l'une à l'autre. Il se fixa sur Katell un moment. Ses yeux se noircirent. Un rictus malfaisant se dessina sur ses lèvres et un rire caverneux retentit. La jeune fille se sentit comme traversée par une épée. Elle eut un haut-le-cœur et son cerveau fut comme emprisonné dans un étau. Elle tenta de repousser l'intrusion. Elle repensa aux enseignements de Rose. Son front lui faisait mal. Elle sentait le sang pomper dans ses veines, elle voulait hurler... Elle bascula la tête en arrière. Une boule de la taille d'une balle de golf émana de sa glande pinéale et se projeta contre le visage holographique.

— Je dois avouer être impressionné, dit l'homme d'une voix qui leur glaça le sang. Deux adolescentes capables de pratiquer les Arts anciens...

Son regard se posa ensuite sur Mel. Elle se sentit comme paralysée. Ses yeux noirs s'agrandirent sous la terreur. Katell le remarqua et, sans réfléchir, elle se jeta sur elle pour faire bouclier. Le rire de l'homme résonna de plus belle dans la pièce et le sol se mit à trembler, une secousse sonore et grave. Les jeunes filles se ruèrent contre un mur et le traversèrent comme elles étaient entrées. Katell se retourna aussitôt pour le retraverser mais les étagères étaient restées solides. Elle réessaya, en vain.

— Qu'est-ce que tu fais ?! DÉPÊCHE-TOI ! vociféra Mel qui avait recouvré tous ses esprits.

Elles sortirent du cagibi en trombe, se ruèrent dans les escaliers, ouvrirent violemment la porte et sommèrent les visiteurs de sortir immédiatement. Pendant la seconde qui suivit, elles entendirent un son sourd dont l'onde de choc fit trembler le sol sous leurs pieds. Une fois dehors, elles virent le toit de la nouvelle aile s'effondrer puis être aspiré dans le vide, ainsi que tout le reste de la structure en métal et en verre. Il ne restait plus rien, qu'un cratère vide.

Sous le choc, les filles étaient restées là, à regarder le cratère. Katell repensa aux images à la télé au mois de septembre sur les Dogons au Mali... Le cratère était exactement similaire !

Les militaires étaient pantois. Les touristes s'agrippaient les uns aux autres. Les passants s'étaient arrêtés, le visage abasourdi. Énora Foulgoc, la directrice du musée, arriva dans la minute, sa petite silhouette étriquée dans un tailleur pantalon rose, courant dans tous les sens telle une poule décapitée.

— Qu'est-ce qui s'est passé, grands dieux ?! s'écria-t-elle d'une voix sifflante. Quelqu'un a-t-il vu quelque chose ? Des terroristes, ici à Carnac, mes aïeux, c'est inconcevable !

Les pompiers, accompagnés des gendarmes, débarquèrent à ce moment-là. Le commissaire Le Piouf sortit de la voiture, l'air tout échauffé. Katell et Mel se firent toutes petites dans un coin du jardin. Elles furent vite repérées par le vieux couple. Mme Foulgoc, accompagnée de policiers, les rattrapa aussitôt.

— Encore vous ! fulmina le commissaire.

— Vous connaissez ces jeunes filles ? s'étonna Mme Foulgoc. Ce sont ces adolescentes qui sont responsables de cela ?!

— Non, ce n'était pas nous ! s'insurgea Katell. On n'a rien fait du tout, on s'est juste gourrées de porte pour aller aux toilettes. Après ça, on a entendu une sorte de déclic, hein Mel ? (Mel hocha la tête énergiquement). Et j'ai eu une mauvaise intuition...

— Une mauvaise intuition ?! répéta le commissaire, interloqué. Et vous pensez que je vais avaler ces sornettes ?! Au poste ! Illico !

Le visage des deux jeunes filles se décomposa.

— On est mineures, il faut un adulte avec nous et mon père est en voyage d'affaires, rétorqua Mel en tentant de garder son sang froid.

— Ouais, c'est vrai ça, d'abord ! appuya Katell, revigorée par l'aplomb de son amie. Vous ne pouvez pas nous embarquer comme ça.

— Je crois au contraire que je peux, toisa le policier. Ceci est un acte terroriste, vous êtes des suspects, alors, au poste !

Katell et Mel eurent beau protester, elles furent épinglées par deux policiers qui les emmenèrent vers le fourgon bleu.

Un quart d'heure plus tard, elles étaient dans une salle sans fenêtre. Leurs parents avaient été avertis qu'étant donné les circonstances étranges de l'incident (heureusement, personne n'avait trouvé la mort), elles devaient être interrogées. Des adolescents avaient pris part dans des actes terroristes et les lois avaient été modifiées. La limite d'âge pour être interrogé sans adulte était descendue à douze ans.

Elles furent laissées dans cette salle austère pendant une demi-heure avant de passer à l'interrogatoire. Celui-ci dura une heure. Leur histoire avait été exactement la même, au mot près, ce qui rendit les policiers légèrement soupçonneux. Katell leur expliqua qu'elles étaient comme des sœurs jumelles et qu'elles pensaient de la même façon. Le commissaire Le Piouf menaça de l'enfermer à l'hôpital psychiatrique de Charcot si elle persistait à raconter des bobards pareils.

— Tu ne crois pas que tu m'en as assez raconté de salades, hein ?! mugit-il en direction de Katell.

Celle-ci renfonça la tête dans les épaules et baissa le regard.

— Je vous jure que c'est pas nous, murmura-t-elle.

— Bien sûr que ce n'est pas vous ! beugla le commissaire. Vous me prenez pour un abruti ?! Par contre, mon petit doigt me dit que vous en savez sur ceux qui ont commandité cet attentat.

— Ce n'était pas un attentat, objecta Mel. On vous a expliqué ce qui s'est passé.

— Oui, une salle secrète, j'ai bien entendu. Mais cette salle n'est sur aucun plan.

— C'est pour ça qu'elle était secrète.

— N'essaie pas de jouer au plus fin avec moi, lança-t-il en pointant Mel d'un doigt accusateur.

Le commissaire Le Piouf n'avait aucune preuve impliquant les deux adolescentes et elles furent relâchées en début de soirée.

Le lendemain, l'incident avait fait le tour du collège et de la ville. Où qu'elles passaient, Katell et Mel étaient détaillées d'une manière suspicieuse. À leur arrivée dans l'établissement scolaire, elles furent harponnées par Ronan et Abel, suivis de Ritchie, Anaïg et Maëlle.

— Alors ? s'enquirent-ils les uns après les autres.

Quand Katell eut fini de répondre à leur interrogatoire, Anaïg la regarda d'un air sceptique.

— Qu'est-ce que vous avez vraiment trouvé ? demanda-t-elle. Votre histoire ne tient pas debout. Pourquoi avez-vous été montrées du doigt par les témoins ?

— Je t'ai expliqué. On nous a vues revenir du sous-sol.

— Oui, j'ai compris ça, mais qu'est-ce que vous êtes allées faire au sous-sol ?

— Je voulais aller aux archives.

— Tu mens.

Katell dévisagea Anaïg et les autres en firent autant.

— Je n'ai pas tes pouvoirs – eh oui, j'ai bien remarqué que vous quatre étiez en train de changer, faut pas être yogi pour s'en apercevoir, dit Anaïg avec un petit sourire, mais je sens que tu caches quelque chose.

— Tout comme tu me caches ce qui s'est réellement passé avec ma mère dans la cuisine, le soir où elle est revenue de l'autopsie sur le type du musée, en rajouta Ritchie.

— Il y avait une salle secrète dans le musée, avoua Mel.

Katell lui lança un regard réprobateur quand elle la vit sur le point d'en dire plus.

— Foucaud faisait apparemment partie, en plus de son boulot de voleur et receleur, d'une organisation perpétrant des expériences sur les humains, continua Mel. On a découvert un labo qui s'est autodétruit presque tout de suite. On a eu le temps de rien voir.

Katell eut un soupir de soulagement que les autres ne virent pas.

— Bon, allez, on a histoire… dit Abel d'un ton monotone.

Avant même que les ados ne mettent un pied devant l'autre, une annonce aux haut-parleurs informa les élèves que M. Duchemin n'assurerait pas ses cours aujourd'hui. Il était rapporté absent.

— Absent ?! s'exclama Ronan. Il est venu me conduire tout à l'heure…

Il sortit son vidéophone de sa poche et appela sa mère, qui décrocha dans la seconde.

— Ton père a dû être envoyé d'urgence à sa cure, lui apprit-elle d'une voix morte d'inquiétude. Il a fait une rechute après t'avoir déposé. Une ambulance est venue le chercher il n'y a pas dix minutes. Il nous appellera dès qu'il sera arrivé.

— Il est comment ? haleta Ronan, la voix étranglée par l'angoisse. Il n'est pas dans le coma, si ?

— Non, non, mon chéri, ne t'inquiète pas. Tout va bien se passer. Tu sais qu'il est toujours bien soigné où il est.

Ronan protesta, il voulait aller voir son père.

— Tu sais très bien qu'on ne peut pas, opposa-t-elle

doucement.

Il hocha la tête d'une manière penaude et raccrocha. Ses amis avaient tout entendu et restèrent sans voix. Abel s'approcha de lui et posa sa main sur son épaule.

— Allez, viens, lui dit-il en le dirigeant délicatement vers la salle de vie, près de la cantine. Je te paye un bon café et on peut en parler, si tu veux.

Ronan se dégagea de l'emprise de son ami, le regarda avec un sourire forcé et partit sans dire un mot.

Depuis l'incident dans la cuisine, Morgane ne supportait plus d'être dans la même pièce que sa fille. Katell avait alors décidé de dormir chez Iniaki le temps que sa mère se calme.

Elle était en train d'effacer certains enregistrements sur son vidéophone quand elle tomba sur les copies du Journal de Solon. Avec tous ces événements et la masse phénoménale de travail à la maison, elle avait totalement oublié ce précieux document. Elle pensa qu'il était grand temps qu'elle les montre entièrement à son aïeul.

Elle descendit les escaliers, le salon était éteint. Elle remarqua de la lumière sous la porte de son bureau. Quand elle entra, elle le vit affalé sur le fauteuil en cuir rembourré, près de son bureau, endroit où il aimait se vautrer quand ses yeux étaient fatigués. Il semblait dormir d'un sommeil profond et elle jeta un œil sur les papiers répandus sur son bureau en chêne massif. Son regard se figea sur un bout de photo caché sous des notes. Elle tira le papier et là, ses yeux s'écarquillèrent.

Un Africain grand et maigre tenait dans ses mains un Crâne en Cristal !

Dans son sursaut, elle avait émis un souffle qui réveilla son arrière-grand-père.

— Ma chérie ! Que fais-tu là ? s'enquit-il en ajustant ses lunettes sur son nez.

En guise de réponse, elle retourna la photo vers lui.

— Qu'est-ce que c'est que ça ? lui demanda-t-elle en fronçant les sourcils.

Iniaki se racla la gorge et répondit :

— Cet homme était un prêtre dogon.

— Les Dogons avaient un Crâne en Cristal ?!

— Tu connais les Crânes de Cristal ?!

Katell lui raconta alors avoir trouvé une photo d'un de ces Crânes et avoir fait son enquête.

— Comme tu as "trouvé" ce petit carnet au musée… ? supputa-t-il d'un air soupçonneux.

Elle ne dit rien et Iniaki esquissa un sourire. Il savait qu'il n'en saurait pas plus.

— Est-ce que c'est la raison pour laquelle ils ont été détruits ? s'informa-t-elle ensuite.

— Je n'en suis pas sûr, avoua-t-il d'un ton attristé. Je pense que oui.

— C'est pour ça que tu es allé les voir en 1948 et non pour les étudier, n'est-ce pas ?

— En partie, oui.

— Comment en avais-tu entendu parler ?

Iniaki lui avoua que c'était par son ami, De Payens. Il avait pour mission de récupérer les Crânes et de les donner à ses employeurs. Ceux-ci savaient qu'ils renfermaient un pouvoir immense et ils devaient les mettre à l'abri de la cupidité de certains hommes.

Katell songea à ce Saint Clair dont Rose avait parlé. Elle espérait qu'il ne possédait pas tous les Crânes.

— Quelle est ton opinion sur ces cristaux ? questionna-t-elle.

— Ce sont des artefacts très mystérieux. Quand ce prêtre me l'a montré, je me suis senti tellement humble… Ceux qui ont fabriqué ces objets étaient non seulement des scientifiques hors pair mais aussi des artistes talentueux. Je n'ai jamais su quels étaient leurs pouvoirs car le prêtre ne me considérait pas suffisamment "illuminé". Il me dit une chose cependant : que ces Crânes remontaient à des temps très, très reculés, bien plus distants dans notre Histoire que tout ce que l'on pouvait imaginer. C'est de là aussi qu'ils avaient hérité leur savoir astronomique.

— D'où le tenaient-ils, ce Crâne ?

— Ils ne me l'ont jamais révélé, se désola-t-il. Il est fort possible que les Crânes de Cristal aient été fabriqués il y a des millénaires. Laisse-moi te raconter cette histoire véridique qui se passa aux États-Unis, dans l'état de l'Illinois, en 1891.

Il prit son ton de conteur et lui narra l'histoire de cette femme ordinaire qui fit une découverte extraordinaire.

Son nom était Mrs Culp. Elle était l'épouse de l'éditeur du journal local. Elle était affairée, en ce matin de juin, à la cuisine. Son poêle était en marche mais il lui fallait rajouter du charbon. Elle sortit pour s'en procurer dans la réserve, elle déposa les morceaux grossiers dans un seau et retourna dans la cuisine. Jusque là, rien de très inhabituel. Elle prit un morceau et le jeta dans le poêle, puis un autre et enfin un troisième plus gros que les autres, qui ne rentrait pas. Elle se munit d'un marteau et le frappa d'un coup sec. Le charbon se brisa en deux presque parfaitement et là...

Iniaki laissa son histoire en suspens une seconde. Katell avait ses grands yeux turquoise rivés sur son visage.

— ... elle découvrit une chaîne en or, finit-il d'un ton émerveillé. Médusée, elle l'étudia de plus près et s'aperçut que si elle retirait la chaîne, son empreinte restait gravée dans le charbon.

— Ce qui signifie qu'elle date de l'époque où le charbon n'était que matière organique, en conclut Katell, se rappelant ses cours de science.

— Exact. Elle fit examiner la chaîne par un bijoutier de sa ville. C'était du travail magnifiquement ciselé mais l'or en lui-même n'était que de neuf carats. Elle fit également analyser le charbon...

— Et... ?

— Il remontait à plus de 275 millions d'années.

— C'est impossible ! s'exclama-t-elle en levant les bras au plafond.

Son arrière-grand-père resta impassible.

— M'enfin, papy !

— Toutes les théories sur l'évolution présentent des incohérences que seuls les ignorants refusent d'admettre, reprit-il d'un ton désabusé. Les historiens veulent nous faire croire, par exemple, que la Grande Pyramide de Khéops a été construite aux alentours de 2 600 avant l'ère moderne, il y a donc environ 4 600 ans, on est bien d'accord ? Soit. Regarde la société actuelle. Elle est apparue il y a environ 6 000 ans et qu'est-ce qu'on a réussi à construire ? Des avions, des machines qui vont dans l'espace, des voitures, des gratte-ciels et j'en passe. Il nous a fallu tout ce temps-là pour arriver à maîtriser une technologie qui, pourtant, est insuffisante pour reproduire ce chef-d'œuvre architectural qu'est la Grande Pyramide !

Iniaki commença alors à lui énumérer certains faits entourant le mystère de cette construction : elle comprenait le nombre Pi ; elle incluait les dimensions exactes de la Terre ; elle était faite de 2 300 000 cubes de pierre taillés à la perfection, chacun pesant quelques dizaines de tonnes pour les plus petits ; elle contenait des données astronomiques etc.

— Et on veut nous faire croire que toutes ces connaissances ont été acquises en l'espace de cinq cents ans seulement ?! On se moque du monde, moi, je te le dis ! On nous prend vraiment pour des bécasses !

Iniaki était encore parti dans une de ses fameuses enflammées lyriques sur les mensonges perpétrés depuis deux mille ans. Katell adorait le voir comme cela.

— Le calendrier égyptien a débuté en moins 3100 et cinq cents ans plus tard, *paf*, à peine sortis de l'âge de bronze, des hommes et des femmes auraient acquis des connaissances mathématiques, géométriques, géologiques, astronomiques d'une ampleur phénoménale ? (Il s'esclaffa grassement). Non, ma chérie, cela est com-plè-te-ment impossible, to-ta-le-ment infaisable, en-tiè-re-ment irréalisable !

— À moins qu'ils aient obtenu ces connaissances d'autres personnes…

— Ce qui nous ramène à ces Crânes de Cristal, leur complexité et leurs savants créateurs. Les légendes disent qu'ils auraient été créés il y a plus de cent mille ans… Cela voudrait donc dire que notre race remonte à bien plus loin dans le passé que suggéré au départ. Et les connaissances de ces hommes avaient permis de construire des objets et des monuments que l'on est incapable de reproduire. Pour en revenir à la Grande Pyramide, je pense qu'elle fut construite en *premier*, par les mêmes gens qui ont fabriqué les Crânes de Cristal, et que les autres pyramides, celles à escaliers, ne sont que de pâles reproductions. On n'a jamais reproduit le chef-d'œuvre de la Grande Pyramide tout simplement parce que le savoir n'a pu être maintenu au cours des siècles tant il était complexe.

— Comment peux-tu en être sûr ?

— Des astronomes ont découvert vers la fin du siècle dernier que le plateau de Gizeh représentait le Baudrier d'Orion, cette formation d'étoiles importante dans bien des civilisations anciennes. Ils ont daté la position des pyramides correspondant aux trois étoiles à plus de… 12 000 ans.

— Elles auraient été construites aux alentours de la fin de la dernière ère glaciaire donc, s'émerveilla Katell.

— Absolument. Mais rien ne nous dit que la civilisation ne peut pas remonter à bien plus loin encore, souligna-t-il d'un ton sibyllin.

Iniaki lui expliqua alors que les théories sur l'évolution n'étaient pas corroborées par les fossiles retrouvés de par le monde. S'ils avaient réussi à comprendre comment les rayures d'un tigre s'étaient développées, en revanche, ils n'avaient toujours pas la *moindre* idée d'où venait le tigre en lui-même. Il aurait dû y avoir des milliers de stades intermédiaires or rien, absolument rien, n'avait jamais été retrouvé. Rien ne démontrait l'évolution dont parlait Darwin et ses aficionados.

— Prenons l'exemple d'une girafe. On n'a *jamais* trouvé de fossiles de girafe avec un demi-cou ou un seul cœur. Son cou s'est peut-être allongé au cours des millénaires, certes, mais il a *toujours* été long. De même qu'elle a *toujours* eu deux cœurs. Tout comme, encore, un tigre n'a jamais développé une cinquième patte pour courir plus vite. Ou encore, un rat ne s'est jamais muté en souris. Il a toujours été un rat et restera toujours un rat. Il ne va pas se transformer en souris à cause d'un changement de temps !

Selon lui, la sélection naturelle était le moyen de déterminer ceux qui allaient survivre le plus longtemps. Au départ, un tigre était peut-être bien plus foncé, ou avait peut-être même des congénères bleus ou rouges ou verts. Au cours du temps, ceux avec une fourrure rayée et couleur fauve pouvaient mieux se cacher, et donc mieux chasser, et donc mieux se nourrir, et donc survivre. Par conséquent, leur patrimoine génétique se transmettait et modelait les générations suivantes. Ceux qui avaient une fourrure plus foncée ou bleue disparurent petit à petit car ils ne pouvaient pas aussi bien survivre.

— Ceci dit, enchaîna le vieil homme en gesticulant vivement, le tigre a toujours été un tigre. Tout simplement parce que la nature avait "prévu" qu'il serait un tigre.

— Et les fossiles qu'on a retrouvés alors ? demanda Katell après un moment de réflexion. Ceux des soi-disant ancêtres des tigres et des girafes, et tous les autres ? Ils ne veulent rien dire ?

— Oh que si, ils veulent dire quelque chose ! Que la nature prend les mêmes et recommence. Elle jette les dés sur la planète et laisse l'environnement se charger du reste. Car sur les dés, ce sont toujours les mêmes numéros qui sont inscrits. C'est comme pour notre génome. On retrouve toujours les mêmes composants symbolisés par les lettres A, G, T et C qui existent chez toutes les espèces. Mais les combinaisons sont énormes. Et, *paf*, ça recommence, tout le temps. Destruction, vie, adaptations, et rebelote, destruction, nouvelle vie, nouvel environnement donc nouvelles adaptations etc. C'est le cycle infernal de la vie ! termina-t-il en faisant des gestes circulaires avec ses mains pour imiter l'infini.

L'ouvrage de Charles Darwin, *L'Origine des Espèces au Travers de la Sélection Naturelle*, publié en 1859, avait servi à comprendre les adaptations que les espèces subissaient en fonction de l'environnement dans lequel elles évoluaient. En aucun cas n'avait-il démontré l'origine des espèces. Comment pouvait-il expliquer que les moules n'avaient pas changé depuis 400 millions d'années, les requins depuis 150 millions d'années et les opossums depuis 35 millions d'années ? Les humains n'avaient pas évolué non plus depuis 100 000 ans. Pourquoi l'évolution, qui devrait être un procédé valable pour tous, n'existait-elle que chez certaines espèces ? Pourquoi l'évolution, qui devrait être un procédé perpétuel et constant, stoppait-elle chez certaines espèces et pas d'autres, à un certain moment ? Le darwinisme ne pouvait fournir la réponse à ces questions.

Personne au monde n'était capable de le dire, en fait. Même aujourd'hui.

— Le grand Livre de la Vie reste un mystère total, ponctua Iniaki avec un soupir. Ce que l'on sait en revanche, c'est que la vie est apparue après l'Explosion cambrienne, il y a environ 530 millions d'années, après des centaines de millions d'années d'ère glaciaire. Les animaux et végétaux sont tous arrivés d'un coup, *pouf*!*, complètement formés quelques soixante-dix millions d'années plus tard, sans *aucune* trace antérieure.

— Ah oui, se rappela Katell. On nous a dit en biolo en 6ème que la vie serait apparue grâce à une bactérie extra-terrestre.

— Oui, comme celle sur un astéroïde, par exemple, un élément déclencheur qui met les rouages de la Vie en route. L'environnement change quand une catastrophe se produit, comme ce qui s'est passé il y a 65 millions d'années avec les dinosaures. La Terre fut détruite mais les atomes de la vie étaient toujours là car une destruction n'est jamais totale. Il reste toujours un petit quelque chose. Tu sais, il ne faut pas grand chose pour démarrer la vie, si les conditions sont toutes présentes. Ce qui est créé ensuite ressemble toujours vaguement à ce qui précédait car c'est ce qui convient le mieux à cette planète. Donc, tout ça pour dire que l'on ne sait rien sur nous, les humains, et que nous pourrions très bien remonter à cent millions d'années.

Katell le contempla un moment, l'air ébahie.

— Une chose que je ne comprends pas, dit-elle enfin, c'est la destruction. Ça arrive tout le temps ?

— C'est obligé. Tout est cyclique dans l'univers. Comme ton cycle menstruel. Il y a ovulation puis destruction, s'il n'y a pas fertilisation. Et ça recommence vingt-huit jours plus tard, jusqu'à la ménopause.

— Donc, fit-elle en plissant les yeux, si ta théorie est correcte, cela veut dire que la Terre va être encore détruite un jour, c'est bien cela ?

— Bien sûr.

— Tu n'as pas l'air plus inquiet que ça. Et si ça se passait l'année prochaine ?

— C'est une possibilité.

— Tu n'as pas peur ?

— Pourquoi aurais-je peur ?

— M'enfin, papy, tu déjantes là ou quoi ? Je te parle d'une possible fin du monde, dans le genre fin des temps, quoi, catastrophe planétaire, des milliards de morts et tout, probablement la destruction complète de la planète même, et toi, tu me réponds que tu n'as pas peur ?

— Quand tu auras vu tout ce que j'ai vu dans la vie, soupira encore son aïeul, tu en arrives à te dire que si ça doit arriver, cela arrivera. Pas la peine de s'agiter.

Katell méditait dans sa chambre sur la sagesse d'Iniaki. Elle ne pouvait s'empêcher de repenser à cette prophétie. Plus elle y pensait, plus elle avait peur.

Elle appela Rose.

Rien ne se passa. Elle l'appela encore dans ses pensées. Toujours rien.

Elle décida de renforcer son énergie et de tenter de la localiser. Elle savait qu'elle était capable de le faire. Depuis quelques semaines, elle sentait sa glande pinéale renaître, se réveiller après un très long sommeil, comme si elle s'étirait avant un effort.

Elle prit la position du lotus sur son lit, ouvrit ses mains et les posa sur ses genoux, paumes face au plafond. Elle émit un « OOOmmm » sourd et au bout de quelques minutes seulement, elle ressentit une force évanescente l'envahir puis disparaître presque aussitôt. Elle se reconcentra, obligea son esprit à matérialiser l'image de Rose. Une douleur aiguë émergea en son front, ses tempes pulsèrent rapidement, son cœur battait la chamade. Elle inspira profondément, son pouls ralentit et la douleur s'atténua. Soudain, le visage de Rose apparut, regardant quelque chose en dessous d'elle. La femme se tourna et ses yeux s'écarquillèrent. La vision disparut et Katell s'écroula sur son lit.

Une seconde plus tard, elle était sur le canapé de Rose.

— Ce que tu as fait était insensé, réprimanda-t-elle d'une voix si dure que Katell se raidit.

— J'essayais juste de voir où vous étiez. Vous nous avez dit de nous entraîner.

— Certes, mais tu ne dois pas m'espionner, rétorqua Rose du même ton.

— Pourquoi cette scène ? Je vous dis que j'ai essayé de vous contacter. Vous ne répondiez pas, alors j'ai essayé autre chose. Vous devriez être contente que je sois capable de faire ça, non ? Un maître n'est-il pas comblé quand son élève réussit de grandes choses ?

Le visage de Rose se détendit. Elle s'excusa et mit cela sur le compte du solstice qui approchait.

— Ce sont toujours des moments qui affectent grandement mon métabolisme, se justifia-t-elle.

— Je suis désolée si j'ai interrompu quelque chose d'important...

— Non, non, ce n'est rien, Katell, apaisa-t-elle en secouant la tête. Tu voulais me voir, donc, n'est-ce pas ? Que se passe-t-il ?

— Il s'agit des Crânes de Cristal.

Le visage de Rose laissa transparaître une sorte de préoccupation qui s'effaça aussitôt pour gratifier Katell d'un chaleureux sourire.

— Qu'est-ce que tu veux savoir d'autre ?

— J'ai fait des recherches sur Internet et on parle beaucoup d'un Crâne en particulier, celui de la fille d'un aventurier du nom de Mitchell-Hedges, je ne me rappelle plus de son prénom. Il prétendit avoir trouvé son Crâne de Cristal au Belize, en Amérique centrale, lors de fouilles en 1937. Or, il est dit que ce Crâne a été vendu aux enchères en 1943 par un type qui se volatilisa après ça. Je me suis dit, attends là, Rose travaillait dans l'archéologie à cette époque ! Vous avez donc forcément entendu parler de ce Crâne en particulier, si tout ce que vous m'avez dit est vrai...

— Je ne t'ai jamais menti.

— Alors, que s'est-il passé en 1943 ?

— Je suis revenue en Europe brièvement cette année-là, prononça Rose d'une voix posée. J'avais entendu parler de cette vente aux enchères à Londres dans cette grande institution qu'était Sotheby's. Saint Clair ignorait tout du Crâne. Il savait juste que de nombreux artefacts mystérieux étaient mis en vente. Il m'avait demandé d'y assister. La vente du Crâne avait été avancée et Mr Mitchell-Hedges l'avait déjà acheté lorsque je suis arrivée. Il se passa à ce moment une chose que je n'oublierai jamais : ma rencontre avec cet homme qui changea ma vie, celui qui devint peu après mon amant.

Rose fit une pause. Ses yeux s'embuèrent quelque peu.

— Son nom était Guillaume, reprit-elle dans un sanglot retenu.

Guillaume était mandaté par le Louvre et il était là pour les mêmes raisons qu'elle. Il travaillait avec un autre Français, un type exubérant assez charmant avec un regard cristallin, mais ce n'était pas pour lui que les yeux de la jeune femme brillaient de mille feux.

Elle fut instantanément hypnotisée par Guillaume malgré les quinze ans qui les séparaient. Ses cheveux blonds et bouclés ne faisaient que ressortir ses traits angéliques et la jeune femme fut sous le charme instantanément. C'est lui qui lui apprit toutes les horreurs perpétrées par les nazis au nom de cette race soi-disant supérieure. Choquée au plus profond de son cœur, son être et ses croyances, Rose ne pouvait pas supporter l'idée de continuer à travailler pour ces monstres. Guillaume la persuada de rester jusqu'à ce qu'il organise leur fuite.

— Plus facile à dire qu'à faire, toutefois, nota Rose. Les nazis étaient puissants, certes, mais leurs alliés l'étaient bien plus encore.

Pierre Saint Clair avait des contacts sur tous les continents. Lui échapper était bien plus risqué que fuir Hitler et son régime. Grâce à Guillaume et l'aide de complices, ils réussirent à rejoindre les Amériques. La vieille femme fit une pause pour faire apparaître du néant un mouchoir en papier dont elle se servit pour tamponner ses joues rougies et humidifiées par l'émotion. Elle se versa ensuite un verre d'eau, apparu lui aussi de nulle part.

— Il fut tué en 1947, poursuivit-elle d'une voix cassée par le chagrin.

Katell posa sa main sur sa cuisse et lui sourit tendrement.

— Vous pouvez vous arrêter, si vous voulez.

— Tu es gentille, merci. Tu as la compassion en toi, Katell. C'est une très noble qualité, tu sais.

Rose inspira une longue bouffée d'air et se remit à parler.

Après cet épisode tragique, elle risqua de se faire tuer bien des fois. Elle décida de continuer ce qu'elle savait faire le mieux : déchiffrer les coutumes des Anciens et essayer de comprendre d'où venait la race humaine, à quand elle pouvait remonter.

— C'est vers la fin des années 50 que j'ai décidé d'arrêter. Guillaume m'avait beaucoup parlé de la Bretagne. Il y allait souvent avec sa famille étant petit. Les mégalithes le fascinaient. J'avais exploré des sites mégalithiques en Australie, en Afrique, en Asie, et je me rendis compte que je n'avais jamais vu ceux de France ! Amusant comme on ne voit jamais ce qui est si proche de chez nous. Enfin, je suis partie voyager encore et suis arrivée à Carnac au début des manifestations de 1968, époque plutôt mouvementée en France.

Elle fit une pause. Ses yeux semblaient tantôt s'obscurcir tantôt s'éclairer.

— J'ai appris par la suite que le Crâne de Mitchell-Hedges disparut lors de la Grande Vague de Cambriolages dans les années 2013 à 2015, finit-elle en anticipant la question de Katell.

— Faisait-il partie des treize Crânes des légendes ?

— Je pense que oui.

— Vous savez où il se trouve aujourd'hui ?

— Non.

Rose se leva et fit quelques pas gracieux dans la pièce regorgeant de fleurs fraîches. Elle s'approcha d'une amaryllis et la transforma d'un simple regard en un magnifique rhododendron.

— Le fait que tu aies connaissance des Crânes de Cristal ne

fait que confirmer mes doutes, avoua-t-elle de manière obscure. Nous nous sommes rencontrées pour une raison bien précise, Katell. Je ne suis pas en mesure de te donner plus de détails car les voies de l'Une me sont encore impénétrables. Il faut que tu me promettes de faire ce que je vous dirai, à toi et tes amis, quand le moment sera venu.

Katell protesta pour le principe, acquiesça.

— Vous ne me renvoyez pas chez moi ? s'étonna-t-elle ensuite.

— Tu es capable de le faire toi-même, lui répondit la vieille femme avec une pointe de fierté dans la voix.

Katell ferma les yeux. Elle savait que faire en effet. Elle devait visualiser sa chambre. Quand elle rouvrit les yeux, elle était debout devant son ordinateur.

Katell appela ses amis et requit leur présence le jour suivant. Elle proposait un autre conseil. Il y avait du nouveau.

Mel était en train de préparer à manger pour son père. Katell lui raconta brièvement ce qui venait de se passer, comment elle avait également réussi à se transporter de chez Rose.

— Si tu veux aller quelque part, nota Mel en tapotant sa bouche de sa cuiller en bois, il faut savoir où tu vas, non ?

— Oui.

— Donc, on ne peut toujours pas aller chez Rose alors, vu qu'on ne sait toujours pas vraiment où elle habite.

— Ah oui, tiens, c'est vrai, ça… médita son amie tout haut. Je n'ai jamais pensé à lui demander…

— À mon avis, Rose nous a *empêchées* de lui demander, certifia Mel avec des battements de cuiller dans le vide. Elle a des pouvoirs énormes, tu l'as ressenti comme moi. Pour autant que l'on sache, elle pourrait très bien habiter à Tombouctou.

— Non, je pense qu'elle habite vraiment par ici. Quelque chose me dit qu'elle a besoin des mégalithes.

— Pourquoi ?

— Pas la moindre idée.

Mel repensa plus tard à tout ce que Katell lui avait dit sur ses pouvoirs. Pouvait-elle vraiment en faire autant elle-même ? La question était futile. Elle savait pertinemment qu'elle le pouvait. Elle était capable de tant de choses en réalité...

Elle prit le morceau de poulet fariné dans ses mains, le fixa du regard et l'imagina cuit à point, doré sur chaque côté, sentant bon le beurre. Le morceau de viande s'éleva de sa paume, se décomposa en un nuage de particules puis se reforma pour prendre l'apparence de ce qu'elle avait souhaité.

— Ben ça alors... fit soudain la voix de Gwendal.

Elle tourna la tête d'un coup et vit son père devant la porte de la cuisine, les bras pendants, le tableau qu'il tenait tombé au sol.

— Euh... je... bafouilla Mel, je faisais juste des... essais...

— Alors toi aussi... ? murmura-t-il.

— Hein ?

— Toi aussi, tu as des pouvoirs...

— Qu'est-ce que tu dis ? fit-elle, le front plissé comme un accordéon.

— Keridwen, enfin, je veux dire ta mère, avait des pouvoirs elle aussi, avoua Gwendal d'une voix radoucie. Je ne pensais pas que toi...

— Quel genre de pouvoirs elle avait ?

— Elle avait le don de comprendre les gens, ça, je te l'ai déjà dit... Elle semblait lire dans mon esprit.

— Elle était télépathe ?!

— Non, rien de la sorte. Elle ne pouvait pas me parler mais elle savait ce que j'allais dire à chaque fois, sans exception. Dès le début de notre relation. Ça m'avait un peu déstabilisé au départ et finalement, ça m'a plu. Je ne pouvais pas lui mentir et notre relation était basée sur l'honnêteté la plus totale.

— Elle avait d'autres pouvoirs ?

— Elle faisait bouger des objets.

— Elle arrivait à lire l'esprit de tout le monde ?

— Non, dit-il en secouant la tête. Elle n'y arrivait qu'avec les hommes. Elle disait que le cerveau des femmes était bien trop compliqué !

— Sympa pour toi.

Gwendal rit. Mel sourit légèrement. Son père eut une réaction de surprise. Son sourire s'élargit et il ramassa ce qu'il était venu lui donner. Il retourna la peinture à l'huile. Le visage de Mel s'illumina.

— Maman ! s'écria-t-elle. Tu as une peinture de maman ?!

— Elle a été faite une année avant sa... son... Enfin, je l'ai retrouvée dans des affaires que j'avais mises de côté... Voilà, il est pour toi, si tu veux.

Mel était éblouie. Le visage de sa mère rayonnait. Ses cheveux, bouclés comme sa fille, cascadaient sur ses épaules, ses grands yeux verts étaient illuminés d'un bonheur qui la bouleversa. Le portrait ressemblait à ceux de la Renaissance, faits par les grands maîtres tels Vermeer. La luminosité qui s'en dégageait ne pouvait laisser celui qui l'admirait insensible. Un nuage de larmes passa dans les yeux de Mel.

L'émotion passée, son regard descendit la peinture vers la signature, en bas à droite : D.A.K.

— Qui c'est ? s'informa-t-elle en pointant les trois lettres.

— Je ne sais pas. Un artiste de la région, elle m'a dit. Je ne lui ai jamais demandé, en fait.

Cela n'étonnait pas Mel. Son père n'était pas amateur d'art et du moment que le portrait était joli, c'était tout ce qui importait.

— Merci, dit-elle finalement.

Elle reprit sa cuisine et Gwendal sortit de la pièce en silence, laissant le tableau sur la table.

Mel retrouva Katell le lendemain pour leur « premier conseil de guerre ». Celle-ci était avec les garçons dans le salon qui sentait bon la cheminée. Assis en tailleur sur un fauteuil chocolat, Ronan écoutait avec une attention soutenue. Abel, quant à lui, était affalé en diagonale sur le canapé assorti. Katell, elle, était sur le tapis en bambou, adossée à un pouf en cuir, face au feu qui crépitait doucement.

— Donc, si je récapitule, dit enfin Ronan en plaçant ses doigts comme pour compter, on a découvert qu'une société datant de Mathusalem est en train de manigancer un coup fumant on sait pas où, et, en fait, on ne sait pas vraiment *qui* non plus d'ailleurs ; ensuite, notre civilisation serait née bien avant les 6 000 ans avancés par les historiens classiques, c'est bien ça,

Kat ? (Elle opina). Et enfin, on a des pouvoirs qui sont super géniaux mais qu'on ne peut pas trop utiliser parce qu'on risque d'éveiller les soupçons. J'ai oublié quelque chose ?

— Non, je crois que c'est tout, fit Katell avec une esquisse de sourire qui tira sur ses maxillaires trop peu utilisés ces derniers temps.

— Il y a plus que ça, intervint Mel en prenant place par terre.

Les trois autres la regardèrent avec étonnement.

— Quoi ? insista Katell qui la voyait hésiter.

— Quand Erika est entrée dans mon esprit, elle a aussi... enfin, je veux dire qu'elle a introduit quelque chose... J'ai vu un truc terrible, la fin du monde, un dieu qui revient...

— Un dieu qui revient ?! s'exclama son amie. Comme dans les légendes ? Selon quoi les Créateurs de notre civilisation doivent revenir ?

— Non, secoua Mel de la tête, je te parle d'un seul dieu, un être plus puissant que tout ce que tu peux imaginer.

— C'est un homme ? s'informa Ronan qui repensait à ces visions lors de l'expérience avec la pyramide baguée.

— Non. Et ne me demandez pas ce que c'est parce que je n'en ai pas la moindre idée. J'ai essayé de rechercher dans mon cerveau mais je ne trouve rien. Tout ce que je sais, c'est que tout vient juste de commencer.

— Tout quoi ? interrogea Katell avec un intérêt accru.

— Tout ce qui nous arrive en ce moment. Rose avait raison. Nous l'avons rencontrée pour une raison.

— Et cette raison est liée à ce... dieu ? paniqua un peu Ronan.

— Je crois que oui.

— Tu crois ou tu es sûre ? pressa Abel.

— Erika n'a pas été suffisamment précise. On n'a pas eu beaucoup de temps mais elle m'a parlé de cœur...

— De cœur ?! s'exclama Katell. Le médium m'a parlé de cœur lui aussi ! Il fallait le protéger.

— Le médium ? répéta Ronan.

Elle lui rapporta brièvement ce qui s'était passé en septembre ainsi que sa rencontre suite à des coïncidences. Il avait eu des visions en lui touchant le bras.

— Le cœur de quoi ? questionna Abel.

Ils regardèrent Mel, la bouche en expectative. Elle répondit qu'elle n'en savait rien. Ils ne posèrent pas plus de questions, chacun réfléchissant dans son coin.

Mel repensa à cette forme longiligne qu'elle avait vue dans l'eau lors de leur course poursuite dans le champ d'éoliennes des Pierres noires. Elle ne savait toujours pas ce que cela avait été. Erika n'en avait pas fait mention lors de leur connexion et quelque chose lui disait que ce n'était pas l'œuvre des mêmes personnes que celles qui les avaient poursuivies, ni même encore de gens comme Rose. Non, c'était autre chose. Quoi ? Elle n'aurait pu le dire. Elle savait cependant que la réponse viendrait. L'année prochaine probablement.

Le conseil se poursuivit pendant une petite heure sans que personne ne prenne réellement de décision.

Les vacances de Noël étaient enfin arrivées. Katell se changeait les idées en préparant la fête pour son anniversaire et celui de Mel.

Iniaki était affairé à traduire le Journal de Solon et restait bien loin de l'effervescence de l'autre partie de la maison.

Morgane avait décidé d'aider sa fille. Son grand-père avait eu une discussion avec elle et l'avait convaincue que le meilleur moyen de la comprendre était encore de passer du temps avec elle.

— Et du temps de qualité, avait-il insisté, pas un verre dans un bar avec tes copines névrosées qui vont la rendre barjo !

— Non, c'est sûr qu'il vaut mieux passer du temps à lui dire que l'Atlantide a existé, avait rétorqué Morgane d'une voix sifflante.

Cela avait été la fin de la conversation.

Katell était donc avec sa mère en train de disposer des petites boules changeant de couleurs sur le grand caoutchouc du salon. Morgane n'achetait jamais de vrai sapin, pour la protection de la planète et éviter des tonnes d'arbres morts dans les rues après cela. C'était ce que Katell exigeait tous les ans depuis qu'elle était toute petite. Cette année-là, elle n'avait rien dit.

— Qu'est-ce qui se passe, Katell ? questionna Morgane doucement, en pendouillant des petits cubes au plafond, lesquels se transformeraient en hologrammes de boules disco au son de la musique. Depuis des semaines maintenant, tu sembles sur une autre planète... Je sens que tu as changé... et plus même que je ne l'imagine... J'aimerais que tu me parles.

— Que veux-tu que je te dise, maman ? dit l'adolescente sans la regarder. C'est bientôt Noël, c'est la fin de l'année, c'est tout, il n'y a rien.

— Évidemment que si, il y a quelque chose ! Je ne suis pas ton ennemie, Katell.

Sa fille se retourna et contempla Morgane d'un air attristé.

— Si seulement tu pouvais comprendre... se lamenta-t-elle à voix basse.

— Comprendre quoi, bon sang ? Je suis une femme de trente-cinq ans, je suis diplômée de fac, je ne suis pas stupide, je peux comprendre !

— La fin du monde est pour bientôt, balança Katell.

Morgane eut un claquement de langue, inspira, souffla.

— Bon, dit-elle en posant ses mains en prière contre sa bouche. D'accord, bon, euh...

— Tu vois... Tu ne me crois pas. Tu ne peux pas comprendre alors.

— Non, non, ce n'est pas que je ne te crois pas. Après tout, Nostradamus a prévu la fin du monde, les Maya avant lui selon Iniaki, alors pourquoi pas ?

Katell reposa les guirlandes clignotantes dans le carton et plongea son regard translucide dans celui, identique, de sa mère, prête à faire des aveux.

— L'incident au musée, ce n'est pas moi qui l'ai *causé*. Ceci dit, avant que ça ne se produise, j'étais dans une pièce où... j'ai vu des installations qui n'ont rien de semblable avec tout ce qu'on voit à la télé.

Morgane fit les gros yeux.

— Tu as fait des choses illégales ?!

— Non, maman, secoua de la tête Katell. Depuis septembre

environ, je suis sur la trace de choses bizarres, par contre.

— Comment ça, bizarres ?

— Si tu m'interromps toutes les trois secondes, ça va prendre une éternité !

Morgane rentra la tête dans les épaules et écouta sa fille lui raconter les événements depuis la rentrée scolaire : son enquête sur le sous-directeur du musée de la Préhistoire qui a mené à son arrestation pour recel ; ses découvertes d'expériences interdites sur des humains ; le magnétisme de la planète compris et utilisé par leurs ancêtres ; sa rencontre avec Rose, la soi-disant sorcière de Kerzerho qui n'était qu'une femme capable de pouvoirs dormant en chaque être humain ; son entraînement mental avec elle afin de réveiller ces aptitudes...

Quand Katell eut fini, Morgane la détailla avec une expression entre l'ébahissement le plus total et la confusion sur l'état de santé mental de sa progéniture. Katell la rassura, elle n'était pas folle.

— Hum-hum, toussota sa mère dans son poing. Ma chérie, je ne veux pas paraître la mère rabat-joie que tu sembles voir en moi... Tu dois reconnaître par contre que ce que tu me racontes est... franchement tiré par les cheveux ! Que cela vienne d'Iniaki, ça ne m'aurait pas étonnée, mais toi ? Comment peux-tu croire que le monde va être détruit ?

— Parce que c'est dans l'ordre des choses ! Je le savais, tu ne peux vraiment pas comprendre.

Sur ce, elle laissa les décorations par terre et quitta le salon sans un mot. Les bras de Morgane tombèrent d'impuissance, laissant s'échapper une boule qui rebondit puis se brisa sur le sol.

Katell resta dans sa chambre le reste de l'après-midi et n'en ressortit qu'une fois la nuit bien avancée. Elle finit les décorations et appela Mel. Elle lui raconta sa journée et son altercation avec sa mère. Mel la rassura sur les adultes.

— Ils ne se souviennent plus du temps où ils avaient notre âge et essayaient de convaincre leurs propres parents. Ça les énervait de ne pas être crus et curieusement, ils ont oublié tout ça. Pfffff, j'te jure, moi, quand je serai plus vieille, c'est sûr que je ne serai pas comme ça.

— Si tu as l'occasion de vieillir… commenta Katell d'un ton attristé.

— Arrête avec ça ! J'en ai marre de t'entendre nous rabâcher tout le temps cette prophétie à la noix ! D'accord, on a découvert qu'on nous a menti sur notre passé, qu'on a été autrefois capables de choses belles et incroyables, qu'il y a des gens quelque part qui ont accès à cette technologie perdue. Ça ne veut pas dire pour autant que nos ancêtres avaient raison sur la fin des temps ! Peut-être que ce qui va se passer, c'est juste, je sais pas, moi, une autre ère glaciaire. Pour l'instant, la glace a recouvert toute la Scandinavie, peut-être que la calotte va s'agrandir.

— Si la glace s'empare de la moitié du continent, il peut se produire un déséquilibre, rétorqua Katell. La planète vacille déjà sur sa rotation… donc elle pourrait très bien se retourner comme une crêpe !

Mel eut un petit rire contenu.

— Je crois que les risques que cela se produise sont infinitésimaux.

— Pas si infinitésimaux que ça, si tu veux mon avis, finit Katell d'un ton résolu.

Elles débattirent encore un moment. Katell termina la conversation en lui demandant de venir le lendemain pour l'aider à préparer la pièce. Mel grommela sa réticence, sa copine râla plus fort et elles finirent par se mettre d'accord : Katell décorerait le caoutchouc, Mel irait acheter les amuse-gueules.

Le vingt-et-un décembre fut l'objet d'un déferlement de pluie jamais vu dans l'histoire du pays. Katell craignit que les conditions météorologiques n'empêchent ses invités de venir. Une bonne partie annula en effet. Ses amis les plus proches, eux, bravèrent les éléments pour être présents.

Mel n'avait qu'à traverser le champ de M. Ripoche et arriva en retard, pour la première fois de sa vie. Elle était accompagnée de Fangio qui, encore une fois, avait décidé de n'en faire qu'à sa tête et refusait d'être laissé tout seul. Ses miaulements étaient tellement aigus que les maisons voisines s'étaient plaintes de par le passé et Mel n'avait eu d'autre choix que de le prendre avec elle.

— Tu te tiens tranquille, hein ? exigea-t-elle en pointant le doigt vers son petit museau luisant.

Il était assis comme un chien et la suivit hors de la maison, pas perturbé le moins du monde par la tempête.

Elle fut reçue par Morgane qui était restée accueillir les invités : elle voulait se familiariser davantage avec les connaissances de sa fille. Anaïg et Maëlle étaient là. Morgane avait été un peu ébranlée par la tête chauve de Maëlle mais avait trouvé, finalement, que « cela faisait ressortir ses yeux un peu morts sinon ». Quant au style d'Anaïg, il était certes différent mais « les couleurs criardes allaient très bien avec ses rondeurs ». Une fois que tout le monde l'eut admirée, elle les quitta en faisant de grands gestes cérémonieux. Katell eut la honte de sa vie. Elle tenta néanmoins de garder un sourire digne.

— Bon, que la fête commence ! déclara-t-elle une fois la voiture de sa mère partie.

Arthur Le Meur, un troisième à l'allure déjantée, s'était fait DJ pour la soirée. Il commença par une série de musique rétro du début du siècle. Katell se comporta en parfaite hôtesse et ouvrit la fête en dansant sur un morceau de techno kitsch.

Ronan était dans un coin avec Sophie Fusil. Leurs corps s'effleuraient toutes les trois secondes. Mel l'observait de loin, jetant son regard sur la foule lorsque celui de Ronan se dirigeait vers elle. Abel, lui, scrutait Katell. Il soupira en regardant le jeu de séduction opéré par Sophie envers Ronan et enviait son copain. Katell l'ignorait purement et simplement, dansant avec Maëlle, et quand elle était avec lui, elle se comportait comme une copine et non sa petite amie.

Il alla s'asseoir sur le canapé en retrait près de la fenêtre. Il noya son regard dans la pluie battant son plein contre la nature sans défense. Ronan le rejoignit peu après.

— Je pensais savoir comment les nanas fonctionnaient, soupira Abel. Avec six frangines, tu comprends… Mais là… Je suis complètement à l'ouest avec Kat. Je dérive tellement que je vais me retrouver au milieu de l'Atlantique si ça continue... Plus j'essaie de me rapprocher d'elle et plus elle me repousse. J'arrive vraiment pas à savoir ce qui se passe dans sa tête de bonne femme. Pffff...

— Elle et Mel ne sont pas faciles à cerner, concéda Ronan.

— Oh, me parle pas de Mel ! Elle est pire que Kat ! Je plains le mec qui sortira avec elle !

— Pourquoi ça ?

— Pourquoi ? Non mais tu t'écout... Abel se figea.

— Ooooh, fit-il en pointant Ronan du doigt. Ho, ho, ho, je crois qu'on a là un prétendant pour Grincheuse !

— Je voulais juste dire que Mel a sûrement des qualités, se défendit Ronan en contrôlant sa voix du mieux qu'il put. Enfin, je veux dire, pour quelqu'un qui supporterait ce genre de...

— Ce genre de grincheuse ! Elle rendrait n'importe quel mec complètement barjo en l'espace d'une semaine. Et puis, si tu veux mon avis, elle n'est pas du genre à...

Abel ne finit pas sa phrase. Il fit une grimace coquine à son ami.

— Tout le monde n'est pas comme toi ! s'offusqua Ronan.

— Ouais, bon, peu importe. Si tu veux mon avis, t'approche pas de Mélusine Conan. Depuis qu'on est capables de faire... des trucs, grâce à Rose, je sens des choses. Kat est OK, elle a une aura qui est claire, douce ; Mel, elle, c'est autre chose. Ne me dis pas que tu n'as pas remarqué.

Ronan hocha la tête lentement. Il n'avait pas voulu en parler pensant que c'était son imagination. Le fait qu'Abel ait lui aussi ressenti cette aura incompréhensible émanant de Mel le rassura sur sa santé mentale. Cela le préoccupa quant à elle cependant.

— Il faut qu'on en parle à Katell ? s'enquit-t-il d'une voix tintée d'une contrariété revêche.

— Elle ne nous croira pas de toute façon. Non, je crois qu'il faut qu'on confronte Mel, toi et moi.

— Qu'on la coince dans un coin et qu'on lui demande des explications, c'est ça, ton plan de génie ? Je te signale qu'on a des pouvoirs, d'accord, mais que Mel est autrement plus forte que nous !

— Je ne parlais pas d'utiliser la force, pôv' bille. La force ne résout rien. Non, il faut qu'on lui parle, dit-il ensuite en dirigeant son regard vers Mel sur les escaliers.

Abel commença à marcher dans sa direction.

— Atteeeends ! supplia Ronan.

Son ami n'écouta pas. Il se dirigea droit devant lui sans regarder qui que ce soit. Les invités se poussèrent sur son passage, comme par enchantement.

Ronan s'approcha timidement, ses yeux balayant la pièce, évitant le regard de Mel.

— Qu'est-ce que vous voulez ? lança-t-elle d'un ton glacial. La salle n'est pas assez grande ? Vous ne pouvez pas vous asseoir ailleurs ?

— Pourquoi autant d'agressivité ? fit Abel en écartant les bras. On est potes, non ?

Mel se raidit. Il n'avait pas été mesquin. Il semblait même sincère. Ses mains se dénouèrent.

— Mel, articula enfin Ronan, il est peut-être temps qu'on fasse la paix, non ?

Elle leva les yeux vers le garçon, le fixa un bref instant et les baissa à nouveau.

— OK, accepta-t-elle d'une voix basse.

— Ouais ? s'étonna Abel. Cool. Maintenant que les choses sont réglées, il faut qu'on parle.

— Qu'on parle de quoi ?

— Ronan et moi, on a senti des trucs pas normaux chez toi, déballa-t-il d'un coup.

Mel se raidit à nouveau et les dévisagea tour à tour.

— Pas… "normaux" ? répéta-t-elle, sourcilleuse.

— Ton énergie, ton aura, ton *chi*, enfin, ce que tu veux, expliqua Ronan. Il est différent du nôtre et de celui de Kat.

— Qu'est-ce que vous me baragouinez ?

— On sait pas comment t'expliquer, énonça-t-il d'un ton d'excuse. On voulait juste savoir si tu te sentais comme nous après les cours de Rose.

— Vous ne m'avez pas dit comment vous vous sentiez, rétorqua-t-elle sèchement.

— On a l'impression de pouvoir voir au-delà de ce qui est devant nos yeux…

— Moi aussi, interrompit-elle.

— On a l'impression de presque pouvoir lire dans les pensées des autr…

— Moi aussi, coupa-t-elle de nouveau.

— On ne peut pas faire de mal, nous, jeta enfin Abel.

Mel ne répondit pas.

— HA ! triompha-t-il. Tu admets être capable de plus !

— Je n'admets rien du tout, opposa-t-elle. OK, fit-elle ensuite devant leur expression mitigée, il y a quelque chose en moi de pas normal, enfin, je veux dire, de pas comme vous.

— Et qu'est-ce c'est ? demanda Ronan.

— Pas la moindre idée… Mais vous ne devez pas vous inquiéter, je ne ferai jamais de mal à personne.

— Pas volontairement, en tout cas, corrigea-t-il.

— Non, pas volontairement, acquiesça Mel.

Ils la laissèrent méditer sur leurs paroles, ravis d'avoir pu se faire entendre.

Mel jeta son regard sur Katell qui dansait toujours avec Maëlle. Cette dernière se pencha pour lui susurrer quelque chose à l'oreille. Le visage de Katell se figea, puis son corps tout entier. Avant que la brunette ne puisse prononcer une parole, Maëlle posa ses lèvres contre les siennes. Les yeux de Katell étaient restés ouverts, son expression paralysée. Maëlle rouvrit les siens à ce moment-là.

— Oooh… fit-elle en reculant. J-je suis super désolée… Je…

— Hey, t'en fais pas, rassura Katell avec un sourire un peu tendu, c'est cool, je suis flattée, c'est juste que…

— Oui, oui… Excuse-moi… Avec tout ce que tu racontes, cette possible fin du monde… je me suis dit qu'il fallait tenter le tout pour le tout…

— Et tu as eu raison ! assura Katell avec un sourire sincère cette fois.

Elle caressa le bras de son amie. Maëlle baissa les yeux et

s'en alla. Du coup, Katell n'avait plus envie de danser. Elle se servit un cocktail de fruits, se dirigea vers les escaliers, l'air penaude, et s'assit à côté de Mel.

— Hé bé, lâcha cette dernière en secouant la main.

— Ouaip... confirma Katell d'un hochement de tête.

— T'es vraiment une briseuse de cœurs...

Katell souffla entre ses dents.

— Je n'aurais pas dû lui dire pour cette prophétie de fin du monde, ça rend les gens fous.

— Les gens décident de croire ce qu'ils veulent, tranquillisa Mel.

— Tu crois toujours que ça ne se produira pas, hein ?

— Bien sûr que ça se produira ! contredit-elle. Mais ça ne se passera pas *demain* !

Elle l'informa ensuite qu'elle avait besoin de calme et qu'elle se retirait dans la cuisine. Fangio, resté sous la cage d'escalier tout ce temps, la talonna tel un petit chien.

Mel commanda le mode « ambiance » et une lumière tamisée envahit la pièce moderne. Elle s'assit sur un des tabourets de bar, posa un bras sur le plan de travail en granit, l'autre sur sa cuisse et contempla le temps déchaîné par-delà la petite fenêtre. Fangio sauta sur ses cuisses et partit dans un ronron qui dura jusqu'à ce qu'un bruit de pas fit sursauter sa maîtresse.

C'était Ronan qui l'avait remarquée perdue dans ses songes et s'était approché en silence.

— J-je sais ce que tu ressens, annonça-t-il avec une timidité bouleversante.

Il avait parlé du bout des lèvres, le regard rivé devant lui. Mel le dévisagea un instant. Elle baissa la tête sans dire un mot. L'atmosphère s'était électrisée d'un coup.

— Mon... grand frère... avoua-t-il en fixant la nuit au-delà de la fenêtre. Il est mort quand j'avais à peine quatre ans.

Le désarroi émanant de sa voix provoqua en Mel une chaleur qui lui engourdit le ventre.

— C'est mon premier souvenir, enchaîna-t-il. Avant ça, j'ai l'impression que ma vie n'a pas existé... C'est bizarre.

Troublée par l'aveu inattendu de Ronan, Mel leva les yeux pour croiser le regard du garçon dans le reflet de la vitre. Elle balbutia un « Je ne savais pas... » d'une voix tendue. Il arrêta d'un geste apaisant sa réaction d'embarras et expliqua que personne ne savait. Il n'en parlait jamais, tout comme Mel ne parlait jamais de sa mère.

— Que s'est-il... passé ? demanda-t-elle, hésitante.

— Leucémie...

— Ooooh...

— Foudroyante, termina-t-il d'une voix devenue presque indifférente.

Mel ne savait que dire. Être désolée n'était pas le mot, elle était effondrée pour lui. Ronan ne répondit pas et de longues minutes s'écoulèrent avant qu'il ne parle à nouveau.

— J'étais petit quand ça s'est passé, reprit-il d'une voix neutre encore. Je ne me rappelle pas grand-chose, si ce n'est mon père pleurer. Je ne l'ai jamais vu pleurer depuis. Ça a changé notre vie. Mon père s'est renfermé après ça. Je ressemble beaucoup à Arnaud, apparemment. Puis mes sœurs sont nées et ma mère s'est concentrée sur elles, me laissant à part car elle jugeait qu'étant un garçon, je pouvais me débrouiller tout seul...

Il expira profondément, comme si le poids qu'il avait sur les épaules depuis tant d'années s'évaporait avec chaque mot qu'il prononçait.

— C'est quelque chose de difficile à porter, reconnut-elle.

— Oui. C'est aussi quelque chose qu'il faut savoir garder dans notre *passé*, dit-il, cette fois avec une voix solide. Il ne faut pas oublier mais il ne faut pas s'y raccrocher non plus. Sinon, tu ne vois pas les merveilles devant tes yeux. La vie continue et elle peut encore être belle, si tu le veux.

— Mon père m'a dit récemment que je ressemblais tellement à ma mère que ma seule présence lui était presque insupportable. Je me suis détestée ce soir-là.

Ronan se retourna pour l'interroger du regard. Mel était de profil et il ne put s'empêcher de suivre ses courbes avec des yeux captivés. Elle était vraiment jolie, et plus encore ce soir quand ses yeux scintillaient de toute la sensibilité qui sommeillait en elle.

— Parce que je me suis dit que si je ressemblais moins à ma mère, expliqua-t-elle le regard fuyant, j'aurais peut-être un père aujourd'hui...

Il leva la main et la posa sur l'épaule de la jeune fille en signe de compassion. De l'électricité statique déclencha des petits éclairs visibles sous la lumière tamisée, leurs cheveux s'électrifièrent et leurs poils se hérissèrent. Mel recula de surprise. Ronan retira sa main aussitôt.

— Excuse-moi, dit-il en baissant les yeux. Je ne sais pas ce qui s'est passé.

— Non, non, rassura-t-elle en voulant poser sa main sur son bras. (Elle se ravisa). Je... Ce n'est pas toi. Je pense que c'est à cause de l'orage. Je me sens comme une pile prête à exploser.

— Tu penses que ça peut aussi être lié à ce qui s'est passé au musée ? Quelque chose qui changerait ton métabolisme ?

— Erika a simplement mis quelque chose dans ma tête. Elle a implanté une sorte de mémoire à laquelle je n'ai pas accès, rien d'autre. Je ne sais pas pourquoi elle m'a choisie, moi, et non Kat. Je me sens différente depuis.

— Et "différente" n'est pas bien ?

— Pas différente comme ça, Ronan, admit-elle en croisant son regard furtivement.

L'utilisation de son prénom par Mel déclencha en Ronan une sensation de plaisir inattendue. C'était la première fois qu'elle le prononçait depuis qu'ils se connaissaient.

Mel se retourna pour lui faire face. Elle eut une esquisse de sourire, la toute première fois, là aussi, qu'il voyait son visage s'illuminer. Il hocha la tête, comme s'ils s'étaient compris et que leur secret resterait entre eux deux, puis il partit rejoindre la fête.

Mel était restée dans la cuisine à caresser Fangio. Aux alentours de minuit moins le quart, elle sentit quelque chose d'anormal dans l'air. Sa tension avait grimpé, elle sentait ses nerfs se contracter, son pouls la lancer dans sa carotide, son front battre comme un tambour. Fangio s'éjecta de ses cuisses et se mit à sprinter comme un dératé devant la porte qui menait sur l'extérieur. Mel se figea, les yeux exorbités. Elle avait vu une silhouette sombre et effilée passer devant la fenêtre.

Son cœur se mit à battre la chamade. Elle jaillit du tabouret et se rua dans le salon où elle agrippa Katell par la manche pour la tirer loin des autres.

— Il-il-il y-y a q-quelqu'un d-dehors, dit-elle d'une voix affolée. Je s-s-sens quelque chose de pas normal, pas normal du tout même. S'il te plaît, fais quelque chose !

— Je l'ai senti, moi aussi, confirma Katell en vérifiant que personne ne les écoutait. Viens.

Elle conduisit Mel dans la cuisine et ouvrit la porte de derrière. Fangio sortit en trombe. Le vent soufflait en rafales, la grêle tombait en rideaux épais… Les morceaux de pluie gelée semblèrent s'agiter au niveau du vieux chêne, comme s'ils étaient tout à coup instigués d'une conscience individuelle. Ils se mirent à tourbillonner à une vitesse vertigineuse pour ensuite s'amonceler en une boule bleutée qui éclot en une brume prenant peu à peu la forme d'une silhouette humaine. La grêle semblait glisser contre une paroi invisible enveloppant le corps qui venait d'apparaître.

— Rose ! s'exclama Katell. Qu'est-ce que vous faites là ?!

La vieille femme était vêtue d'une longue tunique bleu roi, un étrange diadème ondulé en cristal dans les cheveux. Ses yeux avaient semblé doubler de volume.

— Le Moment est Choisi, annonça-t-elle en se rapprochant, les mains ouvertes devant elle.

— Le moment de quoi ? demanda Mel en restant bien au sec dans l'embrasure de la porte.

— Le moment de votre Communion avec l'Une, éclaira-t-elle solennellement.

Les filles s'échangèrent des regards interloqués.

— La Communion est un très ancien rite de la Tradition des Druides qui marque le passage dans le troisième cycle de vie, expliqua Rose avec une certaine retenue. La Tradition des Druides est à ne pas confondre avec les rites druidiques. Ceux-ci ne sont que des rituels de charlatans qui n'y comprennent rien à l'univers. Les anciens druides étaient des prêtres, certes, mais aussi des savants. Leur spiritualité était fondée sur la nature et le cosmos. La Communion dont je vous parle est une osmose cosmique avec cette nature et ultimement avec l'univers, ou l'Une, si l'on garde le terme de la Vieille Religion. Voyez-vous, ce passage va permettre à votre glande pinéale de conserver sa taille et de vous permettre, enfin, de pouvoir exploiter ses pouvoirs.

— Que devons-nous faire alors ? haleta Katell.

— Vous devez venir avec moi.

— Où ça ? s'agita Mel.

Rose pointa l'index vers le dolmen délabré.

— Allez chercher Abel et Ronan et renvoyez vos invités, commanda-t-elle.

Les adolescentes se jaugèrent mutuellement une seconde. Elles acquiescèrent au même moment. Katell se dirigea alors vers l'arrière-cuisine, sembla chercher quelque chose contre le mur, trouva les plombs et les fit sauter.

Mel sortit de la pièce calmement, cria à tout le monde de ne pas s'affoler, ils devaient juste rentrer chez eux, l'électricité ne reviendrait pas.

— Qu'est-ce qui se passe ? s'alarma Abel en accourant vers les deux filles.

Katell lui expliqua brièvement et demanda où était Ronan.

— Il était avec Sophie il n'y a pas deux minutes, répondit Abel en le cherchant des yeux.

Ronan apparut de derrière l'escalier, la belle brunette le talonnant.

— Tu nous fais le coup de la panne, Kat ? plaisanta-t-il.

Sophie eut un petit rire aigu qui se défit lorsqu'elle vit la tête de Mel.

Celle-ci la fixait comme Fangio devant une souris.

— Tout le monde doit rentrer chez soi, dit Mel d'un ton qui ne laissait place à aucune contestation.

Ronan lut dans ses yeux l'importance de la situation et s'excusa auprès de Sophie qui pivota sur ses talons hauts et partit en faisant un esclandre.

Rose marchait avec une agilité de gazelle et en quinze secondes, ils se retrouvèrent devant le vestige de cette civilisation mystérieuse dont Katell entrevoyait de plus en plus clairement le mode de vie. Son esprit était en train de bouillonner. Elle se sentait envahie d'une énergie si puissante qu'elle urgea ses amis de la suivre dans l'expérience.

Rose demanda aux ados de se placer à chaque point cardinal, son halo les protégerait des éléments démontés. Elle leur dit de fermer les yeux, de se concentrer, de faire le vide. Katell se mit à la tâche immédiatement. Mel, elle, avait du mal à se concentrer, les garçons également. Au bout de quelques minutes seulement, ils réussirent malgré tout à ressentir des ondes entrer de part et d'autres de leur corps. Un peu déséquilibrés, ils repoussèrent l'intrus.

Rose leur envoya un message mental pour les rassurer encore. Elle se mit ensuite à léviter, bras ouverts vers le ciel. Elle se positionna au-dessus du dolmen... Un nuage vaporeux jaillit de son corps, s'étira en une corde de lumière qui ondula autour d'elle, se redressa pour transpercer le ciel et plonger dans le dolmen tel un missile. Celui-ci prit une fluorescence anthracite qui vira sur un violet irisé puis éclata en quatre bras qui pénétrèrent le front des ados en ce point précis qu'était leur glande pinéale.

Ils sentirent alors leur corps se décomposer en fragments d'énergie s'enchevêtrant les uns avec les autres. Katell ressentait la moindre pensée traversant l'esprit de ses amis, la moindre de leurs émotions, la moindre particule de leur aura. Elle se sentait comme possédée de l'énergie des autres. Tout à coup, elle se vit descendre le long de son propre corps, s'imprégner de chaque morceau de chair, infiltrer chaque veine, atteindre les extrémités les plus éloignées de son anatomie et refouler ensuite vers son cerveau. Elle baissa les yeux. Elle vit son corps resté près du dolmen. Elle sentit Mel avoir un moment de panique. Rose lui dit de se laisser porter par la Force, de ne pas essayer de la combattre.

Les jeunes furent repris dans un tourbillon qui les envoya cette fois au-delà de la stratosphère et s'éclata en tentacules qui enveloppèrent chaque recoin de la planète. Ils sentaient la Terre entière en eux. Ils voulaient crier de joie, de douleur, de haine, de compassion, de rire... Une plénitude les envahit, comme si l'univers était entré en eux. Une voix s'éleva dans leur tête, une voix douce et suave, des murmures incompréhensibles... Ils entendirent :

« *Vous vivrez* ».

À ce moment-là, leur astral rejoignit leur enveloppe corporelle. Ils eurent l'impression de tomber dans le vide et de se réveiller en sursaut, comme dans les rêves. Leur front brilla d'une luminescence violacée, une boule s'éjecta de chacun d'entre eux, fusionna avec les autres pour former un tourbillon. Ils Virent alors l'Univers.

L'Une.

Ils ressentirent la Force qui les reliait à tout être, à toute chose. Ils se sentaient en symbiose avec les Éléments. Ils eurent envie de pleurer tellement la beauté de ce qu'ils voyaient les émouvait.

Katell vit une vallée paradisiaque et des gens habillés de vêtements qu'elle ne reconnaissait pas, des animaux d'une autre époque autour d'eux, des habitations d'une architecture différente de celle de son monde. Les humains semblèrent paniquer, leur regard fixa le ciel qui s'était assombri et elle vit une forme longiligne au loin tenant un Crâne en Cristal dans ses mains. Un appel surgit dans son esprit, une détresse qui la submergea. Sept lumières se mirent à scintiller au-dessus des nuages. C'étaient des boules de roche en feu. L'une percuta l'océan déclenchant un raz de marée qui engloutit la vallée en l'espace d'un instant.

Puis tout disparut.

Étourdis, les adolescents prirent appui sur le dolmen pour ne pas perdre l'équilibre. Leur tête n'était plus qu'une cacophonie d'images incompréhensibles. Ils se sentaient grisés et à la fois terrifiés. La grêle s'était transformée en pluie qui cessa tout à coup. Rose était en retrait et les regardait, les mains tremblantes et les traits tirés. Elle eut un étourdissement et faillit tomber. Katell leva le bras pour la retenir mais elle était trop loin. Rose ne tomba pas tout de suite, comme si l'adolescente avait créé une sorte de champ de force la retenant. La vieille femme glissa finalement contre la paroi invisible et s'écroula au sol.

Son visage s'était émacié. Elle paraissait avoir pris un siècle.

— Rose ! s'écrièrent les ados en se ruant vers elle.

— Cette... Communion, commença-t-elle laborieusement, cette Communion vous a ouvert la voie vers de grandes choses... Faites-en bon usage...

La seconde qui suivit, Rose s'était volatilisée.

Katell regarda sa montre machinalement. Il était cinq heures cinquante-huit du matin. Leur Communion avait duré près de six heures.

Les quatre ados, exténués, s'en étaient retournés dans la longère de Katell. Le soleil n'allait pas tarder à pointer à l'horizon à l'endroit le plus à l'est. C'était le solstice.

Ils restaient là, dans la cuisine, silencieux, le regard perdu dans le ciel d'améthyste et d'ocre au-delà d'une des fenêtres. Ils n'arrivaient pas à parler de ce qui s'était passé. Les mots leur manquaient.

— Bon, qu'est-ce qu'on fait maintenant ? interrogea enfin Abel, mains croisées sur les cuisses.

— On profite des vacances de Noël, moi, je dis, déclara Ronan.

— Ton père va mieux au fait ? s'enquit Mel.

Ronan la regarda avec stupéfaction et répondit que oui.

— Profites-en alors parce que c'est peut-être notre dernier Noël... murmura Katell.

— Ben alors ? Où est passé ton optimisme ? s'étonna Abel.

Il se rapprocha d'elle et la serra dans ses bras. Elle eut une mine gênée et le repoussa gentiment. Elle demanda à Ronan ce qu'il en était avec Sophie. Il jeta un regard nerveux vers Mel d'abord, puis Abel.

— Euh... bafouilla-t-il, je... On... euh, c'est...

— Pas de papillons à ce que je vois, en conclut-elle.

— Des papillons ?

— Oui, des papillons dans l'estomac, comme disent les Anglais. Pour une fois, ils sont meilleurs que nous à décrire une sensation amoureuse.

— Je sais pas... fit Ronan en baissant les yeux.

— Ouais... je vois ce que tu veux dire.

— Si la fin du monde est pour bientôt, alors, moi, à ta place, j'en profiterais à donf ! décréta Abel.

— Je n'ai pas envie d'en "profiter".

— Si elle ne te convient pas, intervint Mel plus amicalement que d'ordinaire, tu es cruel de la laisser espérer.

Katell n'écouta pas la réaction de Ronan. Elle laissa son regard balayer la nature en face d'elle. Elle se sentit envahie d'une peur incontrôlée qu'elle cacha à ses amis. Ce qu'elle avait vu dépassait son entendement : la fin de la grande civilisation qu'ils avaient été.

Elle avait ressenti les Crânes de Cristal aussi. Ils étaient en danger. C'étaient eux qui avaient appelé à l'aide. Et c'étaient eux aussi qu'elle avait ressentis quand Rose lui avait montré Foucaud dans sa cellule au début du mois. Il fallait qu'ils soient retrouvés avant le chaos, le Jour du Changement. Ce changement approchait, elle le sentait. Solon en avait parlé dans son journal. Il avait Vu, comme elle. Elle le savait maintenant.

Ce qu'elle ne savait pas en revanche, c'était l'identité de cet homme que M. Foucaud avait rencontré sur le parking de la Maison des Mégalithes au mois d'octobre. Maintenant qu'elle était capable d'interpréter ses sensations, elle pouvait certifier que cet homme était différent de ceux dont Foucaud faisait partie. Son aura n'avait pas dégagé de force négative... Katell se rappelait une sorte de paix intérieure. Se pourrait-il que le sous-directeur ait joué double jeu ?

Ses amis la sortirent de sa torpeur en prenant finalement congé. Le réveillon de Noël était dans deux jours et ils avaient des paquets à faire.

Katell resta assise pendant de longues minutes encore.

Elle avait vu quelque chose de diabolique aussi. Elle avait perçu le Mal qui sommeillait dans les profondeurs et qui allait remonter à la surface un jour proche. Foucaud n'avait été qu'un pion négligeable dans le dessein de cet homme dont elle et Mel avaient entrevu le visage...

Iniaki arriva, l'air échauffé.

— J'ai lu la totalité du Journal de Solon, annonça-t-il, la voix vibrante d'émotion. Ce qu'il contient est absolument démentiel.

Katell s'illumina.

— Ce carnet est la preuve que notre civilisation fut autrefois puissante et d'une technologie supérieure à la nôtre, enchaîna-t-il passionnément. Ma chérie, ce document va changer le cours de l'existence des hommes... L'Histoire va devoir être réécrite !

Le visage de Katell s'éclaira de plus belle. Un sourire énigmatique se dessina sur ses lèvres fines.

« Je sais... », pensa-t-elle. « J'aurai mon rôle à jouer ».

Table des matières

Achevé d'imprimer à Malte en avril 2008
pour le compte de 1010 Printing UK Limited,
Londres, Grande-Bretagne